永平之風

道元的生涯

[日] 大谷哲夫○著

王新生○译

中国社会科学出版社

图书在版编目（CIP）数据

永平之风：道元的生涯 ／（日）大谷哲夫著；王新生译. —— 北京：
中国社会科学出版社，2012.7（2020.12重印）
ISBN 978-7-5161-0981-6

Ⅰ.①永… Ⅱ.①大… ②王… Ⅲ.①道元（1200～1253）—传记
Ⅳ.①B949.931.3

中国版本图书馆CIP数据核字（2012）第122986号

出 版 人	赵剑英
责任编辑	王 斌
责任校对	张瑞萍
责任印制	王 超

出 版	中国社会科学出版社
社 址	北京鼓楼西大街甲 158 号
邮 编	100720
网 址	http：//www.csspw.cn
发 行 部	010—84083685
门 市 部	010—84029450
经 销	新华书店及其他书店

印 刷	北京明恒达印务有限公司
装 订	廊坊市广阳区广增装订厂
版 次	2012 年 7 月第 1 版
印 次	2020 年 12 月第 2 次印刷

开 本	710×1000 1 / 16
印 张	21.5
字 数	377 千字
定 价	70.00 元

永平開山
道元禪師
御眞影

道元嗣書
永平寺（福井）蔵

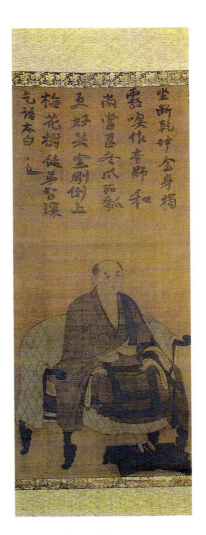

如浄画像　自賛
宝慶寺（福井）蔵

日本嶽林寺寺宝 《道元禅师绘传》

铃木洁州方丈　慨然提供

道元祖师的血脉可以上溯到村上天皇。

其父为内大臣久我通亲公之子，其母为六条摄政关白藤原基房公之女。

第二

正治二年庚申正月二
日祖降誕矣相人見而驚曰
骨相奇高七處平満而眼有
重瞳必為人天之師

道元生于正治二年（1200）庚申正月二日。初生之时，即有特异之相。

第三

建仁三年癸亥祖年四
讀李嶠百詠老儒碩學數日
歳可畢此大當也建永元年
丙寅祖年七讀毛詩左傳暑
通大義

祖师少时即聪慧过人，四岁读《百咏》，七岁读《毛诗》《左传》。

八岁时丧母，因见香烟散灭，深悟世法如梦如幻，遂有出尘之志。

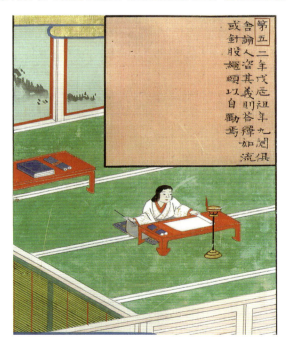

九岁时，祖师已能读《俱舍论》，其学勤奋，刻苦自励。

祖师舅舅为摄政关白师家公，曾议道元做养子以继职位，但遭祖师婉拒。

年十三，祖师离家，只身往比叡山投舅父法眼大师良观，执意出家，得属籍于横川首楞严院。时为建历二年（1212）。

第八　建保元年癸酉同祖年十四四月九日就僧正公圆剃
髮尋登壇受戒孜孜研窮不舍晝夜

第二年，十四岁的祖师在比叡山中首楞严院依僧正剃发受戒。该院为日本天台宗第三代座主慈觉大师圆仁所创。

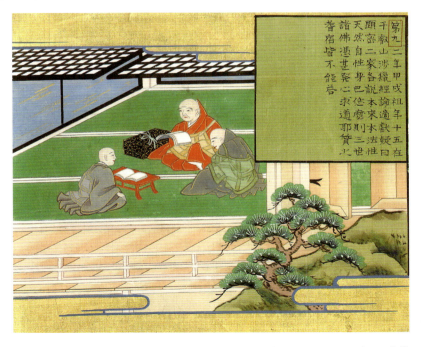

第九　二年甲戌祖年十五在
于叡山涉獵經論遂獻疑曰
顯密二家各說身來本法性
天然自性身已何愛心求道耶貫
諸佛憑甚發心求道那覺
耆宿皆不能答

年十五，祖师在比叡山中涉猎经论，偶生疑惑：法性天然，自性身已，三世诸佛因何会发心求道呢？

祖师怀此疑问，前往圆城寺拜见公胤僧正。公胤指示其往建仁寺请益荣西祖师。道元祖师时年十五。

第二年，荣西上人示寂。道元祖师从上人法嗣明全受菩萨戒。在建仁寺九年间，祖师在修观之余，阅大藏经两遍。

第十二

四月解缆。四月八日有阿育王山典座大用者到船里与祖论辩道文字之或时末审京嘉定十六年也。

贞应二年，祖师未祖丰山，从明全而入宋，二月出洛，十二月至于明州五月三尚从宿。

贞应二年（1223），祖师二十四岁。随明全大师入宋，四月船抵明州。有阿育王山典座登船论法辨义。

第十三

天童山见其僧牒失。祖觉在于朝廷感其忠于佛土者，再与宁宗感奏诏宋士祖。禅林之门意下顺腾始得排列之正者。於是手名动朝野之力也。

秋七月祖师无际於天童山见其僧牒失，祖觉。

是年秋七月，道元祖师入天童山，参无际禅师。道元祖师其时名闻于大宋宁宗皇帝。

在天童山寺，二十五岁的道元得无际禅师几番印可。第二年，又在阿育王寺与知客僧论龙树圆月之相。

道元祖师遍参诸山，一日忽生东归之意。适遇一老僧指点，劝其往天童寺参如净大师。

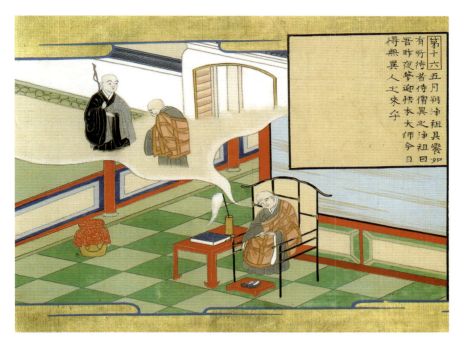

此前，是年五月间，如净大师梦见悟本大师，醒来后对左右说，今日大概有异人来吧？

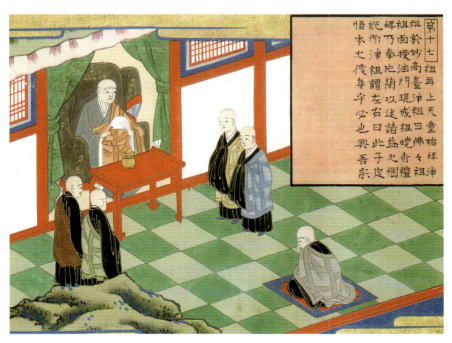

道元大师二度登天童山，正式拜如净禅师求法请益。

道元祖师在禅堂因如净上人教诲他僧而得大悟。当年在天童寺受佛祖正传戒。

道元祖师在江西参学，天晚遇猛虎，禅杖化龙，护佑祖师。

从江西回天童山，祖师途中患病，遇本国稻荷神赠药救助。

宝庆三年（1227），祖师年二十八，道遇韦陀天胜显圣，诫其东归宏法，竖无胜幢。

道元祖师辞师还日本，得如净祖师僧衣和自赞顶相为表信。

临行前夕，净祖授圆悟《碧岩集》让手写抄录。道元祖师得白山权现相助抄经。

第廿四

翌早得便船解缆过抵宝山下忽有伟人立于船船云吾是大权修利菩萨也知师佩祖印而还南从杖策永护法憧言毕而去

次日祖师登船归国，又得大权修利菩萨显现，表示随祖师往日本，永做护法。

第廿五

满船失色一日遇黑风于南溟忽见观音大士坐莲叶而祖坐苦上诵普门品浮洋中俄顷风波恬然不日着于肥后州河瓦乃我安身改元丁亥季冬也

船至海上，忽遇黑风，海浪滔天，观音大士显圣，化险为夷。

第廿六

二年戊子祖師年二十
八入洛寓于建仁寺者三
宽喜二年庚寅有祖年三十一
闲居于深草迷东偈云生先可
愫云更醒犹记觉路傍
唯留一事醒犹觉路傍
雨声又有草庵漾
三夜声又有草庵偈
十余首詠州间居和
歌

道元归国后，先寄住建仁寺，后在深草结庵修行。

第廿七

越前牧波多野云川
藤义重有孽妾受夫
人嫉妒义重潜谋般害不顾尤厚
适东池义重入京之闲然殺出没便
池中或唤其属为怪
然无计可施而爱其
授以苦戒血脉汝遂就
谢恩师血脉诗济拔义重
血脉池上天去今烟
声血脉济声怪祖乃惯
日脉池上天其中有乃池

越前牧波多野义重有爱妾遇害，化为厉鬼。祖师为之作法济拔，令其超生。

天福元年（1233），应藤原教家和正觉尼之请，住持在深草极乐寺旧址上新建之观音导利兴圣宝林寺。

仁治三年（1242），祖师在兴圣寺化导不倦，门下受戒问道者二千余人，或士庶争请，或袄接问法。

宽元元年（1243）祖师欲远入青山白云间修静，受越前牧波多野义重之请，住吉峰山中。

次年，祖师四十五岁。是年越前大佛寺竣工。

宽元三年（1245），四月结夏，祖师上堂，天花如雨，自空中飘下。

宽元四年（1246），祖师改吉峰山名为吉祥山，改大佛寺为永平寺。

第三十四

平時頼諸祖於鎌
倉祝弟子礼特聞治國
而受戒参禅又諸需和
為入首不立文字歌以
為首奴高若黨呪詠者以
十余衣與勢奴高若黨加碓述為
波弦久遍起能利奔良諸已發
毛津頼感喜乃造精善已今為
曾時第一祖々回辞
開山是也遺長寺

宽永五年（1247），七月，波多野义重请祖师往镰仓为说佛戒。祖师在镰仓为北条时赖授菩萨戒。

第三十五

二年戊申祖年四
辞於鎌倉時頼寄
越之六月条再寄祖不肯受後
十九三辞於
托玄首座堡
以明如而歸祖聞之云汝一不
許於明心受祖阿明辞不可
行恶利揭油大法所擯出不可
除其利於原入麺七尺出示之
除恶利於土也者永劫不示之
貧鈍愚由之天盖古佛福馬
弥鈍罪祖々操將来以下
此也

宝治二年（1248）因门下玄明首座接受北条时赖布施的六条堡，祖师将玄明摈出。

是年夏天至冬天，祖师所居寺中，僧堂障外壁间，异香芬然，日夜不绝。

宝治三年（1249），祖师于正月初一设供养罗汉会，罗汉木像大放瑞光，祖师为录灵感真迹。

建长二年（1250），祖师年五十一，后嵯峨太上皇赐祖师紫衣。祖师终身不被，秘置高阁。

建长三年（1251），祖师年五十二。正月，在灵山院祖师闻钟响两百许，在旁者无人与闻。

第四十四年壬子祖年五十

三夏有微恙自知其不起为
众开示八大人觉盖世尊最
后转法轮也遍诵和歌云愚
拙心比之津人能不武良
仁遗六能道查也

建长四年（1252），祖师五十三岁。是夏，祖师微恙，自知将不起，为众开示，讲《八大人觉》，暗喻其将入寂。

第四十一永平疾愈以举自栽义义宜

四月七月祖年五十
及月祖疾愈窃自栽义重兴伽教弟子
上洛就医亲旗公等计顿诸
弟子汝从越州人到馆从本命笃上途诸
院云事云固就本属名心义盈外诸
恋德号别人感宜驿去途诸
诗咏哭而自遗此今道嘱此
和歌自遗途此木芽岭厚瞻

建长五年（1253），受波多野义重请，祖师前往京都，住高辻西洞院觉念宅邸。

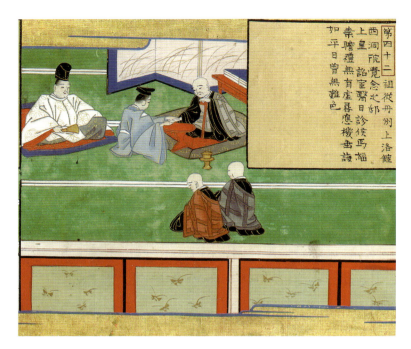

祖师在京都时，上皇命御医每日诊候，门外求法瞻礼者无数。

祖师某日在邸中经行，诵《妙法莲华经》，在墙柱上写下"妙法莲华经庵"。

第四十四 中秋祖师玩月有感

秋之和歌今传有能于绘
者图其仰月之侍僧有不在于
州之宝庆寺上堂云外不放出
入内不用如何与若何摩诃
了毕不用如何与若何摩诃
般若波罗蜜

是年中秋，祖师有感触，作赏月之和歌。

第四十五 八月廿八日半夜
祖沐浴整衣索笔书偈云五
十四年照第一天打个𨁝跳
触破大千浑身无觅踪
咄黄泉泊然而化朦胧四
十一洽涉黄泉泊然而化
绍龟三日神色定然

中秋之后十三日，祖师半夜沐浴整衣，索笔书偈，然后泊然而化。

波多野义重及祖师门人为师行火化得舍利无数。

是年九月六日，舍利还归越前永平寺。永平寺禅法之源唯在祖师道元教法。

目 录

序一　中国佛教协会会长传印长老为《永平之风》作序

　　壬辰年春，日本驹泽大学大谷泽夫教授惠访，承见示其所著《永平之风》之中文译稿，并告即将付梓，嘱余为序。

　　《永平之风》为历史小说，文风朴实，记叙了日本曹洞宗始祖道元禅师为得开悟，不畏辛劳，自扶桑往我震旦求法、证道归国、弘法传禅的感人事迹。道元禅师早岁出家，曾在比叡山习天台教义，后至京都建仁寺谒见弘传临济禅法的荣西禅师。荣西殁后，师事其法嗣明全，并相与入宋求法；后参长翁如净禅师，终得身心脱落，尽悟曹洞禅法。从道元的求法经历看，已然可见天台、临济和曹洞诸学的馨香温泽。

　　中国古德有云："人能弘道，万代传之所流传；道籍人弘，三宝于斯常住"；"火有薪而愈传，法得人而愈远"，薪火相传，"遂使代代兴树，处处传弘"。中国佛教的辉煌，功归于历代勇于为法捐躯的高僧大德。日本佛教的传续兴盛，亦因为有如道元禅师这样的法门宗匠，更有乐于担荷家业的佛门子弟。本书作者，日本驹泽大学前校长大谷哲夫先生，既是大学教授、佛教学者（专攻禅学，为道远禅师语录《永平广录》研究第一人），又是日本曹洞宗的僧侣（东京新宿区风仙山长泰寺住持）。他们既是佛法的弘传者，又是禅法的研究者，也是佛教文化的传承者。

　　中国和日本是一衣带水的友好邻邦，自古以来就有友好往来，佛教正是联络两国友好往来的黄金纽带。原自本师释迦牟尼佛的遗教，于公元前后传来中国，再传入日本（最初经朝鲜半岛），由兹缔造了彼此间如黄金一样贵重的牢固的友好关系。二十世纪九十年代，时任中国佛教协会会长的赵朴初先生提议以"黄金纽带"表示中国、韩国和日本的佛教友好关系，获得三国佛教界的热烈赞同。每年三国轮流召开三国佛教友好交流会议，共商践行佛教宗旨，为三国和世界谋求和平福祉。今年适逢中日邦交正常化四十周年，大谷哲夫教授所著的关于介绍日本入宋求法高僧道远禅师生涯的《永平之风》一书在中国正式出版发行，藉此殊胜因缘，余虔心祈愿增益中日两国佛教界的友好交流和传统法谊，并进一步促进两国人民的友好情谊。

　　谨此为序。

中国佛教协会会长：傅印

二〇一二年三月二十日

序二　浙江天童寺方丈诚信法师
为《永平之风》重印作序

　　欣闻日本曹洞宗原驹泽大学总长，东北福祉大学校长，日中（国际）禅文化交流协会会长大谷哲夫教授的《永平之风——道元的生涯》一书重印发行。依据《永平之风》拍摄的电影《禅》已在世界各地上映，并在亚太地区的佛教信众当中受到赞叹与欢迎。中日佛教，同根同源，一脉相承。正是中日古德先贤不远万里西行东渡、互相交流，传承着中日佛教徒之间的法谊和人民之间的友谊，共同铸造了佛教"黄金纽带"关系。

　　日本禅宗有三支，上承道元祖师之曹洞宗为其三家之一，其他还有上承荣西大师的临济宗，以及从隐元隆琦以来法脉延续的黄檗禅一支。日本明治维新之前，此三家皆称禅宗，当然都是以中国禅为皈依，并不别立宗名。从明治9年（1876年）始，此三宗并立至今。

　　道元禅师的坐禅要诀是"只管打坐"与天童禅寺宏智正觉开创的"默照禅"一脉相承，他将天童禅法的精髓传播并弘扬到日本，并使曹洞宗成为日本佛教界最大的一个宗派。他是中日佛教友好交流的典范。

　　大谷教授的《永平之风》生动描绘了道元禅师少小出家，慕法渴道，学兼台密，行践禅律的事迹；又写其入宋求法，历尽辛苦，遍参诸学，后依天童如净长老，终得身心脱落的感人故事。道元禅师以后辞别天童，荷法东归，以如净祖师的曹洞禅法泽润东瀛。日本曹洞宗承传至今已有八百多年历史，成为参天大树，蔚然荫庇众生。

　　道元禅师的禅亦即中国祖师如净的禅，这禅法有什么特点呢？根据如净长老的态度，其所授曹洞禅也是直承释迦摩尼的如来禅，但并不是与祖师禅相对的如来禅。这里另有一番讲究，曹洞宗是"直承诸佛祖师的佛法"，也就是"奉持佛法僧，力行戒定慧"之后获得的发自心田的自证自悟。而禅就其根本宗旨言，正在于开发人皆有之的"灵明之知"或者"佛性"；其次，道元因如净的指点而得证正法。道元证得的佛性乃是大乘的精髓，有异于道元时代的日本流行的"末法说"和"福田观"；第三，高度强调曹洞禅的思辩性一面，他将默照的功夫引向了宗教哲学的思考。因此，道元禅师的《正法眼藏》，在佛教思想上具有深刻的哲学思辩价值，充满了一个真正的禅者的睿智。道元之于日本佛教，有若达摩祖师之于中国佛教。他们都高度阐扬发挥了一切人类都有的佛性，真如与涅槃妙心。

我们今天重温道元祖师的曹洞禅，既是重新聆听天童如净长老的开示，更是重新体悟佛祖释迦摩尼的教诲。按照佛教的说法，佛音如雷，佛法如雨，无始以来，无量众生只要闻听佛法，总会心开意解，普得利益。佛法以往泽润了中国和日本的人民。在21世纪的今天，佛教的禅修智慧在中国和日本正在被越来越多的人民接受，也将化为中日之间永远友好和平的共同愿景与积极行动。

大谷哲夫教授是天童山的老朋友。他在过去20多年中多次率日本曹洞宗僧俗信众来我们天童寺参拜祖庭，给我们留下了深刻的印象。今天，大谷教授的《永平之风》中文版重印又将与大家见面，这是对中日两国人民世代友好的祝愿，又是缅怀道元禅师，感恩天童曹洞宗禅的一朵香花。香花供佛，馨渥两国。禅为至道，禅为天真。真道益世，永驻和平。衷心祈愿此次重印发行能带着中日两国佛教界友好和平的心愿，圆满启帏。

权为本书一序。

中国天童山禅者诚信额首
佛历二五六四（2020）年七月

序三　日本曹洞宗管长祝贺 《永平之风》中文版重印

　　《永平之风——道元的生涯》（原著大谷哲夫）中文初版是在日中邦交正常化40周年之际，由北京大学王新生教授翻译，中国社会科学出版社出版发行。发行以来被众多中国读者青睐而售罄，这次应多方要求，同时也得到日中两国朋友们的大力协助得以重印发行，对我们两国来说是值得携手同庆、可喜可贺的盛事。

　　《永平之风》日文版是在2001年10月，也就是在19年前道元禅师圆寂750周年之际为报答祖师之恩而付梓出版的。

　　《永平之风》的主人公道元禅师于中国南宋嘉定十七年（1224年）赴中土，在天童山景德寺天童如净禅师门下只管打坐，大彻大悟，得授佛祖正传菩萨戒，奉承嗣书，带着佛祖正传佛法于日本宝庆三年（1227年）返回东瀛。其后开创永平寺，在深山幽谷的环境中以接引一个半个信众为志，法灯代代相传，今天以道元禅师为始祖的日本曹洞宗，已经成为日本第一教团。

　　本书作者大谷哲夫师是道元禅师正传佛法的研究专家，《正法眼藏》毋庸置说，作为道元禅师语录《永平广录》资深研究者、大本山永平寺"眼藏会"讲师、曾经的驹泽大学校长、总长而知名度颇高。

　　作者以"道元禅师很难理解，但决非不可理解，描写虽然朴实但非俗化，只想把伟大禅师的形象真实地再现出来"这样一个视角出发描述道元禅师事迹，得以尽量避免过度的、俗气的、恣意的角色描写，对道元禅师苦苦追求正传佛法过程中纯粹真挚的求道心境和不畏艰难、上下求索的求道精神作了周密详尽挥洒的刻画。也体现了作者对道元禅师的"赞仰告白"和"皈依之心"。进一步说，本书的题材虽然是遥远的历史，但在描写令人崇敬的道元禅师的同时又对现代社会中人们的焦虑和浮躁给与警示，从而具有"矢文"，或者是"檄文"的特点，使其他同类书不可望其项背。《永平之风》把日本具有代表性的伟大宗教家道元禅师以文学的形式呈献给各界读者，以它为脚本拍摄的电影《禅》也是非常令人称道的优秀作品。

从去年底至今蔓延世界各地的新冠疫情，使日中人民之间的交流暂时中断，本书值此时期重印发行，更具深远意义。惠蒙众缘，很多年来我也有幸为日中佛教交流尽微薄之力，能为本书作序也是因缘所致。日中佛教交流的先驱者道元禅师的这本传记能够在佛法确立的修行地出版，乃是千庆万幸之盛事。对参与此盛举的、以会长大谷哲夫师、副会长熊杰先生、干事长铃木洁州师为首的国际（日中）禅文化交流协会诸位、永平会同仁诸位，以及日中两国相关人士所付出的努力深表敬意！特以谨怀中国人民和日本人民不断加深友好关系的深深祈念作为序文的结尾。

日本曹洞宗管长、大本山永平寺贯首南泽道人
令和二年（2020年）八月三十日

序四　写在《永平之风》中文版重印之际

　　本书《永平之风——道元的生涯》日本版，是在道元禅师圆寂750周年（2002）的前一年（2001），为了报恩付梓出版的。中文版是以纪念日中邦交正常化四十周年为契机，由北京大学王新生教授翻译，在中国佛教协会文化研究所所长宋立道教授大力协助下，由中国社会科学出版社出版。

　　拙著中文版出版发行后很快就售罄了，之后要求重印的呼声日渐高涨。2018年我受邀前往上海龙华古寺做《道元与食文化》的讲座，方丈照诚法师也敦促我尽快实现重印满足各方需求。这次机缘成熟，在国际（日中）禅文化交流协会同仁们以及相关诸位的协助下决定重印了。这次重印有幸得到少林寺方丈永信法师题写封面书名、天童寺住持诚信法师的重印序文，日本永平寺的新任贯首南泽道人禅师猊下也给我写来序文。杭州叶玮女士也为本书重印尽力。在此向上述诸位深表谢意。

　　国际（日中）禅文化交流协会副会长熊杰先生和干事长铃木洁洲师在本次重印筹备工作中不辞辛劳做了诸多的工作，倾注了极大地热情，付出了心血。拙著能够顺利重印发行与两位的努力是分不开的，在此再次向两位致以深深地感谢！

　　自从我2012年担任国际（日中）禅文化交流协会会长以来深受中国驻日大使馆的关怀。在去年中国大使馆主办的庆祝中华人民共和国成立70周年国庆招待会上，特命全权大使孔铉佑先生对我会从事的日中文化交流活动给予了高度评价，对于大使先生和大使馆诸位官员的关怀之情，我将始终不忘、以此为荣，更加兢兢业业地从事日中文化交流事业。

　　借此重印之际，祈愿通过禅文化，进一步加深与一衣带水中国之间的友好交流，促进日中禅文化交流的国际化影响日益扩大，愿世界人民真正的心灵交流更加深入。

二〇二〇年十月一日

大谷哲夫 合掌

特别鸣谢为本书重印做出贡献的
国际（日中）禅文化交流协会诸位同仁

特别顾问　　（大本山永平寺）南泽道人

会长　　　　（东京长泰寺）大谷哲夫

副会长　　　（北海道大雄寺）奥村孝善

副会长　　　（东京）冈本天晴

副会长　　　（东京）熊杰

干事长　　　（群马岳林寺）铃木洁州

监事　　　　（群马双松寺）稻川俊昭

常务理事　　（埼玉莲光寺）今泉源由

常务理事　　（群马仁叟寺）渡边启司

常务理事　　（东京东禅寺）中野良教

常务理事　　（岩手石应禅寺）都筑利昭

常务理事　　（东京田中寺）泰博州

常务理事　　（东京善福寺）田中机一

理事　　　　（东京）森屋正治

理事　　　　（东京贤美阁）石冢良造

理事　　　　（千叶）镰原昭治

事务局长　　（群马长庆寺）织田泽智弘

会员　　　　（千叶高照寺）佐藤宏道

会员　　　　（东京清见寺）土屋光基

会员　　　　（兵库八王寺）志保见道开

会员　　　　（东京玉窗寺）真川直巳

会员　　　　（东京长泰寺）大谷泰子

会员　　　　（东京）池玉东

（2020年9月10日为止）

久我内大臣
通親卿ノ
御舘

第一章

鲜花

投生乱世
母亲之死
决心学佛
巨大疑问
求道起步

投生乱世

一

平家曾经权势熏天，甚至达到放言"非平氏者皆非人"的程度，但平家灭亡了，源氏之世到来。

确立武士地位的源赖朝（1147—1199）获得征夷大将军这一期待已久的职位后，于建久三年（1192）在镰仓设置幕府，迅速强化和巩固其统治。

但是，京都的政治局势却未必对赖朝有利。建久七年（1196），赖朝最信赖的藤原（九条）兼实（1149—1207）在反赖朝派的急先锋源（久我）通亲攻击下失去关白的职务，前任关白藤原基通（1160—1197）再度得势。

第二年，即建久八年（1197）十月，赖朝的妹夫一条能保（1147—1197）去世，接着土御门天皇（1195—1231）在建久九年一月即位，天皇的外祖父久我中院正统、号称土御门内大臣的源通亲随之势力大增。因此，赖朝在京都的势力显而易见地衰退，幕府的弱化也日益显露。

赖朝试图恢复幕府在京都的权力，并打算亲自进京援助兼实、介入朝政。但在即将成行的建久九年十二月，赖朝参加相模川桥建成仪式，在归途中落马，伤势致命。第二年一月十三日去世，享年五十三岁。落马的原因众说纷纭，有的说是平家的公达和义经的亡灵显现使马受惊狂奔所致，有的说是京都通亲派的策划，有的说是北条氏的阴谋。

赖朝去世后，十八岁的长子赖家继承将军职务，但幕府的摇摇欲坠之势也在此时显现出来。

京都和镰仓之间不断进行着激烈的权力之争时，日本不断遭受大风、火灾、水灾、旱灾等自然灾害。田园荒芜、政局不稳使民众的生活雪上加霜。

民众苦苦挣扎，人心混乱，时世困顿，变革的呼声尚未到来。

站在从京都五条通往伏见稻荷、深草、桃山的交叉路口上眺望，右边是宇治川，左边映入眼帘的是山脊平缓的木幡山。背对木幡山穿经宇治桥的道路，一直以来都是通向奈良的主干道。去难波、堺，要从鸟羽横渡桂川，途经久世、久我，再沿着长冈、山崎、淀川一路南下，附近是平安贵族们的别墅地。

正治二年（1200）正月二日，新年的节庆气氛还没冷下来，宇治的木幡传出一个男婴呱呱落地的哭啼声，其声音来自原摄政藤原基房（1144—1230）的别墅——松殿。

从主干道往里走，登上盘桓曲折的山路，松殿别墅建在郁郁葱葱的森林中。隔着巨椋湿地向西远眺，伏见、鸟羽、久我、山崎、天王山一览无遗。

成为母亲的伊子也从有力的哭声中听出新生儿是健康的。

两行细长的泪水从脸颊滑落，落到枕头上。富于教养、倾听哭声的绝代美女伊子时年已三十二岁。作为第一次生孩子，实属高龄。

伊子的父亲藤原基房在永万二年（1166）七月登上摄政的职位，其后历任太政大臣和关白，立足藤原摄关家的利益掌握朝廷政治的主导权。"关白"是强有力地辅佐天皇、对政事拥有事先阅览奏文特权者，世称"第一人"，可以说握有朝廷政治的最高权力。自藤原基经（836—891）以来，关白职位一直为伊子所在家族的藤原氏垄断，已有三百年之久，而且基房还深得当时掌握京都朝廷的后白河法皇的信任。

然而，基房一帆风顺的人生却在他担任太政大臣的仁安二年（1167）突然逆转，起因是他与当时势力正在抬头的平清盛（1118—1181）作对。次年基房的三女伊子诞生，在这个动乱的年代里，伊子肩负着松殿家这一名门的运数，经历了坎坷的命运。

治承三年（1179）十一月，平清盛向朝廷举起反旗，并将后白河法皇幽禁在鸟羽离宫。其后将基房驱逐出政治中枢，任命基房为太宰权帅，将基房的侄子藤原基立为关白。无法接受这种处境的基房立即出家，法名善观，拒绝服从平清盛的命令。权力场上当权者的一个决定会导致其丧失性命，甚至招来灭门之灾。对随时性命难保的基房来说，出家是保命的唯一手段。

平源两家的明争暗斗还在继续，双方互有攻防。在此期间，平氏将朝廷职位牢牢控制在一族之内，极尽荣华。四年之后的寿永二年（1183），平家抵挡不住响应赖朝号召从北陆道杀过来的木曾义仲（1154—1184），逃离京城。随后木曾义仲向京都进军。京中饿殍满地，尸横遍野，臭气熏天，仿佛象征着平家的腐朽命运。木曾此时入京，尊奉后白河法皇，掌握了朝廷的权力。

源氏的崛起以及平家一族的没落，意味着松殿家重掌朝廷权力的绝佳机会到来。此前一直坚决反对平家的基房与木曾义仲联手，请求他将儿子师家推上摄政之位。

为拉拢义仲，基房策划一计，即将伊子嫁为义仲的侧室。

伊子当时不过十六七岁，而且已被授予从三位官位，约定将来作为皇后或女官迎入宫中。但她顺从地听从了父亲的安排，成为粗野武士木曾义仲的侧室。

义仲突然得到这位气质高贵、举止优雅、美丽动人的京都名姬，果然毫不吝惜地袒护松殿家。基房复兴家族的强烈执念总算终有成果。

有义仲做靠山，基房将年仅十三岁的长子师家推上内大臣摄政的地位，成功地夺回朝廷的主导权。

但是，好景不长。

次年寿永三年（1184），义仲的军队在不到一年时间里沦为一群强盗。义仲自己也遭朝廷排斥，被源范赖（？—1193）、源义经（1159—1189）——两人均属于追讨平家的赖朝派阵营的联军追赶至京外。

义仲朝后白河法皇的御所奔去，但不见法皇的身影。法皇已经抛弃义仲，他深怕自己受到牵连，一早就藏了起来。义仲知道自己气数已尽，怀着眷恋，匆忙奔向伊子的住所。

此间，义仲的军队拆毁濑田、宇治川的桥板溃退，一千六百余骑兵整顿队形迎击敌军，但无法抵抗号称六万之众的联军。联军的白色旗帜已经逼近六条高仓馆，但此时义仲还没有离开伊子身边。

义仲的心腹、越后中太家光实在按捺不住，在窗外一再催促，但没有回答。时间就是生命。

——也只好如此了。

"大人，请出战！"

家光这样喊着，在庭院前剖腹自杀了。

赌上生命的忠谏终于唤醒了义仲，他配上武器，戎装出阵，但义仲军在四

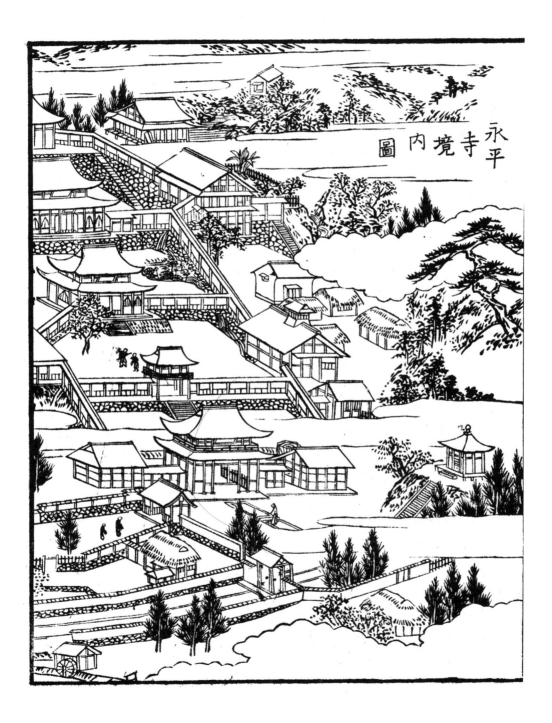

永平寺境内圖

条河原溃败。义仲逃往近江粟津原，在那里中箭倒下，箭头深深插入头盔中。义仲就这样悲壮地死去，从他成为征夷大将军的正月十五日算起仅有三十天，结束了三十一岁的生命。

义仲败走战死以后，松殿家唯有再度退下权力宝座。此时宫廷的主导权已转移到亲赖朝的基房之弟藤原（九条）兼实家族手中。

当时，公卿政权内部在政策上有两种对立的态度。亲幕派的代表人物是藤原兼实，反幕府派的代表人物是兼有村上源氏血统的源通亲。

兼实的政治方针重视与幕府协调，在拘泥于传统价值观的朝廷当中自然不受欢迎。对于兼实来说，强有力的对手是后白河法皇的宠妃丹后局和通亲两人。

通亲擅长权谋，是当世无双的朝廷政治家。同时得到丹后局的信任，势力迅速抬头，开始从根本上动摇以赖朝为靠山的兼实政权。

建久七年（1196）十一月，通亲与丹后局联合，在源赖朝之女大姬入宫问题上借题发挥，在后鸟羽上皇前诬陷与赖朝关系密切的关白兼实，使兼实失去权力，其派系的人也全部被逐出朝廷。

以后，通亲甚至凌驾丹后局之上，几乎完全垄断了朝廷的权力。

此前，通亲已经娶太政大臣花山院忠雅的女儿范子为妻，之后又娶了平清盛之弟教盛的女儿，原先作为平家一族的成员闯荡政界。不过，平家灭亡之后不久，通亲就开始讨好后鸟羽上皇。通亲还把养女在子送给后鸟羽上皇当侧室，并使他们两人所生的为仁亲王即位成为土御门天皇。这样一来，通亲就获得了天皇外祖父的特权地位，开始施展其才能，甚至私下策划讨幕大计。

镰仓的赖朝甚至说过"这个家伙……一定要搞掉他！"赖朝非常讨厌通亲，就像讨厌蛇蝎一样。

义仲去世之后，基房将伤心的女儿伊子带回家。基房一直等待着重振家族的机会，计划利用亲戚关系接近通亲——他与通亲是连襟，两人分别娶了花山院忠雅的两个女儿。基房其后成功地将伊子送给通亲作侧室。

通亲是有名的文人，曾拜六条季经为师学习和歌，其作品在《千载集》、《新古今和歌集》中都有收录。

这时伊子才三十岁，通亲五十二岁。通亲也耳闻伊子的名声，但初次见到伊子时还是不由得倒吸了一口气。比传闻更美丽，由内而外散发着知性美的女性，让人眩目。

——怎么会这样……

在那一瞬间，通亲被伊子深深吸引。

黎明将近，残月如钩，通亲离开伊子身边回家去，作了一首和歌送给伊子：

> 若即若离，晓月西沉。
> 身动情留，此心浮升。

久我家在京中有土御门高仓方四町和川崎北泉两个住处，仅仅三天后，就有人看到通亲的牛车出入伊子的别墅。

春天，通亲在参拜父亲坟墓时看到凋谢飞散的樱花，不经意地想起了伊子，又作了一首和歌：

> 点点青苔下，惜花之心仍在否？

通亲觉得不可思议，越见面，自己就越被伊子吸引。伊子的眼中满是深深的悲哀，有时会呈现出女子的心境，仿佛看透了世事无常，有时候又流露出毅然决然的坚强意志。沉静的笑容和那伴随着感情起伏的轻轻呼吸，在通亲看来，伊子的各种面貌都惹人怜爱。通亲十分震惊地意识到自己萌生了如痴如狂的感情，胸口就像被堵住了一样，思念不住地涌出。这真是如甘泉一般的感情呢！

通亲不能到伊子身边去时，就送信说：

祖师御诞生

"惟愿朝夕不相离……"

伊子以歌相答：

日日愁思梦双影，聚短离长人愈悲。

作为公卿，通亲位极人臣。其意志能撼动当世，能摆布他人，甚至将镰仓幕府玩弄于股掌之上，但通亲却对这份无法按捺的感情不知所措。

不久，伊子怀孕了，满月之后产下一个男孩。通亲得知男孩出生的消息，罕见地亲自写道：

"命名为'文殊'"赠予伊子。
"文殊公……文殊菩萨的名字。"

通常的话，该请阴阳师为孩子占卜命名。这样对佛祖无所畏惧、旁若无人地为孩子命名，不愧是通亲的作风，伊子微笑着想。

这就是后来被称为"道元"的诞生记。

就在文殊出生的前一年建久十年（1199），通亲的政敌赖朝在五十三岁时去世，其子赖家继承将军一职。

当时京城疫病流行。就在文殊出生前不久，赖家倚仗的梶原景时为御家人(幕府隶属的武士——译者注)所排斥，在骏河遭到谋杀。

同年，赖朝的妻子北条政子（1157—1225）在镰仓的扇之谷兴建寿福寺，迎荣西为开山祖师。在这个前所未有的动荡时代里，荣西成功地两次到大陆宋朝，学习南禅宗后归国。那时政子相继失去长女大姬、丈夫赖朝、次女乙姬，正处在人生的低谷，于是以赖朝去世一周年忌日为契机兴建了这座寺庙。

同一时期，文殊的父亲通亲却在京都控制着镰仓。赖朝一死，自己兼任右近卫大将，将朝廷中的亲幕派一扫而光。另外，通亲还掌管着所有的朝廷领地，凭借财富和权势凌驾于摄关之上，京都的政权已成通亲的囊中之物。

文殊在伊子身边茁壮成长。

伊子看到文殊的小牙闪着光芒，感到自己的生命就在文殊的体内涌动。

真是越看越可爱啊！

空中ニ
聲アリ
懐妊ノ兒ハ
大聖人ナリト
告ル

炎热的夏季终于过去了，在早晚感到冷意的秋夕，伊子和母亲定子相视而笑。

心满意足的日子一天天过去。

在这个年纪能够拥有这样的幸福，伊子从来不敢奢望。义仲之死虽说是一个急剧短暂的转折点，但那以后，伊子的人生就覆上了浓重的阴影。在很长一段时间里，伊子都无法摆脱那种莫名的空虚感。但现在抱着自己的宝贝儿子，一切烦恼都烟消云散了。

伊子用汉语、日语将所有"可爱"的词汇都排列出来。

宠爱、爱幸、亲爱……慈爱、亲美、怜爱、可爱……但这些词汇都是理性表达，没有一个足以表达自己的感情。

文殊带给伊子的是穿透身心的喜悦。

——这孩子给了我第二次生命，我因为这孩子才得以复活！

文殊打着小哈欠，继续睡去。伊子凝视着文殊的小脸，怎么看也看不够。

建仁元年（1201）三月的歌会上，通亲作诗送给伊子：

誓言非一梦，相见始心知。

二

建仁二年（1202），文殊出生后的第三个春天到来了。

文殊所到之处一片欢声笑语，大人们都围着文殊转，幽静的松殿宅邸里传来阵阵笑声。

"跑得这么快，当心摔倒啊……"

文殊挣脱乳母的手，抢先一步走在前面，看着他摇摇晃晃的样子，外祖母定子不由得叫出声来。

哭也罢，笑也罢，打喷嚏也罢，无论做什么，文殊的表情和动作都是那么可爱。伊子觉得无论怎么爱幼小的宝贝儿子，还是爱不够。

那年的夏天特别闷热。

即使是在树阴满庭、夏草繁茂的木幡宅邸，立秋都过了，午间还是一如往常地酷热。不过到秋虫更替夏蝉开始不停鸣叫时，早晚肌肤终于感觉到一丝凉意。

十月末，叶色渐浓，飘舞而落。一点预兆也没有，伊子突然被告知——通亲去世了。

一瞬间，头晕目眩，伊子当场就崩溃了，双腿一软坐在地上。十几年前得知义仲死讯时的感觉又回来了！那种痛彻心扉的寒意和震颤又回来了！但在那一瞬间，伊子想到的不是自己，而是文殊的前程。

——会怎么样呢……以后这孩子到底会怎么样呢？

这么年幼就失去父亲，在公卿社会到底意味着什么呢？母亲的直觉告诉她，自己幼小的宝贝儿子无疑要踏上艰难的道路。

——前一阵子见面时还很健康……为什么……

事实上，通亲去世前不久还在忙碌奔波。

实在死得太突然了，莫不是遭谁暗杀的？或是被赖朝的亡灵缠住？人们私下里议论纷纷。通亲暴卒，享年五十四岁。

伊子的父亲基房再次大失所望："这么一来，重振松殿权势的路算是彻底封死了。"

起死回生的杀手锏，因为一个当权者的死亡而画上了终止符。

经历了这些日子，伊子的表情再次笼上阴影。她常常独自一人闷在屋里，不时还能在屋外听到她用压低了的声音诵读《法华经》。

伊子本是名门公卿的女儿，她身上的一切和汉教养在当时都可以说是首屈一指，其中对《法华经》特别有感情。年幼的文殊很自然地将母亲诵读的《法华经》当成摇篮曲一样，听着长大。

通亲去世之后，久我家和松殿家就文殊的养育问题进行了商谈。结果是文殊同父异母的哥哥、通亲的次子大纳言久我通具作为养父负责文殊的养育。因此，文殊需要离开母亲和外祖母，到通具居住的久我庄去。

当时，久我家的家主地位由通亲的三儿子通光继承。

文殊的养父通具是通亲的二儿子，很大程度上继承了其父的气质。通具奉职于朝廷，是当时名副其实的一流政治家，后来升为正二位大纳言，被尊称为源亚相（亚相是大纳言的汉名）。另外，通具也是优秀的文人，特别是在歌道中，能与藤原定家相媲美，而定家是具有"歌仙"美誉的才俊。通具还和定家等人一起编撰了《新古今和歌集》。

其实从距离上看，木幡的松殿宅邸和久我庄离得并不是很远。住进久我庄之后，文殊也经常来往于两家之间。伊子还经常去看望文殊。每到那个时候，伊子片刻都不离开文殊，而文殊也天真地撒着娇。

通亲去世后，政治情势又有了重大变动。

镰仓幕府尚属草创时期，将军赖家无法随心所欲地统领元老和诸将。对立逐级表面化，源氏武家政权动摇的先兆已经出现。

赖家表现出无视元老和诸将的姿态，自然招致了诸将的反感。赖家的态度逐渐强硬，诸将的反感也愈加强烈。另一方面，赖朝之妻政子的娘家北条氏也在等待机会，企图掌握武家政治的实权。

不久，赖家病倒了。母亲政子和外祖父北条时政（1138—1215）马上于次年建仁三年（1203）九月诱杀了赖家的岳父比企能员，同时也杀害了赖家的嫡子一幡。

时政以赖家的病情为由解除了其将军职位，并将赖家幽禁在伊豆的修善寺。同时谎称"赖家暴卒"，赐名赖家的弟弟千幡为"实朝"，将其推上征夷大将军的职位，当时实朝不过十二岁。第二年，元久元年（1204）七月，时政杀死幽禁中的赖家。

那一年，实朝代替赖家坐上了三代将军的宝座，幕府的实权掌握在北条氏手中。

时政和大江广元（1148—1225）一起担任政所别当(长官——译者注)，还担任了将军的监护人。通过使用下知状(镰仓室町时代执政和管领上承将军之意传达命令的武家文书——译者注)这种只需其一人签名就能执行的新式文书，时政代替实朝执掌除御家人领地之外的所有政务。时政还利用自己"执权"的地位将有能力与之对抗的诸将悉数清除，第二年的元久二年（1205）六月，甚至排斥并消灭了武藏豪族畠山重忠。

没过多久，时政就与后妻牧之方合谋，企图迫使实朝退位，然后拥立女婿平贺朝雅为将军。激怒的政子与时政的儿子义时同心合力庇护实朝，击退了时政和牧之方，还袭击了平贺朝雅的宅邸并将之杀死。时政最终出家，隐居伊豆。

在京都，通亲死后，积极辅佐后鸟羽上皇的既不是近臣，也不是摄关家，院政基本上由皇族掌握。一直在等候时机伸张皇权、抑制并打倒幕府势力的后鸟羽上皇也趁着幕府内乱之际，一点点地扩大自己的权势。

文殊到久我家之后，为安慰情绪低落的伊子，通具也经常带着文殊看望伊子。

通亲周年忌法事结束后的一天，伊子又在诵读《法华经》。只顾在一旁独自玩耍的文殊听到后，便不知不觉地与伊子一起念起经来。伊子很吃惊，但仍按部就班地背诵完一卷，文殊也刚好背诵到结尾。

通具听说这件事后，高兴得眼睛眯成一条缝，说道：

"是吗？到了什么都想模仿，什么都想知道的年龄了吧……不过，连大人都觉得很难的《法华经》都记住了……"

通具也难以掩饰震惊。

伊子再次见到通具的时候，通具告诉她文殊能朗诵唐朝诗人李峤的《李峤百咏》。伊子想起自己小时候，不由得微笑起来。伊子阅读汉文的能力从小就比同龄男孩子高超得多。

中国大约从六朝时代开始出现咏物诗，但到唐朝初年才出现仅收录咏物诗的诗集，其中的代表作就是《李峤百咏》。自古以来就不断受到中国影响的日本也很看重《李峤百咏》，这在敕撰三诗集时代的作品中已有体现。

李峤的诗已经成为公卿子弟的"读写入门书"。

知道文殊能够记住《法华经》的通具，试着给文殊读《李峤百咏》中的《松声入夜琴》：

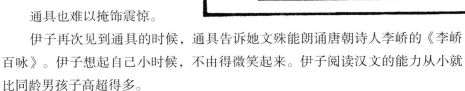

落日正沉沉，微风生北林。
带花疑凤舞，向竹似龙吟。
月影临秋扇，松声入夜琴。
若至兰台下，还拂楚王襟。

令人吃惊的是，文殊在一瞬间就很流利地记住了，与此同时也开始认识汉字。

通具的直觉十分正确。

文殊具有罕见的记忆力，对此，通具十分高兴，并将当时公卿们视为文化素养的《春秋左氏传》、《诗经》（毛诗）等和汉古典文学的片段读给文殊听，此时文殊显得很开心，转眼间就记住了其内容。

文殊的天赋之才是多方成就的怒放之花。除继承了父母的聪明和与生俱来的资质外，还有当时最优秀的文人、养父通具给予的教育。不仅如此，文殊所处的公卿社会大人们，都是从小就接受汉文教育，或者是系统地接受过高雅正规的诗歌教育，代代都是深谙诗歌作文之道、精通典章制度的人才，他们都是文殊的良师。

文殊特别喜欢、经常挂在嘴边的是《诗经》国风中的四言诗：

关关雎鸠，在河之洲。
窈窕淑女，君子好逑
……

文殊虽然不太明白确切的意思，但以抑扬顿挫的语调背诵这些诗篇，并像祈祷文那样将其吟诵。

母亲之死

一

建永二年（1207）秋天，伊子染上夏日感冒，不经意间病情逐渐加重，一直卧病在床。

"这感冒老是好不了，医生都说什么了……"

深秋的某日，伊子的样子依然不见好转，着急的基房向妻子定子打听道。

"还是一点儿都不得要领。虽然各种药都试过了，但是管用的一种也没有……"

伊子也知道，自己的病情比大家想象的还要严重。随着光阴流逝，伊子不仅感到体力日渐衰弱，心中那种无可奈何的焦急感和倦怠感也在与日俱增。

不久，秋天也过去了。在初霜降临的一个下午，伊子难得地精神好转，想要和文殊说说话。使者赶到久我宅邸传达了这一愿望，文殊很快就被送到伊子身边。

"母亲大人，您的身体感觉怎么样？"

文殊跑到母亲身边，担心地打量着她的脸色。

"没关系，比起我的病，你怎么样呢？我听说你在踏踏实实地用功学习，我也很高兴呢！"

伊子感到已经八岁的文殊，眼睛已经脱离了幼稚，蕴藏着坚定的光。

文殊欲言又止，伊子便继续说道：

"今天想和你说说话，所以把你叫来了。叫得很急，是不是吓着你了？"

文殊默默地听着母亲说话。

"文殊啊……虽然说出来会让你难过，不过我呢，有种预感，我活不久了……"

突如其来的话让文殊吃了一惊，他目不转睛地凝视着母亲的脸说道：

"您在说什么啊，母亲大人！请别说这种话吧！"

像是没听到文殊悲伤的话一样，伊子继续说道：

"如今社会上盛行这样一种说教，认为只要诚心供奉阿弥陀佛，人死后就能去阿弥陀佛所在的极乐世界。不过，真的有极乐世界吗？聪明的文殊怎么想的呢？"

文殊当然回答不出来，但伊子也不是第一次谈论极乐世界这个话题。遭逢义仲之死，通亲又先行一步，更加厌倦现实世界的伊子即使对幼小的文殊，也反复讲人世的无常。与其说是说给文殊听，不如说是在向自己发问。

"我不认为存在那样的世界。"

伊子的声音有气无力，但真切的话语在文殊的心中回响。

"我呢，如今还在你的身边。此刻这里就是极乐世界。除此之外没有极乐世界。"

聪明又敏感的文殊也感染到萦绕母亲心中的空虚感。伊子向文殊说了这些话后，感到自己的痛苦得到舒缓，同时感到安慰。

此时已是皓月当空的深夜。

空气冷得彻骨，秋凉又深了一层。

从平安到镰仓这一时期是"妖魔鬼怪"支配的社会，所有的社会动向都是与妖魔鬼怪斗争，能够祛除妖魔鬼怪的是以佛教陀罗尼为中心的祈祷。真言和陀罗尼酝酿出咒术的氛围，虽然其意味微妙难明，但有奇妙的庄严感。诵读这些经典时，人心得到治愈。

佛教可说是被除不祥的最高手段。

另外，在文殊成长的镰仓时代初期，"末法思想"四处蔓延。

"末法思想"可以说是佛教的时代观。释迦死后种种说法鱼龙混杂，这种思想以千年为单位，将释迦死后的时代分为正法、像法、末法三个时代。能正确遵行释迦教诲的时代是正法时代，只有形式的是像法时代，再后来就是对众人行为进行审判的末法时代。这种思想认为到末法时代，不论怎样努力修行佛法也不会有任何效果。

在日本，这种思想出现于奈良时代，其后末法意识逐渐高涨。最澄撰写的《末法灯明记》基于吉藏的《法华玄论》等著作，认为从永承七年（1052）开始日本进入了末法时代。

身为佛法主宰者的僧侣们为"末法思想"四处奔走，手舞足蹈，积极地宣传：

"在此之后，人间将战乱瘟疫横行，惨如地狱。同时佛教也遭到废除，无论人们怎样虔信，都绝不可能得救。"

世界确实变成这样。

过去，人们一直靠佛教来祛除妖魔鬼怪，佛教是生活的一部分，然而现在却到了即使虔信也不能得救的世代。末法思想堵住了人们通往救赎的道路，废除了一直以来为人们所信赖的佛之教诲。战乱和瘟疫横行，人们永远迷失在地狱中，永远承受着超出想象的痛苦。无论自己怎样虔诚也绝不可能得救，这种不安的感觉助长了人们的恐惧心理，不仅对佛教世界，也对一般人的生活方式造成了巨大影响。

但是，也有人极力宣扬，即使在末法时代也依然保留着一条救赎之路。

那就是法然坊源空（1133—1212），他提倡的是极乐净土佛法，也就是以阿弥陀如来为教主、祈求去往极乐净土的净土信仰。

法然如是说：

"在众多的菩萨中，阿弥陀如来是最宽容的。不管是怎样的末世、浊世，他也向人间界打开方便之门，立誓拯救众生。只不过，如果希望阿弥陀如来拯救的话，人们必须放弃走捷径的想法，专心致志地信仰阿弥陀如来的慈悲，只要念唱'南无阿弥陀佛'就可以了。"

说到阿弥陀如来的宽容，那是一种轻松的他力法门，不需要自己出力，而是依靠其他力量。这对于那些被逼上末法绝路、正在苦苦呻吟的人们来说，真是求之不得的信仰之路。因此，净土信仰迅速席卷全日本，几乎所有人都皈依了阿弥陀如来。

佛教渗透进生活的方方面面，正因为佛教是人们生来就最为依赖的宗教，所以末法思想触及了人们恐惧的底线。净土信仰随之萌芽，这也是当然的结果。

但是，在这种风潮之中，不知为什么，伊子总觉得这个净土信仰有点不可靠。

——人们奉献出全部，相信自己以外的东西，这样的生活方式真的可靠吗？这难道不是放弃了自己之所以为人的根本吗？为了救赎甚至要放弃自己，我可不愿意。今世不是好不容易才诞生出来的吗？如果是这样，直到最后的那

御母君ノ裏
二過テ香火
ノ煙ヲ観ノ
無常ヲ悟
リ玉フ

一刻为止，我也想凭自己的力量生存。能够拯救自己的，只能是自己。

伊子以前就模模糊糊地抱着这种想法，因为感到自己死期将至，更是切身地思考、进一步严肃地审视这些问题。不管怎么样，她要事先将自己的想法告诉文殊。

夜幕降临，文殊感到自己被刺骨的寒冷包围着，但他仍然端坐在伊子的枕边，身体一动也不动。

死，究竟是什么呢？怜爱自己的人去世了，这究竟意味着什么呢？文殊没有想这么远，只知道妈妈不相信净土这一类东西。

我们生活的现实世界才是净土，与自己共度的日日夜夜才是净土，妈妈这样断言。文殊从中看到母亲前所未有的强烈意志。伊子的思想就这样流入文殊的心中。

莫非，妈妈要向自己作最后的告别了？文殊本能地察觉到这一点，脸色骤然阴沉下来。

察觉到这一变化的伊子，猛然清醒过来，她说道：

"你是聪明的孩子，所以你的将来很让人期待。我真想一直待在你身边，日夜守望着你的成长。"

伊子背过脸，拼命忍住不断涌出的泪水，又一次看着文殊的脸平静地说：

"正因为你很聪明，所以我真的很担心。从今以后，你肯定会同父亲大人一样被培养成一个朝廷政治家。这也许是无法回避的命运。但是，对于那个世界来说，你过于聪明了。我总觉得，这份聪明会伤害到别人，最终也会伤害到自己。妈妈很担心会这样，认为你不适合进入公卿政治的圈子。"

伊子察觉到，随着文殊的成长，父亲基房和弟弟师家投向文殊的视线越来越炽热——无论如何都要把这个孩子拉进朝廷政治的世界，以图家族再兴——伊子很早就感觉到了。这两位只顾及自己的权力者，使伊子对愚弄人的肮脏政治以及男人们被权力魔性缠身的生存方式感到令人绝望的厌恶。

——但是，孩子文殊身上流着通亲的血，肯定什么时候就会涌现出来，必然如此。通亲是文人，同时也是擅长权谋术数的绝世谋士。他血洗人心而君临天下，为权力魔法缠住，在这个浑浊的世界中结束了沾染污秽的一生。伊子只有文殊，她不想让他生活在这样的世界，她想让他生活在清洁干净、不违本性的至高无上的世界里。

无论如何都要让文殊逃出去。

在文殊看来，自己还没有举行元服式(贵族家孩子的成人加冕仪式——译者注)，为什么妈妈对自己的将来说得那么严肃呢？此时他还没有理解这些话的真正含义。但不需要任何理由，母亲灵魂之声撼动了文殊的灵魂。

昏暗的烛光摇曳着，夜空中升起的月亮在远处散发出苍白的光芒。文殊依旧端坐在伊子的枕边，一字不漏地倾听着妈妈的话语。

这一日，伊子竭尽全力想和文殊说话，但心中的呼喊成不了声，在虚弱的肉体前无能为力。没过多久，伊子像是睡过去了那样失去了意识。

第二天，伊子连头都抬不起来了。

到了腊月，即使在一直很安静的木幡松殿宅邸也能感受那份喧闹，此时伊子变得更加虚弱。

承元元年（1207）十二月，根据御医的指示，文殊的养父通具、伊子的父亲基房、母亲定子、弟弟师家、还有伊子的姊妹们等，这些近亲都赶过来了。伊子仰卧着，亲人们围坐在她身边，一同面对最坏的结果。

伊子的呼吸很浅，被子也只是些许地随之上下起伏。

过了一会儿，伊子睁开眼睛，让隔壁房间里的祈祷师停止喧闹的读经声，像是梦呓一般，缓缓地环视着周围，呼唤着文殊的名字。

文殊悄然在伊子的枕边坐下，呼唤了一声"母亲大人"。

比起前不久见面时，妈妈那清晰的脸显得更瘦小了，文殊热泪盈眶。

"别哭，我的话，好好听着……我还有想……再……和你……说的话……"

断断续续的话语，伊子说得很艰难，她稍稍停了一会儿。

再次竭尽全力，伊子的嘴唇像是打着寒战一样，发出微弱的话音。

"你呢，太聪明，所以不适合像父亲大人那样，走政治家的路……这之前，已经说过了吧……"

伊子的眼睛，好像是望着文殊一样，但已经无法聚焦。

文殊把耳朵贴近妈妈的嘴边。

"……在那之后，我一直在思考。后来，想起来了。……文殊，将来到了考虑自己前途的时候，要去拜访一下……我的弟弟……良观。良观大法师一定会像你的母亲一样，和你谈。是吧。明白了吗……"

"明白了。我已经明白了，所以母亲大人，请早点好起来。"

文殊还没说完，接下来的瞬间，伊子的眼睛一直凝视着文殊的眼睛。

"那么，就，为我，祈祷，冥福……吧。"

这是母亲伊子最后的话。

承元元年，伊子辛酸曲折的三十九年人生走到了尽头。

不久，在清瀑的高雄山神护寺举行了肃穆的葬礼。

不管如何聪明，文殊还只不过是八岁的孩子。他太幼小，难以理解母亲之死的意义。只是在仪式中，听到四处传来的啜泣声，文殊的心中不知何故突然袭来不安与恐惧，并伴随着强烈的寂寞感。这种感觉与其说是悲伤，倒不如说更像是莫名的惊心。

在外祖母定子的催促下，文殊点燃了香。香马上化作一道紫烟袅袅升起，越出文殊的视野消失了，空中没有留下一点痕迹。

——母亲大人，您究竟到哪里去了呢?

想到这里，之前一直强忍着的泪水夺眶而出。

但是，回到原来的生活之后，失去母亲的真正寂寞和悲伤突然袭来。好几次文殊像平常那样呼唤着妈妈的名字，突然惊醒过来。不管再怎么叫，妈妈都不会回答了。身边那位温柔地朝自己微笑的妈妈，那位向自己讲述人世无常和权势空虚的妈妈，已经再也见不到了。文殊经受了有生以来最难以忍受的心酸和伤痛。

二

半年过去了，一年过去了……文殊渐渐习惯了没有妈妈的生活。习惯了之后，妈妈的容貌又开始变得清晰起来。无论做什么，都能感觉到妈妈温柔的视线，在心中问话也能听到妈妈的回答。

——妈妈活在我身体里。在我的一生中，妈妈都会和我在一起。

文殊能清楚地感受到妈妈活在自己的心中。妈妈哪儿也没去，始终和自己在一起，这样想着，文殊的悲伤和不安渐渐地消失了。

到文殊九岁时，通具把世亲的《俱舍论》读给他听，这是通具自己也很感兴趣的佛教教理入门书。一开始，文殊就两眼放光地一个劲儿听着，仅仅十天，就可以自己阅读了。

文殊对《俱舍论》表现出的兴趣连通具都觉得不同寻常，甚至感到诧异。

承元二年（1208），此时成为松殿家户主的师家表示，希望正式将文殊作为养子。师家没有继承人，想将聪明伶俐的文殊教育成自己的继承人，使之成为复兴松殿家的杀手锏。师家完全不关心文殊内心的变化，积极地为他预备通往公卿政界之路，但这是伊子生前最担心的事情。

——这孩子，将来一定能成大器。不管怎么说，他可是将镰仓玩弄于股掌之间的通亲公的儿子啊！

师家等人对文殊寄予厚望。

在这之后，师家便取代养父通具执掌了教育大权，他给幼小的文殊朗读《论语》，借此给他解说"国之切要"，谈论"国之大事"。

对于当时的公卿们来说，被称作儒教圣典的《大学》、《中庸》、《论语》、《孟子》等四本书以及《易经》（周易）、《诗经》（毛诗）、《书经》（尚书）、《春秋》、《礼记》等五经中，《论语》是必读的根本之书。《论语》已经成为当时的政治理念以及当权者精神信仰的基础。师家计划将这个聪明的少年逐渐培养成朝廷的政治家，据此挽回倾颓的家运。

文殊虽然还年幼，但是通过这些儒学书籍，也开始大致理解人世的生活方式、人的爱憎苦恼、世间的变迁等东西。但是，最能吸引文殊的还是养父通具赠送的、从幼年就开始接触的《诗经》和《文选》，还有佛典类书籍。尤其是《文选》，这是诗赋文章的集大成之作，是文辞学的权威。当时所谓学习诗文，其实就是学习《文选》。从幼年开始系统学习《诗经》和《文选》，对后来道元的著作产生了巨大的影响。

文殊在师家身边的三年，转眼间就过去了。

十三岁的文殊，个子长高了许多，虽然表情中还残留着天真烂漫，但是言谈举止间已经可以感觉到大人的沉着稳重了。

想起母亲时，那种必然袭来的勒紧胸口似的悲伤和寂寞随着时间的流逝已经减轻，但取而代之的是其他想法不断地涌现出来。那像是深入阅读佛经而自然产生的想法。

——为什么人必须背负着悲伤和痛苦生存呢？人是为了什么而诞生的呢？

这些，都是对人这种存在最根本的疑问。

建历二年（1212），在新年刚刚开始的正月二十五日，传出提倡专心念佛的法然坊源空的死讯——在洛东大谷禅房，以八十岁的高龄安然去世。

那天，文殊也听到了法然的讣告。

法然生前总是鼓动大家：

"希望去往他界的各位，必须舍弃那些宣称凭借自己的力量就能在现世悟道的教诲，赶快皈依净土教的专修念佛宗吧！"

这种教导，以当时的末法思想为背景，立即就在世间传播开来。

但是，镰仓幕府却很讨厌那些吃荤好酒、迷恋女色的念佛宗僧人，为此发布数次禁令。

伊子去世的那年，法然的弟子住莲和安乐因后鸟羽院的宫女出家一事而触犯了上皇，两人被定为死罪，法然、亲鸾及其七位门徒也被流放四国等地。

法然在七十五岁高龄时被迫改名为藤井元彦，他对门徒们说：

"哪怕是死罪，我也会念佛。如今被判了流刑，不管到多么边远的地方去，我还能劝那里的人们念佛，这真是善缘啊！"

法然在通往流放地的路上，不停地规劝遇见的妓女、渔民、农民等许多人念佛，一直到达赞岐的盐饱岛，在小松生福寺定居下来。然而，没过多久他们就得到赦免，回到京都，受到门徒的热烈欢迎。眼看着念佛就要再度兴起了，却发生了这事。

对于法然之死，世间议论纷纷，人们的无力感更加沉重，被绝望击溃。

然而，文殊却因为法然的死，开始更加深入地思考母亲伊子留下的话语。

生前，妈妈经常这么说：

"世上有人教导说，只要奉献出自己的一切、信赖阿弥陀如来的话就能往生净土。但这样的世界真有吗？我呢，不能完全奉献自己。我想通过自己的思

松殿尊閤
猶子ノ評
議セラルヽヲ
窺ヒ聞キ
玉フ

考以及自己的力量拯救自己……"

虽然妈妈没有把话说得很清楚，但恐怕妈妈想说的是"不想为了得救，连自己都奉献出去"吧。文殊这样揣测母亲的心思。

——真想知道原来的意思啊！真想继续学习佛教，给母亲大人的问题找出明确的答案！

文殊严肃地思考着这个问题。

某日，松殿宅邸里传出久违后前来造访的通具与基房、师家的谈笑声。

文殊本来没打算仔细听，不过当他知道三人正在谈论自己的时候，赶紧躲在门后。

"文殊元服式的事啊，也差不多要想想了。"

这是师家的声音，看起来通具也赞成。

文殊起身回到了自己的房间。

——不好了！叔父大人们要催促我举办元服式了！

"元服式……"听到这一句话时，文殊不由自主想逃避。

对文殊这样置身于公卿社会的子弟来说，元服式之后马上就会被赐予五位官位，有时还会同时决定适合的妻子人选。文殊也知道这些，不仅如此，他还立刻想起了妈妈临终前说的话。

——"你不适合进入公卿政治的圈子。"

这是母亲大人说过的话。最了解我的母亲大人这么说，所以一定错不了。既然如此，那该如何是好？之后不就只有出家这条路了吗？

文殊这样想着，很想知道死期临近时妈妈所说的话到底是什么意思。

——人究竟是为了什么而出生的呢？活着，究竟是什么呢？人死了会变成什么呢？净土这东西真的存在吗？……

越思考想知道的东西越多。

——真想继续学习，了解真正的答案。

文殊强烈地祈愿道。

通具和基房回去之后，那天傍晚，师家呼唤文殊，说是有话要说。正如文殊所担心的那样，这场谈话正是关于元服式的事情。

师家把文殊叫到跟前说道：

"今天，我和通具大人商量过了，过些时候要给你举行元服式。你那去世的母亲大人会怎样地欢喜啊！"

文殊沉默着，不知怎么回答。元服式意味着从此迈入政界担任官职，这些文殊也知道。

"怎么了？不高兴吗？……"

文殊一张不高兴的脸，师家感到非常意外，语气稍稍强硬起来。

文殊默默地听着，在师家锐利视线的注视下，文殊开口了：

"义父大人，非常抱歉！我，不想接受元服式！"

"什，什么……不想元服？你到底在想什么！"

听到这出乎意料的回答，与愤怒相比，师家更多的是震惊。

"是，我想出家！"

这话脱口而出，不仅师家吃惊，文殊自己也吓了一跳。

在师家面前第一次说出"出家"这种话，文殊发觉自己心中真是这么期待的。

的确，师家和通具都期待着自己行元服式，文殊自己也很明白。他也知道，爽爽快快地举行元服式，是报答养育之恩的最好办法。但是，一旦元服，自己就像父亲通亲那样，到死为止都不会有出家的机会，也不能完成母亲的心愿，如今自己持有的种种疑问也得不到解答。文殊的头脑中掠过这些想法。

"出家？……你在说什么呀？……不行！你的生父大人通亲公，是做到内大臣、右近卫大将的人物。我的父亲，也就是你的祖父基房公，是担任过摄政、关白的人物。久我和松殿两家，世世代代侍奉君王，参与国政。我也是这样，当然了，你也应该举行元服式，然后踏上这条路。聪明的你一定能威风地撼动当世。对你去世的父亲大人和母亲大人来说，这是比什么都好的供养啊！这是你的命运啊！"

说到这里，他停下歇了口气。

"出家什么的……出家是要舍弃一切的，是要舍弃世界的哟！与这个世界的全部关系都要切断的哟！这种事，在已经出人头地、功成名就之后倒是可以。明白吗？……你可要好好想想这些。"

师家没完没了地力图说服文殊。

师家并不是不知道，当时幼年就失去双亲的名门子弟选择出家是一种习惯。但为了避免这个结果，师家将文殊当做儿子一样对待。这是一步也不能退让的，可以说关系到整个家族的命运。

"还有再次商量的机会，希望你在此之前好好想想！"

师家发威似的留下话，带着失望的表情离开了房间。

但是，师家的话文殊一句也没有听进去。

独自一人留在房里的文殊，从嘴里讲出深埋在心中"出家"二字的瞬间开始，就强烈地意识到自己的前路已经清楚地决定了。

自己一直漠然不清的命运，在那时候由自己清楚地决定了，那就是"出家"。这种认识使文殊身子发烫、不住颤抖。

决心学佛

一

从师家那里听说元服式的当晚，文殊彻夜未眠。脑子里涌现出种种想法，来来回回地旋转。

到清晨，迷迷糊糊似睡非睡的时候。

"文殊，文殊！"

是妈妈的声音！日夜思念的妈妈在呼唤。

"文殊啊，请去拜访一下良观大法师……"

文殊突然睁开眼睛，妈妈并不在身边，不可思议。虽然明白只是一个梦而已，但就在那一瞬间妈妈的身影仿佛活过来，那温柔的嗓音笼罩着文殊。

很长时间没有梦到妈妈了。妈妈一直在自己的身边，文殊再一次强化了这种想法。他回忆起妈妈临终前说的话。

——母亲大人正是为了这天，才给我留下那些话。是啊，去拜访一下比叡山的良观大法师——良观舅父大人吧！

文殊很快就做出决定。

第二天，文殊像什么事都没发生一样，如同往常似地度过一天。包括乳母在内，家人都没有察觉出文殊的"决心"。文殊悄悄地将身边物品打包，等待着太阳落山。

漫长的一天终于结束，黑暗笼罩四方。

等到深夜，文殊趁着夜色悄悄地逃出了松殿宅邸。

"请原谅文殊的任性！"

文殊站在熟悉的松殿宅邸门前，深深地鞠了一躬。一定要向生我养我的宅子告别，要向慈爱的祖母和乳母告别吗？想到这些，凄凉无比，文殊在心里与他们一个个告别后，一溜烟地消失在黑暗中。

这是建历二年（1212），文殊十三岁的春天。

从松殿宅邸出来后，文殊顺路拜访了父亲家族的久我家，并且住了一夜。文殊突然来访，通具也很惊讶，不过文殊的样子与平常没什么不同，所以他也没有特别怀疑。

第二天，文殊久久未起，通具十分担心，透过门缝向房里张望，但已不见文殊的身影。通具几天之后才完全明白这是怎么回事。

文殊的舅父良观大法师住在比叡山麓的延历寺，对于少年文殊来说，那是很远的路程。日出之前的天空中挂着朦胧的春月，文殊借着月光，兼程前行。一路上文殊好几次听见被自己的脚步声惊飞的小鸟振翅高飞声。但不可思议的是竟然不觉得恐怖。树林随着文殊的步子一同呼吸，尽快见到良观的想法推动文殊的身体飞速向前迈进。

良观作为精通天台密教的师僧为人知晓，后来曾补任圆城寺（三井寺）的寺主，算得上当时的高僧之一。

文殊到达良观的庵室时，东方的天空刚刚开始泛白。传话的侍僧告知说是文殊来访时，良观甚至怀疑自己的耳朵。

"什么，文殊！"

什么通知也没有，才刚刚拂晓，文殊一个侍从也没带，只身一人到访！听说之后，良观急忙向大门走去。一个侍从也不带就外出，什么通知也没有就拜访他人，这对当时公卿社会里的公子哥来说简直不可想象。自从在姐姐伊子的葬礼上见面以来，已经五年不见了，文殊已经完全成长为一个强壮勇敢的年轻人了。见到好久不见的侄子，良观的表情变得稍微柔和起来。不过，当他看到文殊眼底闪耀的坚强意志之光时，还是倒吸了一口气。

"舅父大人，不，大法师大人。我决定要出家。无论如何，请您一定为我周旋，拜托了！"

文殊开门见山。

"什么？你在说什么呀？文殊……"

良观难掩惊讶。

文殊跪着，头深深低下，额头触地，身体微微颤抖。

"都听说很快就要举行元服式了……来之前，得到养父师家殿下和通具殿下的同意了吗？"

……

"你如果出家的话，全家人想必都会生气的吧。"

对良观来说，师家是亲哥哥。正因为很清楚兄长的意思，所以良观无论如何都想让文殊放弃出家的念头，费尽心思地促请文殊改变主意。然而，文殊决心很坚定。

"我已经下定决心了，想必母亲大人也一定会为我高兴的。"

听到文殊出乎意料的话，良观不假思索地反问道：

"什么，伊子大人会高兴……"

文殊将妈妈临终前对自己说的话简要地告诉良观。

"伊子大人说来拜访我，她这么说了呀……"

良观的表情迅速变得柔和起来。为家族，为父亲献出自己一切的不幸的姐姐，将这孩子托付给了我。体察到姐姐的这种心情，良观觉得胸中一热。

"这样啊，是这样的啊……"

良观这样说着，频频点头。

文殊双唇紧抿成一条直线，等待着良观接下来要说的话。良观在这张脸上看到伊子的面容，眼前的文殊突然间变得让人怜爱。良观甚至觉得自己被文殊独自一人就决定出家并付诸行动的坚定意志感动了，开始想无论如何都要帮这孩子实现愿望。

"一个人走漆黑的山路，要有相当坚定的决心才能走到这里吧。好吧，家里就由我来说服吧。放心好了……"

良观的话使文殊一直紧绷的神经突然放松下来，眼里淌下泪水。

"非常感谢您！文殊一定竭尽全力努力学习佛教！"

"现在，家里一定乱成一团了吧。"

良观的眼睛温柔地笑着。

"好好休息吧！"

良观留下这句话，返回自己的房间，赶紧给师家写了封信。

良观和师家之间交换了无数封信件之后，师家明白文殊出家的决心已下，最后无奈地认输了。他传话给良观说：

"一切就托付给大师您了，万事拜托！"

良观费心亲自斡旋，终于争取到全家人对文殊出家的许可。然后他马上将文殊送到比叡山延历寺横川般若谷一角的千光房，让文殊在这里正式学习传统佛教的基础。

延历寺，其实是比叡山山谷中无数佛堂佛塔的总称。根据兴建的缘由，可以分成东塔、西塔、横川三大区域。在比叡山三塔之中，横川位于最深处，中心部分是首楞严院。此院由师从最澄并入唐、后来成为第三代天台座主的慈觉大师圆仁（794—864）开创，也是天台学传统的重镇。在良观的目光所及范围之内，这里是最具学问气息的地方。

在这里，文殊踏出了佛道修行的第一步。

翻过云母坂的陡坡，千光房就伫立在苍郁的森林之中，远远地可以望见琵琶湖，这样的景色，真如水墨画世界一般。

文殊一到，称为永顺的阿阇梨就亲切地出来迎接。

"哎呀，哎呀，欢迎您的到来！您的事都从大法师大人那里听说了。暂且在这里好好学习吧。"

良观亲自将文殊的僧侣基础教育托付给永顺，永顺感到责任重大。

从到达的那天开始，文殊便和其他僧侣一起，开始了修学、劝行的生活。对久我和松殿宅邸雅致生活之外的世界一无所知的文殊经常感到不知所措，但不以为苦。

刚开始的时候，众僧对文殊闲言碎语，议论纷纷，但当他们知道文殊年纪轻轻就学问出众时，众僧的目光就由好奇变成了惊羡。

文殊如饥似渴地学习，在般若谷的一年很快就过去了。

比叡山层林尽染，树叶飘落，大雪封山。无意中款冬花花芽已经开满房前屋后，传递着春的信息。

一天，永顺将文殊唤来说道：

"在比叡山修行所需的基本知识，我已经悉数传授给你了。"

前一年，天台座主交替，慈圆（1155—1225）出任第六十九代天台座主，这是他第四次出任该职位了。慈圆被称为吉水僧正，是《愚管抄》的作者，其父是敕撰集上留有姓名的关白藤原忠通，也是九条家始祖兼实的兄长。但一年之后他就辞职了，当年、建历三年（1213）一月任命权僧正公圆（1168—1235）为第七十代座主，公圆是一位严格遵守戒律的师僧。

文殊是名门子弟，所以由天台座主公圆来主持剃度仪式。

"公圆僧正大人是左大臣藤原实房大人的父亲，听说是位品行端正、持律严格的高僧，配得上我们松殿一族。"

当初反对文殊出家的师家，听说是由公圆主持文殊的剃度式，感到心满意足。

建历三年四月九日。

初夏清晨的风吹过比叡山葱郁的山林，带来一丝凉意。清澈的空气中，香炉上紫烟袅袅，拖着长长的尾巴流向山间。从山上俯瞰，琵琶湖笼罩在朝霞之中。

那天天台座主公圆僧正做戒师，严肃地正面端坐，面前的经机上摆放着香料和水瓶。在僧正稍后一点是阿阇梨的席位，左右各坐着七位式僧，后面的位子坐着文殊的亲属。

剃度仪式庄严地进行着。

文殊身着俗服进行了洒水仪式，之后在木棉白衣上加穿干布衣(一种麻制的儿童服——译者注)。由侍僧牵着手走到坛前坐下，正面向前，双手合掌，微微地低下头。

戒师用水瓶里的水清洗剃刀，剃刀闪闪发光，文殊浓密的黑发经其手从根部干脆利落地剃下。

然后，侍僧接过剃刀，剃掉左边的头发，接着又剃掉右边的头发。

在剃发的时候，呗僧奏起梵呗。时间慢慢流逝。

仪式按部就班地进行，戒师为文殊披上袈裟，之后文殊走到戒师面前，合掌跪下。

公圆说道：

"法名为佛法房道元。道元是佛道的根元之意。要穷尽此道啊！知道吗？另外，'道'也与你父亲通亲大人的'通'相通。明白吗？成为佛法房道元了……"

至此，出家沙门"佛法房道元"正式诞生。

"剃度式结束！"

仪式进行的时候，文殊拼命地忍着一触即落的眼泪，听到式僧的声音后大大松了一口气。他知道由于过度紧张，自己的肩膀一直在用力，身体也变得僵硬了。

仪式完成之后，他与出席仪式的亲属参加了松殿家举行的晚宴。

"恭喜你，文殊！啊不，道元大人！今后要有作为僧侣的自觉，踏踏实实地学习啊！"

坐在来宾席上默默地观看全部仪式的通具，代表全家向道元致词。道元全身包裹在崭新的黑衣之中，在列席的人中显得十分耀眼。

第二天四月十日，文殊在延历寺的戒坛院从公圆僧正那里接受了菩萨戒。

文殊终于如愿以偿，在比叡山延历寺座主公圆僧正身边正式完成了剃度，成为佛法房道元，并在座主身边开始了真正的出家修行生活。

比叡山延历寺是最澄开创的天台宗大本山，当时君临日本佛教界，可以说是唯一一个能够全面学习佛教的地方。尽管如此，但在道元上山时，比叡山因为天台宗团的内部分裂和派系斗争，另外还有粗暴的僧兵，已经明显地世俗化了。

最澄去世后，天台宗团内部围绕天台座主的继承问题产生了分裂。以最澄弟子、第三代天台座主慈觉大师圆仁为祖师的慈觉门徒与以最澄法孙、第五代天台座主智证大师圆珍（814—891）为祖的智证门徒之间发生争执。正历四年（993），智证门徒因房屋被烧毁，下山移居到琵琶湖边的圆城寺（三井寺）。从此以后，天台教团将比叡山一方称为山门，将圆城寺一方称为寺门。教团分裂成山门派和寺门派两大派系，反复展开着激烈的斗争。

十一世纪中叶以后，来自藤原一门，也就是公卿权门的出家人不断增多，他们出家时会在山上兴建寺院然后入住。因为拥有这些来自权门的出家人，比叡山不仅有了更高的社会地位，还因为他们捐赠的领地而成为日本最大的庄园领主，在经济上也有强大的实力，最终形成了称为梶井、青莲院、妙法院等三门迹的派别。尤其是梶井和青莲院，它们与院政政权有着复杂的纠葛，因此派别斗争相当惨烈，在世俗权力的对立基础上决定天台座主已经成为常态。

这一时期，比叡山的天台教团又分裂为专心研究学问的学僧以及负责教团运营的堂众。堂众的地位在学僧之下，但他们在维持生计、经营奔走之中团结了各方面的力量，同时逐渐武装起来，势力也随之庞大起来。堂众后来变成称作"山法师"（僧兵）的武装集团，他们与奈良兴福寺械斗，最后还进京闯入朝廷强诉，粗暴蛮横至极。

比叡山的世俗化之风自然波及天台教学层面，因为无视尊称为比叡山中兴之祖的第十八代天台座主、俗称元三大师良源（912—985）的教导，公卿子弟的特殊待遇、山门与寺门的斗争、僧兵的横行均愈演愈烈。同时，出于对末法思想和驱逐物怪的坚信，密教的保佑祈祷成为唯一看重的东西。不满于这种风气的真心佛法求道者们，都随着时代的洪流离开了比叡山。

道元之前的比叡山先贤，以荣西（1141—1215）和法然（1133—1212）最为著名，比道元稍早的还有亲鸾（1173—1262）。

亲鸾九岁上比叡山，以"堂僧"（下级僧人）的身份在比叡山度过了二十年。他在建仁元年（1201）二十九岁时下山，成为法然的弟子。在道元之后活跃于世的日莲（1222—1282）也是如此，他二十一岁时上比叡山，在十一年后、也就是道元圆寂的建长五年（1253）下山。

道元开始修行学问时，正是比叡山上那些什么都用武力解决的僧兵专横跋扈时期。另外，僧众们也不事修行，而是下山浪迹于百姓中间，比世人还要沉迷酒色，日夜重复着与圣职不相称的行为。没有堕落到这般地步的僧人们，也埋头钻营功名利禄。

三月二十九日，也就是道元剃度前几天，比叡山的僧兵又蜂拥而起。他们在这一年的八月三日与清水寺打斗，十一月十六日又与兴福寺相争。

怀着纯洁的求道之志出家、热心于磨砺学问的道元，在熟悉了比叡山的生活之后，越来越觉得这里不是自己想象中的理想环境。

在比叡山，道元跟随继承了台密三昧流传法灌顶的天台座主公圆，系统地学习了天台密教的教义和密教的仪式规矩，还有教义问答、读经方法、佛前规矩等知识。

"怎么样？好好学习吧！像我国的先贤们一样，扎扎实实地学习天台学问，成为了不起的僧人，扬名全国，蜚声天下。"

道元总是听到比叡山的师僧们这么说，结果道元也渐渐迷失了出家时那份纯粹的求道之心，不知何时开始急切地想要与前辈僧人传教（最澄）、弘法（空海）、慈觉（圆仁）等名僧相提并论。

但是，在反复阅读《高僧传》、《续高僧传》等印度和中国的高僧传记和经论后，他开始意识到，这些在史传中留名的高僧和佛法家个个都很俭朴，和此前自己被告知的理想人物形象完全不一样。

他终于明白了，变成名震天下的高僧这种愿望，不管在哪部经论、哪部传记中都是忌讳的。如此一来，他不禁产生这样的疑问——自己身边那些被称作高僧的人真的理解了佛法吗？

自此之后，道元转向大陆的高僧和求道者，还有在经论和传记等中出现的诸位佛祖寻求真正的学道榜样以及佛教中人的正确生活方式，而且也是从这个时候开始，道元心中隐隐产生了对大陆佛法的憧憬之念。

建历二年（1212），鸭川和桂川的河水因风暴上涨，京城众多房屋崩塌，数千人受灾，为此幕府下令大规模构筑堤防。

此后，京城又再次遭大风袭击，这一次造成了大火，烧毁了白河殿、京极寺，甚至烧到六角堂。人们为防患于未然，建设了各种各样的工程，但仍然不能幸免自然力量的肆虐。

在人们忙碌的建历三年（1213）十一月十九日，公圆突然辞去了天台座主一职，原因是由清水寺的相关问题而引起比叡山和兴福寺之间的斗争，他要为此承担责任。

——现在，公圆大人也辞职了，这个疑问怎么样才能解决呢？不解决这个疑问，我就不能前进。这可如何是好？

道元为不能全心投入修学而烦恼，处于"心不在焉"的状态。忽然间他想起母亲说过"去拜访良观"的话。第二天他得到外出许可后就下了山，向久违的良观所居的庵院走去。

刚刚走到庵院的门旁，曾经在早上偷偷从松殿宅邸出走到此的紧张感和兴奋感又鲜明地浮现在脑海里。

进去传话的侍僧身影刚消失，良观就出来了。

"道元吗？过得怎么样？真是好久不见了呢……"

良观的脸上充满惊奇，同时还有喜悦，好像慈父见到了很久不见的爱子那样。剃发、身着袈裟的道元，已经不是两年前的文殊了，堂堂修行僧的威严感扑面而来。

道元为自己突然来访致歉，接着就开始谈及自己现在的处境。

良观的表情马上就变得严肃起来——和上次一样，因为他察觉到这个侄儿不告而来时总有重要的原因。

道元简要地叙述了自己在公圆身边修行至今的情况后，开门见山地说道，自己的拜访是为了"迄今为止的诸多疑问"。一口气将话说完，道元的眼睛湿润了。良观静静地听着，从心底里叹了一口气。道元全部说完后，良观默默地开口说道：

"道元啊，别着急！欲速则不达，专心求道固然是好，但不顾一切地折磨自己的身心，不会有任何结果。还是先冷静下来再说吧。"

良观想起了自己出家时的情景，道元的天真倔强让他想起年轻时的自己。

"我理解你誓死追寻正道的心情，但是，道元啊！佛法所说的真理、解脱，要有因缘际会才能得到。一切都靠机缘，要等待时机。像你这样着急，机缘也会溜走的。"

良观亲切地劝教，道元的
表情也渐渐放松下来。

"一直努力学习的话，
总有明白的时候。即使我这么
说，你也不能理解吧。明白
吧、明白吧，给你介绍个高
人，可以去拜访圆城寺的公胤
大人。公胤大人虽然属于寺门
派，但也是显密二教兼修，当
代无双的人物，而且也是你
的伯父。他一定能给你解释
清楚。好吧，今天先放松一
下……"

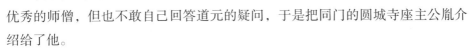

良观给公胤写了一封介绍
信，让道元拿着返回比叡山。

良观是寺门派圆城寺一派
优秀的师僧，但也不敢自己回答道元的疑问，于是把同门的圆城寺座主公胤介
绍给了他。

"向公胤大人问好……经常到我这里见见面吧。随时都等着你。"

良观目送道元离去，直到看不见身影为止。

二

建保二年（1214）春天，道元带着良观的介绍信，下山拜访圆城寺的公胤
僧正。

因为背靠长等山，所以圆城寺又称为长等山圆城寺。圆城寺作为天台宗寺
门派的总本山而闻名于世，俗称三井寺。之所以有这个名称，是因为天智、天
武、持统三位天皇出生时所用之水都是这个寺的灵泉。其伽蓝在跨越比叡群峰
之一东山的近江国大津的街市中心，聚集了清和源氏历代奉养的巨刹。境内有
以唐院、青龙寺为首的破钟堂、金光院、常住院等大伽蓝，精舍密布。

当时的圆城寺座主公胤是第四十七代住持，居住在山中的明王院内，当时已七十岁。公胤也是道元母亲家的亲戚，虽然是天台的硕学之士，却皈依法然。那时不仅公胤，皈依法然的人还很多，专修念佛也以惊人的态势四方传播。

穿过山门时，道元更加紧张。理由不用说，是因为身属山门派的自己独自一人闯入寺门派，听说里面还有粗暴的僧兵。道元在侍僧的引导下走进公胤的居室，因为紧张，声音有些发抖。

"在下延历寺学僧道元，经良观大法师大人介绍前来拜见。"

道元将良观大法师写的信函呈上去。

"哦，良观大法师大人呀。好啊……"

公胤将信件从头到尾读了一遍，时间静静地流逝，令人屏息的寂静。

"原来如此啊，是道元啊。我从良观大法师殿下那里听说过你，我与你的父家久我家及母家松殿家都有亲戚关系。无论什么事，都尽可能帮你……尽管说说吧……"

公胤为了纾缓道元的紧张，特别亲切地说道。

——这位说不定能回答我的问题。

道元抑制住心中的激动，一口气向公胤提出一直困扰自己的许多疑问。

明明同是佛教，为什么会分成山门派和寺门派互相争斗？不慕求名利明明是僧侣的铁则，为什么会有人执著社会地位而祈望出世？比叡山本身难道不是已经彻底腐蚀了吗？佛教是求"悟"的，为什么得悟的人一个也没有？佛教中人的正确生活方式到底是怎样的？……道元不停地问着。

公胤颔首倾听，等道元从头到尾把话说完后，徐徐地开口：

"道元啊，我已经明白你的问题了。但僧侣的世界仍然是人的世界……对吧……有很多呢。另外，关于悟，你的疑问在我们天台宗传教、慈觉两位大师的时代就有密规，大体有所遵循……但尚不能说已经完全阐述清楚了。所以，在这里我也不能轻率地回答你。"

公胤刻意避免当场作答。

"为什么呢？请您务必教教我！我很想知道。佛典里说，人本来就是佛。可是，如果这样的话，人们为什么还要非得修行不可呢？我不能接受人生来就是佛的这种说法。人怎样才能变成真正的佛呢？如今，要怎样修行才能变成佛呢？"

"道元啊，你说了想知道。如果你的问题是能够当场回答的话，我当场就会回答你。但是，如果你在比叡山已经勤奋钻研的话，应该已经明白。正因为是这样，大概谁也不能正确地给予回答。如果这是单纯学问上的问题，我今天就不说了。明白吗？道元，我很理解你的问题。但像你这样年轻的时候，专心致志地努力穷尽天台学问……是第一等大事。今后，你还为你那些模糊疑问找到答案而茫然游走各地，那不是天狗魔党一样的邪行吗！"

听了公胤的话，道元渐渐露出沮丧的神情。不过，公胤想方设法地让道元明白，他的问题是理论与现实之间产生的矛盾，只有靠自身体验才能解决。

公胤自己就一直为信仰的终极问题所困，公胤曾写过三卷《决疑抄》，排斥法然上人的念佛门。但后来由于法然真诚细腻的说服，他明白了念佛的真意，于是将自己撰写的《决疑抄》烧毁，到法然居住的言水庵室皈依其门下。所以，他不可能对道元的苦恼无动于衷，但已经皈依他刀净土门法然的公胤，极力避免从置身于天台的己方观点出发，当场回答道元的疑问。

道元咽了一下口水，静静地等待公胤接下来要说的话。

公胤被那真挚的目光打动，缓缓地说道：

"不管怎么说，大宋国好像有一个传扬佛祖正法的禅宗。你直接入宋求法如何？"

"入宋？……"

万万没想到的话让道元目瞪口呆。

"是啊，在此之前应拜访一下建仁寺的荣西大人。荣西大人曾经两次入宋，宣扬达摩大师传来的禅宗之教。如果是荣西大人的话，说不定能够解决你的疑问。我自己也曾经在法胜寺九重塔的落成供养时，亲自拜访过荣西大人。如果是荣西大人，说不定能回答你的问题。怎么样？不去拜访一下吗？……"

公胤和幕府关系密切，所以多少知道一些当时宋朝的消息。公胤觉得道元持有的各种疑问，特别是佛教的终极问题在日本难以解决，所以私下里鼓励他入宋，凭自己的力量加以解决。

虽然公胤的提议使道元吓了一跳，不过他马上就转过念头，对公胤的鼓励表示感谢，请求公胤给荣西写一封信函。

虽然在读《高僧传》、《续高僧传》时，道元就对佛教的圣地宋朝怀有一种模糊的憧憬，不过这一愿望现实地浮现在眼前还是从此时开始。

看到道元的眼里开始闪耀出光芒，公胤爽快地承诺给荣西写信，说道：

"好！我马上拜托荣西大人。"

公胤感到自己遇到真心追寻佛法真谛的僧人，好久没遇上这样的人了。

"虽然是这样，那些僧兵还是分裂成山门派（延历寺）和寺门派（圆城寺）斗来斗去，烧杀抢劫。正如你所说的那样，为求同一个道而入山，却把佛法置之不理，真是让人头疼！就是因为这种状况，才让人想起末世吧。要追名逐利、向往荣华富贵的话，有什么必要皈依佛门呢？是吧，道元！你像是真心求佛。虽然你在山门派学习，但却来拜访身在寺门派的我，这种想法，很让人高兴啊！"

公胤称赞道元真诚的求道之心，亲自把他送到正门，目送他离去。

道元求之又求的答案，最终在公胤那里也没能找到。不过，入宋这句话，像是在黑夜中指出了一条光明的道路，他心中不禁轻松了几分。

虽然已经是春天了，傍晚的空气还是很冷。

道元在门前低下头，觉得公胤的身影可能消失了才抬起头。忽然，面前出现了一个僧人模样的年轻男子，带着大刀，蓄着长发，飘然而立。

其身体比道元足足大上一圈，十分强壮。一瞬间，道元几乎以为他是个僧兵。

"你像是来拜访公胤大人的，但你是山门派的吧。"

男子无礼地问道。

"正如你所说，但那又怎么样？"

男子的眼睛里闪过戏弄的目光，道元再次直视男子的眼睛。

"算了，这些事怎么样都行。"

接着他像是估价似的将道元从头到脚打量了个遍。

"你向公胤大人求些什么？"

又是一个毫无顾忌的问题。

師ハジメテ
建仁開山
千佄禅師
二相見

道元想摆脱他赶回寺院，但总觉得这个男子的眼里闪着奇异的澄净之光。

"为求佛法真谛而来。"

"哦，佛法真谛呀！那你找到了吗？"

"还没有。不可能如此简单就能明白。你又是求什么呢？"

这名男子看起来是同龄人，这样的问题是不是太蠢了？道元这样想着。男子出乎意料地干干脆脆地回答道：

"我才不求什么佛法呢，求的是天下！"

"什么……"

"天下！我的父亲掌握天下权力，他的儿子求天下有什么不对？"

说完豪爽地笑着。

——真有意思。这个世界上还有我不知道的有趣人物啊！

道元看着高声大笑的男子，这样想着。

这个男子名叫公晓。

他与道元同年降生于世，是镰仓二代将军源赖家的第三个儿子。

公晓小时候就遭遇了父亲的横死，还失去了兄长，作为叔父镰仓三代将军实朝的养子由祖母北条政子抚养成人。祖母政子让公晓拜在鹤冈八幡宫的别当尊晓门下当僧侣，现在正跟随公胤在圆城寺修行。

这是道元和公晓的初次见面。

"佛教是追求解脱的。那又怎么样？将自己的事放置一边，诵着不知道是什么的咒文……那种东西真能解救人们的痛苦吗？自己都救不了的东西，能够救人吗？"

公晓像是发泄似地说着，催着道元上路，说要将道元送到般若谷。公晓的手里握着厚重的木刀，边走边轻松地挥动。

"正是如此啊……"

道元不假思索地说道，仿佛从心底叹了一口气。

"谁都不求佛教的本质。确实……学习佛教。有些人成为书呆子。不过，不论多么想得到知识，不是极尽佛教之精义，只是以此成为高僧而飞黄腾达的工具。"

"还不止这些。一当上住持就气定神闲，一步也不愿迈出。年轻人一有什么新想法，长老们就集合起来阻止，不愿意改变自己长年以来的做法。不仅如此，而且还要拼死霸占自己的地位。然后卖弄自己政治上的小聪明，只让对

受王フ

菩薩戒ヲ

公圓僧正ヨリ

自己唯唯诺诺的追随者们侍奉左右，骄傲得好像自己能够撼动天下那样。这和佛教的精神完全背道而驰。这样能培育年轻人吗？老年人认认真真地栽培年轻人，到时就潇洒地全身而退……这才是长老的本分吧！长老掌控一切的话，什么事都会停滞。什么进步，什么改革，都远着呢！"

"确实如此……有地位又有名望的人，没有一个能正确回答我的疑问。有时只能觉得他们像是在逃避什么似的。他们真的是想极尽佛教之理吗？最终我不得不这么想。虽然还是觉得会有真的想极尽佛教之理的人。……"

"所以呀，荣西呀，法然呀，亲鸾呀……不满比叡山佛教的人全都下山了。"

"但是，比叡山毕竟是佛教的故乡……我说的是比叡山，不是现在的山门或寺门。必须恢复到原来的面貌……"

"那种事情……现在做得到吗？如果做得到，早就改革了。与其说这个，和尚你还是早点离开比叡山吧！然后建立自己的佛教，那样还比较快。"

公晓像是怒吼似地说道，突然挥动手里的木刀，回过头来说：

"和尚你是通亲公的儿子，而我是镰仓第二代将军源赖家的儿子。如果生逢其时，京都和镰仓就像过去的通亲公和赖朝公那样，我和你说不定已经进行过大战了呢！"

公晓冷笑着，像是给道元引路那样急急地朝通向般若谷的路上走去。

建保二年四月十五日，就在道元从公胤那回到比叡山的几天之后，延历寺的僧兵们袭击了圆城寺，烧杀无数。道元想象自己几天前才拜访过的那些精美大伽蓝和精舍被火包围的样子，不禁闭上了双眼。

——公胤大人该如何伤心啊！

道元想到公胤，心不住地往下沉。

山门派与寺门派的斗争进一步扩大。围绕日吉的祭祀，双方进一步对立，东大寺、兴福寺、金刚峰寺也加入进来，互相之间烧毁僧房，甚至发展到混战。

——明明同是求佛道之人，为什么一定要争得你死我活呢？称为山法师的人们本来不也是发心、剃度、得度皈依之人吗？那又是为何不持经典，而改持大刀长刀，日夜致力于蛮横暴力的呢？

对那些假冒僧侣之名、眼里只盯着政治权力和名誉的人，道元第一次从心里感到厌恶。

巨大疑问

一

虽然道元身边的环境恶劣，但他仍可以置若罔闻、超然度日。

为通过熟读佛典和经典以重新获得最初入寺的感觉，道元努力学习。专心致志地学习天台学问，开始阅读包罗佛教教理的五千卷《大藏经》。但因曾得到公胤的热心教导，所以他对天台宗教义的根本性疑问日益增强。

其中，可以称得上日本佛教起点的"一切众生悉有佛性"这句话，一直在道元心中盘桓不去。此话是讲人生来就具有完全的人格，因此又称为"本觉思想"，这是比叡山天台基本的思考方式。

但是，道元对此持有简单、直接的疑问——本来就觉悟了的人为什么还要修行？生来就持有完全人格的话，为什么诸佛要苦苦修行？明明已经觉悟，为什么还要为求悟而潜心修行？这样的修行到底是什么？

道元愈发对修学和修行持有根本性的疑问。

道元越想越不明白。他决心无论如何也要解决这个疑问，于是广泛阅读了佛学书籍，同时追问比叡山的师僧们寻求答案，但得不到一个能够认同的回答。

道元身边的学僧们，认为道元的疑问只不过是出家之前那些极为幼稚的疑问。他们想当然地认为迷惑的凡夫俗子都可以肯定人从一开始就有"悟"，对其怀疑是荒谬绝伦。人本来就有佛性，将这种思考方式贯彻到底，最终只能追溯到个人的修行体验之上。也就是说，修行僧只要潜心自己的修行体验即可。至此不论能否顿悟，即使不做任何修行，自己本来就有"悟"。甚至有学僧吐着酒气、装腔作势地说道：

"我已经悟了。因此，我所干的一切都获得允许。我的所作所为都是佛的所作所为。"

愈发陷入深深疑问的道元，在同伴的修行僧中十分显眼，甚至有人背地里互相挤眉弄眼嘲笑道元。

连续几日几夜，道元一直在思考这个问题。

——为什么呢？不明白，怎样都不明白！

道元感觉走到尽头，他无所事事地眺望着流动在比叡山群峰上的白云，又想起自己决定出家的那天早晨。

——那时候我也是非常烦恼，但在决定走入佛道时问题就解决了。那又怎么样呢？现在又碰到巨大的疑问，而且这一次可不那么简单就能找到答案。不管怎么找，都找不到能教导自己的人。

道元突然觉得，这个国家自己身边的佛教界人徒有僧人的模样，只不过剃着光头，只会在人们面前卖弄形似的佛法，完全不了解佛教的真谛。这些人都不过是碎砖破瓦一样的无用之人。

此时，道元常常想起与公晓的对话。

在初次见面之后，道元多次拜访公晓，公晓也多次拜访道元。道元总是像往常那样提出疑问，而公晓总是说些豪放之语：

"道元啊，你的头脑真是不开窍！佛法这东西，怎么样都没关系。不要被那些东西所困惑，思考一下更大的事情如何？……你的父亲大人不是连

镰仓幕府都玩弄于股掌之上吗？连你这种头脑都想不清楚的佛法，干脆放弃好了。"

面对三言两语就能消除自己烦恼的公晓，道元感到既无力，又羡慕。对为学习佛法而日夜苦读的道元来说，能够敞开胸襟讲话的人一个也没有。但不知为什么，公晓是个例外，道元能够老老实实地向他诉说自己的苦恼，这是因为他被这位男子眼里闪耀着的纯真光辉所吸引。

环视周围，那些表现得像是开悟的僧人们的眼睛都是死水一潭。

道元寻找佛法，公晓夺取天下。两人的目标虽然不一样，但两人的目光中都闪耀着同样的光芒。

——比起那些只挂着修行名义的僧人，和公晓讲话反而更有收获。

道元烦恼的日子还在继续。

不过，在道元想用"知"去解决的那些理性问题中，有一些必须通过全身心地投入实践才能解决。有些东西不仅需要学问和知识，还需要通过真正的修行才能把握，道元一直试图用脑袋解决这些。因此，越是追求离真理就越远，只会越来越迷惑。

公胤给道元介绍的荣西（1141—1215）原来也是在比叡山修行的学僧，是比道元年长六十岁的老前辈。

荣西十四岁时上比叡山，在戒坛院受戒，称作叶上房荣西。当时比叡山已分裂成山门（延历寺）和寺门（圆城寺）对立的两派，反反复复地争斗。对此感到失望而想追求真正天台学问的荣西在仁安三年（1168）四月，也就是二十八岁时，搭乘过路的商船渡海到明州（宁波）。在那里和前年渡海入宋的俊乘坊重源（1121—1206）会面，两人一同拜访天台山和阿育王山。不过，荣西遇到的是变革天台学问的"禅"的流行。

荣西对禅这种新宗教产生极大兴趣，他遇到广慧寺知客(负责接待的僧人——译者注)，开始加深了对禅的理解，五个月后，也就是九月，他带着三十余部共六十卷的《天台章疏》回国。此后，荣西开创致力于经论和密教研究的一支天台密教流派"叶上流"，为复兴天台学问倾注了大量的精力。

但是，荣西深深感到要走向真正的复兴就必须学习禅的教义，由于他是释尊的坚定信奉者，于是在四十七岁的文治三年（1187）四月，以印度为目标再次到宋朝，但没有获得从陆路通往印度的许可。在归国途中遇上暴风雨，漂流到温州瑞安县。荣西只好上岸，拜入天台山万年寺的虚庵怀敞门下。虚庵到天童山景德寺担任第二十三代主持时，荣西也跟随而去。后来修得临济宗黄龙派宗法，于赖朝在镰仓开创幕府的前一年、建久二年（1191）七月回国，在筑前博多开设圣福寺作为据点，传播从中国学到的佛法。

在脱离既有传统佛教、重归佛教本来姿态的时势中，荣西展开独特的佛学运动。

荣西返回京都弘扬禅宗，但随着禅风日益兴盛，对此感到眼红的笃崎天台僧人良辨联合比叡山的僧徒，向朝廷抗议要求加以阻止。荣西没有屈从这种迫害，撰写《兴禅护国论》反驳冥顽不灵的天台僧徒，申辩禅宗对时局的适应和对戒律的重视。与此同时，荣西频繁地往返京都与镰仓之间，极力主张推行禅宗就是镇护国家。

荣西的禅宗始终以天台教学为基础，主张否定禅宗就是否定最澄和天台，其目标是复兴最澄圆、密、禅、戒四宗相承中的禅宗。但天台之祖最澄所说四宗中的禅宗，其实属于牛头禅系和北宗禅系，在禅风上与荣西所传南宗禅系有明显区别，二者不能一概而论。因此，荣西所传黄龙派之禅，虽然号称复兴最澄之禅，但实际上冲破了四宗相承的天台学问，所以良辨等人将其视为异端也有一定的道理。

另外，与荣西同时期，大日房能忍也兴起日本达摩宗，提倡自己的禅风。

能忍和荣西一样，最初也是在比叡山学习。系统学习了天台学问中的天台止观、律、密、禅，其中对禅宗特别有兴趣。能忍声称自己通过自学禅宗的古典著作而自行得悟，在摄津的水田建造了三宝寺，开始活跃于世。但他缺少在中国修行禅的经历，被人非难为"不知道属于哪个法系"。于是能忍在文治五年（1189）夏天派弟子炼中和胜辩到宋朝，将说明自己得悟境界的文书带给阿育王山的拙庵德光（1121—1203），要求给予修行证明。拙庵认可能忍的境界，同时将从临济宗大慧宗杲（1089—1163）那里继承的法嗣传给能忍，还将法衣、道号、自画的达摩像及《洗山警策》等多本禅书赠给能忍以资证明。所以，能忍成为中国禅宗巨擘大慧宗杲的继承者，即拙庵的传人。虽然采用了带有强行色彩的手段，但获得了修行证明的能忍有效利用，从此光明正大地正式自称日本达摩宗，以三宝寺为中心，逐渐扩大了势力。

对于两次入宋并得到佛印、身为临济正统相传的荣西来说，与这样的日本达摩宗相提并论，简直是不能原谅的耻辱。

荣西和能忍就宗教教义进行了几次争论，荣西在他的著作《兴禅护国论》中用激烈的口气批判能忍：

"此人不能共语，不能同席，应避之于百由旬（佛法距离，大约700英里）之外。"

自此以后，能忍好像屈服于荣西，荣西之禅也广为传播。

但是，能忍和荣西的活跃状态使比叡山感到担心，他们担心禅宗会一鼓作气地流传开来，于是向朝廷提出抗议。结果在建久五年（1194）七月五日，朝廷下达旨令，命令立即停止禅宗的活动。荣西在京都开设禅寺的想法最终落空。

比叡山还猛烈镇压以能忍为中心的大慧禅派，暗杀了其首领能忍，日本达摩宗被迫瓦解四散。

荣西深知在京都推广禅宗十分困难，于是他又一次回到九州，第二年的建久六年（1195）再度上京，开始游说幕府和朝廷。后来，荣西进入镰仓接受北条氏的皈依，在道元出生的正治二年（1200）正月举行赖朝周年忌时，担当导师一职。两年后的建仁二年（1202），二代将军赖家在京都的四条建设建仁寺，荣西为开山祖师。

荣西奔走于镰仓将军家和京都朝廷之间，展现了高超的政治手腕。

建仁寺是日本最早设立的禅院，作为延历寺的分寺而建设。在这里，僧众兼修真言、止观（天台）、禅宗，同时还在台密传统的基础上引进宋朝的临济宗。

荣西通过这种对策避免了和比叡山发生摩擦。

建仁寺是严格的修道场所，是为培养更多后继之人而设立的寺院。但没有严格意义上的僧堂，寺里的坐禅也没有采用宋朝风格的广床式，而是坐在窄床上。另外，这个寺院还担任为幕府获取京都文化和政治情报的任务。所以，虽然没有僧兵，但建仁寺从建设之初就洋溢着一股怪异的俗臭味。世间对荣西强烈的名誉欲和政治世俗性等的非难之声，道元也一定有所耳闻。

道元拜见公胤那年，荣西为庆祝法胜寺九重塔的修复完成而奔赴镰仓，以后就一直在镰仓治病。道元请求见面时是在初秋时节，那时荣西正好暂时回京，居住在建仁寺。

道元穿过建仁寺寺门，按照侍僧的指引来到住持的房间方丈间。进入方丈间，眼前出现了一位身材精瘦的老僧，端坐在曲录（在寺院里，住持说法和举行法事要时使用的木制椅子）上，左右站着侍僧。其人就是荣西。他的大脑袋让人印象深刻，已经过了七十四岁的荣西眉毛雪白，但在宽阔清秀的额头之下那炯炯有神的目光仍然像箭一样锐利。

"公胤大人介绍来的吧，找我有什么事？"

荣西的声音有几分沙哑，仿佛是用尽了全身力气。在这种让人压抑的气氛中，道元说出了一直压在胸中的疑问：

"经典里说，人生来就是有悟的。但是那样的话，为什么三世诸佛还要下决心刻苦修行呢？我也听说过修行无用的说法。另外，虽然大家都说佛教的终极是悟，但是悟是什么东西呢？"

荣西紧紧地抿着嘴听着，道元把话说完了，他没有马上开口。

面对荣西的沉默，不知为何，道元感觉到一种无形的重力把自己压倒在地。

然后突然头顶上响起巨大声响，其冲击力仿佛把道元的身体都穿透了。

那是荣西的一声大喝！

那声音，谁也无法想象是从老僧人那病中瘦弱的躯体中发出来的，那强烈的冲击，仿佛出其不意间头上炸响了一声巨雷。

荣西的一喝，让道元直觉到佛教里还有别的世界。

那一喝刺入肺腑，带有一种不可思议的力量，将迄今为止的经验瞬间统统抹去，还带有一种穿透身体的快感，充盈着一种人类无法想象的力量。

短暂的沉默过后，荣西静静地开口道：

"你这个笨蛋！根本就没有悟这种东西！哪一个世界有诸佛，世界上只有狸呀、狐呀这些东西，它们也修行吗？"

荣西认为，只重视从经典中得到的字面知识是危险的。他指出佛道并不仅仅存在于学问和知识之中，还必须从自己的自觉、从身体中体会"悟"。

在见到荣西以前，道元确实是陷入了一知半解的知识中。然而，今日荣西的一喝使他感到，这与自己过去凭知识获得的东西完全不一样。

那时，荣西七十四岁，道元十五岁。

对于生为公卿之子的道元来说，过去从来没被人大声斥责过，也没有直接接受过指示和命令，更何况是被他人一喝呢！这是过去十五年来从没有过的事。

经此一喝，道元认识到有不属于字面知识的"另一个世界"。道元把目光稍稍放低，凝神思考，突然间他抬起头，目光和荣西相接。

道元的脸庞放光，像是解除了什么束缚一样。

接着，荣西又说：

"还有呢，明白吗？向别人请教的时候，要这样问：'对于某物，我是这样想的，您认为怎么样？'如果不这样问，被问的人就不知道要回答什么，要怎样回答才好，于是就穷于应答了。明白吗？比如说，'对于悟，我是这样想的，您认为如何？'这样去问的话，对方就会想：'啊，这人对于悟已经明白到这种程度了呀！那么……'这样对方就能够回答得上来。你明白了吗？"

听着这些话，道元说出了自己的决定。

"承蒙您的教导！真的非常感谢！今日的话让道元如梦初醒，过去的迷惑仿佛都一口气飞走了。如果您允许的话，请让我跟在您身边学习。然后什么时候和老师您一样，渡海入宋，学习禅宗。"

荣西自己和道元一样，同样是十三岁时出家，同样是在比叡山延历寺学习。因此，他很理解道元与之搏斗的疑问，还有那种学习新禅宗的愿望。如果是这样，想要渡海入宋、正式学习正宗佛教的这种心情也是理所当然的。"这位聪明的年轻人，能够举一反三呀！"荣西这样想着。

"道元，我很理解你追求佛道的真诚之心。但是，我已经老了，正如你所见，身体也不好。不过，如果你真想学习的话，我把我的弟子明全介绍给你，你跟着他学就可以了。"

荣西说着这话，由侍僧支撑着两臂走下曲录，拄着拐杖慢慢走出两三步。然后，他突然停步，转过身来：

"明全……应该也是想入宋的。你们俩好好商量吧……"

用尽全力似地说完，荣西拖着老态龙钟的身影消失了。

拐杖点地的声音渐行渐远，最终消失了。

在问答之时道元一直跪着，荣西的身影消失之后，他还保持着这个姿势。他向空座恭恭敬敬行了礼，然后在侍僧的催促下离开了房间。

跟随侍僧走向侍者宿舍的时候，道元回想起刚才荣西讲过的话。

——这是一位怎样豁达的人物啊！和以前拜见过的那些名僧完全不一样。都那么大年纪了，还有那样的气质，自信满满，悠然自得，这些究竟是从哪里来的呢？这就是所谓的禅风吗？

禅者那由内而外散发出的独特气质让道元为之折服。

"荣西大人刚才所说的明全大人称为佛树房,是非常了不起的人物。不过现在他到关东去了,所以见不到。您稍微休息一下,然后到修行僧集体生活的众寮舍去看看怎么样?"

尚未从兴奋中醒过来的道元沉默不语,接客僧建议他到寮舍去参观一下。

没能见到明全有点遗憾。道元在侍者寮舍休息了一会儿,心情平复下来,朝众僧生活的众寮舍走去。一进门,入口旁边挂着一大块告示牌,上面写着"本寮舍乃公用道场",旁边逐条列出禅林的各项严格规矩。

道元在这里亲眼目睹了众多行脚僧学习的样子,和比叡山的生活相比,一切都是那么简单朴素,流动着充满活力的空气。道元被这一切吸引住了。

建仁寺里虽说兼修禅学,却严格遵守宋朝禅林规矩的《禅苑清规》,修行生活为白天和晚上各两次坐禅以及早晨、中午两次用膳。

一天的生活是从早晨摸黑起床坐禅开始,接着读经、研究学问,然后做杂务,生活有条不紊地进行。

每当大太鼓在堂内响起时,僧人们就一起集合或解散。除草、扫除、整理庭院、打水等等,全都不分上下,上至役僧、下至小沙弥,都默默地做着同样的工作。

建仁寺很重视住持在法堂进行的说法和坐禅,却对在佛殿进行宗教性的祈祷等事多少有些抑制。早晨喝过粥后念《大悲咒》,中午吃过饭后念《法华经》,傍晚念《楞严咒》。也就是说,三次念经都是以陀罗尼为中心的严格修行。

对道元来说,所见所闻都那么新鲜,那么让人感动。来到这里,他第一次见到现实中存在着自主发挥功用的佛教。接下来在建仁寺度过的几天里,他感到自己找到了很多一直以来求之未得的东西。

道元对充斥着难以理解的知识、但只会进行加持祈祷的天台教义以及被迫全面放弃自己的法然等人的念佛宗教义都不满意。对他来说,荣西的一喝以及这几天在众寮舍里度过的生活与自己过去熟悉的比叡山完全不一样,能够感觉到一种新鲜的震动。道元切身感受到这里才有真正的佛教。

道元过去所学的天台宗是将圆、密、禅、戒等四种相承作为传统的教学内容,所以道元也不可能对禅一无所知。不过,经过这些天,道元对宋朝的新佛教、也就是禅产生了非常浓厚的兴趣。

二

禅传入日本在荣西以前，可以追溯到七世纪后半期的白凤时代。

最初是入唐僧道昭（629—700），听从因《大唐西域记》而闻名的玄奘三藏（602—664）的建议学习禅定，回国后在元兴寺东南创立禅院。接下来是天平八年（736）的来日唐僧道璿（702—760），住在大安寺西唐院，传律宗、华严宗的同时也传北宗禅。

天台宗的开山祖师最澄（767—822）也曾向道璿的弟子行表（724—797）学禅，后来在延历二十三年（804）为赴天台求法而入唐，归国时带来慧能所传之禅还有达摩的系谱。接下来是空海（774—835）在弘仁七年（816）的上表状中建议：

"现在根据禅经的说法，深山中的平地尤为适合修禅。"

于是就在高野山创建了修禅院。

另外，嵯峨天皇的皇后嘉智子（786—850）也曾根据空海的进言，为引进真正的禅而派惠萼入唐，招来唐僧义空，迎至东寺的西院，兴建了檀林寺以弘扬禅宗。但义空在日本逗留几年后回中国，这是因为他看到日本密教的兴盛，认为禅宗落户日本为时尚早。慧萼在齐衡元年（854）再次入唐，在五台山得到观音像，计划在大中十二年（858）返国。但因难以从宁波故昌县起航，所以在当地修建补陀(即今普陀——译者注)洛伽山寺，供奉观音，成为开山祖师。

道元入宋之后，在临近回国的日子里还到访过此地。

在以丝绸之路为中心的东西方文明伟大交流中，中国佛教完成了极其伟大的业绩，即将数量巨大的印度佛典译成汉语。但对这些数量庞大的汉译佛典的理解还需要很长的时间。不知从什么时候开始，中国佛教就以城市作为中心据点，并且立足在对汉译佛典的解释等活动之上，所以佛教原有的修行和实践层面便逐渐变得淡薄。

禅是东汉时期、即二世纪中叶从印度传到中国的。最初禅与中国的固有思想、特别是与道家一派的仙家紧密结合，随后成为以表现神异为主要内容的习禅者流。接着与儒教、道教离离合合，在此过程中去掉神异部分而成为实践坐禅的学问，以此填补了中国佛教的缺陷。于是，佛教与中国人原有的现实主义相呼应，逐渐渗透到民众中并扎下根，朝着独特的中国禅宗这一方向发展。

菩提达摩被认为是禅宗的始祖，是南天竺国中香至国的第三王子。他从印度来到中国的时间有一种说法是在北齐末的普通元年（520）。

当时中国正处于南北朝时期。梁武帝是热心的佛教崇拜者，被人称为"佛心天子"，所以他对达摩的到来相当欢迎，将其迎至梁都金陵并向其请教。但武帝却没能充分地理解达摩之禅的真意。达摩知道现在时机未到，于是从武帝身边离开，到达魏的都城洛阳，进入嵩山少林寺，九年里专心面壁坐禅。

达摩那严厉的视线不仅投向自己，也投向追求佛法之人。

在一个下雪的日子，一个叫神光的修行僧来拜访达摩，希望拜入门下求佛。但达摩只是面壁坐禅，一句也不应。一夜过去，黎明将至，神光被埋在齐腰深的雪中。他抽出刀自断左臂，递给达摩，表明自己的求道决心不可动摇。看到这个举动后达摩终于接受神光入门，并为其改名为"慧可"。

达摩的禅法称作"大乘壁观，功业最高"。达摩和慧可一同游走诸方教化众生，从不在寺院停留。因此，不断遭到建立在解释经论基础上的当时佛教界的迫害。

中国禅宗的谱系是：慧可（487—593）为二祖，接下来是三祖僧璨（？—606），四祖为道信（580—651），五祖为弘忍（601—674），其后是六祖慧能（638—713）。

从五祖弘忍开始，禅宗在偏远的山麓寻找落脚点。禅宗以坐禅为核心，具有很强的实践性。禅宗也获得惊人发展，到七世纪初已经奠定了在江南地区大规模发展的基础。后来六祖慧能在曹溪宝林寺居住时，明确禅宗特色为"教外别传，不立文字，直指人心，见性成佛"。也就是说，禅的真意在说教之外，要由体验来特别传授，不需要经论等文字，一心一意坐禅就能达到释尊之悟。中国纯粹的古风禅就这样形成了。

五祖弘忍把法嗣传给了慧能，而神秀（？—706）又被则天武后招至长安，于是后来禅宗分裂为慧能的南宗禅和神秀的北宗禅两派。不过，日本僧人们带回国的是继承慧能顿悟主义的五家七宗禅风系统，也就是世人所谓的"曹溪之道"禅。

南岳怀让（677—744）侍奉了六祖慧能十五年，后来继承了慧能的法嗣。

他接受慧能的禅风，并使之在湖南地区流传开来。南岳怀让与青原行思（？—740）被通称为慧能的两大弟子，其法系是后来中国禅宗的主流。

南岳怀让和弟子马祖道一（709—788）之间有一则颇有深意的故事。

某一日，道一终日专心坐禅，怀让过来问道：

"你为什么这么热衷于坐禅呢？"

"哦，因为我想尽早成佛。"

于是怀让捡起脚边的一块碎瓦，在道一面前认真地磨起来。

"师父大人，您磨瓦片打算干什么呢？"

"我想要做一面镜子。"

"无论如何努力，这都是不可能的。不管怎样磨瓦片，都做不成镜子啊！"

怀让立即说道：

"正是如此！你能这样想就好了。坐禅为什么就能变成佛呢？拉车的牛不走时，不打牛而打车，你现在所做的不正是这样的蠢事吗？"

怀让指出道一的错误思想——认定坐禅是得悟的手段。

后来，继承了南岳怀让法嗣的马祖道一彻底在日常生活中实践禅。

到八世纪后半叶，马祖门下出现百丈怀海（749—814），为中国禅宗的确立作出巨大贡献。过去禅院都是律寺的别院，怀海在百丈山建立了中国第一个独立的禅院，还针对禅的修行制定出禅院自己的规则，这就是《百丈清规》。其中规定禅院应该自给自足，做杂务是众僧必修的"行"。这些清规（规则）的制定为首次独立出现的禅宗寺院建立了诸项制度，还有法堂、僧堂、方丈等仪式制度，为自给自足的禅林生活奠定了基础。

根据这些规定，所有禅僧都要进入僧堂，在长连床（连合起来的床）上根据僧位高低排定座次。在这里，实行所有修行生活，即坐禅、两次粥饭用膳、睡眠。

住持在规定的日子里在法堂向众僧作正式说法，众僧不分上下都要参加杂务。寺内设十个寮舍，每个寮舍都设有寮舍长，所有规则由维那监督执行。

《百丈清规》所规定的诸如禅院中作为长老发布指示和说法场所法堂的重要性、作为集体修行生活场所的僧堂、平等地劳动、宿舍的自治等等，都成为后代正确继承禅宗、发展禅宗的基石。

百丈怀海对自己的要求也很严格，从未违反过《百丈清规》的规定。

百丈怀海年老时还同年轻僧人们一起努力劳动，有一位修行僧看到了，感到过意不去。为让百丈怀海轻松一些，将劳动的工具藏起来，因此，做不了杂务的百丈怀海那天没有吃饭。

那位修行僧感到不可思议，为什么不吃饭呢？他问百丈怀海，百丈怀海平静地说："一日不作，一日不食。"

三

从建仁寺返回比叡山后，道元再次陷入沉思，这一次沉思不是因为过去一直困扰着自己的大疑问，而是严肃地考虑自己的前进之路。和荣西见面之后，自己首次得知新佛教、也就是禅的存在。自己对这种新佛教的憧憬与日俱增，现在应该怎么做呢？他越想越觉得自己应该离开比叡山，投身到荣西的禅门之下。

过了新年，到建保三年（1215）六月临近结束时，道元从比叡山宗师的闲言碎语里得知，荣西的死期临近。

这些闲话听起来，与其说是因丧失一位伟大的禅师而悲哀，不如说是为荣西死后禅门势力将会衰退而感到高兴。

——荣西大人要从这个世界上消失了吗？……

道元想到再也见不到将自己从苦恼困惑中解救出来的荣西而心神不宁。

几天以后，道元听到消息说"荣西圆寂"，急忙向建仁寺赶去。

道元到达建仁寺时，全寺上下都笼罩在一种庄严而沉痛的气氛中。前些日子，镰仓寿福寺临终之际一位敕使到来，荣西像往常那样平静地会见了敕使，在敕使和身边僧人的看护之下端坐入寂。七月五日，荣西在七十五岁时去往他界。

无论道元如何悲伤都无法挽回了。道元唯一悔恨的是自己没能作为弟子日夜跟随荣西身旁，聆听更深邃、更广博的教诲。

那时法然的弟子亲鸾移居关东，开始推行念佛的真髓。

受到母亲伊子的影响，道元对这种将人的主动性全部交给阿弥陀如来的他力信仰总也亲近不起来。母亲在世时也说过：

"我可不想为得救把自己都放弃。因为，能够解救自己的除了自己，还是自己……"

其中不无被时代愚弄的女性的真实感受。当然，道元自己也不可能对死后灵魂的去向毫不关心，但他觉得如果完全放弃现在活着的真实感受、放弃自己的主体性，那么人的存在还有什么意义？而且道元自问，人是在这个世界上背负着悲伤和痛苦，却必须无可奈何地委身于某物而活着的软弱生物吗？

——我才不要！

道元不假思索地摇头。

将自己完全交给阿弥陀如来，完全否定自己而寄希望于来世，这种念佛信仰无论如何也不能忍受。不过话说回来，道元自己也没发现哪个宗教确实地完全牺牲自己，将一切都委托给他人。

道元意识到自己一直深入思考的问题，被荣西一喝引发的冲击再度波及全身，同时还突然灵光一现。

——我不认可他力本愿，那么就只能认可自力本愿了。荣西大人确实曾经说过，禅最重要的是自力修行，说不定这个禅就是我所追求的真正佛道呢！现在日本的佛教不是真正的佛道，无论如何都想到宋朝这个佛教圣地去学习真正的佛教呀！

过去道元一直都在追求真正的佛道，现在他终于确信自己所追求的正是禅这种佛教。

道元怀着这样的信念，再度拜访了圆城寺的公胤。

建保四年（1216）初春时节。

道元向公胤讲述在拜访了荣西之后自己有了入宋的愿望。公胤说道：

"入宋，是好事！你呢，在自己的迷途当中找到自己的生存之道了。光阴不待人，去实现自己的愿望吧！入宋去吧，去找到自己，穷尽佛法的真谛……"

当时的一流人物、圆城寺的座主对自己说出这番话，道元更加喜悦。

道元细细地品味着自己的欢喜，急匆匆地返回比叡山。

刚回到千光房，就见公晓在那等着。

公晓起身说："喔！好久不见……"并且换了座位。

道元觉得，公晓好像下定了什么决心似的。

"我来做今生的告别。"

"太夸张了吧……"

"不，这是真的！我呢，这次要当镰仓八幡宫的别当了。"

按照祖母政子的意思，公晓出任镰仓八幡宫的别当。

要去镰仓的话，确实，下一次见面就不知道是什么时候了。

"这样啊，其实呢，公晓殿下，我也决定要入宋了。"

"是吗？什么时候入宋？你是僧侣之身，所以这是头等大事。只不过，这世上有个大傻瓜，明明身为将军，却总想着入宋。做将军的人，在日本安享高位不好吗……"

道元当时并不知道，公晓所说的将军就是实朝，也无法想象后来这两人会产生了深刻的矛盾。

公晓说到这里，忽然逼近道元的脸，看着道元的眼睛说道：

"和尚，去得到佛法的悟吧！我呢，就去取得天下。这是我们两个人的秘密哟……如果我取得天下，一定让你知道……"

公晓留下这些话，走出千光房。

道元感觉到了什么，仿佛被月光吸引那样走过去。

屋外一轮满月，月光皎洁。

月光中，公晓正在与两棵三寸粗的小杉树对峙。

公晓看到道元的身影，大刀一闪而过。

应声之处，两棵树交错着，轰然倒下。

一棵树几乎横着切断，另一棵斜着切断。

好敏捷的身手！

公晓收起大刀，对道元微微一笑，飘然下山了。

那是道元最后一次见到公晓。

那时候，真正的禅在大宋。

如果想要穷尽禅的话，无论如何都要到其故乡去求师，道元入宋的梦想开始自然而然地成为现实中的计划。

——赶紧去见明全大人吧！明全大人也有入宋的想法，荣西大人是这么说的。

自荣西去世之后，已经一年了。

这年的闰六月二十日，圆城寺的第四十七代座主公胤圆寂，时年七十二岁。

太上天皇派出院使吊唁，准后宫和土御门内大臣等人也乘车飞奔而至进行吊唁。

　　指导过自己的恩师们一个一个地去世了，道元的心情非常低落。

　　虽然道元想下比叡山追随建仁寺的明全，但却不能马上成行。可以预想到从比叡山出走这件事，叔父师家和养父通具一定强烈反对。不仅如此，引导自己走向出家之路的是良观大法师，其恩情也不能不顾及。

　　道元的心开始动摇。

求道起步

一

荣西圆寂之后，称为庄严房的退耕行勇（1163—1241）接管镰仓的寿福寺、京都的建仁寺以及博多的圣福寺。退耕行勇曾在治承八年（1184）春天入宋，文治四年（1188）秋天回国。虽然他接过三寺的管理权，但实际上不可能三所寺庙都完全顾及，所以他任命佛树房明全为监寺，负责建仁寺的运营。

荣西接受二代将军赖家的施舍而开创建仁寺，但建仁寺靠近京都的四条和鸭川，虽然称为临济宗的大本山，但却是比叡山的别院。建仁寺实际上是兼学真言、止观、禅三宗的道场，称不上是纯粹的禅寺。荣西本来的打算是：在禅宗里掺杂进显、密二宗，以此来躲避比叡山的打压。明全对此十分了解，他继承师父的遗志，盼望有一天逐渐把建仁寺变成纯粹的禅林道场。

但是，只是等待的话，这一天永远不会到来。因此，明全觉得为实现这一愿望就必须渡海入宋，到禅的发源地去，像师父荣西那样亲身体验禅，再把这股新风带回来。另外在入宋时，一定要在师父荣西的有缘之山天童山上为荣西实施追善报恩供养。

道元的舅父良观就任圆城寺的长吏一职，上任不久就去世了。利用第二次读完《大藏经》的机会，道元说服亲族，终于正式决定下比叡山，拜访荣西的高足明全。

道元结束了在比叡山近六年的修学。建保五年（1217）八月二十五日，道元十八岁。

初次见到的明全当时正值三十四岁壮年，看起来与比叡山的僧人们完全不一样。

其一举手一投足都散发着严格遵行戒律的严肃感，却一点架子也没有，泰然从容。

道元感到自己终于遇见苦寻不遇的人物，心中不禁十分激动。

明全的老家在伊贺，八岁时出家。和道元一样，他在位于比叡山三塔的横川之处首楞严院、明融阿阇梨那里迈出通向佛门的第一步，也学习过天台学问，被称作"佛树房"。此后他游学四方，投入建仁寺荣西门下。

道元入门没多久，九月明全让他更换着装，十一月又授予僧伽梨衣。通常来说，按照建仁寺的惯例，入门不足三年不能授予袈裟。但明全这么做，除曾经听荣西提起过，也因自己看到道元的才华。即便如此，道元的更衣过程也是特例中的特例。

道元自己也想早日入宋求法，体验真正的纯粹禅修，但暂时留在建仁寺，在明全身边努力修行，兼学显、密、律、禅四宗。他从明全那里学到台密流的秘法行法护摩、律藏、天台止观的法门，当然还有临济的宗风。

一天，明全向道元细细地讲述师翁荣西的故事。

"荣西大人身在建仁寺时，有一个俗人来拜访，他向荣西大人恳请道：

"'因为贫穷，我们家已经好几天没吃东西了。我们夫妇和儿子三个人就要饿死了。请您发发慈悲，帮帮我们吧！'

"那时候，建仁寺里衣服、食物、宝物等东西一件也没有，荣西大人实在想不出办法。

"忽然，荣西大人想起用作药师如来背后光圈的铜板，于是就把光圈包起来，亲自捆绑起来送给那人：

"'给，用这个换食物去，克服饥饿吧！'

"俗人高高兴兴地回去了，但随后门人指责道：

"'那块铜板本来是做佛像背后光圈的尊贵之物，就这样送给俗人，这是犯下了私用佛祖物品的罪过。'

"于是荣西大人说：

"'是的，正如你说的那样。但是，如果有需求的话，佛一定将自己的肉、手、腿切下来送给他人。现在人就要饿死了，即使将整个佛像都给他，那也是符合佛之本心吧。即使因私用佛物罪过而下地狱，我也会救那个饥饿之人。'

“荣西这样坚定地说。

“走上佛道的荣西大人其心之高洁，我们都应好好思考。”

明全说到这里打住，目光清澈。

明全严守戒律，学问和人品都非常优秀。道元从心底尊敬他，绝对信任地聆听他的教诲。两人的思想是相通的——无论如何都要渡海入宋，学到正法。终于遇到真正的同志！两人都细细地品味着这种喜悦。

就在将要渡宋时，明全还有一件事放心不下。

那就是自己正在照管的建仁寺。

虽然受到镰仓幕府的庇护，名义上也是比叡山的别院，但建仁寺的基础还不稳固，所以说不定什么时候就会遭到比叡山的镇压，而且建仁寺还潜藏着从内部崩溃的危险。被行勇委以重任的明全已经倾尽全力地去经营，但前途依旧多舛。

明全偶尔也会向道元提起这些不安。

“师父大人的心情，我很明白。但要消亡的东西，无论如何努力都是要消亡的。而且我们入宋后是否能够平安回国，一切也凭佛的意旨。现在，师父大人和我为求道采取行动是有意义的，以后的事情也有各种可能性。”

对师父明全，道元从来都是有话直说。

“你说得对。只要入宋求得佛道、求得悟，回国之后就能够自己建造寺庙的堂塔伽蓝等等。但是，道元啊，近来气派的寺院一幢幢地建起来。虽然看上去气派，里边却什么内涵也没有。墨守着古旧的传统不是真正的佛道。仅有僧人的外壳，却不知路在何方，这就是现今日本佛教界的情况呀！”

道元和自己有着相同的想法，对自己又毫不掩饰，明全感到非常高兴。正是因为道元的话，明全感到一直困扰着自己的顾虑也彻底消失了。

二

此时在镰仓，北条时政（1138—1215）和后妻牧之方谋划着废除当时的将军源实朝。但时政的儿子义时（1163—1224）却听从政子的命令，将实朝迎到自己的住处加以保护，时政因此而失败。镰仓幕府的实权也转移到第二代执权义时身上，实朝的将军一职不过是执权的傀儡。

成为挂名将军的实朝心情郁闷，开始向往京都的优雅之风。当时他很热衷于京都流行的蹴鞠与和歌，荒疏了武道。义时、大江广元、长沼宗政等人都对此加以规劝，但实朝一概不管。他拜京都歌人藤原定家（1162—1241）为师，写了《金槐和歌集》，创作尊崇朝廷的和歌。实朝还受到荣西及其弟子行勇的影响，将全部精力都投向了入宋这个毫无道理的计划上。

实朝让结城七郎朝光准备入宋相关事宜，接着又在建保四年（1216）命令大宋工匠陈和卿制造大型渡宋船，陈和卿是参与东大寺复兴和大佛铸造的工匠。但即使是幕府，如果肩负一国重任的将军连生命安全都难以保障，恐怕也不应该冒险渡宋吧。果不其然，渡宋船未曾下水，实朝的入宋计划便告失败。难以放弃梦想的实朝第二年命令身边的葛山五郎景伦入宋。另外，实朝没有亲生儿子，他担心源氏的血统在自己这一代断绝，于是开始热衷于追求官位的显达。

比谁都了解实朝郁闷心情的是从公卿坊门家嫁过来的正室信子。实朝将下面这首和歌赠给她：

屋前竹，轻触双袖，齐长大，与我相伴。

正当道元燃起入宋之志、向明全学习佛学时，从镰仓归来的行勇给建仁寺带来了意想不到的消息。

行勇将明全叫到方丈间密谈，道元也被允许旁听。

道元离开比叡山到明全身边去的建保五年（1217）六月，公晓也开始行动。在这一年十月，公晓终于一偿夙愿，进入千日祈祷，第二年建保六年参加闭门祈祷，但公晓是以带发修行之身参加。

就在道元终于下定决心入宋去寻找真正佛法时，公晓也站到离天下只有一步之遥的位置。但公晓的养子身份没有改变，因而没有资格做将军实朝的继承人。一直盯着天下权位的公晓一天天郁闷起来。

此后又过了两年。

建保七年（1219）正月二十七日，夜将拂晓。

这一天，实朝终于如愿以偿地被任命为右大臣，拜贺仪式在鹤冈八幡宫进行。

镰仓从早晨开始下雪，到夜里已经积了两尺多厚。

担任幕府重职政所别当的大江广元，为能赶上与实朝同时出发而匆匆赶路。

——怎么回事？眼泪都流出来了……

也许是被一片银色世界晃花了眼，也许是因为太冷，到达实朝的住所后，大江眼里还是不住地流泪，止也止不住。

在里间，近侍宫内兵卫尉公氏正在给实朝梳发，神情比平常显得紧张。完成最后一步正要松口气时，一根头发散落了下来，正好落在泰然直视前方的实朝眼前。公氏一下子手足无措。实朝让他平静下来，伸出右手移至额前，一下子把那根散落的头发拔掉了。

"拔下来当作纪念吧……"

实朝沉吟着，走向通往内庭的回廊，在那里站住了。

雪仿佛要下到永远，无休无止，庭院里的老梅树也被完全盖住了。

"吟诗！"

实朝话音刚落，一直在身旁侍奉的郎官立即奉上随身携带的纸笔。

我去楼廊空无主，寒梅檐下勿忘春。

实朝默默地凝视了一会儿那看不见树皮的老梅树。

回廊的尽头处也飘着雪。

大江广元对流泪的事很是在意。

广元先开口，向实朝进言道：

"夜间仪式难免防不胜防，鄙人以为在白昼进行为宜……"

但是，政所的次席别当、文章博士源仲章朝臣极力反对，因为拜贺仪式在夜间进行是惯例。结果拜贺仪式仍然按照惯例在夜间进行。

傍晚快要出发时，大江广元再次直谏：

"虽然没什么关系，不过为了以防万一，在衣冠束带下穿上铠甲如何？"

"拜贺仪式中，将要成为大臣大将的人在装束下面穿着铠甲这等事，没有先例。"

广元的进言又被源仲章一言否决。

实朝身边跟着大约一千骑兵随从，乘着牛车向举行仪式的鹤冈八幡宫移动。小雪还在下着，队伍丝毫不乱，缓缓地前进。

行列真是庄严至极。

一行人到达楼门前面，实朝从容地从牛车上下来。这时，实朝佩戴的大刀有一个金属扣不知为何松脱，刀从鞘里滑落，无声无息地掉落到雪里。实朝用眼神制止前来的郎官，从雪里捡起刀，也不擦刀身，将刀收入鞘中，悠然地从楼门中穿过。

作为御剑奉侍役的执权北条义时应该理所当然地跟随其后。

但在一瞬间，义时突然当场夸张地缩起身体，好像快要倒下去一样。身旁的源仲章跑过去询问情况，义时诉苦道：太冷了，自己身体不适，"心神违和"。拜托仲章代理自己的职务后回家去了。

刚过酉刻（下午六时），拜贺仪式开始，庄严而顺利地进行，结束时已近戌刻（下午八时）。

雪停了，四面八方都是寒气。

已经入夜了，但神宫里的灵鸠还在不停地鸣叫。

鹤冈八幡宫内燃起篝火，雪面反射着摇曳的火光，淡淡的光使得鹤冈八幡宫看起来像是空中楼阁。

实朝在郎官的指引下走下社前石阶。

通往正在等候实朝的牛车的沿道，护卫的士兵们一动不动地站立着。

正当实朝就要走完石阶时，从银杏树旁边一个形似僧人的男子飘然闪现。他从护卫的士兵之间穿过，慢慢地把脸转向实朝。

"怎么了？……这不是公晓吗？……"

实朝说着，向公晓靠近一步，就在那时。

一道闪光掠过，实朝的脑袋瞬间悬浮。转念之间，实朝的身体右侧血沫高高溅起，染红了雪面。

实朝的身体缓缓塌落，与此同时，一旁吓呆了的源仲章朝臣也瞬间被砍倒。

公晓举着实朝的首级，清清楚楚地说道：

"赖家之子，公晓，为父报仇了……"

然后，他对着涌上前来的宫寺供僧良祐等郎党们叫道：

"现在，我是大将军了！"

公晓大叫着跑走了。

公晓奔跑前方的一个个篝火突然熄灭。

一阵风吹过，人们如梦初醒。

护卫们慌了手脚，跟在后面追赶。

但找不到公晓。他们向公晓居住的本坊走去，却遭到郎党们的激烈抵抗。

公晓在监护人备中阿阇梨的房间里，努力使心情平静下来。

——冷静下来……只需考虑今后的事就行了……

天下，就在眼前了！

公晓努力压下心中骚动的热血，立即派使者去联系没有参加仪式的御家人权贵三浦义村（？—1239）。义村之妻是公晓的乳母，如果和义村联手就可以获得天下。公晓这样计划。

义村从使者那里听到消息，当他了解到北条时政仿佛早有预谋不在现场时，吓坏了的义村就把一切交由义时处置。

义村觉得义时会立即下令对公晓处以极刑。

公晓正在向迟迟不见回音的三浦宅走去。

干等着可得不到天下！公晓的热血还未冷却。

可是，这一夜将要过去时，正赶往三浦宅的公晓却在路上被三浦义村的部下、流散武士长尾定景等人围住，死于乱刀之下。

雪又开始纷纷落下。

由于实朝之死，从赖朝开始的源氏正统只传三代就断绝了。

次日二十八日，以实朝的正室信子为首，武藏守亲广、左卫门大夫时广、前骏河守季时、秋田城介景盛、隐岐守行村、太夫尉景廉等百余御家人，为供奉已故将军的灵位而在行勇的主持下落发出家。

行勇自己也因实朝的死悲痛难当，于次年二月离开镰仓，登上高野山，住进禅定院。

实朝之死意味着公武之间的均衡被打破。

围绕着将军后继者的问题，京都和镰仓的积年恩怨再度点燃，事态一触即发。

行勇详细地叙述了实朝被暗杀的经过后又返回镰仓。没过多久，一封书信寄到建仁寺道元的身边。

"我，干成了！"

只有一行字。

道元知道，公晓真的死了。

"你去得悟，而我去取得天下。这是我们二人的秘密！如果我取得天下，一定让你知道……"这一夜，公晓之言一直在道元耳边回响，彻夜无眠。

三

道元怀着入宋之志等待着时机到来，同时也在明全身边努力进行佛教的修学和禅的修行。那时发生了惊天动地的大事。

那就是"承久之乱"，公武的激烈冲突终于爆发。

承久三年（1221）五月十五日，后鸟羽上皇任命反幕派的近臣们为"骑兵召集使"，开始召集诸国之兵。

那一天，按照事先的计划，以直属院的北面和西面武士为首，在畿内、近国和京中的武士共一千七百骑集合到上皇身边。然后上皇逮捕并监禁亲幕派的公卿们，接着固守美浓国的不破关。

上皇本以为一旦下达院宣（院厅官员根据上皇以及法皇命令发出的公家文书——译者注），武士们马上会离开幕府，所以没有直接攻击镰仓，而是采取了防守的策略。但上皇有所期待的三浦义村却誓言自己对幕府绝无二心，上皇的计划也因此大受挫折。

从京都派出的急使在十九日把消息传给镰仓的北条政子。北条政子马上召集住在镰仓的御家人，细数赖朝以来的恩典，巩固队伍的团结。然后任命北条泰时为总大将，率领十九万骑，在数日之内由东海、东山、北陆三条道路进击京都。各地激战的结果是上皇一方不足一个月就轻易败北了。

上皇一方的兵力是以西国十八国的守护为中心组成，很多都是临时编成，实际上的兵力不过三万，近似乌合之众。另一方面，幕府一方以义时为首，作战指挥者优秀、军队的团结也牢固，从一开始胜负一目了然。

北条泰时及其叔父时房率领镰仓的幕府军攻下京都，趁机在六波罗馆布阵。

六波罗馆过去曾是平氏的大本营，源赖朝将之没收入官，变成自己的领地。从文治元年（1185）北条时政上洛开始，此馆便成为京都守护的厅舍、赖朝宅邸和御家人之馆。

承久元年（1219）作为摄家将军迎至镰仓的九条赖经也是从六波罗馆出发的。

泰时负责六波罗馆以北，义时负责以南，二人在六波罗馆开始处理乱后事宜。

这就是新官职"六波罗探题"的诞生。

此后，幕府进行战后处理非常迅速。

后鸟羽上皇、顺德上皇被流放到隐岐岛和佐渡岛，土御门上皇被流放到土佐，后来又迁至阿波。参与讨幕计划的公卿们也受到处罚，主要成员被杀。这次处理苛刻，严峻至极。

道元的父亲通亲是本次内乱主谋者三位上皇的外戚，所以三位上皇与道元也有亲戚关系。那时道元的同父异母兄弟、内大臣通光被罚闭门罢职，权大纳言定通、权中纳言通方被罚禁足等。道元的父家村上源氏一族大多遭到厄运。

此后幕府以六波罗馆为中心设立"洛中警团"，加强对朝廷的监视，而且还计划支配关西各地。上皇一方所拥有的三千余所庄园都被没收，幕府任命东国的御家人做这些庄园的地头，以作为战功的恩赏。

在建仁寺修行的道元也听说了种种传闻，诸如激战情况、朝廷军败北、接下来的严厉处分等。思念亲族令人痛心的命运，道元不由得热血涌动。但在那热血骚动的瞬间，他想起母亲的面容，血液马上冻结了。

眼看着亲族悲惨的现实，道元切身感受到佛教所说的充满荣枯盛衰、变化无常、四苦八苦的现实世界。

承久之乱后，后高仓院成为上皇，取代以前一直强行压制念佛的后鸟羽上皇。

战乱结束近八个月后，后高仓院在明全处接受菩萨戒。

"在佛面前，没有朝廷也没有幕府，没有王道也没有霸道。若双方能够由佛道而和解，是我心中所愿。"

从明全的话语中，道元了解到师父远远超出朝廷幕府对立之上的胸怀，还有对真正和平的渴望。

过去曾皈依过法然的后高仓院成为上皇，之前一直主张压制念佛的僧侣和世俗学者马上都皈依念佛，法然的高足亲鸾最为高兴。亲鸾感到承久之乱是念佛的一个大转机，也是念佛进一步发展的支撑力。

同年九月十三日，明全把圆禅二戒全部传授给道元，并授予其作为师僧的证明。

受戒是渡宋的必要条件。当时宋佛教界是以比丘受戒时间为基准计算法龄，所以受戒与否将对渡宋后的待遇和修行生活产生重大影响。

道元等人的入宋准备，如受戒和出航手续等，虽然因承久之乱而延迟，但仍在扎实、有条不紊地进行。在准备这些事务性手续的同时，道元也在专心学习进入大宋那一天起就要使用的汉语。

道元跟随我禅房俊芿（1166—1227）学习汉语。我禅房俊芿曾寓居建仁寺，是荣西的至交，曾经入宋并开创东山泉涌寺，称"不可弃法师"。另外，道元还在大歇了心到访建仁寺时向他询问中国的情况，这位大歇了心是行勇的弟子，数年前从中国回日本，称"般若房"。

可想而知，渡航和在宋期间的费用很大。

道元的赴宋费用，让人把自己名下的庄园出卖筹集了一些资金后，大半由父家久我家承担，母家松殿家也以钱别礼物的名义赠送许多财物。另外，建仁寺虽然号称天台宗，但实际上处在幕府的管辖之下，从寺里的运营费用中也会为本寺的师父和弟子们入宋求法特别补充一部分资金。

明全以前游历关东时，曾受邀为正法院开山，因此从镰仓武士的名门佐竹秀义一族那里获得许多财物。另外，明全和道元的支持者集团——如俗世的亲族、寺院的相关人员、个人信徒、熟人等也捐助了许多善款。

在此之外，道元还准备了入宋初期必需的宋钱。

明全也准备了一千缗（一千文铜钱为一缗——译者注）在中国流通的楮币（纸币）。

"师父大人，为什么准备如此巨款……"

道元询问时，明全说道：

"这是为虚庵怀敞大人和荣西大人的报恩供养准备的。虚庵怀敞大人授予荣西大人印可证明，他原先住在天台山万年寺，后来成为天童山景德寺的住持。入宋之后，我想试着重温荣西大人的足迹，然后在天童山举行师父荣西大人的十周年忌典。"

这是明全的心里话。他还向道元转述，荣西曾经向自己提起过和虚庵之间的一段对话。

"'学佛之人如果达到超越善恶对立的境界，怎么样？'

"'那正是你本来的面目。'

"'那么，我还不能出师。'

"'如果真是这样的话，你已经可以出师了。'

"如此问答之后，虚庵面对我说：

"'荣西啊，你现在呀，达到了朝南望，可以看到北斗七星的境界了！'

"然后就把印可授予我了。"

接着，明全说道：

"这样的世界存在于现实中。道元啊，我们也尽早到那个世界去吧！"

道元心中不禁激动起来。

因为承久之乱而陷入停顿的入宋准备，忽然开始让人手忙脚乱起来。

筹集资金的同时，道元还要到后高仓院执行院政的院厅和北条时房、泰时的六波罗探题处申请院宣和下知状，需要准备各种出航的手续。院宣从朝廷下达，下知状由幕府办理，两个文件是在各国安全通行的许可证。另外还有"渡海牒"，也就是渡海入宋的正式许可书。

道元为办理各种手续出入六波罗探题馆时，结识了一位叫波多野义重的镰仓武士。

义重是北条氏的武人，将宅邸建在建仁寺的旁边。

义重是独眼，在承久之乱中作战英勇，是一位右眼中箭后将箭拔出来当场射回去的豪勇之士，其武勇天下闻名。那时两人之间没有交谈过，但义重第一眼就被道元全身散发出的风度和威仪所折服。

院宣和下知状将在贞应二年（1223）二月二十一日下达这一消息，正是义重告知道元的。

承久四年（1222），即年号改成贞应的那一年二月十六日，在安房国长狭郡东条乡小凑的一个渔人家庭里，日莲出生，乳名叫善日丸。

入宋之行万事俱备时已进入贞应二年，这时有消息送到建仁寺，是明全原来的师父明融阿阇梨病重的消息。

明融从去年夏天开始一直躺在病榻上。

震惊的明全马上赶往明融所在的比叡山。

明融认出明全的身影，气若游丝地恳求道：

"明全吗？你终于来了。我已经没多少日子了，虽然很过意不去，但是能不能取消这次入宋之行，在身边守着我……"

"师父大人，您在说什么呢？……"

"说了任性的话，但为我送行后再实现心愿不行吗？……"

现在，入宋已经万事俱备，中止并不是一件容易的事。但对自己有大恩的师父，现在快要不行了。

明全不知如何是好。

他没有当场答复，而是马上赶回建仁寺。

明全回到建仁寺后召集众僧侣商量。

明全叙说自己从小就受到明融非同寻常的大恩，也陈述了入宋求法的深刻宗教意义，然后向召集起来的全体成员问道：

"在这种情况下，不顾大恩之师的恳求而入宋，怎么样？"

低低的议论声响起，之后出现一阵沉默。

终于有人举起了手，恭恭敬敬地表达了意见：

"非常惶恐！您的恩师明融大人的入灭之日恐怕确实临近。如果是这样的话，把渡海入宋这件事推迟半年或一年，先守着恩师临终，您看如何？这样一来，既能完成师父大人的心愿，同时也报答了大恩……"

接着，其他的弟子也不失时机地举手发言：

"我也是这样想的。即使您参加完师父大人的葬礼，也还是可以完成入宋的夙愿。而且忤逆恩师心愿而入宋，在面子上也不好看。窃以为这是僧侣不该有的行为。"

明全微微颔首，倾听了其他几个人的意见，但大家的意见都一样。全部听完之后，明全最后催促道元发言。

道元干干脆脆地说：

"我认为，师父大人如果觉得佛法之悟到达某个程度即可，那么中止入宋之行也是可以的。"

道元也理解明全心中的苦处，弟子的人情是情，而求"佛法之悟"才是修行者的根本。因此，他还是坦率地讲出了自己的感受。但明全也能充分理解这句话的言外之意——如果觉得到此为止即可，那么最终只能做到这些，这也是道元表明自己决心的话语。

"我呢……对佛道也小有所得了，我想这样不停地修行下去，总有一天会达到悟，但……"

明全这么说着，下定了决心。

片刻沉默。

明全徐徐开口，毅然决然地说道：

"承蒙你们给我提出许多意见，向我说出许多人情道理。诸位大多数的意见都是让我中止入宋之行，但我已经下定决心，一定要入宋！我考虑了很多，即使这一次中止入宋之行，也不能延长临终师父的性命。即使我留下来看护，也不能使师父的痛苦消失。而且即使我在师父临终之际的现场，也不能帮助师父逃出生死轮回。对于师父来说，目前能得到的只是弟子满足自己心愿的这种安心感而已。作为师父，可能这样就足够了。但是这些东西，通通都与佛法之悟没有任何关系。这些事，倒不如说是阻碍了我的求道之志，也增加了师父的罪过。我要实现入宋的志愿，如果能够早一点儿开悟，那么虽然我一个人背负世间的烦恼、背叛人的感情，但能够成就使更多人开悟的因缘。如果此事能成就大功德，那才是

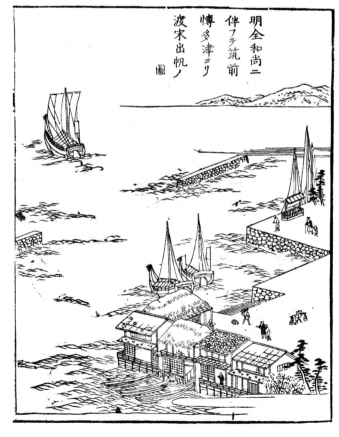

明全和尚ニ
伴フテ筑前
博多津ヨリ
渡宋出帆ノ
図

真正地报答了师恩。即使我在渡海途中丧命而不能得偿所愿，但我怀着求道之志而死，我的信念也会万世传扬，只要想想那位玄奘三藏的伟大求法足迹和伟大业绩就知道了。即使对象是师父，为一个人而放走这次宝贵的机会，也不会是佛的真正意志吧。我……我……这次，已经下定决心要入宋了！"

明全讲话的时候，全场都静静地听着，一点声音也没有。大家得知明全坚定的入宋决心，同时也被常人所不及的纯粹求道之心深深震撼。

正像明全回答道元的那样——"就这样不停地修行下去的话，总有一天会开悟的"，他自己也清楚，即使待在日本也能够得道。但他辜负恩师之命也决心入宋，究其心底深处的原因，除了将求道放在第一位的严格克己之心外，还有对两次成功入宋的亡师荣西的强烈仰慕之心。

这一次一定要完成建仁寺的使命，入宋并在天童山进行对师父荣西的第十次追善报恩供养，而且现实情况是，一旦错过入宋的船期，就很难得到下一次机会。

由于镰仓幕府对自由贸易的许可，日宋贸易比唐代有了飞跃的发展，而且这时的航海安全性也比唐代高出许多。但从寿永元年（1182）到承久元年（1219）三十多年间，正式渡海入宋的日本商船前后加起来也不过七次。这一期间，在建保五年（1217）还发生了僧人在入宋途中失踪事件。另外，从承久元年到贞应元年（1222）前后约四年间，日本还因国内战乱而中断了与宋朝的交流。

道元等人这次入宋计划，从道元与明全相遇的那年开始，经过五年的准备，已经十分周密。道元再次认识到明全那坚定的入宋决心，也更加坚定了自己入宋的志向。

第二章

杜鹃

惊渡东海

一

　　承久之乱的余波终于平息下来，贞应二年（1223）二月二十一日，与明全关系颇深的后高仓上皇下达院宣，相模守北条时房（1175—1240）、武藏守北条泰时（1183—1242）联名颁发的下知状也从六波罗探题处送到，此时明全、道元等禅僧们正式决定渡海赴宋。院宣与下知状如下：

　　建仁寺的住僧明全以及陪同明全的二三弟子为入宋奔赴博多港。望西海道沿途驿站、关所勿与麻烦，便其通行。故下此院宣，院宣内容如上所述。
贞应二年二月二十一日　左兵卫佐　　印

　　建仁寺的住僧明全、道元、廓然、亮照等为渡海而赴西海，望沿途的驿站、关所勿与麻烦，便其通行。下知状通知如上所述。
武藏守　　印
贞应二年二月二十一日　相模守　印

　　这些内容笔迹清晰地以汉文书写在奉书纸（一种较厚的高级日本纸——译者注）上。

　　此前明全考虑到年轻弟子的培养问题，便从建仁寺的僧人中招募希望去宋朝的侍从，最后选中廓然和亮照二人。但木下道正和加藤景正两位在家人也要求同行，所以总共六人一同前往宋朝。木下和加藤成为随从是应了侍奉过道元父亲通亲公的相关御家人强烈要求而特别许可的。

两人的赴宋目的，木下道正为学习制药法、加藤景正为学习陶瓷新技艺。

院宣和下知状下达的第二天、即二十二日，一行人按照原定的计划，离开建仁寺赶赴入宋船的始发地博多。

出发当天的清晨，明全和道元来到荣西的墓前叩拜，告知入宋之事。

一行人背着被称为"箕"的大铜制行李箱，大约宽二尺三寸，长三尺二寸，内深一尺七寸。墓前的梅树像是在为六人的出行祝福一般，梅花簌簌飘下，落在了染有黑褐色漆的箕上。

道元站立在寺院门口，仰望着蒙蒙亮的天空，感受着内心涌动的喜悦之情。萌发入宋求道之志到现在，时光已流逝了七年多。

一行人在三月上旬通过海路和陆路抵达博多，到达后立即赶往太宰府，办理出航渡海及入宋的手续，其后与搭乘的商船取得联系，出发之前住在与荣西关连密切的圣福寺。

道元等人给当时掌管入宋贸易的港口富商芝原某交纳一笔相当数额的航海费，另外还带着到中国赠送的各种礼品，如布匹百尺（幅度约63厘米，长约1290米）、金子五十袋、上等纸一百五十帖（大约7200张）等。

决定在早春这个季节入宋是因为日宋贸易商船都选择在接近季风交替的季节出航，因而从太宰府到宋朝的船只出航季节多在三月、四月和八月。

笑脸迎接道元一行人的是圣福寺住持。

圣福寺是荣西从宋朝回国后建立的寺院之一，还完整地保持着禅寺的氛围。道元他们在出航之前以此为投宿地，缓解紧张的心情，等待出航的日子。

在圣福寺等待出发期间，道元和明全一起拜访了香椎社旁的建久报恩寺，这个寺庙也是荣西所建，道元和明全追忆荣西的伟业和德行，同时也祈祷此行平安和佛祖保佑。

抵达圣福寺七天后，预测了天气情况的船长告知道元等人明早起航。

道元一行人整理了随身行李后精神焕发地换乘驳船驶向主船。

主船静静地停泊在博多港的海面上，驳船靠近后，抬头看去主船确实很大。

入宋船只为当时在日宋贸易中使用的代表性宋朝船只，船长大约十七间（30米），宽度约四间（7米），吃水线大约四间（5米），吨位大约二百吨。

为更好地破浪行驶，船底设计为楔形。

甲板上立着两根帆柱，前桅大约十一间（20米），稍稍向前突出，主桅大约十五间（27米），中间是做饭的场所，船尾有称为"乔屋"的船室，四周有门窗，屋顶建有瞭望台。

道元一行人穿过乔屋，在船室放下行李，在船长的引领下巡视船内。

船长看到道元一行人不安的表情，说道：

"在过去的遣唐使时代，四艘船组成一个团队出港，虽然是四艘船，但船像是门板拼合在一起的，稍有一点风浪就失事。航海技术也不成熟，季风和洋流也不太清楚，风稍微一大船就被吹跑，只能依赖佛祖的保佑……大海颜色变化的话，就胡乱向暗处行驶，一味朝向中国大陆航行，不过现在没有那样的事了。请放心，但依靠大海的颜色和神佛航行从古至今都未曾改变……"

船长黝黑的脸上绽放出爽快的笑容。

确实如此，在道元学习的日本天台宗创始人、比叡山的开山鼻祖最澄时代，四艘船队一起在七月季风的逆风中从长崎西端离港，遣唐使和空海乘坐的第一艘船在海上漂泊了三十四天后漂到福州附近。第三、第四艘船的下落不明，只有最澄乘坐的第二艘船基本按照预定计划抵达明州（宁波）。

不过，在日宋贸易繁盛的现在，与遣唐使时代相比，在造船术和航海术方面都有很大的进步。实际上，荣西也两度入宋，其他许多禅僧也往来于日宋之间。

主船甲板下分为五个房间，后舱是舵手等人的居室，船舱中塞满了大批价格便宜的金、砂金、水银、硫磺、珍珠、扇、绘画、螺钿、刀剑、日本纸等当时日宋贸易的商品。

船头上备有大型的旋盘，用大约长九十间（160米）的藤绳绑住锚的上下两端，用两根锁状的木棒将大石夹住，所以称为木锚。

船尾有大小两个舵，根据水深而分别使用，在乔屋的两舷处，有称为三副舵的棹状舵，入海后才使用，主帆只在顺风时才打开。

根据船长指示，舵手掌舵，加上水手共有二十人左右。该船使用称为指南浮针的航海用磁石，航行可以说比过去更安全。

傍晚迫近，风平浪静的海面放出暗黑色的独特色彩，释放出一种拒绝出航者出海的威严感。不久东北风增强后，船长从乘坐小船去观察外海状况的水手处了解到波浪的状态后，便摇着橹使帆船向外海进发。扬帆时风向改变，但船长停下来观察情况，见风向没有变化，不得不中止扬帆。

——我修行的开端是任凭风向……

道元回到船舱后，紧张的身体慢慢松弛下来。

在海边等风的日子持续了三天。

三月的出航如果错过今天可能难以实现，接近天明时分东北风逐渐增强，恰好外海的情况也不错，船长命令帆船往深海驶去，在扬帆号令发出后帆一下子被升起来，帆鼓满了风，有力地推动船向前驶去。

拂晓的海上，道元深吸了一口气。

——好了，出发了。

吉凶未卜的旅途开始了。

入宋的航线有北路和南路两条。北路从博多出发沿朝鲜半岛的西海岸北上，横渡渤海到达登州，但该航线海盗经常出没，危险性很高。南路从博多开始到五岛列岛，或者南下到种子岛、屋久岛、奄美大岛，沿着岛群横渡东海，在明州附近上岸。

道元他们乘坐的船选择了南路。

南路是到中国大陆最短的航线。过去许多人，包括最澄和空海也是沿着这条航线去中国大陆的。但因要横渡台风穿行肆虐的东海，这条航线的危险性也很高。

日落之后开始刮顺风。在白天，即使有风如果不是东北风的话，也只能降下帆来漂泊在海上。感觉船在反复进退，但船经五岛列岛时，天空被可怕的黑云覆盖。鼓满风的船帆一个个被降落下来。.

"哎呀，强风要来了，这下要有一场暴风雨了。"

望着漫卷黑云的天空，谁都感到不祥，木下道正首先说出来，旁边坐禅的道元则闭目沉默着。

明全劝道元道：

"任何事都是佛祖的考验，安心为好。"

半个时辰后，船进入暴风雨圈，船上骚乱起来。

甲板上水手们的叫声淹没在暴风和海浪声中，正想着逆风海浪会不会从两边船舷处涌进船舱时，道元等人的船舱已经浸水，水手们拼命地用水桶将水舀出去，人无立足之处，进展也不尽如人意。

船体到处咯吱咯吱响，如惊恐的尖叫一般。令人毛骨悚然的声音恐怖地使船室内每一个人都在担心船体是否会四分五裂而沉没，大家的脸变得铁青。尽管努力使自己保持清晰的思维，但身体前后左右晃动，连平衡感也失去了。

虽然道元等和尚没有倒下，但明全的脸色苍白。本来身体不好的明全晕船很厉害，一直闭着眼忍耐，身体随着船的摇晃而晃动，不能自控。

"师父，请坚持住，还好吧？"

廓然和亮照一边重复着相同的话，一边从两旁支撑着明全。虽然鼓励着明全，但两人的大脑在剧烈的摇晃中也感到不适，看上去马上就要倒下。道元在稍远的地方坐禅，但身心也在剧烈的摇晃中疲惫至极。

此时，只有船长泰然自若，以不亚于波涛汹涌的嗓音，向水手们发出准确的指令。

噩梦般的暴风雨终于停止了，船的摇动也终于平息，所有的人几乎连站都站不起来，道元得了严重的痢疾，苦不堪言。明全甚至不能正常地吃饭，只是铁青着脸色，一直瘫坐着。

道元在模糊的意识中感到船内空气中混杂着海潮的气息和人体散发的臭味。暴风雨以来，船体三天都在摇晃。

不经意间转眼外看，海面一望无垠。

忽然间，两只鸟落在船舷上。

——是滨雀……吗。

道元看到两只鸟，感觉靠近陆地了。

"看，海的颜色变了。"

两天后，道元在梦幻之中似乎听到船长的声音。

海的颜色变化意味着快接近陆地了。

大家都匍匐着爬上甲板。

的确，迄今为止深蓝色的海洋，变成混浊的薄土色了。

不久便进入深泥色浑浊的海域，海上散布着小岛，两天左右都穿梭航行在小岛的缝隙之间，岸边鳞次栉比的民家房屋清晰可见。

四月上旬，一行人平安到达浙江省明州庆元府的港口（现在的宁波）。

大家的脸上又恢复了生气。

明州ノ舶中ニテ阿育王山ノ典座来リ相見問答アリ

站在船头，道元张开双臂尽情地呼吸空气。

毫无疑问这是陆地的气息。

明州的港口是河流入海口，并非海港。港口的水面因长江流入的泥沙而浑浊。在浑浊的港口中，停泊着无数从各国来的大小船只。

这个港口作为日宋贸易的根据地，是与日本最有缘分的港口。

明州有一个称为市舶司的政府机关，管理外国人和船只的行政事务。道元一行的船停泊港口后，市舶司的三个差役乘着驳船到来，对货物进行严格检查。

此时，道元从船头望着明州的街市，久看不厌。

街市的气息和喧闹不断顺风飘来，将道元笼罩。

道元想尽快踏上这块土地。

第二天早上，登陆的准备已急不可待，一行人换乘驳船，蹒跚地迈出第一步。

"那么，暂且告别了，我去浙江省杭州天目山的陶窑。回国时再见吧。"

这么说着，最先下船的是加藤景正，无论景正怎么做，也不能顺利地将釉彩涂到自己制作的陶器上，色彩经常褪掉，学习防止褪色的方法是他此次入宋的最大目的。

"有时间的话，请时常过来。"

说着，便把写有地址的纸条递给道元，离船而去。

"我也暂且告辞了。回去的时候请一定让我陪同，我逗留的制药之地与大家修行的天童山寺近在咫尺，可以相互照应。请大家随时来。"

景正走后第二天，木下道正也下船了。道正希望学习宋朝先进的医药，很早就想来宋朝。虽然大家彼此的前程不同，但同时代年轻人对新事物追求的热情却是一样的。

道元等人已经得到入国许可，但还未得到入寺许可，利用入寺许可和公凭（旅行许可证——译者注）下发之前的这段时间，道元和明全一起离船，礼节性地拜访了庆元府城景福律寺的住持妙云大师。道元过去曾向我禅房俊芿等入宋僧学习汉语，这个景福律寺就是他们居住过的故地。

第一次踏上憧憬已久的大宋之地，街上的人群充满活力，所见所闻都很稀奇，道元感觉自己激动和兴奋得都有些慌乱，心情很久以来没有如此欢呼雀跃了。

明州的大街在高大的城墙之内，大小无数的运河贯穿城市，橹舟来来往往络绎不绝。去明州市舶司领取公凭，发现建筑物在三年前烧毁，现在还在重建中。

道元还感到一些不可名状的失望。

其中之一就是在附近寺院遇见的僧侣口臭很严重，即使稍微离开些讲话，臭味也强烈得令人难以忍受。

"这个国家的僧人到底怎么了，全都臭得不得了。"

道元瞟一眼明全的脸，明全抱以微笑的目光。

"他们在大宋佛教界自负为'人天之导师'，佛典里规定的'漱口、刮舌、嚼杨枝'好像全然不知。"

身为僧侣却连佛典的基本规则都不知道，道元很受打击。由于对中国佛教怀有巨大的期待和憧憬，刚到这里就遇到这种事情，道元很沮丧。

"但也不尽然。这个国家的人似乎不刷牙，但洗脸。我国的人虽然刷牙，但洗脸的人不是没有吗……"

看到道元沮丧的样子，明全劝诫说。

的确，当时一般日本人咀嚼细柳枝，却没有洗脸的习惯。

另外，与当地僧侣们实际接触后，道元感到很担心。道元听不太懂僧侣的语言，自己说的汉语对方也不能很好地理解。但是，如果手写的话，基本上可以交流……

——来时真该学好这个国家的语言……

道元从小就接触汉文书，汉文的读写都比别人优秀得多，入宋前道元接受了曾跟随荣西入宋的俊芿的会话特别训练，因而心怀自信的道元对眼前的状况完全不知所措。

——宋朝禅宗基本由问答构成。如果不能会话，无从谈起。

道元经常出入于充满活力的街道，观察周围的人和各种事物，倾听人们的交谈，但可以说是完全听不懂。道元决定即使入山的许可下来，也要留在船上一段时间，进行会话的特别训练。

二

从日本出发已经一个月了。道元等人想尽早去天童山，不过至今未收到入寺通知，现在已是五月四日午后，道元等人还停留在船上。

一个老僧乘着驳船，向道元等人的船靠近。

根据船长翻译，老僧听说日本来的贸易船到达，想求些香菇。

道元尝试着跟那位僧人进行交谈，掺杂着在日本学习的本地话和笔谈说道：

"我是从日本来的僧人，我叫道元，如果可以的话，您能稍微休息一下吗，有很多事想向您请教……"

老僧虽然对道元的汉语表现出惊异的表情，但点点头，轻松自在地接受道元的提问。风和日丽，两人决定在甲板上说话，船悠然地摇晃着。

道元一边请老僧喝从日本带来的茶，一边混杂着笔谈询问。得知老僧六十一岁，在禅宗五山之一的阿育王山担任做饭职务的典座，出身四川省西蜀，离开故乡已有四十年，走遍了各处的寺院，前年游访阿育王山，拜入禅堂，并留在那里修行。

老僧说到这里，像是很美味似的将茶喝完后说道：

"明天是五月初五端午节，想买些供僧人们祈祷冥福使用的日本蘑菇，由于单程也需要走五里路，趁着天不太晚赶回去……"

老僧站起身来。

道元很想了解宋朝的禅宗事情，便挽留老僧道：

"再过一会儿可以吗，这也是一种缘分啊，请再多待一会儿吧，今晚我想招待您，请务必在此住宿。"

典座听后摇摇头说：

"不，不行，明天众僧要祈祷冥福，我无论如何也得回去工作……"

道元感到很意外。

"为什么呢？阿育王山身为有名的古刹，还有其他人做饭吧，您一个人不在也不会对工作造成不便吧……"

听到此话，典座呈现出些许为难的表情，坚定地说："不行，这是年老的我从佛祖那里接受的重要工作。怎么能交给别人呢？而且来这里时也没有获得在外留宿的许可，不能破坏寺庙的规则……"

道元依然是一副不解的模样，追问道：

"失礼了，您已经上了年纪了。这样的话，静静地坐禅，修行古人的参禅课题和祖录如何呢？为什么接受烦琐的典座职务呢？这样的事情交给年轻人做怎么样？典座的职务有什么特别的功德吗？"

典座大笑，凝视着道元的脸说道：

"外国的年轻和尚啊，你现在还不懂辩道为何物，甚至连文字好像也不知道。"

典座说着，将"辩道"两字写给道元看。

被别人说自己什么都不知道，道元感到很不好意思，但对典座所言之意不甚明白，在纸上反问道。

"文字是什么，辩道是什么？"

典座随即写道："如果尚未涉足现在的问题，那就叫不了解辩道和文字。"

不过，道元还是完全不清楚其含义，露出怀疑的表情。

"如果不明白的话，改日可来阿育王山，谈谈辩道和文字为何物。天马上就要黑了，不赶快的话……"

典座侧视道元迷惑的脸色，留下了上面的话。小心地抱着塞满了买下蘑菇的袋子，匆匆乘驳船回去了。

道元久久发愣，目送典座的背影。

对于道元而言，提起修行，就是坐禅，精读经文和祖录，从观念上想象其事，除此之外不想其他事。

但这个无名老僧好像在说，自己承担负责做饭的典座工作，而且自己专心于这一工作同修行本质无异，日常生活的各项事情都是修行本身。

道元为大宋禅宗之深奥所折服。

对道元来说，同这个老典座的相见是抵达宋朝之后初次体验到的禅风。

同老典座见面不久，明全下船的时间定在五月十三日。

那天，道元犹豫着对明全吐露心声：

"师父，您先走吧，我还想暂时留在船上，想稍微学习一下当地的语言后再去……"

"你说什么呢……"

对于道元的话，明全完全没有预料到，吃惊地回问道。

"嗯，我说想留在船上，稍微学习一下当地的语言再去……"

"语言的问题，对我也一样。我也打算努力学习，但这里的语言的确比传闻的还要难听懂。不过寺庙里也有隆禅，不用担心。很快就能学会。"

隆禅是师翁荣西的弟子，数年前开始在天童山景德禅寺居留。隆禅的当地语言自然没有问题，完全可以依赖。

"不过，我觉得如果不能和禅师们直接对话，就很难理解禅的核心。我想直接理解这里禅师的话，所以想在学会了语言后再去。"

道元重复着，明全并没有进一步劝说。因为道元的话语总是那样，每句都有强烈的信念。

"那么，这样也好。我们先行一步。"

说完此话，明全在廓然、亮照的陪伴下走下船，前往与荣西有关的天童山寺。

对当地情况了如指掌的人向道元介绍了多少懂些日语、名叫文本的官员，此人在历代政府文官录用最高级别的科举考试中考取秀才。道元连日接受当地语言的特别训练。

道元从小就受汉文的熏陶，写在纸上的话几乎都能理解，因此道元的进步异常显著。经过两个月的训练，已经不用笔交谈了，道元也想尽早去拜访天童山，想不通过翻译直接和禅师交谈，直接了解禅的奥妙，所以拼命学习汉语。

"你的汉语基本可以了。就算是这样，学得像你这么快的人还是第一个。中国的语言南北完全不同，学得快的人也要一年以上。不，要花更多的时间……"

迄今为止指导过一些日本人学习当地语言的文本，毫不掩饰对道元学习速度之快的惊讶。

文本一边在纸上写，一边向道元讲述包括他今后要去的天童山在内的中国禅宗的情形。

九世纪，晚唐时北宗禅消亡，南宗禅分为沩仰、临济、曹洞、云门、法眼五宗，即所谓的禅宗五家。

这一时期是中国佛教受难期，有会昌灭佛（842—845）以及五代王朝交替激荡期的后周灭佛（955）等。不过唐朝灭亡进入五代时期后，南方相对和平，佛教文化昌盛。

禅宗尤其是除临济以外的其他四家主流均在江南，扩大了禅宗的势力。

在十世纪后半期至十二世纪初为止的北宋时代，临济禅也开始在江南地区盛行。这一时期最大的变化是住持制度。十方院让与本宗派无关的高僧担任住持，而甲乙徒弟院只允许师徒相承，两相比较，地位上前者稍高。

另外，士大夫阶层肩负着政治和文化的使命，其中很多人从其立身的儒教、特别是朱子学立场批判佛教。不过，正如深蕴禅风的山水诗中描写的一样，对江南山水的爱恋和对禅宗的浓厚兴趣也使江南禅院成为以苏东坡（1036—1101）为代表的士大夫们的精神支柱。

禅宗寺院到唐代为止并没有受到当时政府的保护，但到北宋时期，在河南省城内的东南边建立大相国寺，按照律僧和禅僧六比二的比例任命住持，以此为契机，开始官僚统治。其后这个制度虽被废除，但临济宗杨岐派的大惠宗杲（1089—1163）与贵族社会联合，以这一派为中心的官僚统治东山再起。

这一制度在宁宗（1194—1224）时，根据史弥远的奏请，规定由政府任命住持的五个最高官寺禅院五山，同时选出寺庙的十刹。

北宋被女真族金灭亡（1127），宋朝廷南迁成为南宋。但其都城——临安拥有西湖，温暖如春，阳光明媚，以佛国著称，分布有五大禅院。

环绕西湖的丘陵地带有北山景德灵隐寺和南山净慈报恩光孝寺两寺，在临安西边七十公里的山上有径山兴盛万寿寺，在离临安东边一百四十公里的历代贸易港口宁波近处山麓有太白山天童景德寺和阿育王山广利寺两寺院。

这些就是称为禅宗寺院的南宗五山，尤其受到历朝历代的庇护优遇，还受到贵族和士大夫的维护，五山在南宋时期迎来成熟期。

由于受到历代中国王朝的推崇，五山的立地条件与平地、城市修建的寺院不同，五山寺院极其有效地受惠于溪声山色的江南独特自然环境，寺院建筑与自然保持美妙和谐。

构成寺域的自然景观实在是灵境，堪称绝景。

讲完中国的禅宗故事后，文本进一步介绍了中国的现状，特别是政治及其体制、地方行政、文学、儒学、朱子学，还有当时众多民众皈依的道教现状等，他用汉语讲述了自己知道的所有知识。

道元入宋时，成吉思汗统一了以蒙古人为核心的游牧民族，压迫着金朝。

为此，过去相互敌对的金和南宋结成联盟，此时处于短暂的和平时期。

基于这种政治形势，文本说道：

"现在没有外患，对我国来说也许是最好时期。你赶上了好时期，尽情地习禅学佛吧。"

这句话给道元留下深刻印象。

事实上，南宋被元朝灭亡，元朝皇帝忽必烈向日本派遣远征军，发动"弘安之役"则是大约五十年后的事情。

惊奇的是，道元能立刻理解文本所说的一切，而且还能结合日本国情与文本交谈。

道元已经不需要汉语翻译了。

一个月后的七月，文本准许道元"毕业"。

道元在七月中旬终于到达天童山，比明全晚了三个月。

奔赴天童

一

那天很早，道元便向船长行礼致谢，下了从日本来的船，从宁波的京东大河路换乘小船向天童山的景德寺驶去。

从日本带来的货物全部让明全一行人先带走了，道元一身轻松。小船沿着古老运河缓缓地向东驶去，到达天童山下的船埠——小白村时已过正午。

船埠的人很少看到从日本来的独行僧，给道元提供了简单的饭菜。道元双手合十，由衷致谢，步行走向天童山。

在途中看见小白岭的五佛镇蟒塔，又巡游了与宏智和大慧两位禅师有关的揖让亭，从万松阁开始，二十里道路的两侧种着松树，这条参拜之路称为"二十里松径"。越过山岭，走过宿鹭亭，到建有七塔的天童山万江池时，差不多已经傍晚了。

在池子的对面，看到三面幽玄大山包围的大伽蓝群。

其中象征天童山的正面七间三层雄伟山门正是绍熙四年（1193）、临济宗黄龙派的虚庵怀敞任住持时师翁荣西利用日本捐赠的木材重修的，作为过去于此安居的礼物。其山门堪称"梵宇宏利，东南第一"，道元伫立片刻，领略雄伟的景观。

山门下出现四个人的身影。

师父明全，还有廓然和亮照，以及荣西的弟子——留学僧隆禅。

道元立刻被引导到明全他们居住的了然寮。

了然寮位于山门左侧，在知殿寮后面，附近有老宿寮和前资寮。

道元匆忙与三人说些分别后的话，并飞快卸下行装，在隆禅的指引下来到役寮打过招呼后，马上去参观天童山的诸堂。

隆禅已过四十五岁，在天童山修行的时间也很长，从脸上看得出吃了不少苦。隆禅从提前入山的明全那里收到信，其温厚的性格没有变化，对自己能有机会说日语感到很高兴。隆禅确实是个亲切诚恳的向导。

天童山在当时南宋禅宗五山中位于第二，僧人有数千名，大伽蓝群充分利用背山及坡斜的条件，寺庙的院子呈阶梯状展开，伽蓝以山门—佛殿—法堂—方丈为中轴，以山门和佛殿为横轴，在轴线上设置僧堂和库院，在后方设置后架和众寮。

天童山不仅简单地顺应地形，建筑物以中轴为中心，左右对称设置，呈现出与周围自然景观相称的规模和式样。

道元对自然景观中完美融入人文景观的天童山之美叹为观止，不过，道元最感兴趣的还是僧堂的建设。

因为僧堂是表现禅宗集体修行生活特色的最佳场所。

天童山的僧堂根据长芦宗赜（生卒年月不详）的《禅苑清规》所建，在堂内设有长连床，规模宏大。

僧堂洋溢着生活的气息。

回到了然寮时，不见了明全、廓然、亮照的身影。

"去僧堂了吧，在那里进行夜坐禅。现在是夏安居（旧历从四月十五日到七月十五日的修行）时期，很快就回来了，在他们回来之前，先介绍一下这里的生活吧。"

说着，隆禅站起身来，拿来装有中国茶的器皿和布包着的东西。

"请喝茶吧，有些累了吧。"

道元将茶一饮而尽。

"在这里，众僧全部都进入僧堂，根据法腊（僧侣受戒出家后的年数）决定座位。在长连床坐禅、吃饭、睡觉。住持每五天一次在法堂上堂说法，众僧站立听法，进行问答。众僧上下工作没有区别，寺院内有十个寮，每个都有各自的寮长，由维那（三纲之一，掌管僧侣纲纪）统管。"

隆禅说到这里时，明全他们回来了。

"啊，正好，明全大人，大家已经大体上对这里的构成很清楚了吧。不过道元刚来，我再重新说一下。"

从日本来天童山的五个留学僧都聚齐了，隆禅说道：

"这个寺庙的运营以住持为首，由东西两班的僧人构成，称之为两班。住持配有烧香、书信、请客、汤药、衣钵五侍者。东班面朝法堂向右排列，称之为东序，承担寺庙的经营，由都寺（总括）、监寺（总领）、副寺（会计）、维那（僧侣）、典坐（伙食）、直几（营修）六大知事组成。西班面朝法堂向左排列，称之为西序，承担僧人的修行教育，有首座（僧堂长）、书记（负责公文书）、藏住（经藏管理）、知客（宾客接待）、知浴（浴室管理）、知殿（香灯的清扫管理）六大头首。其中都寺、首座、维那特别受到重视。"

隆禅喝了口茶继续说："住持是皇上任命的当代一流禅僧。住持为教育修行僧，弘扬禅的宗旨，定期在法堂举行说法。这叫上堂，大概五天一次。因此，一个月有五次，而且作为年中行事的元宵、端午、重阳等在俗节日有五次，二祖三佛的忌日有五回，安居日、解制日，再加上冬至、年初。另外，住持临时在法堂、方丈举行说法称为小参，在此有最为诚恳的指导，所以叫做家训。而且住持因为大檀那的恳请，在庆典法要或古人追悼会等场合，普用经典，引道说法，称为普说。还有，首座、书记代替住持在法堂上说法，称之为秉佛，这个必须得到住持的许可。由此可见，法堂是多么重要的场所，大家明白了吧。"

因为长年在天童山居住，隆禅说得很流畅。

夏安居结束后，修行的僧人大多下山，因为要去云游，所以天童山变得很冷清，道元他们作为寮舍的了然寮更加安静。

亮照给大家续上茶水。

"那么，道元大人大体掌握了这里的身体作法和知识后，就要进入僧堂去生活，所以介绍一下僧堂的基本生活吧。首先，日夜各两次坐禅，也就是说，四次坐禅，早晚饭和睡觉全都在僧堂，一天的生活按照《禅苑清规》进行。"

这时，沉默倾听的明全突然把一张写了半页字的纸递给了道元。

上面写着：

上灯，黄昏、诸位僧人在佛殿烧香礼拜

人定，坐禅、二更坐禅（晚上八点到十点）

三更，睡眠

四更，睡眠

五更，坐禅、下半夜的坐禅

卯时，和上灯的作法一样

天明，早饭（粥）

辰时，读经、看读、长老上堂（八点）

巳时，坐禅（十点）

午时，午饭

未时，洗澡等（四九日•午后两点）

哺时，坐禅（午后四点）

酉时，放散（午后六点）

明全为道元写了一天的流程。

道元由衷地感激明全总是这样的关怀自己。

隆禅一边看着一边说：

"一天的修行这样即可，但这里的修行全部根据鸣响之物，也就是钟、太鼓、云板、木板等进行，必须记住发出声音的是什么声响，只有记住那个响声，才能立刻明白现在应该在何处做什么。那么，这个……"

说着，隆禅拿出刚才的用布包的东西。

"这个叫做应量器(佛家称食钵——译者注)，是吃饭时的工具，吃饭全部用这个进行。明天再教你。"

作为禅林精髓的长老上堂为中心的大量指导、法堂的重要性、僧堂的修行生活、老少上下没有区分的平等劳动、寮舍的自治组织、实现真正理想的佛法世界等，道元的心中因为这些期待而心潮澎湃。

第二天开始，道元在隆禅的指导下，花费七天对天童山修行生活的基本动作，即从合掌开始，插手、三拜及九拜等叩拜、盘坐、穿袈裟、坐禅、就寝、读经以及吃饭时展钵的方法等举止进行了详尽的训练。

第八天时，出席五山会议的住持无际了派（1149—1224）回到天童山。

道元在隆禅的陪伴下去方丈间里面见无际。

无际是道元见到的第一位中国禅宗大导师。无际属于临济宗，是继承阿育王山拙庵德光（1121—1203）之法的大慧法孙。无际穿着非常华丽的袈裟，悠然坐下。这时，无际已是七十六岁高龄。

道元入堂，即作为天童山修行僧正式得到认可，允许入堂已是十天之后。

那天喝完晨粥后，道元作了入堂的礼拜。

道元跟随隆禅，从僧堂门口左侧的柱子处由左脚迈入，向众僧作揖，合掌低头绕着堂内走到自己的座位边。

不过，位置在众僧的末端，明全的左边。

——这是末席……

自己还可以忍耐，但师父明全也是末席。

这一点，道元无法忍受。

当时宋朝的禅林，出家的男女为比丘、比丘尼，在教内接受具足戒（小乘戒）后接受十重四十八轻戒的菩萨戒（大乘戒），即大小乘的戒行都要接受。但在比叡山接受具足戒后接受菩萨戒，菩萨戒也称为具足戒。当时中国的席次决定方法以日本留学僧在东大寺的戒坛受戒年数为基准。

明全事先知道这一情况，所以把戒牒拿到手了，因为他知道中国禅林认为大小乘戒的兼修是常识。不过，受中华思想影响，完全忽视小国日本的受戒，所以让日本来的和尚坐在末席也是惯例。

——虽然想到可能发生这样的事情并慎重地进行了准备……但在佛法面前全部平等，中国和日本应该没有区别。受戒难道不就是受戒吗？但日本的受戒遭到全面忽视。这样沉默地服从席位安排，终究难以做到。

持有这种想法的道元当天写了一封信交给住持无际了派的侍局。

"我没有像贵国那样接受具足戒，但在日本的比叡山受过菩萨戒，是真正的僧人。而且我的师父明全和尚，规规矩矩地接受过具足戒和菩萨戒。因此，实在不能理解将我们排在末席，尽管有的祖师没有接受过具足戒，但均接受过菩萨戒。修行僧的席位应该从最初受戒时算起，根据国家来决定席位是无视佛祖的大错误。"

几天之后，道元和明全被侍局传唤，明全和道元到达后，役僧通过隆禅的翻译，对道元说："这是评定的结果。席位不能改变。到目前为止，有许多从日本来的留学僧。较早的最澄、空海，较近的你们的师父荣西和尚等都是相同的席位，但都没什么抱怨。按照本寺的老规矩，你在明全的旁边，在众僧的末席……"

道元认为中国是大国，应当认真叙述佛法。但这样一来，道元感到自己的期待感破灭。

　　道元沉默，役僧继续说：

　　"也有国家大小的因素，这也是没办法的事。"

　　说到这里，道元无视隆禅，语气有点粗暴地用汉语说道。"是说因为我们国家小所以就毫无办法吗？在佛祖面前，国家的大小毫无关系。我认为不能根据国家大小来判定受戒的年数。请重新考虑一下。"

　　虽然对道元会说当地话感到惊讶，但役僧继续反驳道：

　　"也不是这样的原因……一般地说，由受戒年数决定席位是禅林必须遵守的规矩。规矩就是规矩，不能破坏。"

　　说着便要站起来。

　　一直沉默的明全，虽然认为道元的主张正确。但在其他国家就要遵守他国之法，他用目光示意道元，这时道元不得不退让。

　　但是，道元在数日之后再次向侍局提出异议，认为根据国家大小而决定受戒方式是愚蠢的。该问题天童山自己难以解决，要根据禅宗五山全体的评定来裁决，但得出的结论是"遵从先例"。

　　道元对此结论十分沮丧。不过对道元来说，现在已经不能轻易让步了。

　　道元想到：

　　佛法不可能因为国家不同而有所区别，不管是哪个国家佛法都必须一样。如果五山不承认的话，就只能诉诸最高权威者——皇帝。

　　因此，道元决心通过天童山的侍局，诉诸宋朝皇帝宁宗。当天写成上表文交给侍局。

　　上表文用堂皇流畅的汉文

写道：

"佛法遍及世界，戒光照亮十方。"

引用《梵纲经》和《法华经》，再度主张既然出家或为佛家弟子，在任何国家、不论大国小国都应没有差异。

"贤者不居乱世，正直之人不为狂妄之人烦累，既然佛家席位不对，就应由王法正理明察秋毫。"

吃惊的是天童山侍局。

一个年轻外国僧人的上表文不可能上达给皇帝，那天童山的不妥之举会遭到责问，受到监督不周的处分。因此，侍局再次向五山会议咨询，最终认可了道元坚持的根据菩萨戒决定席位的主张。

因为道元敢于挑战中国禅宗大小乘兼修之受戒传统，在五山的长老中，有人感到有必要从根本上修改受戒的方式。

因此事道元的名声不仅在天童山，在五山也为人所知。

虽然刚来天童山就遇上意想不到的事情，但有利于其后进行本来的佛道修行。道元在天童山想学中国禅宗五家七宗的真髓，通过隆禅不断阅读相关书籍，其中有道元必须探究的东西，即作为得悟手段的禅问答——"公案"（参禅课题）。

"公案"称为"公府的案牍"，本来是法制用语，意味着公官厅的调书和案件。唐末的睦州道从（780—877）对参问者说："现成公案，放你三十大棒"，也就是说，立即裁决给予三十大棒，但特别赦免你。后来这句话成为禅者教育弟子、给予评价的禅语。

禅的问答被视为对于佛祖所示的佛法道理，修学之人抛弃常识和区别而应当进行的参究得悟。在宋代很盛行，据说有一千七百多则公案。

另外，道元参加了天童山僧人全体参加的普请和作务等修行。

二

道元到天童山修行后，逐渐习惯了这里的生活。七月下旬某一天，在船中见到的阿育王山老典座，到天童山来见道元。

"夏安居结束了，我也辞去典座职位，打算返乡。听说你到天童山，无论如何也要见你一面再回去。"

道元非常感激的说："这太不好意思了。那么，请，请坐。"

老典座很惊讶。

因为在船中的对话都是用笔谈，但现在已经没有那个必要。道元一边用茶款待，一边和老典座愉快地交谈，并说自己不断在思考船中问答时关于文字和辩道的问题。

"我认为文字就是语言，对人来说是不可缺少的东西。对人来说是生存过的证明，是人存在的原点。辩道是修行，是达到佛教得悟之路。"

老典座不时点头，沉默地听着。

道元再次询问：

"那么，您以前说的文字是什么意思？辩道又是什么意思呢？"

道元的话里蕴涵着无论如何都要探索其真正含义的热忱。

老典座理解道元之意，微笑着说：

"文字是什么，首先理解其本质，正确理解才是重要的事情。辩道也是如此……要理解其根本。"

道元还不甘心，又询问了一次：

"不太明白，老师所说文字的真正意思是什么呢？"

老典座这次认真地回答道：

"一、二、三、四、五"。

道元一瞬间觉得很疑惑。

难道是在开玩笑，道元突然觉得。不过，这次老典座的表情是认真的。

——确实是"一、二、三、四、五"。这些数字作为文字不也是确实的么？不过，自己是否对文字过于执著了呢。是否受到限制呢……"

时间在沉默中静静地流逝。

……

越来越不明白了，但没有办法，文字的事情先姑且不论。

他继续追问道：

"那么，什么是辩道呢？"

"就像'偏界不曾隐藏'这句话一样，这个世界上各种各样的事物以它们本来的面貌呈现，没有什么可隐藏的地方……"

即使听了典座的解释，道元也不能充分理解其意思。老典座看到疑惑不解的道元，进一步解释说：

"在一切事物之外追求现实存在，除此之外不应再追求什么。文字有界限，执著于文字的话，只会追求知识，用字面上的知识解决所有的问题，看不到佛教的真实姿态。因此，佛教真实的姿态不应只追求文字。即使在日常平凡的生活中，佛道也会显现，看清楚这件事情最为重要。更重要的是，在做一件事时，以肩负全部的责任感埋头苦干其事，这也是辩道。"

老典座所说的意思是：即使有文字诠释的教义、经典，也不能传播佛法的真实，只有理解经典教义的深奥，并真实体会、实践，才可能第一次体会到佛的真实。这不是无视文字和语言，而是不拘泥于文字和语言，把握文字真正的意思及其背后的真实。总而言之，通过对"行"和"知"的彻底理解，并进一步实践，这才是辩道的真正意思。

道元后来对此次见面心存感激，在《典座教训》中极其仰慕地写道："知道些文字，又了解了辩道，这些都是典座的大恩大德。"

通过与老典座的问答，道元了解了大陆禅宗的状况。

那天道元在了然寮，将和老典座的对话一口气全部告诉明全。明全也为其问答感动，并分享喜悦。

那以后不久便是盛夏之日，道元吃过午饭，穿过东廊，在去超然斋的途中，看到名为"用"的老典座在佛殿前面晒蘑菇。

手里拄着拐杖，头上没有遮盖，万里无云的天空，灼热的太阳毫不收敛，从头上照下来，滚烫的石板上冒起热气。

老典座不顾流下来的汗水，专心致志地晒着，好像很痛苦的样子，看来年龄很大，背像弓那样弯曲着，长长的眉毛像仙鹤羽毛般白。

看到老典座如此辛苦的模样，道元上前搭话，问了一下年龄，六十八岁。

对此很惊讶的道元问道：

"这么热的天，很辛苦吧，为什么不让年轻的修行僧去做呢？"

老典座说：

"别人不是我，不能让别人来做我的工作，这是我的工作。"

"这个我知道，但为什么在这么炎热的天里，让自己这么辛苦呢？"

老典座惊讶地看着道元，说道：

"你在说什么呢？无论什么时候都要坚持啊。逃避了今天，那究竟什么时候能完成这个工作呢？"

道元无言应对，只能沉默。

不管是为买蘑菇来船中拜访的前面那位老典座，还是现在眼前流着汗辛勤工作的老典座，他们只是连名字都没有的一介僧人，却守护着禅宗修行的真正精神。道元的内心充满了对他们实践姿态所显示的自力辩道之宗旨的感动，并带着这份感动离开长廊。

接触那些甘于清贫、专心辩道的僧人时，道元同样感到吃惊与冲击。

出身于四川省的僧人，令人惊讶地穿着用纸做的衣服，这在日本难以想象。因此，每当站立坐下时，就发出奇怪的声音，衣服破裂之事常常发生，但僧人全然不顾此事，专心于辩道。

有人看不惯，询问道：

"回到家乡，至少要把衣服整理一下吧。"

"哪里的话，我的家乡很远，会浪费往返的时间。我不想浪费重要的时间。"

僧人似乎没有在意，更致力于辩道。

说起清贫，还有这样的僧人。

该僧人是天童山的书记，称"道如上座"，是宰相的儿子。他也裹着破旧的衣服，让人不忍目睹，不过修行出类拔萃，名声和德行都很高。

有一次，道元下决心问他：

"你是官员的儿子，出身富贵，但为何要穿这般粗糙劣质的衣服呢？"

他满不在乎，干脆的回应说：

"因为我是僧人。"

其话让道元无言以对，原来致力于辩道必须有如此境界的精神状态，道元深有感触。

当时，宋朝的禅宗迎合国家主义，与也是统治工具的儒教妥协。但在天童山却有在日本几乎看不到的这么多道心坚固的僧人。他们珍惜光阴，不辞艰难困苦，孜孜追求真正的佛法，每当道元接触到真心求道之人，内心越发高兴。

另一方面，道元经常怀着"必须更加努力"的心情熟读经典和祖录。

但还是存有一直以来未能解决的疑问，无论如何也要解决，道元怀着这样的决心，毫不松懈最基本的学道修行日课。

有一天，道元在众寮看祖师语录，前面提到的穿纸衣僧人从旁边经过，窥视到道元正看之书，说道：

"出于什么目的看语录呢？"

不意间道元犹豫了一下，如实答道：

"为回到家乡教化人们。"

本来，道元入宋的目的是为得悟，然后回到日本教化人们，给众生带来利益，"普渡众生"。

"为什么要教化人们呢？"

僧人一个劲儿地问。

"为解救众生。"

道元回答说。

僧人乘势又追问道：

"到底，这样的事究竟是为什么呢？"

道元不能回答。

其后僧人什么也没有说就离开了。

道元目送他离开的背影时，突然恍然大悟。那就是读语录和佛典时只用头脑理解，并不是真实的佛道修行。而且过去初次见荣西时，被荣西大声呵斥"不要根据知识得悟"，也是同一个道理。

通过与这个四川僧人的简短对话，道元感到大乘佛教的根本——普渡众生并不是从文字中得到的知识，而是通过探究真实的佛道以塑造真正的人格，这才是根本之事。

还有令道元惊讶的事。

僧人在僧堂坐禅时，毕恭毕敬地接受袈裟，平放在头上后合掌礼佛。

"大哉解脱福，无相福田衣。

披奉如来教，广度诸重生。"

"这伟大的袈裟是除去人间所有偏执与烦恼的幸福法衣。将其披在肩上，弘扬释尊的教诲，救济世间万物。"

僧人们静静地唱着偈文，然后将袈裟穿在身上。

最初旁边的和尚静静地按照上述作法进行时，道元不由得瞠目结舌。

因为这是第一次见到如此严肃的仪式。

哪怕是将袈裟披在身上，也是一丝不苟，万分珍惜佛法，从未有过的感动令道元泪流不止。

道元以前读过《阿含经》中《顶戴袈裟》的一节，知道有这样的规则，但不知道具体怎样去做。在天童山亲眼看到严肃仪式的实践，第一次体验到袈裟有摧毁所有烦恼的力量、能扫除一切障碍、引领人们解脱的功德。

道元来到天童山已有数月。

在这一时期，道元看到各种僧人修行的样子，志向逐渐变高，并渐渐找到理解佛法的具体方向，其中道元最关心的是嗣法。它是佛法相续的证明，是师父向弟子传授的系谱，也就是"嗣书"。

道元第一次知道嗣书的存在是刚来天童山时。纠正受戒席位之事以来，山寺的人知道了道元的存在。其后统管禅院事务的都寺师广也注意到道元热心修行的姿态，而且两人不知不觉间产生了亲密的友情。

一天，道元和师广在方丈隔壁的房间寂光堂交谈时，师广突然对道元说：

"你见过嗣书吗？"

道元反问道：

"嗣书，那是什么啊？"

"嗣书是师父传给弟子的得悟系谱。从释尊处继承真实佛法的前辈们，世世代代毫无保留地将真实佛法传给后人。这叫继承佛法，继承法嗣的证明则叫嗣书。因此，嗣书是佛祖们传下来的正法，是师父给弟子们传承的证明。在中国的禅宗里，五家七宗多少有些不同，记载了从释尊开始按顺序相承的祖师名字，最后写着接受嗣书之人的名字。"

道元一边侧耳细听师广的话，一边很惊讶嗣书这种东西的存在，为探求禅宗的核心，心想一定要看那个嗣书。

"对了，那本嗣书现在在哪儿？请一定让我看看。"

看到道元认真的表情，师广和善地微笑着回答：

隣位ノ僧ノ
袈裟ヲ頂
ヒテ搭ルヲ
見テ感泣シ
玉フ

"听说在住持那儿，诚挚地提出想看的话，如果是你，应该没问题。"

从师广那里听说嗣书的存在后，道元想看嗣书的意愿与日俱增。

从隆禅那里听说，嗣书属于宗旨秘密，因而不会轻易被允许传看。而且道元还是外国僧人，一般不会被允许。不过，隆禅受道元热情的感染，悄悄地联系了传藏主，由于隆禅在传藏主生病时照顾过他，所以和传藏主有很深的交情。

同时，道元认真修行的姿态受到好评，那一年（嘉定十六年，1223）秋天，通过隆禅，道元有机会看到临济宗杨岐派佛眼清远（1067—1120）的远房孙子传藏主携带的嗣书。

这本嗣书连续记载了从过去七佛到临济义玄（？—867）为止的四十五祖，临济以后的禅师围绕一元相中的僧名和书印进行记载，写上最后接受嗣书之人的名字。第一次看到嗣书，道元受到很大的震动。

兴奋劲儿还没有过去，那年冬天道元再次得到看嗣书的机会。再次看到的嗣书，是代替智明出任天童山新首座宗月长老云门的嗣书。

道元没有想到能有连续两次机会看到嗣书，但看到师广所说的无际了派嗣书是在第二年即嘉定十七年（1224）的一月二十一日。

由于得到侍者智庾的关照，道元得以在了然寮秘密拜读。道元认为这是佛祖的指引，因而感激涕零，一个人安静烧香礼拜后阅览。

这本嗣书是从大惠宗杲处继承佛法的拙庵德光给无际了派的嗣书。

嗣书的封皮是红色锦缎，轴是长约九寸的玉，宽约七尺左右，文字以白绢为衬里撰写。

道元对帮助自己的侍者智庾非常感谢，与此同时，立刻拜见了天童山住持——无际了派方丈，烧香礼拜倾吐感谢之语。

"很少能看到嗣书，这么贵重的东西也能给我看，真的非常感谢，我想这是佛祖的指引，所以在烧香礼拜后阅读。"

说到这里，道元停顿下来。

因为无际知道道元进修很认真，表扬道元说：

"是吗？只有很少的人能够看到，让你看是到目前为止认真进修的证明。"

虽然道元有些不好意思，但感到无比的喜悦。

在天童山三次拜读嗣书，但道元拜读嗣书的愿望其后也没有停止过。

得悟佛法的状态以嗣书的形式展现在眼前，极大地激励了道元。

失意之渊

一

近距离看到天童山僧人真挚求道的姿态，又有了各种各样的体验，道元的心境渐渐高涨起来。而且日常生活本为修行，是佛法的体现，这将导致遵从现实的"生活禅"，从而以坚实的步伐一步一步接近宣扬学与行完全一致的自力辩道的禅之宗旨。

另一方面，因为拜读嗣书，道元觉得自己从佛祖那里修得正法，留下自己的名字应是自己的使命。但为此有必要寻得正师，进行该有的严格修行。只有正师才能打开真悟之路，现在怀有的全部疑问想得到答案。在天童山作为导师的无际了派对道元的资质相当吃惊，多次允许道元嗣法，不过，道元每次都加以拒绝，因为道元在无际身上并没有看出全身心投入参禅的"正师"姿态。

当时宋朝的佛教界已经度过隋唐最盛时期，在国家的统治下，只是延续前代，可以说处在不振时期。其中禅宗相对活跃，当然，禅宗五山也迎合国家主义，和当权派交往密切，推进世俗化的进程。在这般风潮中，本来同中国的现实主义相结合，生气勃勃的禅宗精神也迟钝化，已经失去了创造的魄力，甚至连禅宗问答也形式化了。

中国禅宗的五家七宗在不同时期交替繁荣，道元进入天童山时，临济宗是宋朝禅宗的代表，无际了派从属的临济宗杨岐派僧人有真挚求道之人，相反也有许多沾染贵族的趣味，他们中的很多人到各地巨山名刹，祈求称做法语和顶相的肖像画，以此作为接受长老指导的证明，只是为确保佛法相乘的权利。

无际了派是当代禅林中有名高僧，但在执着纯粹求道的道元看来，已是形式上的权力化。

——这样下去，留在此地没有意义。

具有这种想法的道元在同年四月，开始考虑早点结束在天童山的修行，计划探访正师的旅程。

一天，道元拿不定主意，将自己现在的心情直率地对师父明全说出来。

"承蒙师父的关照，但像这样讲出来我也知道没有礼貌，无际禅师对我来说，不是我仰慕的正师。我想寻求正师，离开这里。"

对道元的想法，明全没有随声附和，仅仅在嘴边浮现出笑容，表示同意其想法。

"是吗？我入宋以来身体状况就不太好，很遗憾不能与你同行。我想在这里从事辩道的修行。你现在还年轻，如果那样想的话，就按自己喜欢的去做，对自己不能接受的东西采取妥协的态度，将来也会留下遗憾。"

虽然没有说出来，但明全理解道元的心情，他猜想到年轻的道元不可能在无际了派那里得到满足，这种事情总会到来。

道元为师父温暖的话所感动，未等道元回话，明全接着说道：

"七月五日师父荣西第十次佛事法要完成后，方便的话，去巡游和荣西有缘的诸山并做佛事，这是我的私愿，但我现在体力恐怕不行。这样吧，道元，你代替我去巡游和荣西有缘之山并作供养，会有机会遇到正师。"

明全的身体好像对中国大陆的气候风土不太适应，入宋以来健康状况一直不太好。道元也对此很挂念，但从明全本人口中听到这样的话，道元心情沉重。从鼓励自己的明全的脸上读到一丝寂寞，将身体不好的明全留下，一个人去寻师，道元感到不安。眼前的状况使道元突然想起入宋前明全与其恩师明融阿阇梨之间的事情，画面重叠在一起。

——我马上要离开这里去寻找恩师，不能碌碌无为地生活。

道元的决心已下。

道元去探访正师的动机是拜读了几本嗣书后产生的。即：

"佛祖的领悟是由体会相同佛之境地的人连绵不断的传承。"

传自释尊的正确佛法是通过佛祖向佛祖传授，直到现在也没有中断过。这个认识孕育了一个重大命题，即释尊也是一个真实的人。真言宗的大日如来或者净土宗的阿弥陀如来，这些佛教的教主被认为是超越人类的存在，道元并不承认这种认识。

"不相信有净土的存在，这个世界就是净土"，已经去世的母亲伊子经常对道元这样说。母亲还说"即使有净土的存在，也不应为得到救赎而投入自己的全部"。这种肯定现世之人的思想，很早就不知不觉地根植于道元脑海中，这与道元不信净土宗有较大关系。

回过头来看，因为荣西而开创的日本禅宗持有新宗教观，主张禅宗最初就是超俗，是追求超越生死存在之心的宗教，只是一味地坐禅，由此产生的心境被视做佛，只有抓住这种心境的人才是真正得悟。在那个世界里往生成佛，或者在这个世界里加持祈祷，相互无缘，道元被禅风吸引是自然而然的。另外，他与其师明全一样，怀志来到异国之地，是为遇到正师而探求真正的佛法。

对道元来说，能否遇到正师，在其下得到确实指导就等于遇不到正师就什么也没做、什么也没学一样。的确，能否遇到真正的正师，事关能否领悟到佛法，想修正法的愿望越来越强烈，无论如何也要遇到正师，必须学到真正的佛法。

道元渴望遇到正师。很遗憾，在现在的师父无际了派门下没有遇到正师，道元只能等待时机离开天童山，虽然这么说，因为无际是参学的恩师，要是没有足够的理由，也不容易离开天童山。

嘉定十七年（1224）七月五日，在天童山的日本千光法师祠堂里，天童山的住持无际了派作为大导师隆重地举行了荣西的追善供养法事。明全、道元等人作为日本建仁寺、寿福寺等与荣西有缘的寺庙代表列席了法事。

明全将从日本带来的巨额财富布施给天童山，还给各寮舍捐赠礼物，并为山中的百姓开办了冥饭的大斋会。

荣西的追善法事做完没几天，无际了派突然在七十六岁圆寂。

无际的葬礼举全山之力隆重举行，素有交际关系的五山长老自不待言，还召集了近郊的诸位乡贤及政府高官。

道元决定在辉煌的送丧仪式结束并等待全山恢复平静后，向与荣西有缘的各山预先提出请求，为寻找正师开始各山的巡游。

来天童山已经过去一年数月，嘉定十七年仲秋，夜幕降临，皓月当空，凉意阵阵，天童山尽染秋色，风已渐寒。

"请多多小心，拜托了。"

明全和廓然、亮照一起，将道元送到门口。

"那么我走了，请师父也多留意身体情况，廓然大人，亮照大人，师父就拜托给你们了。"

明全佯作笑脸，但道元知道师父的寂寞。

——师父，请见谅，道元无论如何也要离开这里，无论如何也要见到正师，学到真正的佛法。

道元的心中无数次地诉说。

道元离开天童山是宋朝嘉定十七年（日本元仁元年），同年六月，在日本，北条义时（1163—1224）去世，北条泰时（1183—1242）掌权。

另外在同年八月，再次发布了禁止专修念佛的命令，五十二岁的亲鸾撰写了《教行信证》。

离开天童山景德寺的道元，如行云流水般向杭州走去，第二年的宝庆元年（1225），来到径山的兴盛万寿寺。

径山是天目山东北峰的山名，由全部七个山峰组成，万寿寺在和缓的斜坡上开阔地展开，径山万寿寺是禅宗五山中第一名刹，当时的住持是浙翁如琰（1151—1225），浙翁是拙庵德光的法定继承人，是在天童山前不久圆寂的无际了派的师兄。

道元立即要求拜见。

道元由侍僧引导，去见浙翁方丈，现在能完全自在地使用汉语的道元，热情洋溢地一口气叙述了从日本到中国来的理由、在天童山的修行生活、为寻找正师而踏上求道之旅等。

道元说完后，浙翁说：

"什么时候来到中国？"

"很久以前。"

"很多人来到中国吗？"

"很多人不这么做时会怎样？"

"……很多人都会这么做吗。"

"您说很多人这么做就好了吗？"

浙翁突然两手相扣。

徑山二上リテ
如琰和尚二
参見問答
アリ

"嘛，真是口齿伶俐的人啊，那么，先坐下来喝点茶吧。"

"可能有些话多，但是很多人好呢？还是一个人好呢？"

"那样的事情暂且不说，先喝茶吧。"

浙翁一边笑着，一边催促道元。

道元行礼后坐下，在劝说下将茶喝入口中。

浙翁内心对眼前坐着的这位远道而来的年轻僧人所隐藏之力量感到惊讶，而且也为入宋仅仅一年的道元的语言学习能力所折服。

道元不愧是道元，或两掌相击，或模仿赵州老佛"喝茶去"的样子。只觉得完全不是禅僧的自己，只是模仿动作，却不成形。

道元谈到为了供养师翁荣西，拿出师父明全给的赠答礼物，浙翁满面笑容，说：

"那，你想待多久就待多久吧。"

道元暂时留在径山。

道元满怀期待寻求正师，对径山万寿寺寄予很高的期待。但不久这一期待便落空了。

浙翁和无际一样，同属于当时席卷中国禅宗的临济宗杨岐派，原封不动地继承了贵族化、官僚化的大慧派风格。

说起大慧派的风格，浙翁和无际的师父、即作为大惠宗杲弟子的拙庵德光曾说："佛法即使不用师父教，自己也能理解。"完全不关心僧堂的管理和修行的指导，追逐权力，专心贪名爱利，浙翁也有相似的地方。

浙翁下面有数百位修行僧，修行僧的佛道修行徒有虚名，穿着华丽的袈裟，喜欢留着长发，许多人只有出人头地的愿望，没有心思去修行。被称为当代名僧的浙翁不重视修行僧人的培养，只是一味地接触贵族门第，官僚来到寺庙时，不顾住持的身份卑躬屈膝地迎接。每当看到浙翁这样的态度，道元就感到自己孜孜寻求的"正师"不是他。

即使在径山，六祖慧能以来的纯然而古老的禅风传统恐怕已经完全失去，道元在这里长待也是徒劳。结果，只在这里看了大慧派形式上的看话禅（公案禅）便向下一个目的地走去。

走下径山的道元心情很沉重。

在大宋国的禅林中，天童山的无际了派是这样，径山浙翁如琰等从属的大慧派自夸为全盛期，无论走到哪里都不见丝毫变化的迹象……道元脑海中突然掠过这种不安。

——在这个国家是不是见不到正师了？

道元出家不久，在比叡山读过《高僧传》和《续高僧传》，其中登场的古代高僧、真正的佛法者甚至在这个国家也消失了。一想到这里，道元有些失望。但寻师访道的旅程才刚刚开始，道元再次振作精神，往前赶去。

二

道元由海路返回庆元府（宁波），然后从庆元府再由海路到温州（浙江省），参拜雁荡山的诸庙，巡游浙江的风景名胜。其后由台州港登陆，拜访天台山平田万年报恩光孝禅寺，暂时在此停留。

中国天台宗的大本山天台山国清寺的西南大约四里是三方广寺，从三方广寺越过三座山就是天台山八峰，万年寺建在天台山八峰环抱的万年山山麓，面朝南方。

这是继承百丈怀海（749—814）佛法的平田普岸（770—843）所建的寺庙，师翁荣西及其师父虚庵怀敞相遇后学习临济禅，因此，寺庙与荣西有很深的缘分。

荣西回国之后，在南宋孝宗淳熙十四年（1187）曾出力对寺庙进行修缮，特别重建的寺庙三门完全由荣西出力而成。

在下径山之前，道元事先写好给万年寺住持元鼐的信函，希望能拜见他。当然为报答万年寺对师翁荣西的法乳之恩，受明全委托带了巨额答谢礼物，请求住持收下。不久，道元收到元鼐寄来可以拜见的书信，道元带着书信踏上旅途。

元鼐出生在福州，在前任住持宗鉴长老之后继承寺院，为寺院兴隆做出许多贡献。元鼐知道千里迢迢从日本来拜访的道元是与本寺因缘不浅的荣西门下僧人，由衷地表示欢迎。

"本来打算陪同师翁荣西的弟子、弊师明全和尚一起来拜访，但不巧……"
道元说明一个人来的理由。

道元和元鼐不知不觉开始认真交谈佛祖的宗风，话题是沩山灵祐（771—853）和仰山慧寂（807—883）师徒的嗣法。

好像想起什么，元鼐突然说道：

"那么，请你看一下我持有的嗣书？"

道元很惊讶，不由得看着元鼐的脸。

"可以吗？那么贵重的东西，第一次见面就给我这样的人看？"

元鼐脸上浮现出笑容，断定地说：

"可以的，的确，我到现在，亲近的人自然不用说，连侍僧也没给看。"

"为什么给我……"
道元想知道理由。

"实际上……"
元鼐说出让道元看嗣书的理由与渊源。

道元拜访的四五天前，元

玄鼐为见地方官而在天台县的城内休息，梦到大梅法常（752—839）高僧。

这个高僧手中拿着一枝梅花，说道：

"如果越过那片海而来的是有真正学识之人，就把这支梅花给他。"

同时将梅花给了元鼐。

元鼐不由得在梦中吟唱道："未跨船舷，好与三十棒……"

还没到五天，道元就来了。

道元的确是跨着船舷而来的和尚，奇怪的是元鼐所持嗣书也画有梅花，和梦中的内容完全符合，元鼐认为是大梅法常的指引，于是决定让道元看秘藏的嗣书。

这本嗣书非常美丽。

长约九寸（大约现在的27厘米），宽约一寻（大约现在的180厘米），轴子由黄玉做成，封面由锦缎做成。

道元在维摩室的大舍堂一个人静静坐着，一直看这本嗣书。

只有很少人能看到贵重的嗣书，对于元鼐的好意，道元心中很感谢，想到师翁荣西的指引，想到佛祖恩惠的深远，道元更是感激得以袖拭泪。

元鼐梦中出现的大梅法常与赵州从谂（778—897），都是道元最为尊敬、有很深因缘的祖师之一。

大梅从年幼开始就在玉泉寺（湖北省）修行，之后在龙兴寺登坛具戒，通晓经纶，途中以禅为志，拜入马祖道一（709—788）门下，继承其法。

大梅在马祖门下修行的某一天，问师父马祖：

"佛是何物？"

马祖回答：

"即心即佛（心即佛）。"

因此，大梅礼拜马祖，辞别马祖门下，来到大梅山人迹荒芜的地方，吃松花，穿着莲花编织的衣物，日夜坐禅。这样过了近三十年，王臣不知，也不接待信徒。

某一天，盐官齐安（？—842）门下的一位僧人，因迷路突然遇到大梅法常，问他：

"和尚看来是马祖大师的弟子，您从大师那里学了什么？隐居在此山中？"

"马祖教导说'即心即佛'。"

"是吗？但马祖的佛法现在已大有不同。"

"有什么不同？"

"最近是'非心非佛'，心不要为佛所缚。"

"那个和尚还在骗人啊，'非心非佛'……很好啊，但我还是'即心即佛'。"

那个僧人回去后，将大梅的事情告诉了马祖。

于是，马祖大笑道：

"梅的果实成熟了。"

马祖说的"即心即佛"或"非心非佛"是根据对方慧根在语言上的转化手段，大梅的领悟是不能拘泥于像草木这样的文字及语句的意境。道元感动得泪湿衣袖的举动传达了由衷的感谢之情，元鼐说如果道元请求继承佛法，他会高兴地许可。

道元对这样的好意很感激，但只是烧香礼拜。

元鼐与浙翁、无际一样，对道元来说不能成为"啐啄之机缘"，"啐啄"的"啐"是指雏鸡从蛋中孵化出来时，雏鸡由内侧戳，"啄"是指母鸡从外侧将蛋壳的外面敲碎。雏鸡出壳时，啄和啐必须同时进行，禅门中机缘成熟也称为"啐啄同时"。禅门的"啐啄同时"指的是师父看见修行者开悟时机已经成熟，立刻向弟子传授开悟要领的意思。

但对道元来说，元鼐不是他的师父。

元鼐将所持的嗣书给道元看，再没有比这更大的收获了。因此，道元对古风禅的憧憬更加强烈。

但震撼道元灵魂的正师还没有出现。

离开元鼐之后，道元在归途中去了台州的小翠岩（瑞严寺），拜访了磐山思卓。

磐山和无际、浙翁一样，是大惠宗杲的法孙，是继承天童山住持无用净全（1137—1207）佛法之人，实际上道元在径山住时见过一次磐山，这次是第二次相见。

"啊，好久不见了，请坐。"

磐山对道元的到来很高兴，但磐山关心的只是寺院经营问题，对于领悟本质的话题都巧妙地岔开了。

"佛在什么地方啊？"

"在佛殿中。"

老璡　師ヲ
天童ノ淨祖
ヘ指揮ス

"在佛殿中，但为什么说无处不在呢？"

"因为存在于一切地方啊。"

……

——即使天下小翠岩的住持磐山，为什么也只对我的提问如鹦鹉学舌般回答，不能对机说法呢？

在与磐山的交谈中什么也学不到，道元只好告辞，然后拜访了温州镇江府能仁寺等几个寺庙。

在天童山和明全告别，开始诸山巡游之旅经历了大半年。

在巡游中，见到了浙翁、元鼐等七位高僧，但都不是道元要找的"正师"。

道元不认为传授嗣书的僧人是真正佛法的传承者。

——没有正师，即使嗣书也不过是在纸上写上名字而已，只是简单的形式，不是真正的东西。这个国家称为高僧之人与日本比叡山高僧没有什么区别，都是土瓦之人。

半年寻师问道的旅程全是徒劳，一想到这里，道元心中袭来空虚的无力感。

——自己见到的拿着嗣书的高僧只不过是拿着形式化的嗣书而已，大家都是假禅师，那难道不是邪教徒吗？不是冒犯了禅吗？世俗之人徒有禅名，离真正的佛教徒还差得很远呢。

道元这样想着，与失望感相反，以称为该国大导师的僧人为代表，所谓僧人难道不比自己更拙劣吗，这样一想，道元甚至产生了自豪之感。

——我真好像是徒劳了，在无道心、荒唐的、浅学的、贪名图利的大慧派一色沾染这个国家的禅林的时候，探求正师这件事本身也许就是错误的。他们和日本称为大导师之人没有差别，只是背靠大伽蓝，对佛道一知半解，却安居于此，不知缘由却祈祷修行，追逐名利，这就是末法。说是末法会引起不安，只顾在民众之上进行统治。究竟不同在哪里？既然如此，这个国家也没希望了，这个大宋国，连中国禅宗发祥地也没有大善知识……恐怕还是回日本比较好吧……

道元开始认真地思考。

不知为何很想见到明全。

——师父，现在为什么还要留在这里？如果说这个国家恐怕已经没有正师了，会得到什么样的回答呢？

道元的心早已在天童山明全处，在这半年中，因为热衷于巡游诸山，道元感到自己甚至没有时间想到明全等人。

眼泪不知为何不停地流了出来。

那么热衷于求法，既不顾危险，也付出那么多代价来到这里，却没有得到想要的东西，只是把失望和疲惫作为土特产带回去吗？

道元在回天童山的途中，顺便去了浙江省庆元府鄞县东南的大梅山护圣寺，在修行僧可以借宿的旦过寮过夜。当然，这个寺庙是大梅法常独居之地。

——这里难道是过去大梅法常禅师用草结庵，连续四十多年坐禅的山寺吗？

道元想到尊敬的大梅法常，心中充满感慨。

大梅经常将八寸铁塔放在头上坐禅，道元访问时，这个塔妥善保管在寺庙中。

——大梅禅师这样的人在这个国家已经没有了。

道元自言自语道。

真正的正师没有见到，焦躁不安中不知不觉坐着睡着了。

梅花的香气萦绕，道元从睡梦中醒来。

做了一个不可思议的梦。

大梅法常出现了，把一支盛开的梅花交给道元，也许是昨天晚上睡觉之前一直在想大梅的原因吧。

多么美妙的梦啊。是暗示这个国家还有大梅禅师般的人吗？……

在失望的黑暗深渊中，因大梅给的一枝梅花，道元看到了一线光明。

现在自己坠入失望的深渊，但这决不是绝望的状态。所谓绝望是指自己失去生命时，谁能说起则足矣。自己没有绝望，道元求道之心因为大梅授予的一枝梅花而再次复活。

道元没有对任何人说这个梦，将它沉淀在自己的心中。

道元在反复看嗣书时，确信"如果得不到正师，就不明白是为什么而参禅学习，参禅学习就没有意义"。暧昧模糊的开悟体现为眼前的嗣书，这一点现在已经明白，在嗣书中纵贯古今流传佛祖的命脉，自己成为佛祖，并将这一命脉传承下去，传给弟子之事正是悟道的面貌。

——还是不能就这样回国，即无论如何也要见到确实传承释迦摩尼佛法的正师，但是……

道元的愿望现在变为悲痛的呼喊。

天空中流动着告别春天的云彩。

道元去参拜一个顺路的寺庙，一个老僧轻松地问道：

"看起来是外国的和尚啊，从什么地方来？"

老僧容貌魁伟，谈吐中总觉得有些品行，像一个值得信赖的人。

"是的，我是从日本来的留学僧。"

道元觉得可以和这样的人说话，于是将来这里来求道的原委统统说了出来。

"这样啊，但现在死心的话还太早了吧，你好像是自己一个人在拼命地追求正师，遇人……是要有机缘的……这样的事情……要有时机……不管自己多么急躁，必须等待时机成熟。真实地实参实究正传佛道决不容易，你明白吗？古圣先德在正师的指导下实参实究，大约花上二三十年辩道修行才能究得佛道。比如说云岩和道悟两位师父辩道了四十年，船子和尚在药山门下待了三十年，也只是明白了学道的终极为何物。被称为大慧禅师的南狱怀让在六祖慧能门下参禅修学十五年，临济在黄檗山师父门下，一边种植杉树、松树，一边辩道三十年，才明白此事。据说你去的天童山，无际禅师去世之后，根据敕令一位叫长翁如净的禅师在那儿当上住持。说起如净，他从属于曹洞禅法系，在雪窦智鉴（1105—1192）禅师的指导下大彻大悟，宣扬和大慧派不同的古风禅，听说是非常有骨气的人。我认为很有参学的价值。"

名为老珽的僧人把这些告诉道元，便如风般下山了。

——长翁如净禅师吗？

道元初次听到这个名字，内心不可思议地激动不已，同时急匆匆地向天童山赶去。

正师出现

一

宝庆元年（1225）晚春，道元再次回到天童山。从去年仲秋下山以来，大约过了八个月又回到寺庙中。

山脉已被初夏的青绿色覆盖。

一看到山门的入口，道元心中的怀念之情便涌上来。

受明全委托给师翁荣西的追善供养已经很好地完成了，但没有遇到正师，一想到白白度过几个月，便深深地叹了口气。

道元穿过山门，感觉山内的气氛和以前完全不同，急忙来到明全等人住的了然寮。

道元伫立在了然寮前面，有种不祥的感觉。闻到一种奇怪的气味，进入寮中，道元屏住呼吸。

明全躺在病床上。

屋里充满了中药的强烈味道，由给明全喝的各式草药调和而成。

在道元巡游诸山期间，明全身体得到相当恢复，勤奋修行，其名声渐起时突然患病，一直卧床不起。

一个叫寂元的中国和尚坐在枕边，担心地守着明全。寂元是新任住持如净的侍者，得到师父的允许，几乎每时每刻都在明全旁边照看。

道元跑到明全身边，跪下说：

"师父，我是道元，现在回来了。"

"啊，是道元吗？回来了吗？"

说着，明全让旁边的寂元将他半身扶起。

明全脸色苍白，在寮舍昏暗的灯光中被映成茶黑色，道元看出明全的病情不妙。

道元代替明全，拜访了与师翁荣西有缘的寺庙，讲述了缅怀其行迹的感想。

明全闭着眼睛静静地听着，时不时点点头。道元看着变得瘦小的师父，心中只想能够早一天和明全一起回到日本。

叹了口气，道元很奇怪没有看到廓然和亮照，便问明全这两人在何处。于是，听到了意想不到的回答。

廓然在道元离开的日子突然得重病，很快去世，亮照为办事出去后行踪不明，到现在也没有联络上。在异国，两个弟子身蒙不幸，给病中的明全带来深深的沉痛。

沉默了一会儿，明全说：

"这儿的住持如净禅师正等着你。"

说着明全从自己的怀里拿出一张纸片递给道元。

纸片写着字，循着墨迹也不能清楚地读出。

"廓然的临终颂文……廓然……在半年前火化，埋葬在历代亡僧塔中……"明全眼含泪水说道。

纸片的墨迹变得模糊，道元想恐怕这是因为明全的眼泪吧。

那天晚上，道元怀念廓然做了两首颂扬其功德的诗。

廓然无圣硬如铁，试点红炉销似雪。

更问今归何处去，碧波深处何看月。

烁破从来一版铁，莫知落处六花雪。

天边玉兔无潭底，指折如何未见月。

道元沉默、真挚地伺候明全，思念道心坚固、致力参禅的廓然，总是睡不着。

外面雨下了一整夜。

向如净的侍局提交申请接见的书信，不久送来了许可的答复，道元拜访了如净方丈。

宝庆元年五月一日，天童山夏风吹来，绿阴开始变深。

烧香、礼拜之后进到里堂，一位穿着青黑色袈裟的老僧端坐在座椅上。

这就是如净（1163—1227）。

南宋五山名刹天童山景德寺的住持必定像无际、浙翁那样穿着锦缎袈裟，但穿着青黑色袈裟的老僧竟是方丈，反而给道元留下深刻印象。

方丈寂静地坐着。

祖师看着道元。

道元仰望如净，如净目不转睛地注视着道元。

道元的身体感受到祖师注视自己的目光。

一瞬间，道元看出如净就是正师。

如净也瞬间感到道元的气度不凡。

"佛佛祖祖面授之法成立。"如净用真诚而平稳的声音说道。

面授就是通过师父和弟子两目相视直接传授佛祖正传的佛法。如净会见道元当然是第一次，但包括明全在内，如净从与道元有交往的僧人那里得知道元的事情。对如净而言，现在道元就在面前，是心中所期待的人物，如净感到很高兴。

"真是不可思议的缘分啊。"

如净很满足。

在最高级别的"佛佛祖祖面授之法成立"之语中，如净的期待之大也传给道元。

師ハシメテ
天童山
如浄禅師ニ
相見シ玉フ

道元非常感激。

以前完全感觉不到的事情从心底里涌上来，想用语言表达却表达不出心中的高兴。

如净和自己之间的面授正是释迦牟尼在灵鹫山说法时奉上优昙华一枝，只有摩诃迦叶领悟到其中的真实含义，是微笑的"拈华微笑"瞬间。另外，嵩山少林寺达摩大师和二祖神光慧可之间"礼拜得髓"瞬间，以及黄梅山五祖弘忍将法衣传给六祖慧能瞬间，或者是云岩昙晟（782—841）传法给洞山良价（807—869）瞬间，道元感到自己与如净的面授是可以与上述瞬间相提并论，这是正法的传授，是释迦牟尼传法的最高形式，是其他人连做梦都看不到的特有形式。

——没有正师，只能不学。

确实是寻求正师的漫长旅途。

寻找正师的旅程是一个接一个地否定了出现在眼前的前辈僧人的悲惨旅程。在暗示要将佛法传授给我的老师面前，只能默默地烧香礼拜。

——但现在可以托付自己全部的正师已俨然存在眼前。

与如净的见面给予道元决定性视点。

漫长的寻师访道旅程、漫长的心之历练、漫长的心之懊恼、漫长的心之纠结，所有的一切从道元处消失了，遇到正师的喜悦溢满全身，与日俱增的求道之气在全身膨胀。

入宋的最大目的即将达到。

从与如净戏剧性的邂逅之日起，道元便在如净的指导下开始了严酷的修行生活。

如净与道元第一次见面时已经六十三岁了，不过脊背很直，身材高大。

曹洞宗是当时为数不多留有古老禅风的宗派，如净便是继承曹洞宗佛法的僧人，并自成一家。如净在杭州净慈寺等寺当住持时，即使皇帝恩赐给紫衣，也断然拒绝，作为官寺但与政治权力概不接近，是一位与众不同的人物。而且完全没有沾染上当时席卷禅林的大慧派风习，喜好简朴，坚持参禅求道。将道心视做第一位，不追求名利和声誉，一心作为佛祖的子孙求道。

如净率先身体力行，夜里一直坐禅到晚上十一点，早晨天未亮的凌晨两点就开始坐禅。道元抛弃自己的全部跟随如净，虽说如净年纪大些，但并非寻常人物，没有人见过如净横卧睡觉。

如净在修行僧人面前说：

"我从十九岁开始，没有一日一夜不坐禅，在做住持之前没有和乡亲说过话。为参禅要珍惜时间，在修行中从未离开过僧堂，老僧和役僧的处所从没去过。而且物学游山、修行之时从未浑浑噩噩度过。寻求能够坐禅的安静高大之所和背阴之处，一个人安静坐禅。经常拿着坐禅用的被垫，有时甚至在岩石上坐禅。另外，我总是认为应将释尊坚硬无比的金刚座坐穿。有时臀部也会溃烂开裂，那时更要努力坐禅。"

如净的声音始终低下、安静，但如净要求修行僧进行上述严格的坐禅。

如果僧人在坐禅中睡觉，如净会用拳头或者将自己的木屐脱下来，狠狠地打过去。如果这样还有僧人睡觉，如净将伺候住持的行者叫来，将照堂的钟大力敲响，用蜡烛将僧堂点亮，使之不再有睡意。

修行者特别是寮役对如净过于严酷的参禅方法感到不满。

侍者提出缩短坐禅时间，如净说，

"如果没有道心的人在僧堂坐禅，坐禅时间不管多短也会睡着，真正有道心的人在这里坐禅，不管时间多长也觉得高兴"，轻叹地拒绝了无道心之人的要求。

有时如净对弟子这样说：

"我年纪大了……快要进入草庵过晚年生活了，其实也不错，但既然作为这个寺的住持，我必须让你们醒悟。为帮助你们的佛道修行，我有时对你们大声怒骂，有时用拳打，有时甚至用竹鞭抽……但这么做，对佛家弟子的修行僧诸位感到诚惶诚恐，我并不想这么做……可是，可是……这个是我……代替佛祖做的事情。因此，因此……无论如何修行者诸位……怀着慈悲，怀着慈悲……原谅我"

说完，如净的声音嘶哑。

如净对修行者的严厉要求不是简单的严厉，而是充满了像慈父那样温暖的关怀。像是回应如净内心深处一般，到处都能听见哽咽的声音。如净慈父般的真诚打动了众僧的心，从那以后，天童山的修行僧被如净打后反而感到高兴。

如净当上住持之后，天童山的寺风完全变了。

如同无际了派和浙翁如琰那样，当时在宋朝禅林占主流的临济系大慧派与贵族社会、官僚阶级关系密切，其贵族化、官僚化倾向非常严重，但如净的严厉参禅作风在当时极为与众不同。

当然，如净自己对贵族化、官僚化的大慧派采取严厉批评的态度。在如净的宗风中，道元感到新奇和巨大的魅力。对大慧派禅风很失望的道元以严肃认真的姿态，全身心地投入如净的禅风中，与此同时，道元切身感到如净这位真正的佛道修行者的"出色"之处。

新拜入如净门下的人中，有位从西蜀来的道升。他是道教的修行者，和五个伙伴一起发誓"我们用一生探究佛祖大道"。如净对此特别高兴，允许他们在这里住下，位次排在尼僧之后，和众僧一起修行。

另外，在福州有位叫善如的僧人努力辩道，曾说："我的故乡在天童山南面，为参学佛祖大道，我平时从不向南迈出一步。"

如净一律不接受各方行脚僧送的土特产等东西。

有一次，明州官府招待如净，让其说法，有位施主作为礼金布施给如净银子一万两。该施主是宋朝皇帝宁宗的孙子赵提举，作为明州的长官，掌管军事和农事。

如净感谢道：

"山僧下山，在这里坐着，诉说关于正法的要点和涅槃的玄妙之事，敬重地为先帝和长官的先父做佛祭，不过，这个银子不能接受，作为僧人，没有这个必要，对您的恩赐感激不尽，像平常那样回礼就可以了。"

于是，长官说：

"和尚啊，我是皇亲国戚，不管在哪儿都受到尊敬，有很多财宝。今天是先父忌日，给冥府供养，和尚为什么不收下这些呢？今天，请您以大慈大悲之心收下吧。"

"因为是长官的命令，我不能推辞，但其中自然有道理。山僧今天的说法，请长官好好理解。"

"我听得很高兴。"

"长官非常聪明，请您理解山僧的说法，那么，山僧的说法是什么意思呢？请试着说一下。如果说对了，我就收下这一万两银子，如果说不对，我就不收。"

长官站起来对如净说："我由衷地思量了一下，和尚的日常生活无比高尚。"

"山僧说法的内容是什么呢？"

长官正在踌躇，如净说：

"先帝供养之事，到这里就全部结束了。施舍的事情，暂待先帝的判决。"

说着如净要告辞，长官说：

"赊账的话总觉得有些遗憾，但能见到和尚您，没有比这更高兴的事了。"

说着目送如净离开。

这个故事在浙江传开，听者无不称赞。

普通的侍者都说：

"如净和尚真是难得的人啊，在哪里能找到这样的人？"

实际上，哪里有不收一万两施舍的人呢？古人云：视金银珠宝为粪土，即使视金银为金银，但不收金银才是真正的佛者之风。如净有这样的风骨，其他人则办不到。

道元清楚地了解这件事，在心中发誓一定彻底进行佛道修行。

即使因严酷的修行病死，也要在师父的指导下一心坐禅。

又没有得病还不修行，爱护身体又起什么作用呢？如果因坐禅而得病致死的话，这是本来的凤愿。在如净禅师的指导下，因为坐禅而死，就能请优秀的僧人给予安葬。坐禅但还未得悟便死，来世还能生在佛门。继续活下去，即使没有病也会遭遇不测，那时即使后悔也晚了……

这样一想，就会浮现出师父明全的脸，道元心中很痛苦。

明全的病正在日复一日地恶化，道元抽出仅有的一点时间陪伴明全，彻夜不眠地照料、看护明全，但明全明显还在继续衰弱。

——师父，请加油，至少恢复到能坐船回日本的身体状况，道元一定带您回日本。

道元在心中呼唤道。

二

宝庆元年，五月十七日早晨，被移到僧人病室延寿堂的明全回到了然寮。明全无论如何也要回自己的寮舍——了然寮。明全现在的病情已进入需要时刻有人的状态，所以道元在明全的枕边寸步不离。

十天之后，夏安居中的五月二十七日，天还未亮，明全罕见地说："把我扶起来。"道元将明全瘦小衰弱的上半身扶起来，明全就这样开始坐禅，虚弱地呼吸着，注视着道元的眼睛说道：

"我……这个病看来是回不去日本了。志向刚实现一半就倒下了，真的很遗憾……道元，只要你还活着，请继承我的志向……在这一点上绝不要留遗憾。一定要得到佛祖正传的佛法回到日本，去传承佛法……"

道元两手紧紧握住明全的手，沉默着不停地点头。

明全突然说："想再穿一下僧衣……"

回头一看，不知什么时候寂圆无声地站在道元的身后。

两人为明全整理好衣服，明全以正确的姿势坐禅。

他告诉两人将以正身端坐圆寂。

寂圆赶快去通知这个消息，奔跑于各个寮舍之间。很快，听闻此事的僧人都集中到了然寮。

明全眼睛半睁着，看上去正安静地呼吸，但不久就停止了呼吸。

宝庆元年五月二十七日，辰时（早上八点左右）逝世，享年四十二岁。

天童山下起骤雨，激烈地敲击着了然寮屋顶的瓦片。

入宋以来，在天童山的三年中，明全坚持不断地严酷修行，终于即将名声大震。也许感觉自己不行了，明全在三天前的五月二十四日给道元《荣西僧正记文》，是荣西作为《未来记》对五十年之后禅宗兴盛的预言书，荣西在建保二年（1214）正月初二给了明全，明全在临死前将书给了道元。

听闻明全去世的噩耗，天童山附近的僧人和百姓都陆续地赶来，对其遗体进行礼拜。

葬礼的导师由住持如净亲自担当。

两天后的五月二十九日，明全的遗体火化，火焰化为五色燃烧起来。

道元一边吟唱《舍利礼文》，一边看着火焰。火焰熄灭后，道元哭了，诚挚地想起和师父在一起的九年，感受着明全的遗憾，同时将舍利收集在一起。

明全化为三百六十个舍利。

道元将舍利放到寂圆准备好的白色小木箱中。

六月初，为回报前些日子列席明全葬礼的好意，虽在夏安居期间，道元得到允许后还是去了阿育王山的广利禅寺。

广利禅寺距离天童山不远，是对道元辩道、文字起到启发作用的典坐所在禅寺，到中国的那年秋天也拜访过一次。

出面接待的是西蜀出身、名为成桂的知客，道元向其表示深深谢意。为到佛殿烧香，便一起通过西面的走廊，柱子与柱子之间墙壁上就是曾见过的从印度摩诃迦叶到中国慧能三十三位祖师的画像，根据经典的传说描绘而成。

通过走廊时无意看了一眼，道元被其中的一张画像吸引。

"这个究竟是画的谁呢？"

"是龙树尊者的圆月相。"

成桂知客若无其事地说完后迈步向前。

这个画像是根据龙树进入无相三昧境地进行说法，看不见模样，只出现圆月的故事，根据该故事画出圆月的姿态。

道元在那里看到坐禅的真髓，成桂知客却似乎完全不关心。

"真是墙上画饼啊。"

话有些嘲讽，但没有察觉出画饼的意思，只是大笑。

"如果是画龙树的圆月，就一定要表现出坐在法座上的姿态，龙树端正的姿态在画中一定会表现出来。正眼法藏本身就必须端坐在那里，或者是微笑的姿态。那时才是成为佛祖的瞬间。但不仅没有画姿态，也没有描满月，因而不能表现诸佛的实际状态，既没有说法，也只是画饼一枚，这是什么用意呢？"

道元巡看舍利殿和大堂，语气尖锐地评论龙树的圆月相，成桂知客一点也不关心。道元还以为会有和尚倾听自己的话，并叙述自己的想法，但完全没有这样的和尚。

"想拜访住持，问问他……"

道元说后，成桂知客说：

"住持晦严大光堂头和尚也不会明白你所说的龙树圆月相。"

道元见到住持大光和尚。

道元讲述了关于龙树圆月相的看法，大光长老对此完全不关心，

"佛祖的话、一般佛祖的说教、特别是天台的说教如水火一般不同。如果将他们看做相同的，最后也不能明白祖师之事。"

大光长老给出预料之外的回答。

在柱子间墙壁上有美丽的画像，却没有道破机密的僧人，道元对阿育王山很失望。悲哀啊，即使在阿育王山也没有一个人能理解龙树的圆月，圆月很暗，满月犹缺。

归路上落下新月的惨淡之光。

明全的葬礼结束后不久，道元得到如净的信任，允许阅读天童山西堂环溪唯一所持的法眼宗嗣书。该嗣书与以前看的嗣书完全不同，书中写着"摩诃迦叶因释尊而得悟，释尊因摩诃迦叶而得悟"。

道元第一次知道师徒相互得悟的传统，但其原因还不能很好的理解。

于是，道元就这种嗣法询问如净。

对此，如净说：

"各佛之间一定有嗣法。释迦牟尼传给迦叶佛、迦叶佛传给拘那含牟尼佛、拘那含牟尼佛传给拘留孙佛嗣法。就是这样，一个佛传给另一个佛，传到现在就是参学，这就是学佛法之路。"

尽管如此，道元还是不明白。

"迦叶佛亡故之后，出现了。释迦牟尼，开辟了领悟之道。那又是为什么？迦叶佛能从释尊那儿嗣法呢？"

"道元啊，你只是对教说囫囵吞枣地解释，不是对终极境界佛祖正传的理解。我传的佛法不是那么容易的东西，释迦牟尼确实给迦叶佛嗣法，嗣法之后，迦叶佛涅槃了。释迦牟尼如果不给迦叶佛嗣法，那就不能成为真正的佛法，谁也不会信释迦牟尼。因为是从佛到佛的相传，所以任何一位佛都是正法传承者，不是连续，也不是一道，而是佛与佛相乘而学，不要在正传尺度之外测量。如果佛道只从释迦牟尼开始，也只是两千余年的事情，一点也不遥远。

嗣法也只不过四十多代，甚至可谓新。这个佛道不能那样理解。应该这样理解，释迦牟尼给迦叶佛嗣法，迦叶佛也给释迦牟尼嗣法。这样的学习才是诸佛诸祖的嗣法。"

道元第一次明白"摩诃迦叶因释尊而得悟，释尊因摩诃迦叶而得悟"，代代佛祖所继承的嗣法真意及其正确的嗣法。佛祖的恩惠感动得道元颤动全身，这种感动胜于任何一次拜读嗣书的感动。

——佛必然由佛嗣法，祖必然由祖嗣法，这是传法之时师徒关系之证明，正因如此，这一证明也是最高的得悟，若不是佛，便不知佛得悟之处。若佛不能得悟，也不能成为佛。如果不是佛，谁能知道这最宝贵之事？谁能理解这最佳之事？佛得悟之时，无师自通，无己自明。正因如此，佛和佛相乘得悟，祖和祖互相得悟，如果不是佛与佛，就不能理解这个道理的深意。

道元明确认识到以前暧昧模糊的得悟是成为嗣书形式的真实存在，而且能遇见承接释迦牟尼佛法的正师如净，更加感谢上苍。道元下定决心：不论怎样，自己也要从正师如净那里正确地继承"正传佛法"，然后传给后世。

道元在如净门下越发努力地参禅。为将心中萦绕的各种疑问一个一个地解决，不管怎样也只能不断地去拜访、请教正师如净。

明全已经去世了，明全的希望现在全部寄托在道元身上。

——我们来中国不像很多前辈僧人那样，只是将佛教周边事物和佛教文物带回日本。我们为追求佛教的本质、得悟佛道才来到中国。

这种想法比从前更加强烈。

师父明全圆寂，有关佛事大体上结束的一天，道元下定决心，写信给如净，请求他破格给自己单独指导。

如净禅师：

我，道元在年幼时就激起震撼身心的求道之心，在日本向很多师父请教佛道，知道一点佛法。不过，现在对佛法僧三宝的真实情况也不清楚，只是依靠抽象的文字来理解。

在日本时，我拜入与天童山有缘的荣西门下，第一次学到临济宗的禅风。如今我跟随荣西的弟子，也是我师父的明全和尚，未知生死，不远万里到此，终于得到可以接受如净大人教导的法席。我想这是侥幸之事。

另外，一直依靠您的大慈大悲。从遥远外国而来的我由衷地请求您，不论什么时候，原谅我着装和失礼，请允许我时常拜访您的居室，向您提出愚蠢的问题。

时光飞逝，不知不觉中就步入死亡，辨明生死的问题是重大事情，时光不等人，在遇到您的期间不辨明这一问题，我一定会后悔。

我的师父，天童山的住持大禅师，请以宽容的大慈大悲之心，允许我探求佛法，由衷地恳求您。

小师道元叩拜敬上

如净马上给予答复：

道元，你从今以后，不论昼夜，不管穿袈裟与否，随时可以来我的居室询问有关佛道之事。我会像父亲允许孩子无礼一般欢迎你。

太白山住持

文字虽然简短，却饱含着慈爱。
道元见到如净与修行中十分严厉的不同一面，内心充满感激之意。
接到答复之后，道元曾多次拜访方丈如净，质询疑问。

黎明大悟

一

道元初次去如净禅师处进行私人拜访是在宝庆元年（1225）的七月二日。

如净似乎知道道元会来，端坐在坐椅上。

道元说了感激之话后，如净露出平常见不到的慈父般笑脸。

"不要有顾虑，有什么想问的，无论什么都可以问。"

如净敦促道元，道元马上提问道：

"现在，大家都在说'教外别传，不立文字，直指人心，见性成佛'，释尊的领悟不能根据文字和语言上的经典和教理来传播，只能以心传心。据说达摩大师从印度来中国就是因为这个原因，这是正确的解释吗？"

如净慢慢地点着头，说道：

"佛祖的大道并不拘泥于经典、教理的内外。不过，所谓教外别传，除了指最初向中国传播佛教的摩腾，还指从印度而来的达摩大师，亲切地向中国传授佛道修行方法的意思。正因如此，世界上并没有所谓的两个佛法。所谓达摩大师还没到中国，指的是把货物先送到中国，既是寄件人又是所有者的达摩祖师还未到中国。'教外别传'或'祖师西来'的真正意思必须这样给予解释。"

然后，道元就"二生感果"提出疑问。"二生感果"就是现在的行为，在将来一定会出现因果报应。

"古今长老们常说，闻而未闻，见而未见，此时心如止水，才是佛祖的领

悟。因此，举起拳头，挥动拂尘，大声喝斥，用棒敲打，让佛道修行者无所思，最终也不问释迦牟尼的真正教诲中到底为何意，为来世的因果报应而不对今生的修行抱有祈愿，这样做是佛祖的领悟吗？"

对此，如净做出如下解释：

"如果说没有来世，这明显不是佛教。佛和祖师的说教并不是这样。如果没有来生也就没有今生。这个世界确实如此。因此，就有来生。人们皆是佛的子孙，而不是外道。此时所谓的心如止水是佛之领悟的说法，是佛的方便。虽然只是一个说教，但并不意味着修行者什么都不能发现。如果什么都没有发现的话，就否定了从指引者处接受教诲之事，诸佛也就没有必要亲临现世救助人们，佛的教导并不只靠文字和头脑来理解和相信，若没有修行并证实真悟之事，就无法长命安生，唤起毫无痛苦之菩提心，佛也就没必要现身说法。对于那些修行却无法得悟的所谓北州之人，示教不是不可能的吗？"

道元进一步对"自知即正觉"提出疑问。

"古今的指导者常说，如鱼饮水，自知冷暖一般，人自然知晓之事正是佛之悟性的体现，除此之外别无他物。不过我觉得这样的想法很奇怪。为什么？如果自然知晓是佛之悟性的话，那么所有的人生来就有知觉能力。因此，每个人就与开悟之佛一样。有个人说，'正是如此，所有的人生来就是佛祖'。另外，又有人说，'大家并非都是佛，为什么？生来意识到自身智慧作用是成佛的便是佛，不能意识的便不是佛'。这样的说法能说是佛教的说教吗？"

这个道元自比叡山以来一直存在的一个疑问。不仅在日本，宋朝很多人也这样认为。

对于这个问题，如净如此回答的：

"如果所有的人从一出生就是佛祖的话，那这都是自然的安排，所以就没有必要为得悟而进行修行，这一说法与认为万物不因因缘而因自然存在的自然外道相同。仅仅受自我意识之驱使而想象佛亦是如此，可以说是不懂装懂，与没有得悟却认为得悟是一样的错误。"

道元从日本开始一直抱有人本是佛就无必要修行的主张，结果被如净师父自然外道之见解否定，道元看到了无限光明。

道元接着问关于"辩道功夫"的根本方法。

"学佛道之人有必须努力的地方和注意日常生活吗？"

"当然，有很多，达摩大师西从印度来到中国传播佛法，当然有与此相应的身心注意之处。首先，初立佛志、坐禅修行之时要注意以下几点。

不要久病。

不要去远方。

不要背诵过多的经文。

不要过多指责人，与人争执。

寺庙的事务不要过于繁忙。

不吃香气或刺激性很强的菜。

不能吃肉。

不能多喝动物的奶、蜂蜜和乳制品。

不能喝酒。

不吃僧食以外的食物。

不能看或者听乐器的演奏和歌舞。

不能看各种各样的舞妓。

不能看各种虐待和伤害的场面。

不能看男女性交的卑贱场面。

不能亲近国王、大臣等有权势的人。

不能吃各种生的东西。

不能穿脏的衣服。

不能喝年岁久远的山茶和天台山产的风病药。

不吃各种菌类。

不能听看名誉和利益的事情。

不能亲近性异常之人。

不能多吃梅干和干栗。

不能多吃龙眼、荔枝和橄榄。

不能多吃砂糖和霜糖。

可以穿棉布衣，但不能穿掺入棉花的夹袄。

不能吃军队的饭。

外出不能听人群混杂的声音、车的轰隆声，不能看猪羊群。

外出不能看大鱼、大海、恶毒的绘画。

留心看青山和溪谷。

留心利用好的教诲来映照自己的心。

另外，需要读《了义经》，《了义经》是释迦牟尼广泛解说所有佛法的经书，之所以叫做'了义'，是指解明全部对象的义理，将内容讲述明了。

坐禅修行的僧人必须经常洗脚。

身心烦恼迷乱时，马上口唱《菩萨戒序》。"

如净讲解得细致入微，半句不漏倾听的道元打断如净的话，说道：

"《了义经》不能针对所有对象用语言完全说尽，不管一句还是半句，解说佛法就可称为'了义'，我想广泛解说穷尽则不能称为了义。"

如净马上回应道：

"道元，你的想法是错误的。释迦牟尼所说之事，无论在广义上还是在狭义上，将所有事象之义理探究穷尽，就没有不明之事。而且释迦牟尼的默坐以及说法，都是得悟之人所做的事，这也正是深奥的绝对真实所在。"

如净尖锐地指出了道元对释迦牟尼的了解有所欠缺。

道元这时第一次理解到与至高无上信仰相联结的经典——《了义经》的真正存在意义。

道元又问道：

"《菩萨戒序》是什么意思呢？"

道元对《菩萨戒序》的意思不太明白，道元不会在自己毫不明白的情况提出问题。

"所谓《菩萨戒序》是目前从日本来到中国、你的前辈隆禅吟诵的《梵纲经》中的《菩萨戒序》，是吧？"

　　如净继续说道。

　　道元听说过《梵纲经》，了解到日本很多佛教将该经作为不需要具足戒的基础，此序即为《梵纲经》之序。

　　"不能亲近小人。"

　　然后道元再次开口问道：

　　"老是打断您的话，小人是什么样的人呢？"

　　"所谓小人是指欲望很深的人。还有，不能喂养老虎之子、大象之子等，还有猪、狗、猫、狸等。最近很多寺院的住持开始养猫，那是不好的，是愚者行为。除此之外，十六恶律义是佛祖禁止的说教，这一点自不待言。不得放纵不羁，一定要慎重。"

　　到道元得悟为止，如净孜孜不倦地加以教导。

　　道元自己也不是毫无批判地接受如净教示，半信半疑之时一定问到自己领会为止。即使是如净，对道元的理解也不是随便认可，道元理解如果有错，就严厉指出。

　　七月二日的初次拜访后，道元经常到如净的方丈居室，就佛教教理、坐禅等涉及佛教的所有问题，一个接一个尽情地向如净提问。这些都是道元平时抱有的疑问。如净也像父亲对待儿子那样，给予细致的解答。

　　有一天，道元就"因果法则"提问道：

　　"一定有因果这个东西吗？"

　　"不能否定因果法则。以前，永嘉玄觉（675—713）说：'如青空般晴朗、什么都没有的天空之说等否定因果，那就如茫茫蔓延的繁茂灌木丛或者滔滔奔腾的大河之水冲走所有一般，带来各种各样的灾难。'如果否定因果联系，就是说那人是佛法中断绝善根之人，不能说是佛或者祖师的子孙。"

　　如净断定地说存在因果之事。

　　道元进一步就"禅宗称呼和佛祖大道"进行询问。

　　"佛祖的大道是不可能偏袒一方，那么，为什么说佛道是禅宗呢？"

　　"佛祖的大道是不能随便说是禅宗。当今称佛道为禅宗的风潮可以说是末世妄称。据贤明的僧主说，以前德高望重的佛祖能够识别这一点。道元，你读过石门的《林间录》这本书吗？"

"不，没有读过。"

"你读一读吧，《林间录》所说之事是正确的。本来释迦牟尼的宏大佛法传给摩诃迦叶，在那之后连绵不断地传乘到二十八代的达摩大师，其后传给中国的第六代慧能，现在传到我这里。也就是说，我是正传佛法的总府，三千世界没有和我并肩之人。现在讲解三五本经书，传承各自家风的佛祖和禅师是佛祖一族。但一族之中，有和佛祖亲近之人，也有疏远之人，有对真实佛教理解的高人，也有低的人。"

"如果是佛祖一族的话，他们会唤起菩提心，相应地去追问真正的师僧，为什么为拜入佛祖道场竟要舍弃长年所学，夜以继日地坐禅修行呢？"

"在中国和印度都一样，舍弃花费很长时间得到的全部东西去修行。以世俗之事作比喻的话，成为大臣时，可以不做参议的事情，就是这个道理。不过，教育子孙时，好像也以教导参议的方式。佛祖的参学、修行也是同样。因为参议这样清廉的工作得到认同而升至大臣之位，成为大臣后，不再做参议之事，同样当参议之时，也不做大臣之事。不过，无论大臣还是参议，为治理国家，为了人民生活的安定，要学之事便是真心行动，两者都要心存忠诚。"

"我拜访的各方长老们说，他们很明白不知真正佛祖道路之人，无论是谁都能说得活灵活现。已经很清楚只有佛祖才是释迦牟尼真正的继承者，是当今的法王。三千世界的经营及教化众生，努力修行的道具，都是佛祖使用的日用品，决不会有两个王……"

"正是如此，即使在印度，也没有听说释迦牟尼将正法传给了摩诃迦叶之外的人。在中国也是从初祖到六祖传授正法，不曾有过传两件袈裟的事情。因此，道元，你一定要铭记三千大千世界的佛道是以佛祖为根本。"

如净对佛道为禅宗之说进行了彻底的批判。如净的教诲在宗派意识和党派意识中，往往遗漏了佛法的整体形象，只主张思考根本的佛祖命脉。

第二天深夜，如净就坐禅的意义对道元说：

"所谓坐禅就是身心脱落。也就是坐禅时要展示身体和心灵从全部束缚中解放出来的状态，因此，不用烧香、礼拜、念佛、修行、读经等，只是坐禅就好。"

如净强调的坐禅不是与烧香、读经等一起的行为，强调坐禅时只有坐禅这一个行为。

　　"您说脱落身心，身心是受世俗名利污染的心吗？"

　　"不是，不是心尘，而是身心的意思。"

　　"那么，将身心从束缚中全部解放出来是指什么呢？"

　　"所谓将身心从束缚中解放出来是指坐禅本身。只是坐禅，就可以脱离财、色、饮食、名誉、睡眠等五种欲望，消除贪欲（贪婪官能之欲）、愤怒（怒气）、睡眠（沉睡，内心不活跃）、后悔（内心不安引起悔念）、疑问（怀疑因果道理）等五种烦恼。"

　　"离开五种欲望，解除五种烦恼，与佛教的普通说教相同。这样的话，可以认为大小二乘的修行者一样吗？"

　　"不能，佛师的子孙更不能对大小二乘的教说敬而远之。学习佛法的人，无论是大乘还是小乘，要是违背教圣佛法的话，就不能说是佛祖的儿孙。"

　　"最近愚僧们常说，'领悟的障碍是贪、怒、痴三个烦恼，三毒是佛法，五欲是祖道。如果除掉三毒五欲，就是得善弃恶，反而与小乘一样'。是这样的吗？"

　　"要是没有除去三毒和五欲，那就与过去摩揭陀国的瓶沙王和杀害父王的王子阿阇世王时代各种各样的外道教诲一样。佛祖的子孙，即使一毒一欲也要除去，就会有很大利益，一定要知晓这时正是与佛祖相遇的时节。"

　　深呼一口气后，道元就"感应道交和教化利弊"进行提问。

　　"在昨日深夜的普说中，师父说，'礼拜的人和被礼拜的人都没有本性，感应道交即求佛之心与佛心合二为一超过人的思虑'。我觉得这句话有很深的意思，但我不能充分加以理解。一般的佛教也说'感应道交'，所以能认为其意和祖道相同吗？"

　　如净一边点头迎合道元的话，一边说：

　　"道元，你应该理解'感应道交'的真实意思。如果没有感应道交，诸佛就不会出世，祖师也就不会来中国。另外，迄今为止错误理解佛法引起反目为仇是使用了没有实际使用过的圆形袈裟和应量器而导致不合理。因此，必须明白被看做礼拜之人的人，一定有感应道交。"

道元进一步询问道：

"前天会见阿育王山大光住持时，问了几个问题。大光长老说，'佛祖的话和一般的佛教说辞、特别是天台的说教如水火般不同，如天地般截然相反。如果认为这些说教是一样的东西，到最后也不明白祖师的家风'。大光长老的这番话正确吗？"

如净这样回答：

"这样思考浅显的话不只大光一个人。大方的长老像是说大家都说的话，可以说这样的人没有眼力正确评价一般佛教教法和天台宗教诲。当然也不明白祖师的深奥教诲。一定要说他们的佛道是马马虎虎学来的。"

道元想要彻底解决平时抱有的疑问，忘记了时间的流逝，侍僧递个眼色，道元才第一次意识到占用了过多的时间，便暂且告辞。第二天，道元再次去方丈居室拜访如净。

某日，这回如净主动提起话题。

"道元，我在僧堂看见你不论白天还是晚上都不睡觉地坐禅，这是很了不起的事情。什么时候你肯定会在这个世上出类拔萃，能闻到无法言喻的美妙香味，这是值得可喜可贺的象征。或者能在眼前看到香油滴落的场景，除此之外，会有种种触觉的体验。那是值得大家可喜可贺的象征。因此，要像拨开将要落在头上的火粉那样，一刻也不懈怠，一心一意坐禅辩道。"

这么一说，当天如净就坐禅修行恳切地说教：

"听佛法、思佛法就像在家门之外的事。但是，坐禅好像马上回家休息，这是释迦牟尼所说。即使一小会儿坐禅，功德也无法估计。我在四十余年中，一直坐禅修行，迄今为止一次也没想过要停止。我已经老了，但这种想法越加强烈。道元啊，不断佛道修行，这才符合佛祖直传的教诲。"

道元听着，如净继续说：

"对了，元儿，你知道坐禅的正式规矩吗……"

目前为止，称道元为道元的如净在不知不觉间改变了称呼，充满慈爱地称呼道元为"元儿"。

说到坐禅的正确方法，道元也没有自信。虽然隆禅大体上指导过，不过后来是边看边模仿。看着道元满是困惑的反应，如净将坐禅的正式规矩亲切地向道元示范。

"坐禅时，舌头要顶在上颚上，或停留在前齿后面。坐了四五十年的禅，对坐禅已经很熟练了。无论什么时候坐禅都不会睡着的人，闭着眼坐禅也可以。但初学不熟练的人，要把眼睛睁开，如果长时间坐禅感到疲惫的话，交换一下左右脚的位置也没有关系。"

关于坐禅的方法，道元还是第一次听到如此详细的解说。

"坐禅时，不能倚靠墙壁、椅子、屏风等。这样的话背部会弯曲，会生病。怎么坐、怎么调整姿势，按照《坐禅义》做就可以了，特别是这一点，不要搞错了。"

其后如净突然从坐椅上下来，开始在方丈居室走动，同时继续说道：

"坐禅后起来行走时，不要来回在一个地方走。可以马上向前走，一息半步的频率，向前走二三十步左右，转弯时一定向右转，不能向左转。而且迈脚时，先迈右脚，再迈左脚。"

如净按照所说的那样走给道元看，然后又安静地回到坐椅上继续说道：

"释迦牟尼坐禅后起立行走的足迹，到现在还留在西印度的邬苌那国。维摩的居室中也有，祇园精舍的础石也没被埋没得以保存，站在这样的佛教遗迹上进行测量，或长或短，或者延伸缩短，也不能得到确定数值，但这是佛祖实际生存的证明。因此，今天传到中国的应量器、袈裟、穿插握拳的说法以及坚忍的样子等都是反映佛祖生存的姿势，人不可能思考出那样的东西。而且坐禅时，有将心置于各种地方的方法，都有相应的理由。但根据佛祖正传坐禅的方法，心放在左掌的上面……"

夜深了。

道元静静地站起身来，叠起坐具，向如净礼拜，对他十分慈爱地教授自己表示感激，欢喜得落下了眼泪。

如净对自己的门下竟然有他国大才、即道元感到无比的高兴。

在佛法面前没有国界。

如净像用一器之水注一器那样，细致入微地将自己继承的正传佛法全部传授给道元。

道元通过宗教的感性天赋和胜于如净的不屈求道之心彻底感受到如净的所有。

道元绝不在师父之前入睡。

在如净来到座位之前，道元已经在坐禅了。

天还未亮，道元正在僧堂昏暗的蜡光中坐禅时天已经亮了，认为天亮了时自己却仍在蜡烛的暗光中。

其后道元对如净的提问仍然持续，时间虽短，但包含书信问答以及如净的教诲，最后达到五十项。

对道元而言，这是珍贵的体验，道元以后将其总结为《宝庆记》，利用了跟随如净时的年号宝庆。

《宝庆记》在道元圆寂之后，由怀奘发现并流传于世。

二

明全圆寂后已过一个半月，宝庆元年（1225）的夏安居也接近尾声，某天的黎明坐禅。

如净对在道元旁边睡觉的僧人说：

"明明说坐禅要舍弃一切执着，睡觉算什么事情！"

如净用响彻僧堂的声音喝斥，脱下穿着的木屐痛打睡觉僧人。

在旁边专心坐禅的道元，听到如净的大声呵斥后豁然醒悟。

如净的一喝穿透了道元的身体。

道元穿越时空。

那一瞬间，仿佛自己成了诸佛，飞向遥远的梦幻境地。

迄今为止被看不见的线所缚所绕的身体和心，与诸佛一起轻轻飞舞。

以前威严地伫立在眼前一动不动的万物活动了。

自己现在也成为真实的佛之弟子。

——这就是如净禅师所说的身心脱落吗？

道元一瞬间想到。

肉体和心灵从自己的意识中脱落。沉醉于这样的感觉，一瞬间心间里涌上感谢之意。自己并不是靠自己的力量活着，而是靠看不见的强大力量与诸佛共生，道元对此充满喜悦。

道元待天亮后去拜访如净方丈，恭敬地烧香、礼拜。

如净已经明白了。

"为何烧香？"

"为身心已脱落。"

道元报告说，从束缚自我的所有固执、束缚、烦恼中脱离出来，来到一个没有拘束、没有障碍的心境。

听着这些，如净点点头，

"身心脱落，脱落身心。"

在坐禅的尽头，我们的身心已经离开了身心本身，身心只能脱落，如净认可了道元的境地。

道元谦虚地请求如净：

"我领悟的境地是真的吗，请您严肃地给予评价。"

于是，如净严肃地回答道：

"印可，不能随意给予。"

道元寻问印可的真意：

"不随意给予印可指的是什么？"

对身心脱落的道元而言，现在没有丝毫骄傲之心。

于是如净说：

"脱落，脱落。"

身心脱落，指连这件事本身也要忘掉，如净通过教示认证了道元的大悟。

当时在场的一位叫广平的福州侍者向道元走去，对道元的大彻大悟由衷表示祝福：

"外国人能得到领悟，真是了不起啊。"

这是宝庆元年（1225）七月上旬，夏安居即将开始的前几天、道元二十六岁时的事情。

天童山上不知名的白花盛开了。

此时道元跟随如净修习佛学才四个月，距明全圆寂还不到两个月。一想到这些，道元对师父明全指导自己得悟的缘分由衷地感谢，首先到明全的位牌面前报告。

道元在那里很长时间纹丝不动。

寂圆看着背影露出满面赞扬的喜悦之情。

明全火葬后两个月的八月九日，在天童山千光法师（指荣西）祠堂内完成了"日本国千光法师祠堂记"的墓碑，除荣西之外，碑上还刻了明全的事迹。道元忍住悲伤，继承明全的遗志，主持了仪式。

師所悟ヲ呈シ
浄祖印可シ玉
フ時ニ廣平侍者
傍ラニ在テ證明
セラル

大悟之日后两个月，宝庆元年九月十八日，如净在方丈居室向道元正式授予"佛祖正传菩萨戒脉"。

那一天，祖日、广平侍者、宗端知客们都到齐了，这个消息传遍了天童山内外，但道元并不满足于大悟，其后还是经常拜访如净的居室，请求各种教诲。

道元十四岁就发觉了大乘佛教的中心思想含有矛盾，从此离开比叡山，踏上新的求法之道。入宋与如净邂逅，达到身心脱落的境界，终于达到了出家以来求道的目的。

道元后来将其表达为"大事因缘，在此了毕"。

道元怀有的疑问在经过身心脱落的大悟境界后，向"修正一如"（也称为"修正一等"）发展。修正一如是指"修行与领悟是同一物"，这种自觉正是解开道元疑问的关键。

正如大乘佛教说的那样，人生来就具有充分的佛性，但这一佛性不修行就不能实现。即使实现佛性，如果得不到证实，也不能体验到其感觉。自觉得悟的体验就是坐禅。"只管打坐"其实就是证本身。

道元进一步思考道：

——即使是修行而得悟之人其后也应努力修行，因为修行和领悟是佛祖大道，如圆圈一般轮回，不断地轮回。因此，即使领悟也并不意味着结束。

既然领悟无限，修行也是无限，修行和领悟是相辅相成，不断循环。不论是刚开始修行的佛道，还是在修行途中的佛道，抑或是得悟后的佛道，皆可言为佛道。因此，修行之人不论修行时间的长短和慧根的深浅，皆在得悟的循环上。

道元大悟是在宝庆元年，在日本，同年五月金峰山的师徒们欲对高野山实施火攻，但被武士制止。

同年六月，镰仓幕府设立以来的功臣大江广元逝世，享年七十八岁。七月十一日，尼将军北条政子逝世，享年六十九岁。

日本的政治又将发生变化。

空手还乡

一

即便大悟之后，道元的修行也没有有丝毫的怠慢。

宝庆二年（1226），春天的三月。

夜已经深了，冷空气开始袭来的四更之时。

如净的居室大光明藏传来了撕裂黑暗般打雷一样的鼓声。

道元当时还在坐禅，急忙穿着袈裟，拿起坐具离开僧堂，外面已挂上入室牌。他先跟着众人去法堂，经过法堂的西墙，踏上寂光堂西面的台阶，经过西墙前面，走上大光明藏西阶梯。大光明藏是方丈的居室。道元去西面屏风南边的妙高台烧香、礼拜。本以为入室的人会很多，但一个人也没有。

突然一看，妙高台的帘子虽然搭下来，但还是隐隐约约地听见如净禅师的声音。西川出身的祖坤维那来此烧香、礼拜完毕，道元进入妙高台，众人拥挤得无立锥之地，没有办法只能站在后面倾听。

如净正就大梅法常的住山因缘说法。

大梅法常远离人群一个人到山中，穿着用莲叶编制的衣服，吃着松树的果实，忍耐山居生活，大家被大梅法常佛法中非常纯粹和严酷的修行态度感动，很多人流下眼泪。

另外，如净也详细叙说了释尊在灵鹫山的因缘，过于孜孜求道精神和超越名利等的态度很是感动，没有一点咳嗽声。

"在天童山的安居很近，现在不冷不热，是坐禅的好时节，修行的人努力用心坐禅。"

如净这样宣布并赞颂道：

"天童山今夜有一头牛，释尊用牛引出真实存在。

我想买这头牛，谁给出个价呢？有谁知道牛的背后有真实之意呢？

如果没有，我来出个价。

听到了远方云端处传来的杜鹃之声吗？"

这般赞颂后，如净禅师用右手拍击坐椅的边缘。

"那么，入室吧。"

入室传语为：

"杜鹃鸣叫，山竹崩裂。"

很多人聚集在室内，这时谁都被严肃的气氛笼罩，一言不发。

入室时人们都站在椅子和屏风周围，可以使更多的僧人入室，结束后走出方丈室。此时留下的僧人仍然站着，所以，均能看到入室作法、如净的模样以及最后的问答情形。

其他的禅林没有这种入室仪式。

道元悄悄地想道：

——外面的长老不能做到，只有我们祖师如净禅师可以做到……

道元总是最先入室进行问答，但此时想最后入室。

那天夜里，朦胧的月光微微泄入楼阁，杜鹃的声音在无法言喻的静寂中回荡。

宝庆二年春天，道元再次开始附近诸山的巡游，顺便拜访一直照顾他的各位僧人。

道元首先参拜了距浙江省定海县东面一百五十里的海上普陀珞珈山。

这里是日本僧人慧萼建设普陀落山寺成为开山的因缘灵场，他在唐代将禅传入日本。

慧萼曾三次入唐，归国时想将在五台山得到的观音像带回，船刚过普陀海滨就触岩无法前进。

慧萼认为观音大人不想离开这片土地，便放弃回国，在此侍奉观音像，在海峡建庵留在此地。

道元乘船来到这里拜访，想起过去的日本僧人慧萼，还想起在此结缘建庵的曹洞宗祖师真歇清了（1088—1151），想到其纯粹的道心。

土黄色的怒涛击打着安置普陀观音的山洞。

道元为缅怀观音和慧萼，赋颂两首。

闻思修本证心间，岂觉洞中现圣颜。

我告来人须自觉，观音不在宝陀山。

潮声霹雳海崖间，侧耳边看自在颜。

拈此谁量功德海，只教回眼见青山。

参拜近处诸山的同时，还努力通过与天童山修行时结识的中国各地道俗讨论诗歌以加深相互之间的友好交流。

其中也拜访、慰问失去子女的在俗佛教徒。

特别是对入宋以来给予许多关照、先于回国的隆禅，道元赋诗一首，作为赞美隆禅及送别之辞。

锡驻玲珑不动看，功夫辨道自然圆。

回光转眼几经日，退步翻身已积年。

穿却牯牛闲鼻窍，打开佛祖铁关禅。

一生跳出圣凡路，待后何生木耳缘。

第二次巡山归来后，如净改叫道元为"元儿，元儿"，其中含有深厚的信任和期望。

某一天，道元来拜访，如净说：

"元儿，作为我的侍者，在此待一段时间吧。"

如净欢迎道元成为他的侍者。

道元没有想到如净会说这样的话，很是吃惊，不过对如此信任自己的如净，道元非常感谢。但道元有很多理由目前不能接受其建议，首先想早日回国，将明全的骨灰带回日本埋葬。

道元虽然对如净的建议感动得无法用言语表达，但还是以书信的方式婉拒如净的邀请。

"师父，作为外国人，我被邀请成为侍者不胜光荣。这似乎会给人以贵国

天童浄祖二
帰朝ノ眼ヲ
告ゲ玉フ

没有人才的印象，只怕其他人很难认同……"

如净也尊重道元的意见，以后再也没有邀请。

入宋的目的基本达到，准备回国的道元从如净那里得到"意欲授予嗣书"的书信。

"师父，将给我嗣书……"

道元反复读着书信中的文字。

回想起入宋第一次知道嗣书存在之事很是惊讶，很少被允许看的嗣书，道元却幸运地得到拜读包括无际了派嗣书在内的五次机会，每次道元都感激得泪流满面。

这一次自己也要接受嗣书，而且来自自己无比尊敬的如净师父，作为法孙如实地继承从释尊到如净的法系。

道元感激得一晚上没有睡觉。

几天之后的深夜，在如净方丈的居室，举行了只有如净和道元的嗣书相承仪式。

这是禅门的秘密，一根蜡烛将室内照亮，师父和徒弟面对面举行仪式，不允许有第三者在场。

在方丈居室，如净一个人庄严地坐在椅子上。

道元向如净走去，在其面前烧香、礼拜，双膝跪在地上，腰和腿伸开，呈长跪的姿势。如净缓缓地将左臂靠在桌子上，打开装书的包袱，从中拿出一本嗣书，在道元面前轻轻展开。

纸上用红笔绵绵不断地记载着历代祖师的名字，最后如净左面写着道元的名字。

在其下面墨迹鲜明地写着：

佛祖命脉证契即

通道元即通

大宋宝庆丁亥

住持天童如净

如净亲手将嗣书交到道元手上。

从释迦牟尼开始，佛祖到佛祖连绵不断地继承佛祖命脉确实单传给道元。此时，道元名副其实地成为如净的法嗣。

道元成为从释尊开始的第五十二代祖师。

此时天童山正是绿叶覆盖、薰风微拂的季节。

完成入宋参学目地的道元，那一年（宋朝宝庆三年，日本安贞元年）夏天，入宋四年半时决定回国。

道元的佛法时代即将开始。

回国之际，道元去拜访如净方丈，对如净给予的指导和深情表示由衷地感谢。

在此之际，问了一个此前心中就有的疑问，即为什么如净一次也没有穿斑衣（混色的衣服），只穿黑衣，什么理由？

在当时的禅林，法衣是作为传法、嗣法的信物由师父授给弟子的袈裟，当上住持后说法时穿袈裟是很平常的事情，但如净却从来没有穿过。

"师父，你做住持一直不穿袈裟有什么理由吗？"

道元的问题很唐突，如净稍微有些惊讶，沉默了片刻，道出其中的理由。

"的确，我做住持后没有穿过金襕袈裟，那是因为节俭。为什么？因为不管是释尊还是其弟子，大家都穿着粪扫的袈裟，用粪扫的应量器。"

如净说的"粪扫"也叫"粪扫衣"，是用扔掉的破布做的衣服，道元知道这不是指打扫或擦拭粪尿的意思。

"这么说来，各方住持穿着金襕当然就不是节俭，就是心中有贪欲。但我并不认为祖师宏智禅师穿着金襕就说他不节俭吧……"

"祖师宏智穿金襕是节俭。为什么，那是有道心。元儿，在你的国家日本，丝毫不用在意穿着金襕。我现在没有穿是不想像各方住持那样拘泥于华丽的袈裟。"

如净继续说：

"最近，很多不知道礼节的长老尽穿金襕袈裟接触大众，没任何根据，因此，我不穿那样鲜艳的袈裟，释尊一生只穿着粗糙的衣服，没有穿过其外任何华美的袈裟。虽然如此，并不是说要穿更粗糙的衣服，穿更粗糙的衣服并非正道。用毛发等制做的钦婆罗子衣服就是那样。佛祖的子孙必须穿合适的衣服，只拘泥于衣服的是片面之人，孜孜不倦追求衣服的则是小人。因此，必须清楚粪扫衣才是正确的传统，应该多加注意。"

道元听着如净的话，理解如净关于袈裟的想法，师父的根本想法打动了道元，也深深地留在道元心中。

如净凝视着道元真挚的脸说道：

"元儿，你虽年轻却有祖师的风貌，一定在深山幽谷中居住，好好地修养佛祖正法，一定能达到和佛祖一样的境界。"

听如净这么说，道元的慕古志向一点点向上涌，很受感动。

如净在告别之际，送给道元一些纪念品。

其中有五代前的芙蓉道楷（1043—1118）相传的袈裟、洞山良价（807—869）所著的《宝镜三昧》、《五位显诀》，以及写有如净自身赞书的肖像画等。

将这些东西递给道元时，如净怀着最后一次训诫的想法，简短地进行垂示：

"元儿，你是他国之人，传递这些是表示对你的信任。回国后要布施教化，宏利于大众和上天，但不要居住城中，不要接近国王大臣。只是居于深山幽谷，超度一个半个，不使我宗断绝。"

简短训诫中蕴涵着如净的所有思想，作为最后话语赠送给不久就要离开自己的爱徒。

邂逅意味着离别，邂逅最后一定是离别，没有不离别的邂逅。

道元和如净的离别意味着今生的离别。

道元虽然受到无法言喻的冲动驱使，但既然为相传真实佛法，就必须以平静的心面对离别，因而必须抑制住悲伤。但道元一直忍住的泪水此时难以再忍，眼泪刷刷地落下，一直凝视着师父的脸。

师父的眼睛也泛着光芒。

回国定在明天，在寂圆的帮助下，道元一夜间抄写完园悟克勤（1063—1135）所著的《碧岩集》。

这本书是园悟住在各寺时根据向门人提倡的《雪窦颂古》作了垂示、著语、评唱的作品，并因此享有盛名，对道元而言，是无论如何都要读的书。

二

回国那一天早晨，在天童山景德寺门前，道元逗留期间结交的众僧出来送行，与道元惜别。

其中有都寺的师父、如净的侍者广平等。想起和明全、廓然、亮照等四人一起在景德寺学习的日子，现在一个人离开天童山，道元的心情变得很沉重。

一起回国的加藤景正和木下道正两人决定在庆元府（宁波）码头和道元会合。

道元面对来送别的僧人们深深地俯首鞠躬。

"很依依不舍，但只能到这里了……"

说着调转身体，离开天童山。

只有寂圆一个人得到许可陪道元走到码头。

寂圆得到如净认可，成为如净的侍者，道元巡游诸山时，是他照顾生病的明全，帮助道元抄写《碧岩集》，无论干什么都给予帮助。那一天，寂圆向如净请求外出许可，陪道元走到码头。

下了天童山，来到庆元府的码头。加藤景正和木下道正看到道元，一边向他挥手，一边走了过来。二人很高兴再次见到道元，他们已经知晓明全去世之事以及亮照、廓然的事情，但看到明全的骨灰盒时，两人还是表情沉痛。

这时寂圆突然跪下说道：

"道元大人，不，师父，从此请您让我将您作为师父来仰慕，从初次见面时，我就一直很尊敬您，请把我带到日本吧，我一生都会在您身边伺候。"

寂圆是认真的，但道元很惊讶，寂圆竟有如此想法，道元完全没想到。

"不可以，寂圆，这样是不可以的……"

急忙把寂圆扶起来，道元语重心长地说：

"寂圆啊，你如果去日本，师父怎么办，师父年岁大了，比谁都依赖你。如果你在师父身边，我就放心了。这也是我的请求，请留在师父身边。"

道元拼命说服寂圆，看来寂圆的决心并不是心血来潮，似乎从很久以前就做出这样的决定。如果道元答应并自作决定将寂圆带回日本，可以预见如净的下半生会很寂寞，而且没有办理手续是违法之事，也是不可能遂愿的。所以，无论如何只能打消寂圆的念头。

"寂圆，你的心情我不胜感谢，但现在还不是时候……"

说后，道元缄默不语。

寂圆像等待下句话一般盯着道元的嘴，道元继续说：

"现在还不是时候，但也不是那个时候不会来……"

寂圆似乎领会道元的话，伤感的脸上恢复了一丝微笑。

道正和景正沉默着，看着这两个人。

这时，一位年轻的男子喘着气过来。

"寂圆大人，寂圆大人……这个……"

男子从背着的大箱子中拿出一个二尺四方的木盒子。

"赶上了，太好了……"

寂圆安心地舒了口气，从木箱中拿出一个木像。

"这个是大权修利菩萨，也名招宝七郎。为了航海的安全，请收下。"

那个木像是一个衣冠整齐的人坐在椅子上，左手放在膝盖上，右手放在额头上，好像在向遥远的地方眺望。木像刷着漂亮的油彩。

道元所在宁波港的背后耸立着招宝山，这座山作为当时的国际贸易港而繁荣，是很多收集珍品货物开往明州港商船的绝佳航海目标。不知道从什么时候开始，这个招宝山供奉招宝七郎木像，来这里的商船都眺望它，以珍宝供奉，将其视为贸易繁荣和海路安全的守护神而深深信仰。大权修利菩萨在此被称为招宝七郎，在阿育王山广利寺和天台国清寺中作为伽蓝神之一被祭祀。道元拜访两寺时也亲眼见过。

道元对祈求自己航海安全的寂圆的真挚情谊感到高兴。

寂圆将木像放入木箱，递给道元，一个劲儿地说：

"一定会再见的，你说的话，我相信。"

"是啊，只要都相信会再见，就一定会再见。"

道元这么说，预感到那一天一定会来。

不久，附近开始骚动。

水手们高声呼喊。

似乎要到出发的时刻了。

道元将明全骨灰放到自己的箕中背着，手中拿着寂圆送的招宝七郎木像，和景正、道正一起乘着小船向大船驶去。

和来路一样，这次也是乘日宋贸易帆船回国。

不久一行人上了船。

寂圆为时刻能看见道元，视线一直紧跟着道元。

道元乘坐的货船比来时轻很多。

道元将离别之时从如净那里得到的赠送品和禅宗各种各样的书以及出发前抄写的《碧岩集》等全部放在箕中，并没有像以前的留学僧那样拿着大量佛经和佛像，而是通过自己的拼命修行掌握了正传佛法。

这个佛法是活在人生本来姿态现实中的佛法。

——空手回故乡吗？归国的土特产是道元本身。

这样的想法很强烈，但现在的道元已经不是入宋前的道元了。

道元站在船边，看着前方的天童山，想起四年半前初次来到这个港口，仿佛是昨天的事情。

迄今为止的这些事情萦绕在道元的脑海中，想起来这是很长的一段路，但又像是昨夜的一场梦。

——受到天运、人运以及时运的眷顾，我迎来了今天这个日子。一定要感谢上苍。虽然那样……

不论何事都会想起师父明全。

一想到明全、廓然、亮照的悲剧，道元不能释怀。

再一次看天童山，道元的眼睛模糊了，船上突然变得热闹起来，到了出发时刻。受西南季风的推动，船安静地驶出港口。

寂圆站在岸边挥手，其身影逐渐变小。

不久，怀抱天童山的群山远远地从视线中消失了。

归路与入宋时一样，依赖天气，依靠运气。泥色的海水开始变成藏青色，四周的海面变得广阔，已经没有可以挡住视线的东西。

出海几天后又受到了暴风雨的袭击，船内一片混乱，道元一直坐禅，一心不乱地念着观世音菩萨。

经过空白的时空。

不知何时暴风雨消失了，从覆盖着天空的黑云缝隙处，窥视到蓝天。

回去的道路也很艰难，不过总算平安无事，一行人搭乘的船在肥后川尻靠岸，时为日本嘉禄三年（1227）八月。

到达川尻的道元一行人立刻来到太宰府，办完回国手续，随后奔赴京城。

第三章

明月

破晓之前

一

从道元离开日本的贞应二年（1223）到嘉禄三年（1227）为止的约五年间，日本的政治形势发生了重大变化。

道元入宋那年六月，镰仓幕府制定了新补地头制度，奠定了北条氏政权的基础。另外在第二年，也就是贞应三年六月，北条义时过世，尼将军北条政子让义时的嫡子泰时（1183—1242）继承执政权。在义时死后不久，发生了侧室伊贺氏企图立其女婿藤原（一条）实雅为将军的阴谋事件。虽然北条氏一族内部有动摇的迹象，但泰时反而以此为机会设置家督（得宗）这一家令职，总揽公文所，强化了其执政地位。

泰时掌权的次年，即嘉禄元年（1225），幕府建立以来的功臣大江广元于78岁、北条政子于69岁相继去世，幕府要职逐渐由新一代取代。此时已经无人能对泰时施加压力，他开始可以完全自由地推行自己的政策。

同年十二月，泰时任命中原师员、三浦义村、二阶堂行村等十一人为评定众，让他们在政所为官，与执权和连署一起负责重要政务的评议，以此确立了幕府的合议制，实现了以确立武家阶级为目标的执权政治的理想状态。

此外，泰时为使相论（诉讼）顺畅、公平地运行，改革遵从以往习惯的裁决方法，筹划将裁决标准的法规成文化，最终于贞永元年（1232）制定完成了《御成败式目》，即所谓的《贞永式目》。

集权政治通过泰时得以确立，至此，首次凭借武士阶级自身政权而建立的镰仓幕府终于进入安定时期。与此同时，世袭政权的北条氏嫡传血脉的权威也开始产生。

另一方面，在京都公卿世界里，过去由明全赐予菩萨戒的高仓院已经分崩离析，取而代之的是后堀河天皇亲政。然而，当时天灾多发，从嘉禄二年（1226）十二月到第二年，京都遭遇了大风、大地震、寒流等一系列灾难，人心惶惶。雪上加霜的是，旱灾和饥荒从元仁一直延续到嘉禄（1224—1227），疫病流行，民众苦于盗匪横行。当时道元养父通具的宅邸也遭盗贼袭击，仓房被毁，大量财物被抢。

在以京都为中心的佛教界，僧兵之间的抗争依然继续。从贞应二年（1223）到嘉禄元年（1225），高野山和吉野的金峰山教众发生冲突，金峰山教众向朝廷强行上告，六波罗探题出兵镇压。

道元归国的那一年，即嘉禄三年（1227），多武峰教众与兴福寺僧徒的冲突激化。先是兴福寺的僧众被杀，其后兴福寺僧徒袭击多武峰的吉野，烧毁数百间房屋，双方损失惨重。

此外，由于延历寺向朝廷请愿要求法然停止专修念佛，被誉为法然门下逸才的隆宽、空阿、幸西等人被判流放。

在道元到达肥后川尻两个月前的六月二十二日，延历寺的三塔（延历寺分成东塔、西塔与横川三塔，东塔为三塔的中心——译者注）协商后大举兴兵，捣毁法然的大谷坟墓，又攻入京都捣毁念佛僧庵。僧徒还在入京途中撕破念佛僧的黑衣，砍坏他们的斗笠，将他们囚禁起来等，暴虐至极。迫害逐渐扩大，京都的念佛礼赞销声匿迹。

此时，亲鸾在常陆地区书完《教行信证》。

道元到达建仁寺时已是人心惶惶的嘉禄三年（1227）九月中旬。历法上已经是晚秋，可京都的街道连日来还是如蒸笼一般闷热。

道元首先向六波罗探题提交了回国的报告书。令人吃惊的是，接受该报告书的是那个波多野义重。义重见到道元，语无伦次：

"您平安无事太好了。可明全大人……廓然、亮照大人……"

办理入宋手续时再三关照道元的义重的身影又涌上心头，道元感到非常怀念，想吐露积蓄已久的话，但还是推辞道：

"不好意思，我还有急事……"

义重将他送到门前，告诉他说：

"过后我上门拜访……"

道元一口答应下来。

道元刚要踏入建仁寺，突然站定，紧盯着从侧面耸立的大楠木上飞出的一只秋蝉。

视线的尽头，风吹云散。

心中荡起感慨，感慨意气风发地踏上旅程的那一天。

——那时与师父和廓然、亮照四人一起心潮澎湃地踏出这扇门……

道元放下背上的竹篓，从里面取出一个小木盒放在胸前，双手扶着木盒喃喃自语道：

"我回来了。"

曾以荣西寺僧身份留学的隆禅先行一步回国，并将明全的讣告传达给成为建仁寺和寿福寺的继承人、当时滞留在镰仓的庄严房退耕行勇（1163—1241），行勇立刻告知建仁寺，迎接道元的僧人当然也知道了明全的死讯。但即使亲眼看到遗骨，许多人还是将信将疑。

道元将明全的遗骨面向开山堂安置好，庄重地烧上香。然后立刻举行归国法会。

结束法会后准备回到以前的房间时，一位寺中僧人对他说：

"道元大人，我们刚刚收到这个。"

僧人递给他一卷纸。那是养父通具的讣告。

通具代替父亲的角色，慈爱地抚养幼年的道元，对他留学宋朝给予了他人无法比拟的祝福和支持。其消息对于本想回国之后直接去看他的道元来说，真是无比地悲伤。

道元立刻奔往堀河邸，在通具的灵前双手合十。通具生前指导年幼的自己学习学问和诗歌，处处鼓励母亲伊子的模样又回荡在心中。

通具去世是在道元抵达川尻后不久的九月二日，因此道元没能见到最后一面，享年五十八岁。两天后，由石藏举行的葬礼上有三百名武士来吊唁，葬礼的隆重华美竟让人误以为是天皇出巡。

此外，道元在建仁寺为准备入宋而学习汉语和律学的老师我禅房俊芿也在同年闰三月八日于泉涌寺圆寂。道元离开堀河转向泉涌寺，在俊芿的坟前叩拜，为他祈求冥福。

因为还要进行明全的追善供养，道元决定暂且在充满师翁荣西和恩师明全回忆的建仁寺修行，将开山堂旁闲置的草庵定为居室。在师翁荣西的入定塔中完成归国报告后，他开始诚心诚意地追善供养明全的舍利。十月十五日，编撰明全遗骨将来记的《舍利相传记》，彰显明全的遗德，根据受明全剃度的尼僧智姊的强烈意愿，将明全的遗骨分与他人。

道元为明全的遗骨赋颂一首：

> 平生行道彻通亲，寂灭以来面目新。
> 且道如何今日事，金刚焰后露真身。

道元坚信从如净那里学到的是佛祖正传的真实佛法，因而满怀弘法救生的宏图大志。然而，想到应该怎样将诸佛诸祖代代继承宣扬的释尊生命弘扬到日本，如同背负重物般的责任感让他不由得精神振作。道元将这种重大的责任铭刻在心中，自称"入宋传法沙门道元"，这是与传教大师最澄的"入唐传法沙门"相抗衡的称号。

随着道元在建仁寺修行的消息传播开来，从中国带回新佛法的"入宋传法沙门道元"是怎样的人物呢？宋朝的佛教是怎样的呢？虽然有些人只是看热闹，但人流还是徐徐地涌向道元的草庵。即使是为了这些人，道元也要尽快好好地讲解坐禅的方法和意义。

——自己作为传法沙门，在日本最先应书写的只有传自如净、表明正法的"坐禅"。

归国安顿下来的道元决定先写《普劝坐禅仪》，在处理完归国杂务后便着手执笔。

南宋的长芦宗颐为发扬百丈怀海（749—814）古风，编著了《禅苑清规》十卷，其中第八卷中包括《坐禅仪》。然而，道元对其并不满意。

——自己所著的《坐禅仪》中，必须复原如净膝下所培养的禅的淡泊精神，并且必须凌驾于《禅苑清规》的《坐禅仪》之上。

道元暗自下定决心。

当然，文章只有文笔流畅才能脍炙人口。因此道元决定效仿中国六朝时代流行的四字句和六字句，使用相互对应的四六骈俪体。

帰朝シテ洛東建仁寺へ入リヘフリ玉フ

道元的文笔格调高雅，华美词句层出不穷，字里行间流光溢彩，转瞬之间填满纸张。

《普劝坐禅仪》

原夫
道本元通，争假修证。
宗乘自在，何费工夫。
况乎全体迥出尘埃，
孰信拂式之手段……

道元首先就正传佛法的真义简洁概括道：

"释尊于菩提树下端坐六年得以悟道，达摩面壁九年得传佛心，故并非仅为文字功夫，为自己探明真实，今人必励坐禅修行。若如此，则能挣脱一切束缚，入悟之境界，得见真实之全貌。"

接着就坐禅的心得、作法和要点进行了解说。

"坐禅要在安静的房间进行。饮食要有节制。放下一切，停止心动与思考。当然，切不可有借坐禅而成佛的念头。

"在坐禅之处铺好草席，然后放上坐垫。坐姿分为结跏趺坐和半跏趺坐。结跏趺坐是将右脚放在左腿上，然后将左脚放在右腿上。半跏趺坐只将左脚放在右腿上。

"衣服与衣带都要宽松，不能系紧。

"手的位置，右手放在左脚上，左手掌心向上，放在右手掌心上，双手拇指互相支撑。身体姿势不能左右倾斜或前后俯仰，耳朵和肩膀保持正直，鼻子和肚脐保持正直。舌头贴于齿后，眼睛半睁，姿势正直，呼吸均匀，舍弃杂念进行坐禅。"

道元还强调，因为坐禅被认为是大安乐的不二法门，是最优秀的修行法，只要能理解它的真正意义，就能使精神和肉体爽快，远离邪念，内心毫无动摇，得见所有真实的全貌。那就宛如龙游水，虎踞山一般自由自在，能够充分发挥伟大的法力。因此，不问贤愚，不论男女，所有人都应进行坐禅。

道元通过这本《普劝坐禅仪》在日本最早宣告：

从释尊传给诸佛诸祖，然后由如净传给自己的正传佛法就是"只管打坐"，即只要一心一意彻底贯彻打坐即可。

在过去自己也曾学习过的比叡山，有一种开祖最澄以来代代相传的传统修行法。那就是在打坐中进行冥想的"常坐三昧"，进行身体活动的"常行三昧"，坐与行相伴的"半行半坐三昧"，以及不拘于前几种方法的"非行非坐三昧"等坐禅的四种修行方法（称为"四种三昧"）。但道元将这些全部推翻，将入宋之际正师如净所传的正传佛法进一步纯净简洁化，升华为道元独特的禅风。

此时，像过去荣西在建仁寺所做的那样，通过对天台宗教义兼修的认可一边与天台教义进行协调，一边传播正传佛法等，对旧式佛教妥协或协调，在道元这里完全没有出现。不仅如此，当时社会理所当然地欢迎和关注坐禅的功德，也就是只要坐禅就能灵验地避开妖魔鬼怪的功德，但道元完全无视这种简单的迎合性。

当时的佛教界通过密教式的祈祷获得名誉和利益，但道元的主张却是强烈批判当时佛教界以现世利益为目的的风潮，这也是一种挑战。

二

道元通过《普劝坐禅仪》将授自如净的正传佛法发扬光大是理所当然的事，但也遭到建仁寺僧人和比叡山方面的反对。

本来建仁寺是作为延历寺的分寺从属于天台宗，站在临济系兼修禅的立场上，与道元的立场必定格格不入。

道元等人在渡宋时社会还留有荣西晚年的禅风，五年之后归国时甚至连这种禅风已极为淡薄，具有旧式比叡山色彩的宗风也沉淀了。僧侣们在生活上也自甘堕落，与俗世生活别无二致。他们只徒具僧人之名，终日沉湎于女色与玩乐，在寺中设置豪华的个人房间，身着华丽服装，囤积财物，只求明哲保身。

建仁寺已无昔日的光景，与俗界无异。虽然设置了典座职，却不过是个名号，与道元在宋朝所见的典座貌合神离。不仅无法履行典座的职责，甚至连典座的工作就是重要的佛事这一点也不清楚。

道元在归国之初不仅感慨这种僧人的腐败堕落，也做出设法改变这种现象的努力，但很快意识到自己的努力只是杯水车薪。对道元的一己之力来说，这种颓废的根源太过深广。如果以宋朝方式进行改革的话，对其习以为常的僧人们必定拉帮结派，视若无睹，无视是更为激烈的抵抗。因此，留守的僧人和道元之间，必然有着无法消除的隔阂。

虽然道元决定采取谦虚的态度，但"入宋传法沙门"充满自豪和矜持的言行在当时老僧眼里无疑是一种威胁，并最终引发了他们的激烈反对。道元对怨言与嫉妒与日俱增的气氛无计可施，在他看来建仁寺的生活已谈不上愉快。

对道元的行动不以为然的并不仅仅是建仁寺僧人，比叡山的僧人也一样。

虽然道元的立场通过《普劝坐禅仪》已经展现得十分清楚，但在比叡山方面看来，这简直就是激烈的反叛，同时也是一种挑战。

比叡山僧人具有将佛教据为己有的意识，对自己以外的佛教一律不予承认，最终对道元等人也投以与专修念佛时同样的戒备眼光。

在这个时代，净土宗、净土真宗、禅宗、日莲宗等新兴佛教相继产生，但比叡山对他们悉数加以迫害，矛头最先指向专修念佛的法然和亲鸾。法然、亲鸾以及时代稍晚的日莲教信徒，最初都向比叡山学习，后来又离开。换言之，只要是离开比叡山自立门户者一律遭到敌视。

在比叡山看来，道元无异于眼中钉、肉中刺。

"好像有人从中国带来纯粹禅法，鼓吹什么'正传佛法'，这是在诽谤中伤我们拥有光荣传统的佛教。这不是和以前法然、亲鸾他们的新佛教宣言如出一辙吗？听说那家伙对我们比叡山的止观一概无视，写什么《普劝坐禅仪》之类莫名其妙的东西，妖言惑众。大日房能忍声称是过去的荣西和日本达摩宗，而道元的禅法与大日房能忍的禅宗为一个系列。对我们的佛法无益，厚颜无耻，不可置之不理。"

比叡山以这种故意挑毛病的论调开始了对道元的敌视，不久便开始对其进行迫害。

在道元归国半年前的嘉禄三年（1227）二月，京都遭遇大地震与寒潮。八月，多武峰的达摩宗僧众与兴福寺僧众发生冲突，次年安贞二年（1228）四月二十三日，兴福寺僧众烧毁达摩宗大本营多武峰。当年夏天，京都遭遇大风和洪水，灾害连绵，混乱不已。

同年秋天，天童山的寂圆传来让人无比悲痛的噩耗。

那是如净的讣告。

信件极为简洁地写道，如净在送走道元之后，突发急病，宋朝宝庆三年
（1227）七月十七日圆寂于天童山涅槃堂，享年六十五岁。遗体葬于曾为原师
翁大休宗（王玉）（1092—1162）塔头的天童山中南谷庵。信件最后附注：

"因此，在下也再无留在天童山的必要。我将遵照约定，准备拜入道元大
人门下。"

道元紧握信件，呆若木鸡。

——难以置信，师父他……

道元反反复复说着同一句话。这是仅次于养父通具讣告的悲痛消息，将自
己引入悟境的大恩人如净之死，将道元推入悲痛的深渊。

——即使如此，寂圆已经准备前来……

脑海中又浮现出竭力大声呼唤自己、一个劲儿地挥着手的寂圆的模样。

——自那时不过半年，居然发生了这样的事情……

这完全是始料未及的事情，可事到如今也想不出让寂圆打消念头的理由。

道元修行的草庵上秋雨倾洒，房檐前枫叶正红。

寂圆来到道元处意外的快，正是年关临近之时。寂圆给道元发信之后，不
待回信就准备渡航，搭乘商船来到日本。

一见到道元的面，寂圆过度怀念，难掩心中之情，不禁泪流满面，对道元
请求道：

"师父，请您从今天开始就按照约定收我为徒吧。"

在寂圆一侧，静静地放着明全从日本一路背在背上的竹篓。

道元接受了寂圆。此时道元二十八岁，寂圆二十一岁。

寂圆（1207—1299）是中国洛阳人，之后一直和道元形影相随，直到道元
圆寂。

后来道元在永平寺建立祭拜先师如净祖师的承阳庵时，这样说道：

"可直观并通晓如净祖师之禅风者，唯有我和你寂圆二人。请你务必守好
师父的庙堂。"

道元静静地微笑着，成为塔主。

还有与寂圆同行的人。

那是木匠师父玄栋梁及其几位弟子，他们曾进出道元随如净学习的天童山景德寺。据说预见到道元将在日本建造禅寺，准备在那时大展身手。

由于当时日本没有正规的建造寺庙工匠，既然来自工匠产地中国，拥有营造技术，无论如何也能维持生活。道元苦笑道，现在还为时尚早。

"我们在建成道元大人的寺院前绝不离开日本。在那之前一直要在日本工作，所以您一定尽早叫我们。我们肯定立刻赶到，给您造出日本最好的寺院。明天我们就去奈良……"

玄栋梁这样说，和弟子们一起无忧无虑地笑着回到自己的住处。

玄栋梁名叫盛繁，后来道元在越前建立大佛寺时参与筹划，最终归化日本，取名源左卫门盛繁，成为"志比大工（木匠）"的祖师爷。

达摩再现

一

自编著《普劝坐禅仪》以来，不仅信众，僧侣的来访也多起来。宽喜元年（1229）十一月的一个下午，一位年轻的僧人造访了道元。

"我是日本达摩宗佛地觉晏禅师的门下，名叫孤云怀奘。听说'入宋传法沙门道元'大人从中国带回新正传佛法，特来讨教。"

僧人行过礼，简单地介绍了自己。

道元高兴地将这位面容诚实、看上去与自己年龄相仿的年轻僧人迎入屋中。

怀奘身裹朴素的黑衣，有着建仁寺僧人身上见不到的清风。眼神很稳重、炯炯有神，有一种逼人的气魄和热情。初次见面，道元便在怀奘的身上看到一丝不苟的中国僧人的影子。

名叫孤云怀奘（1198—1280）的这位僧人，年长道元两岁，时年三十二岁，让人印象最深的就是他清瘦凛然的身形和清澈的眼神。

怀奘也出身藤原氏，为白河法皇时代的关白九条师通的曾孙，建久九年（1198）生于京都，十八岁出家跟随比叡山横川的元能法师，不仅学习天台教学，还学习以俱舍、成实、法相等教学为代表的真言密教，甚至跟随小坂光明寺法然的高徒证空学习净土学等。但他仍不满足，在多武峰寻访继承了日本达摩宗大日房能忍之禅的佛地觉晏，拜入其门下，经过多年修行，直至由觉晏授予印可证明。

怀奘来寻访道元也是因为师父觉晏的推荐，觉晏听到"入宋传法沙门道元"的风言风语，对门下出类拔萃的爱徒怀奘推荐道：

"你去见见那位道元，看看他究竟是什么样的人物。"

也就是说，派他去侦察。怀奘大感兴趣，怀着几分好奇的心情，兴趣盎然地来拜访道元。

道元执笔《普劝坐禅仪》时，日本达摩宗残余势力与比叡山各持己见，积怨颇深。在怀奘造访建仁寺的道元前不久，兴福寺僧众又发起第二次火攻。

正因怀奘的水平高到足以得到觉晏的印可证明，所以道元在谈话中很快就感受到他的力量。

道元讲述着自己在中国的见闻，怀奘静静地听着，过了一会儿突然插话道：

"话说回来，您说从中国带回的正法佛法，到底是怎样的呢？"

对怀奘这一高姿态的突然发问，道元也愣了一刻，想起自己年轻时，心中暗自苦笑。

恰好这时寂圆端上茶来。

"好了好了，喝点茶吧。以前我为使坐禅广为人知而写了《普劝坐禅仪》这东西，正好现在刚刚誊写好。聊这个话题之前想让您先看一看……"

道元这样说着，将已经工整抄写完毕的《普劝坐禅仪》其中一卷递给怀奘。

怀奘毕恭毕敬地接过去，开始默读。锋芒毕露的词句由犀利的笔触写出，墨迹鲜明。过了一会儿，看着看着，怀奘的表情开始了变化，目不转睛地直至一口气读完。

怀奘叹为观止。

道元也明白怀奘从《普劝坐禅仪》中感到某种东西，但并没有问他。

"怀奘大人，今日我们两人何不一起坐禅……"

道元考虑到在对怀奘解说坐禅之前，要先让他自己尝试坐禅，于是这样催促道。

道元恳切而详细地将从双脚到双手的姿势逐一地教给怀奘。

怀奘默默地点头，与道元并排坐下。

怀奘抵达后不久开始下的雨现在变大。然而，对端坐的两人来说，外面的大雨声十分遥远。

寂静的时间流逝着。

骤雨过后，淡淡的日光下，坐禅的两人留下了长长的影子。

"今天就先到这里吧……"

听到道元的声音，怀奘停止坐禅，正了正坐姿。

怀奘有些混乱。更准确地说，是一种无以言表的发自内心的兴奋。在此之前，怀奘从未尝试思考过坐禅的真正意义，也没有人教给他坐禅的真正意义。

怀奘在道元旁边坐禅时预感到——这坐禅中有某种东西。通过知晓坐禅的真正意义，或许自己目前尚未了解的世界会就此展开。那是什么呢……现在还不清楚。但是，我面前的这个人，也许是唯一能将那个世界展现给我的人……

在这样想的同时，怀奘整理了自己内心中喷涌而出的对道元佛法的疑问，无论如何都想将这些疑问向道元倾诉。

怀奘想到自己原来抱着有些自负的情绪来拜访道元，羞愧难当。

"今日突然叨扰，万分抱歉，而且问这些无礼的问题一定让您心情烦躁吧……真心求您原谅……我们初次谋面，您却让我读贵重的《普劝坐禅仪》，还让我和您一起坐禅，由衷地感谢您。老实说，现在我心中产生了各种各样的疑问，请务必为我解答这些疑问。我今天回去整理后再来讨教，明天能不能请您为我留一些时间……"

怀奘的态度认真。

想起回国以后，道元一次也没有和建仁寺的僧人这样促膝而谈。不仅如此，连表示愿意听道元讲话的人都没有。道元自己也没想说什么。像怀奘这样同代的年轻僧人，其热心的态度实在让人高兴。

道元和他约好明日再会。

怀奘欢喜之情溢于言表。

"谢谢您。明天我再来拜访。今天就此道别……"

怀奘离开道元的草庵时，仲冬短暂的白天早已结束。

寂圆用手烛照着路，将他送到山门。

二

次日午后，怀奘按照约定前来拜访。

昨夜，怀奘彻夜难眠，将向道元询问的疑问悉数写下。

寒暄几句过后，怀奘拿出准备好的纸片，向道元问道：

"佛法有很多门类。尽管如此，您为什么只劝人坐禅呢？"

"那是因为坐禅是佛法的正门。"

"为什么认为只有坐禅才是佛法的正门呢？"

"坐禅过去作为释尊领悟佛道妙法而确立。通晓过去、现在、未来三世的佛法高明者以及印度和中国的各位祖师，无不是通过坐禅悟得佛道。正因如此，坐禅才可说是佛道的正门。"

"原来如此，所谓坐禅，我认为并非凡人的慎重思考所能及。但是，仅仅空坐，究竟为什么能成为悟道的手段呢？不坐禅，读经念佛不是也可以成为悟道的因缘吗？"

怀奘的疑问有些无礼。

道元微微苦笑着答道：

"坐禅乃是诸佛所入三昧之境界，也是伟大的教诲，要说它等于毫无用处的空坐，是对诸佛大悟的亵渎。如果您这问题发自真心的话，糊涂得无异于置身大海而曰无水。所谓佛法高明者所达境界超越常人智慧。平庸者根本无法想象这种境界。那是只有信仰坚定、拥有极高慧根者才能进入的境界，无信仰者不论如何教导也如对牛弹琴。

"释尊在灵山说法时也曾说：'不信者可以退场。'如果有正确信仰的念头，师从正确者学习即可。如果没有这种念头，还是应先静候一段时间。

"话说回来，通过读经念佛所得的功德，只不过是唇齿之功，以此为佛事，以为这样就能修功德，真是大错特错。那实在与佛法的本质南辕北辙。

"本来解读经典是为学习其教诲，照其所说进行修行，最终得悟。不应枉费思量，意欲从中修得功德。愚蠢、胡乱、无休止地诵经千万遍，想从中达到佛道的终极高度，无异于南辕北辙、缘木求鱼。

"看经文时，如果不学习实际所示的修行之道，就恰如学医者忘记配药，将百无一用。在意义还不明了时就不停地念诵，就像春天田圃中昼夜聒噪的青蛙，终究无益。特别是困于名利者，他们很难割舍念佛读经。那是因为他们贪利之心太深。古而有之，实在可怜。

"还有一点绝不能弄错：七佛之妙法是实际体会过佛心者亲自正确地传授给独具慧心的宗师的佛法，严密地保持了正确的主旨。对经文上的佛法只做学问上理解的法师是无法知晓这种境界的。"

道元的话虽然很恭敬，却是对当时念佛门的彻底批判，十分尖锐。然而，通过这严厉的斥责，怀奘感到自己心中的疑问一个个被解开了。

怀奘的问题还在继续。

"现在我国流传的天台宗和华严宗都是大乘佛教的巅峰。真言宗等更毋庸置疑，是大日如来直接传授给真言密教付法八祖之二的金刚萨埵（普贤菩萨），很明显其师徒相承一直正确进行。真言宗教导人们'即心即佛'，或是'是心作佛'，声称即使不经过长时间修行也能得金刚般坚定的彻悟，并且能得金刚界五佛之彻悟。可以说这是佛法妙不可言之处吧。可您现在所主张的修行，到底有什么优秀之处，使得您对他们置之不理，一门心思宣扬自己的主张呢……"

道元想，这个问题对不明白坐禅意义者也很自然。

道元闭目一阵，终于睁眼，面对怀奘开口作答：

"大凡关于佛教，并不论教诲的优劣，也不择佛法之深浅，只有知道修行之真伪最为重要。过去曾有被花草山水吸引而入佛道者，也有持土石而得佛之心印者。森罗万象中讲述佛法的文字浩如烟海，微尘中亦有大佛法。因此，对所谓即心即佛，如果拘泥于文字本身，就宛如水中之月。同样，所谓即身成佛，不过是镜中幻影。最好不要被这种语言表达技巧所拘束。

"与之相反，我倡导直接开悟得道的修行，是为了示人以佛祖直接传授的康庄大道，使人成为真正的佛教徒。为这个目的，为接受佛法的传授，必须以得悟体验真实者为师。拘泥于经典的文字，对自己的知识洋洋自得的学者不足以成为导师。

"说到我在宋朝学来的佛祖正传之门，老师必定为学生指明明辨佛祖之心的各种方法。可在其他门派，这种事过去及现在都闻所未闻。所谓佛家弟子，只要学习正传佛法就好。

"我们天生具有最高的智慧，只因为不能悟到它，无法认识到它属于我们自己，才会习惯于轻率地以知识解释事物，以为知识性的解释就是事物本身。因此践踏了佛道。

"从这种知识性的解释中，产生了各种各样无意义的佛教学说。例如依托十二因缘——将生死轮回归于十二种原因的学说——而产生的轮回转生，或是二十五有——将生死流转的世界归于二十五种的学说——认为存在这种流转的世界，还有三乘与五乘的区别，或者佛的存在与否等等，众说纷纭，不可穷尽。确实，这些东西并非无用。然而，我认为学习这些学说并不是修行佛法的正确方法。

"因此，现在必须凭借佛的心印舍弃万事，一心一意坐禅。若如此，就能超越迷惑或是彻悟，也就是说，只要专心坐禅，凡人与圣者没有区别，都能一举挣脱各种束缚，始得品味大智慧。这是只图文字方便者无法望其项背的。"

道元的回答还是十分明快。

怀奘感到又一个巨大的疑问就此解开，继续发问：

"修学佛教所必需的戒、定、慧三学中有安定身心的定学修行法，作为菩萨行实践的布施、持戒、忍辱、精进、禅定、智慧六种行法中，也有安定身心的禅定。这两者都是所有佛道修行者从初学时就开始学习的，无论优秀或愚钝都需要修学。您现在所说的坐禅不也只是其中之一吗？……那么究竟有什么根据可以说只有在坐禅中才能集如来之正法呢？……"

道元闭目一阵，而后平静作答。

"因为释尊的正法眼藏，即最高的大法，只被简单冠以'禅宗'之名，才会产生你所说的疑问。可是，这禅宗之名是在中国加上的，印度没有其名。

"最初达摩大师在嵩山少林寺历经九年时光面壁而坐。然而，无论僧侣还是俗人都不知释尊的正法为何物，看到大师，只觉得他是以坐禅为主的印度修行者婆罗门。

"之后一代代祖师们都专心坐禅，看到他们坐禅的愚人们连坐禅的意义都不了解，就信口将其称为'坐禅宗'。今人将'坐'字略去，简称为'禅宗'。

"虽然表达为坐禅一个词，关于其真正的含义，诸位祖师在语录中已明确阐述。决不能与三学和六波罗蜜中的禅定混为一谈。坐禅为佛法中直接的正统而代代相传，不容置疑。

"释尊曾在灵鹫山的集会上仅将幽玄佛法的根本真实、即人称正法眼藏涅槃妙心的最高大法授予迦叶尊者一人。释尊摘下一朵莲花示与众人，众人不明就里默不作声，只有迦叶尊者理解其含义，会心一笑。这毋庸置疑就是拈花微笑之仪式。三学和六波罗蜜不可与之相提并论。"

道元这样说道，无意间将视线移向外面的景色。

仲冬的太阳落得很早。已经西斜的红日为大树投下阴影，映入道元的眼帘。怀奘也同样将视线投向外面。到这个时候，室内已经相当寒冷了，寂圆开始向火盆里加火。

"您累了吧？……"

怀奘关心地问道元。道元嘴角现出一丝微笑，摇了摇头。

"感谢您的指教，今天我们就先到这里吧。可是，我还有些事情想问，能不能明天再来打扰您呢？……"

"别客气，您方便的话请再来。我为暂住之身，好好谈谈吧。"

道元欣然接受了怀奘的请求。

对道元来说，自从留学时和正师如净互作问答以后，已经很久没有做过这种认真的问答了。尽管与那时问答的立场恰恰相反，但道元一边回答怀奘的疑问，一边调节自己的内心世界，感到一种畅快的充实感。道元观察怀奘对每一个疑问的理解程度，尽量花时间以浅显易懂的方式讲解。

看到怀奘一边奋笔疾书一边听讲的情景，道元不由得想起了自己过去对如净的提问。

对怀奘来说，遇到能用语言将佛法的最高境界阐述得如此明了的人也是第一次。怀奘和道元交谈着，感到以前自己的疑问悉数冰释。

怀奘和道元的问答过于认真，有时会让在旁边听的寂圆紧张，但实际上，一股暖流一直环绕在两人周围。

阴历十二月已经迫近，京都的街道上多了几分匆忙。若踏入建仁寺一步，便会认为这里是寂静统治的另一个世界。

翌日，怀奘在与前一日相同的时刻到访。

怀奘手中握着厚厚一叠纸，上面写着以前的记录和更多的疑问。

怀奘看着纸，说道："我们开始吧"，争分夺秒般向道元抛出疑问。

"佛教中确立了行、住、坐、卧四种做法，您为什么将坐禅特地单独拿出来提倡，就悟道而谈论呢？……"

"从过去开始，诸位佛祖相继修行开辟彻悟之道，并不能说一概采用某一种方法。可释尊自己也曾称赞坐禅，说'坐禅即安乐之法门'。从中也可以看出，坐禅是行、住、坐、卧四种威仪中最安乐的。此外，坐禅这种修行法并不仅仅是一两位佛祖采用过，几乎所有的佛祖都采用过这种方法。"

"我明白了。另外，所谓坐禅之行，对还未得悟者，坐禅而修佛道得悟确是好事，可对已开悟明正法者，恐怕已经没有必要了吧？……"

道元呷了一口茶，稍作停顿，才开口作答。

"有一句话我要先说，是'不在痴人前说梦'。将船桨的用法教给在山里劳动的人百无一用，可我还是将教诲传授予你。

"本来将修和证、也就是修行和悟道分开考虑是一种错误的看法。修行和悟道完全是相通的。修行在悟道之上，所以可以说修行从开始就是悟道的全部。因此，在提醒你做好修行思想准备的同时，也要告诉你不能在修之外期待证。无修就不能获得证。修与证本是一体。因此，证是无止境的，而且无证也就不存在修。因而，修也是无始无终的。正因如此，释尊和迦叶尊者都在悟道基础之上度过了修行的岁月。

"此外，达摩大师和六祖慧能大师也同样在证的基础上孜孜不倦地进行了修的努力。为了纯粹地保持与修一体的证，佛祖也经常教导说不可怠于修。因此，如果不把这伟大的修行拘泥于修行意识，本来已具备的证就会充满手中。而且如果将这本来的悟与悟的意识分开，这伟大的修行就会在全身进行。"

道元说到此处，再次呷了一口茶，继续说道：

"话说回来，根据我在大宋国的见闻，诸方禅院都收容了五六百到上千、直至两千的僧人。全部都设有坐禅堂，日夜坐禅。他们的首席由传授佛之心印的大师担任，经常详细解说佛法的大意，解释修与证并不是不同的。进而，不只聚集在自己门下的人，不论是优秀的求道者、初学者还是久学者，也不分凡人和圣者，全部劝说他们通过佛祖的教诲或是遵从师僧的方法进行坐禅而修道。

"还有，过去祖师曾说，'所谓修行，并不是说可以不去悟道。两者不能取舍'。还说，'见过道的人就该去修行道'。也就是说，'在得道中修行'。"

"可是，过去在我国弘扬佛教的诸师从中国带来佛法时，为什么都不管您所说的要务，而只是通过佛教周边的各种文物经典传授教诲呢？……"

"过去的诸师之所以没有传授这种佛法，是因为时候可能未到。"

"那么，这些大师们得悟了吗？……"

"如果他们已经明确悟道，那一定会弘扬于世间吧。"

道元的话很简短，但怀奘对他的直言不讳十分感动。

"话说回来，关于生死有这样一种想法。即'不必为生死感叹。若问原因，肉体必由生向灭而行，而心性（魂）永世不灭。肉体不过是假象，在某处死去，将来也不一定能在某处重生，而心永远存在，过去、现在、未来都不会改变。只要知晓这点，就可说超越生死'。

"另一方面，知道其意义的人是这样考虑的：'长久以来对生死的思考方法已消失，身体走到尽头之时，即所谓入性海。所谓性海，是将存在的本来面目比作海，如果流入性海，就像诸佛一样，自身可具有伟大的德。现在，即使知晓由于纠缠由前世迷茫的罪业所成的身体的缘故，和诸圣者也并不相同。现在仍未知晓其意义者，就要永远重复生死轮回。因此，最好尽早了解心性的常住。无所事事地呆坐一生是非常可惜的。' 这种想法真的合乎诸佛道吗？"

道元轻轻摇头，苦笑着说：

"这样的想法完全不是真实佛法的想法。佛教以外的教义主张释尊当时的'我'，而这一想法只不过是相信此教义的人的教说罢了。那些人是这样想的。'自己心中存在一种灵妙的知。这种知在遇到事情时，善于区分好恶，判断是非。知痛痒、知苦乐，皆是这灵妙的知的力量。它的灵性是在身体坏灭时，摆脱身体而在某处诞生的。因此，虽然在此处看来好像已灭，但因为在另外某处又重生，所以永远不灭而永远存在。'如果学习这种想法，把它当作佛法的话，就如将手握的瓦砾当作珠宝，愚不可及。

过去唐朝慧忠国师（？—775）也曾警告过这种错误。

"受'心常在，身可灭'等奇怪想法的影响，将其等同于诸佛的教海，明明已经成为生死流转的原因，却认为它与生死无关，这种佛教以外的错误思考方式，还是应耳不听为净。然而，现在我对这些人不胜怜悯，想将他们从那种扭曲的想法中解救出来。

"在佛教中，本身就是身心一如、性相不二，也就是说身和心本为一体，本体和样相并无两样，这一点在印度和中国也同样为人所知，因此不容置疑。进一步说，在佛教中，常住的情况就是全部都常住，并不区别身心。寂灭的情况也是全部都寂灭，无法区分本体和样相。那么，又怎么能说什么身灭而心常在呢？这实在有悖正理。

"不仅如此。在佛教中，应该悟得生死即是涅槃（悟的绝对境界）。从古至今佛法完全没有将生死抛开谈涅槃。而且，即使将心脱离身而常在误解为超越生死的佛的智慧，这样进行理解判断的心也绝不可能常住。

"本来所谓的身心一如就经常被佛教解释。然而，为什么身在降生或坏灭时，唯有心能离开身而不灭呢。假使身心有时一如，有时不一如的话，佛说本身就成为虚妄。而且，如果认为生死是可以抛却的，那么就犯了嫌恶佛法这条根本的罪，必须慎而又慎。

"另外关于佛法，将心性称为'大总相之法门'，是对这个博大存在的世界的总称，完全没有将本体和样相分开，也没有区分生与灭。从发心和修行开始到得悟涅槃为止，当然全是心的作用。

"或者说，一切的存在，还有一切现象产生的情况，无不由心而生，无不与心有关。即是说，佛教诸法门全都与心有关，此外别无他物。

"因此，完全没有必要区别身体与心，以及将生死与涅槃分开思考。我们身为佛教徒，完全没有必要听门外汉说三道四。"

听着道元明快的回答，怀奘感到心中以前潜藏的疑问一扫而光。

怀奘看着手中的纸片，继续发问：

"话说回来，所有坐禅的人，是否一定要严守戒律呢？……"

"那是自然。遵守戒律，将清净二字牢记心中，也是禅门的规矩，佛祖的家风。但尚未受戒，或是破戒之人，也并不是没有坐禅的资格。"

"修行坐禅之人，也可以兼修真言密教之行与天台止观之行吗？……"

"我在中国时，也曾向我正师天童祖师如净禅师请教其秘诀。按禅师所说：'在印度和中国，从古至今得正传佛之心印的祖师中，尚未听说任何一位兼修这两种行的修行者。'确实必须对某一项专心才可到达一种智慧。"

"我明白了。话说回来，这坐禅，在俗的男女也可进行吗？还是只有出家人可以做呢？……"

"在佛法面前没有男女贵贱之分。祖师也说不可有这种分别。"

"对出家人来说，因为远离世上杂事，坐禅修行可谓畅行无阻。可是对在俗者而言，有种种杂务，在这种状况下，到底要怎样修行才能自然合乎佛道呢？"

"佛祖怀怜悯之心，大开慈悲之门。因此，既然这门向所有人敞开，并没有谁不可进入。

"唐代宗和唐顺宗这两位皇帝，在帝位，司天下，日理万机，却还坐禅修行，获得佛祖大道。还有，李相国和房相国两位大人，都位列辅佐皇帝的大臣之职，可还是坐禅修行，得悟佛祖大道。这些事情说明，只要有志，并不拘于在家出家。

"还有，明孰轻孰重之人，自然会相信坐禅的好处。而且认为俗务有碍佛道修行的人也一定是以为世间并无佛法。

"还有，在大宋国，即使现在，不论国王、大臣、官民、男女，无人不心怀佛祖之道。此外，无论习文习武，无不心志坐禅修行。有志之人中很多都开发佛道心境。看到这些事情，俗务并无碍于佛道修行，这一点不言自明。

"只要真实的佛法得到弘扬，诸佛诸神就会永世保佑国家，天下自然泰平。只要政治泰平，佛法也自然能得其庇护。

"进一步说，释尊降生之时，歹人邪说猖獗。可是，在祖师们的门下，得悟与身份等一切无关。因此，可以说一心向正确的老师求教非常重要。"

"我明白了。"

怀奘心服口服。然后，再次将视线投向手中的纸，问了这样的问题：

"即使现在是末法恶世，坐禅修行也可得悟吗？……"

"那自然。根据字面经典议论佛教论理的宗派，提出各种各样的教理，巧立名目阐述佛法。但我们正传的佛法从未将正法、像法和末法分开。尽管是这样的时代，但只要修行，不管是谁都能领悟佛道。在佛祖直接传授给我们的正传佛法中，无论悟道，还是傲游自由之境，都可说是赏玩自己的财宝。因此，与末法等事毫无关系。是否已悟道，修行者自然明了，恰如用水者冷暖自知。"

"万分感谢。原来如此，我明白了……"

怀奘一边感谢，一边准备下一个问题。

道元和善地注视着这般好学的怀奘。

"在佛法中，如果深入了解即心是佛的意义，即使不口诵经典、不伏身修行佛道，也已足够。只要明白佛法本在自己心中，就已悟得佛道的全部，因而别无所求。而且也就没有必要特意坐禅修行了。对这样的意见，您是怎么想的呢？……"

"这样的想法不值一提。"

道元斩钉截铁地否定道，继续讲：

"所谓佛法，应该舍弃一切自他的想法进行学习。如果以为怀着自己即是佛的理解就是悟佛道的话，过去释尊就不可能在教化上费这样的苦心了。这里举出先德的一句箴言来证明这一点好了。"

这样说着，道元沉默片刻道出了以下的话：

"过去，五代宋初时，一位名叫报恩玄则的僧人在法眼文益（885—958）禅师门下代替住职，担任监督全寺事务的监寺职时，法眼禅师问玄则：

"'玄则监寺啊，你在我门下多少年了？'

"'我在老师门下已有三年了。'

"'是吗。你是我的晚辈，可为什么不常问我关于佛法的事呢？'

"玄则瞬间有些吃惊，可又马上淡定作答：

"'出家人不打诳语，待我细细道来。其实是因为我过去在青峰禅师门下时，已经到达那种安心的境界，内心大体已经沉静下来了。'

"'哦，这样啊。话说回来，你又是通过什么样的言辞到达那"内心沉静"的境界呢？'

"'我曾向清风禅师问过："对学佛道者而言，求己是怎么一回事呢？"禅师说："就像火神丙丁童子到来后还要求火一样。"'

"'是吗，所言不错。可是，恐怕你还没有理解这话真正的含义吧。'

"'这样吗？我理解，火神还要求火这件事，与本来自己已有的佛性还要再去寻找这一点是很相像的……'

"'这样吗？我明白了。我觉得你还有不足的地方……果然啊……佛教终极境地，如果只是单独用头脑就能理解的话，佛教也不会流传到今天了。'

"禅师这样说道。玄则想：

"——花开于春风，则必散于春风。大自然中，人的欢喜悲伤等感情容不下半点碎屑。自己连事物如此的运行方式都已透彻理解，这样的话，佛法的道理也就充分理解了……

"玄则感到不高兴，站在座位上。可是，他突然想道：

"——法眼禅师是天下少有的高僧，是五百行脚僧的大导师。他劝诫我的错误，一定是有重要的问题……

"于是，玄则再一次回到禅师处，通澈内心，再次问道：

"'对学习佛道者而言，求己到底是怎样的呢？……'

"'那个啊，就像火神丙丁童子到来后还要求火一样啊。'

"于是玄则悟到，根据这句话，佛法中的'悟'不能单从语言上去理解。

"好了，就像从这故事中我们明白的那样，就算理解了自己本身就是佛，也不能算是理解了佛法。假如理解自己本身是佛这点就是佛法的话，法眼禅师就不会用先前的话语不断循循善诱了，而且也不用那样劝诫玄则。因此佛道的修行者们，如果开始遇到好的指导者，应该好好对修行的作法和规则提问，一心坐禅修行。如果那样的话，佛法伟大的修行绝不会是毫无益处的，在心中只有少量知识和理解是不行的。"

"我明白了。我还有一些想问的……"

怀奘这样说着，提出下面的问题：

"听说印度和中国的古今都有用扫帚扫地，也有听到石头撞到竹子上的声音而悟道的僧人，还有看到花的颜色打开心扉的人。更不用说释尊看到明星时悟道，阿难尊者在说法的某个时候，看到立在门前的刹竿倒下而得悟佛法。不仅仅是这些，在禅宗中，从六祖开始，后来分成五家，这期间凭一言半句悟得佛之心印的人应该也很多。我想他们过去不一定都坐禅修行过……"

"纵观古今，观有形之物，得见其心，得闻其音而悟道之人，皆是在佛道修行时心无旁骛，纯一无杂全力修行之人。"

道元的回答十分明快。

怀奘的问题还在继续。

"听说印度人和中国人本来十分质朴，是不是因为处在世界文化中央的位置，得到佛教的教化后才能迅速领悟呢？

与之相比，我们日本过去仁德之人、智慧之人很少见，佛法的良种也很贫瘠，实在让人惋惜。而且日本的出家人甚至不如大国的在家人，世间全是愚笨且心胸狭窄之人。还有，只着眼于浮华的功德，只喜欢在别人面前做些表面功夫的善。这样的人即使去坐禅，不是也不能很快悟得佛法吗？……"

道元不假思索地苦笑，但立刻恢复了严肃的表情，说道：

"我国的佛法者中，真正的仁智之人还很少，而且还有内心扭曲之人。因此，只是单刀直入地解说佛法的话，这本应是甘露的优秀教诲，却有可能变成毒药。对名誉之类的利益趋之若鹜，在迷茫和执着中不能自拔的人绝不在少数。但是，悟佛法这件事，未必仅仅决定于人的器量。

"释尊在世时，有人被手鞠砸中头而悟道，也有人将袈裟披在身上要闹而悟得佛道，这些人全都可称愚钝。可是，他们都多亏坚定的信仰而得以远离迷茫。

"还有，我也听说过，看到愚钝的老比丘连说法都无法进行而默坐的样子，为他准备好供养食物的俗家女性得悟的事情。可这并不是依靠智，也不是依靠文字，也不是依靠话语，连对话都没有进行，只能归功于坚定的信仰。

"佛教在世界上传播已有大概两千年。在各种各样的国家传播，这些国家也并不都是仁智的国家，人也不一定都是头脑高明的人。虽然如此，正传的佛法还是具有人智所难以想象的大功德之力量。因此，只要到了时候一定会在那个国家的国土上传播开来。人如果怀着坚定的信仰进行修行，也就无所谓智者与愚者，皆能平等地悟道。因此，不能因为我国不是仁智之国、人民不智而自卑，不能认为他们不能悟得佛法。人人都具有丰富的智慧和良好的素质。只是没有人告诉他们这一点，他们自己也没有充分体会这一点。"

怀奘一连串的提问告一段落。

太阳已经落山。

草庵房檐边枫树上的病叶随寒风飘走。

怀奘今天也继续着昨天的感动。

三天内和道元反复进行激烈的问答，怀奘现在觉得自己大开眼界，强烈意识到迄今为止自己的佛道修行和真正的佛道修行大相径庭。

怀奘暗自下定决定。

——今天要拜这人为师。

"道元大人，能允许我入您的门下吗？也许有些唐突，可我今天是下定决心才来的。只有您才能做我的老师。"

怀奘是认真的。如果道元允许的话，他打算今天就入门。另一方面，道元也见识了怀奘的器量，问答过程中也感到了彼此的共鸣。

"怀奘大人，您的心意我十分感谢。可是，现在应该还不到时候。正如您所见，我就如空中浮云一般，如水中浮草一般……当然，僧人就应如行云流水……而且考虑到您身上还背负着达摩宗崛起这一重要使命，现在实难从命。您先请回吧。我不久也会离开建仁寺，独自建立草庵。我想那时就可以满足您的愿望了。那时请您无论如何再来我这里……"

怀奘与道元约定将来入门之后，暂时离开建仁寺。

道元没有直接答应收怀奘为徒，也有出于对他所属达摩宗的担心。而且那时对比叡山延历寺的压迫也开始加剧，和建仁寺僧人们的隔阂也越来越大，因此，道元不打算一直待在建仁寺。即使怀奘入门，这些事情也不会告一段落。这样的情绪交织在道元的脑海中。

另一方面，怀奘也能理解现在道元的状况，觉得自己也必须要和达摩宗诀别，充分感到整理周边的事情还要花费一些时间。

——能不能让道元大人接受所有达摩宗僧众伙伴呢？……

这个想法在临别之际突然在怀奘脑中闪现。

怀奘告别之后，先回到了多武峰。

回到多武峰的怀奘兴奋之情溢于言表，马上将师父觉晏以下的达摩宗僧教召集起来，厚厚的纸片上写着与道元见面时问答往来的原委，怀奘以此为基础，详细地做了报告。

"道元师真人更胜于传闻。将师父与各位前辈召集过来说这些很惶恐，但他是我迄今为止见过的人中最出色的一位。我以前也见过很多称为高僧、贵僧的人，但像道元老师一般的人我从未遇到过……"

以师父觉宴为代表，师兄怀鉴、师弟怀照等人静静地听着怀奘热忱的话语。

从那以后，怀奘与道元秘密取得联系，而且一有机会就请求道元给予指导。

然后等待加入道元门下的日子。

重重阻力

一

怀奘从多武峰回来后，建仁寺众僧人的抱怨之声与比叡山更加露骨的压迫日益叠加起来。于是道元下定决心要从建仁寺搬出来，移居到山城国深草一带的安养院。

——如今，必须离开这里了。

道元明确下定决心时，如净的教诲清晰地在耳边响起。

"莫住城邑聚落，莫近国王大臣。只居深山幽谷，超度一个半个，将我佛法延续……"

深草从伏见的稻荷开始，夹着直违桥路，直到大龟谷。在深草的南边，穿过藤森便是称作伏见桃山的地方。

安养院本是关白藤原基经发起修建的极乐寺别院，如今无人居住，成为一片荒地。就道元移居此处一事，由于祖父基房的帮助、斡旋，一族之中谁也没有提出异议。安养院附近只有仁明天皇的深草御陵（东谷口）和嘉祥寺，藤原良房建造的贞观寺以及藤原基经、时平父子建造的极乐寺等。

深草故乡月，凄凉照于心。
野山秋风吹，一人此处居。

正如道元的养父通具在《古今和歌集》中吟唱的那样，深草确是一个远离村落的寂静之地。

在道元下定决心的同时，比叡山延历寺的僧徒谋划要捣毁道元的草庵，并且把道元驱逐出京都城。

最早把僧徒将要袭击道元草庵之事通知给道元的是六波罗探题评定众波多野义重。

当天夜深人静时，道元因草庵后门响起的敲门声而惊醒。

"道元大人……道元大人……"

有人压低声音喊着道元的名字。

打开门一看，只见义重仅带着两三个侍从站在门外。

"比叡山那伙人要来袭击您的草庵。刚才听到他们的密谋，就急急忙忙赶过来了。现在赶快离开这儿吧，要快啊……"

说完这些后，义重出门站在外面待命。

——该来的终于来了啊……

虽已有准备，不过还是没想到会这么快。

寂圆也几乎同时一跃而起。

寂圆像是打断道元说话一般，默默地点点头，马上将佛典、衣物等塞进小背箱里。两个人住在这个简陋的临时住处，收拾起行李来也用不了多少时间。

归国以来前后住了四年的建仁寺虽说存有无比尊敬的师翁荣西以及师父明全的众多记忆，但如今也没有什么地方可以挽留道元了。道元等人在深夜悄悄出了建仁寺，穿过京城的街道，往南边约四公里的安养院走去。

那是宽喜二年（1230）春天，天空挂着一轮朦胧的月亮，樱花正开始凋落。

波多野义重曾是镰仓的武士，在承久之乱时参加了幕府一方，勇猛刚强，功绩卓越，战后六月在京都六波罗设置探题时，义重尽管年轻，但仍被提拔为评定众，并且作为对他的恩赏，又任命他为越前国志比庄的地头。

评定众是和探题一起评定政务，判决诸事的职务，主要由长老们来担任。年轻的义重被提拔为评定众是例外中的例外，并且任命他为志比庄的地头，更是作为镰仓武士而被重用的明证。

道元因办理留宋手续而曾拜访过六波罗探题，从那时起义重和道元两人就熟识。道元回国后，按约定提交报告书时两人再次相见，又因义重的私宅与建仁寺相邻的缘故，所以义重就不时出入于道元的草庵。

义重是豪爽的武士。

承久之乱时，在激烈战斗中，因中了敌人的乱箭，义重右眼失明。

那是承久三年（1221）六月三日，宇治川会战时的事。

对岸敌人的箭如暴雨般疾驰袭来。

"我乃相模国人，波多野五郎信政……"

义重一边冲向敌人，一边报着自己的名字。正要跨过渡桥回来时，艳丽的红铠甲护胸处挡住了两三支箭。

义重毫不在意。

若无其事地仰望对面的河岸，这时敌人的箭正中义重的右眼。不愧是义重，他向后退了两三步就站稳了，自己将箭从眼中拔出，张弓将箭射了回去。

但是因为视线已经模糊，义重就那样落入河里。他逆流而上，紧抓栏杆，静下心来观察四周，什么也看不见。想回去但又担心被敌人看到后背，真是不甘心。为了不让敌人看到身后，于是义重就面向桥往后退去。

随从则久看到后立刻过来扶起义重，撤回岸边的草地上。另外两名随从分别跪在义重的左右，取下他的头盔，血喷涌而出，转眼间就染红了护胸。

曾在激战中徘徊于生死之间的义重频繁地拜访寄居在建仁寺的道元，在这期间，他对道元那纯粹且真诚的生活状态深有同感，是从外部支持道元的非常重要的保护人。

宽喜二年（1230）七月至九月，全国普降冰雹，虽然在日历上还应该是秋天，但感觉冬天已经到来了。像这样奇怪的自然变化一直持续到了第二年。宽喜三年六月在武藏国的金子乡和美浓国的莳田庄等地下起了雪，迫使幕府忙于应对。但紧接着风暴雨又袭来，谷物几乎没有收获，全国陷入大饥馑之中。

同年年底十二月二十八日，道元的祖父藤原基房（1144—1230）在木幡的别宫去世，基房因为反对平家政策而经历了动荡悲惨的一生，同时又曾一度位居摄政太政大臣一职。享年八十七岁，是为长寿。在道元看来，自从父母去世之后，祖父是在身旁无论明里暗里都给了自己巨大支持的人。出家、留宋时期以及今到深草安养院闲居，祖父都出了很大的力。

宽喜三年新年之际，京城的人们在连日大风中迎接了新年。新年刚过到十五，在四条町附近就发生了火灾，商人的家全被烧光了。趁着势态混乱，盗匪们的横行霸道日趋严重，疾病也蔓延开来。再加上从去年开始的饥荒，更是惨不忍睹。春天饿殍满街，到了夏天，饿死者的人数不但没有减少反而增加，死尸的腐臭味飘到各户家中，公卿们整天都要点很浓的香，以压过腐臭味。朝廷和幕府也并非是袖手旁观，只有这时双方才肯互相合作，努力寻找对策，但不如想象的那般进展顺利。

在这天灾人祸频发之时，有流言说许多神社在祭典中扔石子的祭祀活动被幕府禁止，当时镰仓幕府的执权泰时面临着不得不解释的状况。泰时一面控制流言，一面打开粮仓把米借贷给民众，接连不断地采取了一些紧急措施，试图度过这场危机。

泰时为使因灾荒而担心忧虑的人心焕然一新，他将"宽喜"改元为"贞永"（一二三二年四月二日）。而且在同年八月，根据评定众十一人的联名上书，制定了被称为《御成败式目》的《贞永式目》五十一条，判决的标准成为明文法规。

基于公正判决的理念而制定的这个法规条款由评定众执行，由此确立了将军行使的基本统治权。同时，还意味着武士执权政治的确立，这也是武士阶级最初确立的由自身支配的政权，镰仓幕府开始初见安定。

二

道元移居到的深草乡里，是自平安朝以来，京城人悠然度日的寂静之处，与幼年时代居住的松殿别宫也很近。

但这样的深草也未能幸免于饥荒。

"即使饿死冻死，一日一时也应当追随真正的佛法……"

这是当时道元的真实心境。

一味求佛之心愈加强烈。

宽喜三年（1231）八月十五日，正值始于去年的连绵不断大饥荒中，道元追忆起流落于洛阳的始祖达摩，以及在南方韬光养晦的六祖慧能（638—713）故事，于是他肩负起传法僧徒的重大使命，写作了《辩道话》。

"辩道"是坐禅参道，彻底地精进于佛道之中，之所以用《辩道话》这样的题目，含有辨别真正佛教和似是而非佛教的意思。

道元首先想把留宋学佛、在如净禅师那里学到的真正佛法发扬光大。

"诸佛如来，一心一意正确地传授佛法的自如境遇，一直坐禅被证明是最

深草ノ閑居夜雨ノ圖

好的方法。

"这种悟道的原则，虽然原本是任何人与生俱来，但是如果不认真修行的话就不能显现，并且除非自己亲自实践，否则什么时候都不能体会到。"

道元宣称，只有一直坐禅才是达摩从释迦牟尼、自己从如净那里学到的真正佛法的唯一正道。

道元出家，在比叡山修行时就一直抱有疑问："如果人从一生下来就能成佛的话，那为什么非修行不可呢？"坐禅可以说是对这个问题给出明确解答的序章。

道元在三年前就撰写了宣扬"坐禅是安乐法门"的《普劝坐禅仪》，提倡坐禅的根本意义。这本《辩道话》则为更加彻底清晰地阐明只管打坐的主旨，将坐禅者肯定怀有的"疑问"设定为十八个，并进行了"回答"。

为什么要劝人坐禅？

为什么坐禅是佛法的正道？

为什么坐禅比读经念佛更好？

为什么坐禅比法华、华严、真言宗更好？

为什么坐禅不是戒、定、慧三学的定学？

为什么只劝人修"行住坐卧"四个戒律礼法中的"坐"？

坐禅难道不是悟道的手段吗？

过去的高僧为什么没有传授禅的终极之意？

上代高僧有修得禅悟的吗？

心性常住说合乎佛道吗？

坐禅之人应当坚守清规戒律吗？

坐禅之人可以兼修真言宗和天台宗吗？

俗家的男女应当坐禅吗？

俗家的繁忙之人不可能坐禅吗？

在这末法恶世中修行能够悟道吗？

明白了"即心是佛"后是不是坐禅辩道就没有必要了？

禅的"闻声悟道"和"见色明心"是坐禅得出的结果吗？

我国那些心胸狭窄品质恶劣的人通过坐禅可以悟道吗？

这些问答的原型是道元在建仁寺时，与怀奘长达数日争锋相对的问答。这些问题是包括怀奘在内，当时人们对标榜为正传佛法的坐禅所必然持有的疑问，而且也是当时佛教对坐禅指责攻击的中心问题。

针对这些问题，道元通过"答"，批判了华严、天台、真言等的传统教义，认为在正传佛法前没有末法，以此否定了与当时的末法教义相适应而席卷世间的念佛、净土宗等，指出在参禅修学真正的佛法时，没有男女贵贱之分，主张彻底的平等论，并且对坐禅的本质进行了如下叙述。

"认为修行和悟道是完全不同的事情，是背离真正佛法的异端认识。真正的佛法是，修行和悟道是完全相等的同一事情。现在所说的修行是'证上之修'，也就是在悟道基础上的修行，最初的辩道修行就是悟道本来的完整面目。所以，应当只修行，除了修行没有其他方法可以悟道。这是因为，本义的悟道凭证将悟道清楚地表示出来，而坐禅本身只是将这种凭证原封不动地给予展示。

"所谓悟道，本是和修行同时产生的，所以修行不止、悟道不息。但将修行和悟道当成两回事，如认为修行是悟道的手段，悟道是修行的目的，这就大错特错了。"

道元主张修行本身就是悟道，将其表达为"修证如一"或者"本证妙修"。

但是，很容易将此误解为，只要修行就可以，悟不悟道没有关系。因此，关于修行和悟道，道元将自己在如净禅师膝下修行时学到的精髓表达为"不染污的修证"和"不染污的祈祷"。而且这本来就是人人生来就有，人并非是烦恼具足，本来就具佛性。这与净土宗所设定的宗旨、即人正因为有烦恼所以才需要被救赎的教义完全不同。

道元早在比叡山修行时就抱有"人生来就具有佛性，但为什么诸佛还要劝人修行"的疑问，《辩道话》是对其疑问的明确解答。

如前所述，因为《普劝坐禅仪》已经明确解答了正传佛法坐禅的本质，所以这本《辩道论》主要着眼于阐明坐禅的根本意义。其中面对只要念佛唱题就可以被救赎的这种他力信仰已经广泛传播的情况，道元主张不依靠他人，只坚持坐禅，必须由自己来发现自身所持有的佛性。如同自己喝水，就能感觉出水的冷暖一般，自己修行的话，也可以靠自己的力量发现并实现自己的佛性。同时道元还指出，依靠他人的力量其实是在否定自己的佛性。

其后，道元将自己的佛法定位为明得、说得、信得、行得，此时道元已将自己从如净那里明确悟得并真正掌握的佛法，用语言十分生动地给予了解释说明，他深信不疑并认真地修行。

这种信念和修行终其一生也未改变。

在这本《辩道话》中，所有的佛法都应当归结到正传佛法，道元在这一强烈信念的支持下，对正传佛法进行了阐述。

虽然如此，但其中的一篇却和道元的主张相反，日后这一部分被歪曲为"向整个国家传播真实的佛法，诸佛诸天将会守护各地，帝王的道德感化平民天下太平，若能如此，则可得佛法之力量"，变成了《护国正法义》，被评论为道元的"正传佛法开宗立教宣言书"而受到人们的非论。

总而言之，这是日后展开的道元佛法——庞大的《正法眼藏》各卷的基础。

道元将自己在深草的日子称为"云游萍寄"，吟颂其闲居生活。

大用现前当眼新，虽然何可呈其真。
愁人莫向愁人道，向道愁人愁杀人。

生死可怜休又起，迷途觉路梦中行。
虽然尚有难忘事，闲居深草夜雨声。

凉风方度觉秋响，天气爽清结菓新。
结菓新焉香满界，无回避处得闻亲。

宽喜三年七月，道元看到踌躇满志入门，"虽是女子却有大丈夫志气"的了然尼，例举大梅法常的故事，激励了然尼说：

"有能够开悟非心非佛的人，但能够彻悟即心是佛的人却很少。将其想得更清楚、更明白些吧。"

聚集在深草学佛的人中，出现了被道元的纯粹佛法所吸引而成为佛家外护之人，正觉禅尼和弘誓院九条教家等就是如此。

正觉禅尼曾是镰仓幕府三代将军源实朝（1192—1219）的正室，俗名叫做信子。信子是公卿坊门家正二位大臣信清的女儿。元久元年（1204），十二岁的信子嫁给镰仓源实朝。

建保七年（1219）正月二十七日，源实朝被暗杀。第二天，信子拜行勇为戒师，集百余御家人一起削发遁入空门，成为正觉禅尼，时年二十七岁。

回到京城的信子，住在源实朝的别宫四八条第，为给源实朝祈祷冥福，开基建立了大通寺。听闻道元闲居深草，便前去拜访。早在镰仓时，信子就从寿福寺主持行勇那里听说了许多关于留宋传法僧道元的故事。

正觉禅尼所居住的源实朝旧居以及弘誓院教家的别庄后京极殿，与道元的出生地松殿藤原基房宅相邻。

正觉禅尼初次拜访道元时，道元就像曾在久远的梦中见过，不可思议地深受感动。因为禅尼的一举一动以及说话的声音、表情都和亡母伊子十分相像。

道元在禅尼的请求下热情细心地讲述佛法以及自己在宋朝的见闻。在听了几回道元的教导后，禅尼被道元的学识和道德深深打动，以后就成为道元强有力的外护人之一。

刚才提及的弘誓院教家是太政大臣藤原（九条）良经（1169—1206）的次子，也是太政大臣摄政关白九条兼实（1149—1207）的孙子，出家后改名为弘誓院。对道元来说，弘誓院是母亲松殿家的表弟。

道元曾寄居的极乐寺是九条、松殿两家祖先藤原基经的长子——左大臣藤原时平于昌泰年间（898—901）建造的藤原氏菩提寺，所以极乐寺与道元甚是有缘。

道元对为求道而聚集起来的人们，以坐禅为"大安乐的法门"，说"坐禅才是佛法的正途，因此，要一心坚持坐禅"。

在宣扬此世乃是末法之世的背景下，倡导只要念佛谁都可以成佛的专心念佛因为比叡山强行上告，被朝廷和幕府屡次镇压。此时道元传播的不问男女、不问出家与否、人人皆具佛性、通过坐禅即可悟道成佛的佛法给人们留下极其崭新的印象。

三

从写作《辩道话》开始，道元的佛法名声高扬，在被称为"鹪鹩叫、声声响"的寂静深草乡间，许多人聚集在一起修行。随着人数的增加，就必然需要

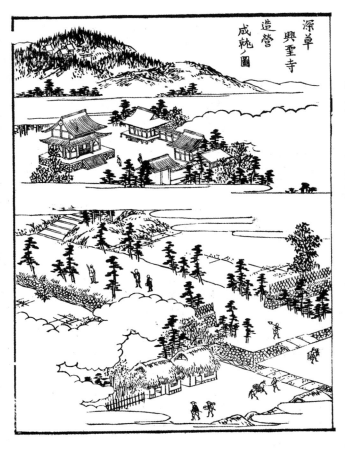

坐禅专用的道场，于是道元决定发愿建造道场。

宽喜四年（1232），对极乐寺旧址的佛殿和寺院进行修理改建，第二年春天终于竣工落成。

纪念竣工时，道元给已有的观音导利院院号上又加"兴圣"、"宝林"两个寺号，所以这座伽蓝称为观音导利兴圣宝林禅寺（略称为兴圣寺）。这个名字来源于道元所尊崇的、超越名利弘扬佛法的那些祖师们的寺院，即赵州从谂的观音院、真歇清了的径山兴圣万寿寺、中国禅宗六祖慧能的曹溪山宝林寺等。

这座兴圣寺是道元最初开设的道场，具有极为重要的意义。

此前，传播禅的人也很多，但都是提倡"圆、密、禅、戒"并修，把天台宗圆教和真言宗密教的教义作为学问来理解，并和修行止观禅定结合起来，以入三昧的境界为标准。而道元把兴圣寺定为通过坐禅可以修行真正佛法的纯粹道场，以"坐禅是释尊全部"来表明坐禅的宗旨，明确指出坐禅是佛道的正途。

转移到观音导利院的道元，在刚搬迁后的四月，为响应信徒们一直以来的要求，作越前妙觉寺的镇守劝请文一篇。

另外，道元在初次的夏安居中，揭示了大乘佛教根本真理的"摩诃般若波罗蜜"，从智慧的完成（般若波罗蜜多）方面阐述了自己的见解，这是道元归国后第一次示众（在大众前宣示佛理）。

天福元年（1233）七月十五日，道元誊写了以前所写的《普劝坐禅仪》，在中秋八月十五时，又写了"现成公案（自然而然表现佛祖或高僧的言行）"

一卷，赠给已经深深皈依道元的九州镇西俗家人杨光秀。

道元在两年前撰写了《辩道话》，强调为弘扬真正的佛法要追求只管打坐的佛道，而这本"现成公案"的卷头写道：

"这个世界存在的所有事物、所有事情都是佛法现实化的真实表现。其中有迷惘，有彻悟，有修行，有生有死，有诸佛，有众生。但这些所有的东西如果不以自己这样的主体来进行的话，那么就没有所谓的迷惘、彻悟、修行、生死、诸佛、众生。只是因为佛道本就是超越了世间对立常识的东西，所以存在生死、迷悟、诸佛众生。而且正是明白了这些，花凋零时会可惜，杂草丛生会厌恶，但这些都是现实。"

所以，我们眼前广阔的世界都是活生生的佛道，绝对真实地在眼前展开，让我们可以直视这种现实。那么我们直视的现实是什么？

"那是一切的存在，那是佛法。存在着的所有事物和事情都是活生生的佛道，主观的世界、客观的世界，都是真实的佛法本身。"

这就是道元的佛法原则。

同时，最终可以明白这种现实就是佛法的人只有自己。因此，从自己的立场来看，想要明确万物的真实时会产生迷惘，将自己与万物对照时就能悟道，思考明白了这种烦恼的本来面目的就是诸佛，还迷惘于悟道的就是众生了。因此，关于佛道修行与自己：

"修行佛道就是修行自己。修行自己就是忘记自己。忘记自己就是万物印证。万物印证就是从自己的身心和他己的身心中脱离出来。"

学习佛道就是探求自己，探求自己最终是要否定自己，抛弃自己。但即使自己否定自己抛弃自己，也必须用万物来证实，这时，彻悟的世界就会自然地出现，这就是所谓的"万物印证"。人在求佛之时，是在自己的身外求，所以就会脱离佛道。如果能够证实佛道本就在自己之中，那么万物就会照耀自己。

另外关于生与死，道元以生与死也是永远的现实真实而做了如下表述：

"柴薪燃烧后就会变成灰烬。但是，燃烧了的灰烬不会再变回柴薪。不能视作之前为柴薪，之后为灰烬。柴薪作为柴薪，从开始到结束都是柴薪，虽有前后，但前后却被割断。灰烬亦是如此。

同样的，人死之后不能再回生。因此，佛法认为不能说是生向死演变，这叫做不生。同样也不能说死向生演变，这叫做不灭。生死都不过是一时的存在。这就如同四季中的冬天和春天一样，人们不说冬天变成了春天，就如同人们认为春天本身不能变为夏天一样。"

还有，人和悟道的关系是：

"人悟道就同月亮倒映在水中一样，月亮不会被水浸湿，因此水滴也不会被破坏。月光宏大却蕴藏于狭小的水滴上，天空自己也蕴藏于一滴草露之中。彻悟不会伤害人就如同月光不会穿透水滴一样。"

悟道是包含了无限体验的广阔真实，以水中的鱼儿和空中的鸟儿为例，人彻悟并得其道时，必然就可以解开参禅辩道的终极含义，到达绝对的真实。

然后话锋一转，道元又讲到马祖道一（709—788）弟子麻谷山宝彻禅师的一段关于使用扇子的谈话。

"宝彻禅师使用扇子时，有个和尚问道：

"'风的本质没有变，吹到了任何地方，那和尚为什么还要使用扇子呢？'

禅师答道：

"'你明白了风的本质不会变，但是吹到了任何地方的道理还没有明白。'

"'那吹到了任何地方的道理是什么呢？'和尚问道。

"于是，禅师只是扇着扇子。看到这，和尚深深领悟向高僧礼拜。"

所以道元在"现成公案"结束时写道：

"释尊的正传佛法不外乎就是如此。风的本质没有变，所以没有必要使用扇子，这一点是对的。但是，不使用扇子时也感觉到了风，就不会知道风的本质，也就是说不知道风的本质是不变的。佛的本质是不变的，佛法使这个大地上本来应该是黄金的东西都成为现实的佛国净土，于是把长江水妙用为很好的饮品。"

该"现成公案"是以前道元正传佛法《辩道话》的总论，又是《正眼法藏》的总序。其后，道元的《正眼法藏》各卷可以说都是基于此而展开。甚至可以说是从《永平广录》上堂等归纳而成的道元佛法总概论。

第二年的天福二年（1234）三月，为身边的弟子们，道元亲自体验确认、将遵守并明示禅林规矩的修行法和精神准备简洁地归纳为十条，即《学道用心集》。

其中道元特别强调参禅学道"不为名利，更不是为因果报应或者非常离奇的灵力。"同时指出"一心为佛法学习佛法，应当去求取真实"。道元甚至断言"参禅学道一定要向正确的师父求道，没有正确的师父就没有学习的意义"。

对道元来说，为了学习佛法，跟随已经得证的师父学习是绝对的条件。

入座深草

一

改元（十一月五日）为文历元年（1234）时，这一年快结束了。怀奘从多武峰来拜访道元。这一年初秋，以师父佛地觉晏圆寂为契机，怀奘如早已约定好的那样来拜访道元。

自建仁寺一别以来，五年间两人第一次再见。

虽然怀奘就自己到访一事早已书信通知道元，但与怀奘的再会还是让道元急不可待。

"啊啊，怀奘，欢迎你来啊……"

道元满脸微笑地迎接怀奘。

"听说您建了新的寺院，我是坐立不安想要前来拜访。从我向您表达想拜您为师时到今日，感觉真是一日千秋啊，我实在急不可待了。这次就请让我入门拜学吧。"

怀奘表达了自己想要全身心追随道元的坚定意志。

"当然了，如今应该是没有什么异议了吧。"

对于道元来说，现在已经没有拒绝怀奘入门的理由了。

建了新的寺院，现在就要开始真正弘扬正传佛法，有能干的怀奘在身边，这更让道元的心里感到踏实。

对道元和怀奘来说，如今"那个时候"来了。

"非常感谢您。请允许我终生侍奉在师父您的身边。"

怀奘用稍稍颤抖的声音说道。

从此刻起，道元收了怀奘这么优秀的弟子为徒，可以使正传佛法得以大放光彩。而怀奘则有了道元这样的好师父，约定要使真实佛法长流。从此刻起，如同过去如净与道元一样，师父和弟子一同作为真正的佛法者，为发掘更加优秀的自己而开始修行生活。

像怀奘自己所说的那样，直到建长五年（1253）道元圆寂，在将近二十年的时间里，怀奘一直陪伴在道元左右。除曾外出数日外，一天也没离开过道元。不，道元圆寂后，怀奘依然像道元生前那样，在道元的身旁燃尽了自己最后的生命。

怀奘寄给道元一封书信。

那是恩师觉晏临死前交付给怀奘、觉晏自己所著的《心要提示》。

"觉晏师父把这个交给了我……"

看完后，道元十分惊讶。书中记录了日本达摩宗错综复杂的情况以及觉晏自身所达到的禅的境地。最后书中写道："先师能忍传授和继承佛法的方法认为，本来应该师父和弟子面对面亲切交谈，如果省略必须证契即通的内容就谈不上是正确的继承方法。今后，我的弟子们正确学习正传佛法一事当拜托道元师父了……"

默读完书的道元感叹："多么明鉴的师父啊……"激动得一时语塞。

当时，道元将侍者一职已经交给了寂圆，但很快让怀奘也来做自己的侍者。

寂圆的日语进步很快，但日常的复杂对话却弄不清楚。寂圆也像获得能干助手一般，从心底里为怀奘的入门感到高兴。当时，道元三十五岁，怀奘三十七岁，寂圆二十七岁。

寂圆不愧曾经在如净膝下做过侍者，对侍者的所有工作都很有心得，而且默默坐禅时的样子让人不禁油然起敬。

——今天起，我就和寂圆是师兄弟了。

想到这里，怀奘就更加兴奋了。

怀奘入门的那年六月三十日，幕府再次发令禁止专修念佛。

第二年的文历二年（1235）八月十五日，道元给怀奘传授佛祖正传菩萨戒法。从此时开始，怀奘将道元在日常生活中教授给自己的教义、说法以及道元应时应节的感想、两人的夜谈中反复说到的话语等悉数认真地记录下来。

这是后来的《正眼法藏随闻记》。

深草的观音导利院本是道元云游萍寄的地方，现在不过是将从前的佛殿改造了一下，也只有收容少量门生的僧房规模。

在这样的地方坐禅修行实践正传佛法自然会有界限，谁都可以看出其不彻底性。随着人数的增多，在修行僧中要求建立以禅的修行道场为中心的正式僧堂的呼声也就越来越高。

建立僧堂也是正觉僧尼和弘誓院教家的真切愿望。

另外，仰慕道元而聚集到此的常住弟子已达数人以上，建立修行道场已是当务之急。因此，虽说现在人数还不是很多，但道元也想为那些确实有志参禅学道的人们提供真正的坐禅道场。嘉祯元年（1235）十二月中旬，道元决意在观音导利院建立僧堂。

如果道元向周边的亲族恳求，僧堂可能会由他们捐助而建成。但道元亲自写了《宇治观音导利院僧堂劝进疏》，向人们募捐。

"叩首敬上，愿各处的所有菩萨、圣贤、僧众、天上、人间、龙府八部、善男信女持清净之心捐一毫一厘，共建道场一处。"

道元以此来向更多一般的大众募捐善款。并且继续写道：

"正如《菩萨戒经》中所言，'僧侣应常教化一切众生，建立僧堂，在山林田园处建立佛塔。还应建冬夏安居时的坐禅道场，以及所有行道的地方。如果不建的话，那就是污黩清净之行，是轻垢罪。'寺院就是诸佛的道场。

"贫僧从中国回来时就想要建立一座寺院。因为缘分在深草的极乐寺建了观音导利院，但是这里不能成为坐禅的道场。因此，我想在此建立一座寺院，寺院之中必须有佛殿、法堂和僧堂。佛殿已经有了，但还没有法堂，其中最重要的是僧堂。因此，现在我想发愿建立一个僧堂，规模大约是七间四方之室，堂内不设间隔，安置床，使众僧可在此生活。

"因为是可以不分昼夜修行的地方，所以在中央安置佛像。这个道场不会受惑于末法之世流的学说，而是适应正确佛法时代的道场，并且还会把捐了善款的人的名字记下来，收入佛像之中。

"在这个僧堂中修行的人中，让体会到真正佛法的人做导师。

"我们不仅要教化世间的人，还要教化天上和龙宫的神。因此，仙界的众神也应听我们的佛法，因为我们的佛法是从释尊那里传来的真正佛法。"

興聖寺ニ於テ開堂ノ行弐

道元避开那些有钱人的大量施舍，而是从一般的人那里募集善款，这是因为他担心权力会扭曲真正的佛法。道元建立僧堂的根本目的终究也只是为坐禅的道场，完全没有想要建成华丽伽蓝之类的想法。

一天晚上，道元给怀奘和寂圆说道：

"我为建僧堂而募捐，自己尽力而为，但这也未必就能使佛道兴隆。然而，迷惑的人们因为学习佛法而与佛结缘，虽然现在人数还不是很多，但能为立志学佛的人提供道场也是件善事了……

"我的计划就算未能达成，心里也决没有什么遗憾。只要是只建了一个柱子，会被后人认为是'下决心开始建造了，但却没有完成'，但对我来说完全没有关系……"

怀奘、寂圆以及其他弟子都明白道元的这番话是对他们的关心和安慰，他们切身感到道元已经做好背水一战的准备。于是，他们拿着《劝进疏》的抄本，努力向更多的人募捐。

正在僧堂募集善款时，道元撰写了《正法眼藏三百则序》，总结了古禅宗一流禅师们的经典语录。称为楷书正眼法藏的汉文体，成为后来结制安居期间修行僧们的学习课本。

结制安居是指从四月十六日到七月十五日的夏季以及十月十六日开始到一月十五日的冬季，在这两个九十天中，不外出，以参禅为中心进行刻苦修行。

道元在建立僧堂的同时，专心为编写教育弟子的教材而做具体准备，其中包括去年写成的《学道用心集》。

嘉祯元年（1235）九月二十日，公圆圆寂。公圆是道元出家时的天台宗住持，为道元举行了剃度仪式，是指导道元出家时的一位恩师。

第二年的嘉祯二年（1236），正觉禅尼率先建好法堂，弘誓院教家则捐赠建造了法座，安置在法堂中。

法座由榉木建造，高四尺，宽七尺，深五尺左右。正面有台阶，坐上建有禅床，周围是栏杆。

正面台阶的两旁是从头到尾都涂白的狮子像，面朝南。

在法座的上面放有八个角重叠的八面镜，在八个角上挂着幡，幡的两角上挂着铃铛，还挂着直径约七尺的莲花盖，每个莲花的花瓣上都有铃铛。这个法座是道元听了如净关于法座样式的亲切说明后仿照而成，模仿了天童山的法座和天盖。

到十月，凭着一毫一厘累积的善款，僧堂终于完工。

僧堂具有宋朝建筑样式的魅力，在七间四方的中央放置了文殊菩萨的佛像，周围放置了口字型的坐床，众僧不论昼夜都可坐禅。

坐禅的样式虽然荣西已传授过，但这里完成了日本最早的可以正式坐禅的南宋式广床僧堂。当然，这个建筑在和寂圆一起来到日本的中国工匠的帮助下得以完成。不管怎样，在日本可以进行中国式参禅修行的新僧堂在深草兴圣寺诞生，实在具有划时代的意义。

僧堂是僧侣们生活的重要场所。

僧堂的完成具有重要的意义。坐禅、就寝、用膳，一天中以打坐为中心的所有事情都可以在僧堂中完成。一天中生活的基本就是修行，生活中的"一时一行"就成为修行中的"一时一行"，僧堂是众僧在生活中将不二佛法具体表现出来的地方，与佛法同住的地方。在这一点上，与那些没有这种僧堂的佛教完全不同。

道元为庆祝僧堂的建立，在嘉祯二年十月十五日，将弟子们集合起来，做开堂宣言的说法。

上堂可以称为禅寺中住持在法堂正式给修行僧讲说佛法一事。宋代以后，中国禅宗在特定的日子举行。

这天的上堂是第一次在日本禅寺中以这种特有的形式进行说法，很值得纪念。这是道元归国的第九个年头，当时他三十七岁。

道元从上面的台阶上去，站在法座的位置上，说道：

"这座禅寺不拘泥于无益的文字，尽管粗略，但具有能够看到真实正传佛法的门风，能够知道真实的佛心。能够体验佛心最好的修行道场就是我们这里。敲击禅床的声音，敲击鼓的声音，甚至在这些声音中，也传说着释尊那微妙而又真实的教诲……那么，此时此刻，鄙人门下的诸位修行者如何能够表现这一点呢？……"

道元停了停，接着说道；

"我们这座禅寺坐落于京都郊外的深草，是能与那湘江以南、潭水以北的中国湖南省岭南地方佛法广播的黄金之国、也就是佛土相匹敌的绝好地方。因此，一旦进入这座禅寺，谁都会沉浸在真实的佛法之中。"

在这强有力的演说最后，道元环视着参加日本第一次上堂的人们说道：

"诸位，长时间这样站着，辛苦你们了。"

表达完自己的感激之情后，道元就从日本第一次上堂的法座上走了下来。

就在这时，法堂内吹进一阵凉风，天盖上的铃铛轻快地响了起来。

无住道晓（1226—1312）在他的著作《杂谈集》中写道，"道元上人，在深草如同在大唐一般开始了广床的参禅修行。那时坐禅很罕见，拥有信仰的世俗之人对此充满敬意"。

当时的人们都感到，在日本第一个广床式僧堂坐禅的僧侣样子十分罕见，都尊敬地叩首。

"在深草的兴圣寺僧堂可以像在中国本地那样进行正式坐禅。"到处都流传着这样的说法，于是，到新道场修行的人越来越多。其中有法然门下的觉明房长西（1184—1261）、净土宗镇西义的第三祖然阿良忠（1199—1287）、后来创立临济禅一派的真言宗心地房觉心（1207—1298）等僧徒，还有大宰府的野公大夫等儒学家。

另外还有一个叫诠慧的僧徒。

诠慧是近江人（滋贺县），在比叡山的横川修行天台教学，天资过人，已经学过显教和密教的深奥教义，被寄予厚望。诠慧本人也对自己的学识很有自信。

一日，听闻道元事迹的诠慧拜访了深草。

"道元说坐禅可以传承真正的佛法，真是太妄自尊大了，不过是骗人之徒，没有什么优点，打破这种说法才是真正的报佛恩。"诠慧只是起劲地攻击道元。

道元见到诠慧，对诠慧的问题一一作了解答。那天，道元让诠慧像怀奘那样读了《普劝坐禅仪》，对坐禅的方法细心解释，并和诠慧一起坐禅。

第二天早上，诠慧参加了道元的上堂仪式，站在大家的后面听道元讲佛。看到日本第一次上堂的高规矩，诠慧对道元弘扬宗旨的高度感到十分惊叹，一时茫然若失。

那时道元在上堂讲的佛法，确实是对佛法的微妙宗旨进行了解释，远远超出作为显密二教学僧的诠慧的知识范畴。

诠慧老实地承认自己的浅薄，从那以后成为道元的弟子。同时，道元也将诠慧视为本门重要弟子加以鞭策。

后来，诠慧在京都开山创建永兴寺，创作了给道元《正法眼藏》加注释的《正法眼藏御闻书》（十卷），并参与编写记录道元语录的《永平广录》（十卷）。诠慧的弟子经豪又以《正法眼藏御闻书》为根据，加上自己的评论，写成《正法眼藏抄》（别名《御抄》）。这两本书都成为注解《正法眼藏》的先驱。

嘉祯二年（1236）年末十二月的除夕，道元任命怀奘为兴圣寺的第一位首座。

首座是指修行众僧中最好的人，代替住持登上法座讲说佛法。

道元先让怀奘手握拂尘就任首席，然后自己登上法座，说道：

"初祖达摩大师从印度到中国，在嵩山少林寺一边等待时机，一边面壁坐禅。神光慧可（487—593）在十二月下雪之际来到嵩山，拜达摩为师。于是，我们的正传佛法开始传授。

"初祖很欣赏慧可，并且悉心教导。后来将佛法和证明悟道时的袈裟一起传给慧可，并广传天下。我的师父如净传给我，如今我把它传到日本。

"下面，我任怀奘为兴圣寺第一个首座，今天让他手持拂尘讲说佛法。

"新首座不在意寺里的修行僧太少以及自己的经验太浅。过去汾阳善昭（947—1024）的门下只有七八人，药山惟俨（745—828）门下也不足十人。但他们还是认真地传播佛道。

"这样才是真正的禅寺。

"大家想想听到竹子击石声音而开悟的香严智闲（？—898），看到桃花开放而开悟的灵云志勤吧。

"竹子有利钝和迷悟吗？花朵有深浅和贤愚吗？花朵每年都要开放，但不是看到花开的人都能开悟。竹子时时发出声响，但不是听到竹子声音的人都能开悟。那是长期坐禅修行的回报，因缘分而突然开悟，不是因为那支竹子的声音特别优美，也不是因为那个花朵的颜色特别美丽。

"即使说竹子的声音很动听，那也是因为石头击打的缘分。

"即使说花朵的色彩很美丽，那也是因为春天的时节缘分使它更加光彩。

"学习佛道的因缘与这些道理相同。

"修行的每个人都能够开悟是因为大家一起修行的缘分，每个人都有自己的个性，修行佛道就是把大家的力量合在一起努力。

"现在，众心合一，努力参悟佛道。

"玉不琢不成器，人不学不知义。没有一开始就光辉灿烂的玉，也没有一开始就非常优秀的人。必须磨练才行。我们应谦虚勤奋地学佛道。

"古人云：'不要虚度光阴。'

"所以各位，时间可以珍惜，但能停止吗？不能停止。深知这一点才行，我们不是在虚度时光，是在虚度人生。所以应珍惜时间努力学佛。

"我一个人登上法座讲说佛法并不容易，所以今天就任命新的首座为大家解说佛法。

"佛祖学道之时，向释尊学佛得道的人很多，向他的弟子阿难尊者学佛得道的人也很多。

"新首座怀奘不要太谦虚，给大家讲解洞山守初（910—990）的'麻三斤'故事吧。"

说完这些，道元走下法座，再次击鼓，怀奘登上法座。

怀奘双唇紧闭，肃然登上法座。

"有个僧人问洞山良介禅师，'这个佛，到底是什么？'于是洞山回答说'麻三斤'。当洞山被问'佛是什么？'后，抓起了身旁的麻，回答说这就是佛。这就是否定了佛与眼前的现实不同，存在于其他地方的见解。这个故事告诉我们正是因为此时此地现实的存在，才能形成真实。"

怀奘敏锐地说道，语言虽少却坚定。

这天晚上的事对怀奘来说终生难忘。

怀奘在《正法眼藏随闻记》中满怀感激地写道：

"这是我在兴圣寺第一次代替住持讲法。此时，怀奘三十九岁。"

除了怀奘，道元没有许可其他任何人代替自己讲说佛法。

二

道元为修行的人们写了《学道用心集》、《典座教训》、《出家受戒做法》等，积极地讲解僧堂日常生活的规则和礼节，因此，兴圣寺渐渐具有正规修行道场的面貌，聚集到此修行的人也在迅速增加。因此，一个僧堂已经不够用，道元不得已又建成一个与僧堂具有相同功能的"重云堂"。

僧堂又名"云堂"，是指修行之人抛弃家园，离开故里，寄身于云，寄身于水，聚集在一起修行的场所。

道元建造重云堂后，又在延应元年（1239）四月二十五日制定了二十一条组成的《重云堂式》，公布了在兴圣寺僧堂里应当严格遵守的规矩：

只有忘却名誉和利益、有志投身于真正佛法的人才可以进入僧堂。

在僧堂中，大家必须水乳交融般和睦相处。

一个月只能出僧堂一次。以前的修行者都是住在深山幽谷之中与世隔绝，必须要学习这种精神。

在僧堂内，不可以看文字，即使是禅书也不行。珍惜每寸光阴努力修行。

需要外出时，不论昼夜都必须通知堂主。

不可数落他人的不足。不能用憎恨之心去看待别人的过失。

事无巨细，必须告诉堂主才可以行动。

在僧堂内或附近不可大声喧哗或群聚闲聊。

不可任意在僧堂内走动。

在僧堂内不可持有佛珠，出入时不可将手垂下。

除了法会外，在僧堂内不可以念佛或读经。

在僧堂内不可发声、擤鼻涕或吐痰。

在僧堂内不可穿绢制和服，只能穿粗布或木棉的粗衣。从古至今，能够开悟的人都是如此。

醉酒之人不可进入僧堂，吃了韭葱的人也不可以进入僧堂。

发生争吵时，两人都必须离开僧堂。不仅不能妨碍自己的修行，还不能打扰他人的修行。没有进行阻止的人也受同样的处罚。

不遵守僧堂内规矩的话，其他人就一起把他赶出僧堂。

不可招募其他出家人或俗家人进入僧堂惊动他人，在僧堂内或者附近不可与客人大声谈话。不可因自己的修行而贪图供品。不过，有志参学的人进入僧堂参拜时没有限制。

坐禅时，必须和僧堂的其他人一样进行修行。早晚不可懈怠。

用膳打翻钵盂时，要按照禅寺的规矩，必须在一定的灯油燃烧完之前一直打坐。

必须严格遵守佛祖的训诫。将禅寺的规矩铭记于心。

必须注意一生安稳地辩道。

以上二十一条是古代高僧的教诲，必须虔敬地服从。

嘉祯四年（1238）四月十六日，道元将《正眼法藏》中的《一颗明珠》传示给大家。

这是兴圣寺僧堂开设以来的第一次示众。取自于玄沙师备（835—908）的"一颗发光的水珠就是一个世界"。所有的真实存在就是佛道的真意，道元以丰富而鲜活的诗才将清美的语言剥离，呈现出和宇宙另一端相连之心的微妙变化以及一个无边无际的世界。

延应元年（1239）五月二十五日，道元将《正眼法藏》中的《即心是佛》示众。

即心是佛也可以说心即是佛。也就是说心本身就是佛。

道元在这部《即心是佛》的卷首写道：

"直到如今，世代诸佛都毫无例外的只将即心是佛作为佛道的根本精神坚守和传承。即心是佛不是就自己的存在做出思想解释的问题，而是将自己的存在这个真切事实通过身心付诸实践的问题。所以这句话在印度佛典中并不存在，由中国禅宗最先提出。"

特别是要追求内心细微的波动，要探索到这种动已变为不动的微妙之处。

到十月二十三日，道元又将《洗净》和《洗面》各卷示众。

洗净就是清洗净化。清洗净化真实世界（法界），清洗净化国土，清洗净化身心。在这卷中甚至连剪指甲的方法、剃头的方法、大小便的方法等具体方法都做了细致入微、丝毫不落的解释，这些也是佛祖传下来的真正佛法，道元在此认真恳切地讲述其功德。

人类生活中对这些不可或缺的生理现象的处理方法都是用佛光仔细地净化，把一个个行为提高到宗教高度，除道元以外别无他人。

其中洗面是指洗脸（颜）。道元很重视这一点，因而对洗脸的方法、洗脸用的时间、手巾的使用方法、洗脸处的具体的礼节、牙签的使用方法、此时唱颂的经文、刷牙的方法、漱口的方法等都做了详细地说明。

《洗面》这卷是首次讲，后来又在吉峰寺、永平寺等地再次演说，并且反复地强调。道元将与生俱来的洁癖融入佛法之中，并使其发挥作用。

第二年的延应二年（1240）三月七日，《礼拜得髓》卷中讲说了女人成佛的可能性，指出女性也可以修行佛道，还可以成为得道高僧。四月二十日，在

《溪声山色》中，以如净的教诲为基础，指出夸耀权势之人虽然皈依佛门，也不能证明其求法的正确性，恰恰是妨碍学道的阻力。

八月十五日，在《诸恶莫作》中，引用了由释尊以前的过去七佛真实传承下来的七佛通戒偈开头一句"诸恶莫作，众善奉行，自净其意，是诸佛教"，将这偈中所讲的佛道修行应有状态示众。

十月一日，《有时》示众，其中展开了独特的时间论。同日，又将《袈裟功德》和《传衣》示众。十月十八日，在《山水经》中，用生动的语言表现了自然的清冽之美，道元将与生俱来的对诗歌的直观感受力毫无遗憾地发挥出来。但又说不能沉湎于自然的美丽，而是要将已经被佛法彻悟的心灵沉浸在山水之中。

延应元年（1239）到宽元元年（1243）的上半年，在约四年的时间里，合计有四十五卷的《正眼法藏》示众，并且在这段时间里，道元上堂次数达到百回以上。如此，从道元建立兴圣寺的天福元年（1233）起到宽元元年（1243）为止的约十年间，道元把《正眼法藏》的大半都示众，并记录下来。

《正眼法藏》各卷的记录几乎都由怀奘来完成。怀奘从正式入门那天起，就一直陪伴在道元的左右，记录了道元大量的著述。

另一方面，以比叡山延历寺为代表的僧徒争斗依旧继续。愤怒的幕府于文历二年（1235）一月二十九日，下令禁止僧侣武装。但僧兵却将幕府的禁令置若罔闻。同年秋天，兴福寺的僧徒发动暴动，被激怒的幕府没收了他们的庄园。

与此同时，亲鸾允许从常陆回到京城。

兴圣寺的伽蓝建好后，前来参禅修道的俗家弟子也越来越多，道元不分老幼、男女、道俗，站在佛法面前人人平等的立场上积极地为他们讲说佛法。

在当时的佛教界，存在着将女性看作是贪图淫欲象征的意识，这也是一般社会的共同观念。当时社会为了不让魔障进入佛法修行道场而通过特别的修法来加以禁止，但道元称之为恶习，他指责寺院等女性不能进入的场所就是"女人禁区"，这是"只有日本才有的可笑之事"。道元特别强调佛法面前男女平等。

对道元来说，谈起女性就是自己的母亲伊子。那个美丽温柔、知书达理、有着自己想法的母亲对道元来说是永远的女性，也是不可侵犯的美的象征。所以，无论如何不能允许蔑视女性的风潮。

但是，对于男女性爱的事情，道元论及了僧侣的情欲问题，提出了非常严格的见解。

西天付法藏的四祖、优婆鞠多尊者的弟子中，有个自认为超越情欲烦恼，掌握了全部四个禅定的僧侣比丘。

一日，他在修行中遇到一位失去双亲的姑娘，姑娘请求结伴而行。他因为可怜姑娘，就和她一起上路。途中，正要渡河之时，姑娘跌入水中，所以他就伸出手去救姑娘。不料，这时他碰到了姑娘柔软的肌肤。于是他突然就起了色心，按捺不住情欲。他站着不动深深反省自己，终于明白自己并不是已经切断情欲烦恼的高僧。于是，他渐渐爱上了姑娘，最终两人相爱欲发生关系。

可是仔细一看，那姑娘就是师父优婆鞠多尊者。师父变成姑娘是要试验比丘的力量。比丘醒悟了自己的错误，感到非常羞耻和惭愧。

通过这个故事，道元教诲人们，所谓真正地知道佛法，就是指知道自己还不是真正的佛僧。彻悟情欲是错，就应当早早抛弃才是。

"怜惜恩爱就当抛弃恩爱。"

对道元来说，真正意义的人间爱情超越了男女情欲。

但是，同时代的亲鸾却与道元的观点完全相反。亲鸾沉湎于男女本能的情欲，在那种肉欲的欢喜中觉察到真实的罪恶感，于是向绝对的弥陀信仰和慈悲求救。

道元深刻的人性理解和至纯的恩爱观，是对他没有闲暇的修行生活的证明，对一般的信徒来说反倒非常有魅力。而且道元既能解释深远的佛法世界，又可以畅谈恶臭的人间，许多信徒都被道元的这种人格魅力所吸引。

任命怀奘为兴圣寺初代首座后的第二年即嘉祯三年（1237），十六岁的日莲在清澄寺出家。同年道元三十八岁。

其后两年的延应元年（1239）二月二十二日，与道元的父亲通具有很深关系的后鸟羽上皇在承久之乱中败北，被流放到隐岐，并在此驾崩。后鸟羽上皇多才多艺，同当时擅长和歌的名流一同成为《新古今集》的编纂者，并且很擅长蹴鞠。被流放后，后鸟羽上皇在幕府的监视下，与身旁数名侍者过着孤寂的生活，写和歌聊以自慰。编纂有《时代不同歌合》、《后鸟羽院口传》，及从《新古今集》中精选而成的《隐岐本新古今集》。与此同时，还寄托了返回京城的愿望，但在政治的失意中驾崩，终年60岁。

另外在第二年的延应二年（1240）五月十四日，虽然屡次禁令，但专修念佛的信徒还在不断地增多，对此，延历寺的僧徒请求幕府下令禁止专修念佛。

同年十月十五日，母亲伊子的弟弟、即道元的养父，曾任摄政内大臣的藤原（松殿）师家去世。虽然曾经强烈反对道元出家，但在道元出家后一直明里暗里地保护着道元。

至此，许多身边重要的人都离开了道元。

特别是藤原师家的死，让道元愈发感到人生的无常。

疑云密布

一

离开建仁寺移居深草，已经过去十一年。

仁治二年（1241）正月三日，道元将《正法眼藏》——《佛祖》之卷示众，接下来在三月七日撰述了《嗣书》卷。

兴圣寺外群山之巅春霞环绕，在这个漫山遍野被山樱染上淡淡色彩的傍晚，有一群僧人敲响了兴圣寺的大门。

正在道元身旁做笔录的怀奘注意到敲门声，轻轻放下笔，向寂圆递了个眼色。此时寂圆的日语已相当熟练，日常对话不成问题。对道元而言，现在寂圆已和怀奘一样不可或缺。

"似乎是他们来了。所有人都作出决定了吗……"

这样说着，怀奘赶忙走向大门。

无论是道元、怀奘，还是寂圆，都知道这一群来访者是什么人了。

他们是达摩宗的人。道元已预先得到通知，怀奘的师兄怀鉴将率众弟子来访。

出现在道元面前的是日本达摩宗的诸僧，他们目光清澈而充满光辉。日本达摩宗从宗派上来讲属于中国禅宗的临济宗大慧派，其开山鼻祖为与荣西同时代的大日房能忍。

能忍最初学习的是天台教学，其中特别修习了禅法，并自修禅学古籍，由此自行参悟，并在摄津的水田兴建三宝寺弘扬禅风。

然而，他遭到比叡山等派别的指责：

"能忍是如何修禅的无人知晓，而其佛法系统也不详。"

为此，在文治五年（1189）夏，能忍派遣自己的弟子练中和胜辩前往宋朝阿育王山的拙庵德光（1121—1203）处修习佛法，并随同带去众多贡品，将自己所悟展示给拙庵并获得证明认可。拙庵承认了能忍的佛法，并赠予能忍法衣、法号、得意的自画达摩画像以及《沩山警策》等禅书，以此作为他将从大慧宗杲（1089—1163）处继承下来的佛法传予能忍的证据。于是，大日房能忍继承了当时作为中国禅宗中心的大慧宗杲佛法系统，由此名声大噪，一时间获得可与法然的净土宗相比肩的地位而风靡于世，其势力也急速扩大。

大日房能忍无师自通自行悟得佛法，同时注入被称做纯粹禅风的中国大陆新风，自然受到比叡山派的压制。

另一方面，从宋朝归来，一时想在京城兴建禅寺的荣西也与比叡山派进行斗争，因为比叡山派将他与能忍归为一派，但在政治上却对天台教学做出妥协，以巩固自身的地位。

然而，对比叡山派而言，荣西想要弘扬中国禅宗流派之一的黄龙派禅学的活跃行为非常碍眼，而且他们很恐惧禅宗的流行，于是向朝廷提出强诉。结果在建久五年（1194）禅宗被禁。禁止禅宗活动的诏书颁布后，荣西激烈地否定了能忍的禅学。

正在这时，能忍被其侄子恶七兵卫景清杀害。景清在寿永年间（1182—1185）跟随平维盛打败源义仲，又作为平知盛的手下击溃源行家，其在屋岛合战中刚勇无比的表现也广为传颂。然而，景清最终沦为平家的残党，在源氏的追兵下逃到能忍那里，能忍想招待他，悄悄让弟子去买酒。景清却误以为自己一定被出卖了，一刀将能忍砍杀。

比叡山派的压制和开山鼻祖能忍死于非命，使达摩宗受到很大的打击。而且达摩宗在嘉禄三年（1227）到次年之间，两次遭到兴福寺僧兵火攻，最终导致其门下陷入毁灭的状态。

达摩宗甚至还受到荣西的排挤，陷入孤立。能忍的弟子佛地觉晏前往大和多武峰妙乐寺避难。在遭到奈良兴福寺和比叡山延历寺的迫害之前，达摩宗看上去已经崩溃。然而，与荣西诸宗融合的兼修禅不同，标榜纯粹禅学的日本达摩宗并没有因此完全停止活动。

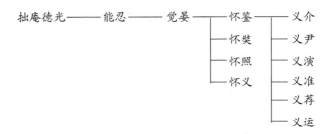

日本达摩宗法系图

　　继承能忍佛法的佛地觉晏与其门徒孤云怀奘等人一起，以大和多武峰妙乐寺为据点进行活动，作为觉晏高徒的觉禅怀鉴（？—1251？）及其门下弟子彻通义介（1219—1309）、义演（？—1314）、义准（生卒年不详）、义荐（生卒年不详）、义尹（1217—1300）、义运（生卒年不详）等，以白山天台派的据点越前波著寺为中心，仍然形成一个教派。在觉晏圆寂、怀奘投入道元门下后，他们依然和本地的白山天台众弟子一同开展着各种具体的宗教活动。

　　怀奘投入道元门下后，也依然频繁地与波著寺的怀鉴等人保持着联系。

　　怀奘哪怕只产生一点点的疑问，也会坦诚而虚心的向道元提问。其后，他以当时的问答和道元所讲述的夜话为中心，将道元的思想详细地记录下来，不到十天就将其文稿送至波著寺怀鉴处。怀奘这样做，是因其内心深处希望过去是伙伴的达摩宗僧众能够理解道元本人及其正传佛法的宗派特色。

　　经过怀奘三年间不断的努力，以及秉承先师觉晏遗志的原因，怀鉴等达摩宗众完全理解了道元所提倡的佛教，并为道元本人的器量所折服。终于，怀鉴及其弟子们决心集体拜入道元门下，于是就有了那一日的赴京拜访。他们能够一同拜入道元门下，这背后包含着怀鉴希望留下来的达摩宗弟子们能够继承觉晏遗志的热切期望，以及坚韧不拔的斡旋者的功劳。

　　当然，道元也曾犹豫是否将日本达摩宗众人纳入自己门下。然而，对于因比叡山派而被赶出建仁寺、如无根浮萍般寄身于深草的道元而言，日本达摩宗众徒的境遇有着无法视同路人的切身之感。此外，再加上怀奘的热心劝说，道元便同意了此事。

　　在延应二年（1240），继重云堂之后，与僧堂房檐相连的照堂建成。至此，兴圣寺的庙宇规模虽然不大，但总算有了数栋屋宇，而且前来兴圣寺的有缘人也越来越多。这些人中有前来寺庙参拜参观的人，有来求道元法话的人，有希望剃发受戒的人，有住在寺庙附近来佛堂听法的人，有前来出席每月一次布萨的人等，接触到道元佛法的人逐渐越来越多。这时大概接收了四十人左右的修行僧。

在道元的随从中有以下这些人：

因景仰道元从中国而来的寂圆；

在兴圣寺首次成为首座的怀奘；

与怀奘相争首座之位的义信；

于兴圣寺圆寂的僧海首座、慧颚上座；

听宣法后投入门下，成为侍者后不久就整理出兴圣寺语录等的诠慧；

重云堂主宗信；

在深草受戒脉的觉信；

深草时代拜入门下的怀照、怀义尼；

延应元年（1239）年除夕担任值岁的慧运；

仁治二年（1241）充当净司的显慧；

仁治二年夏安居被授予"法华转法华"的慧达；

十四岁在道元门下出家的行玄；

仁治二年春集体拜入门下的达摩宗众人——怀鉴、义介、义尹、义演、义准、义荐、义运。

以上常住僧人共计二十一名。

此外，道元的信徒还有圆智上人、野山忍禅人、良忠、觉明房长西、天王寺如一等。而且除野公大夫、杨光秀等儒家学者之外，其俗家弟子之中还包括正觉禅尼、弘誓院（藤原教家）、波多野义重、佐金吾觉念等。

最重要的是，因为日本达摩宗众僧的加入，道元门下的人员骤然增加，兴圣寺众徒作为一个教派的基础也因此巩固起来。同时，旧日本达摩宗众徒的加入无论在兴圣寺内部，还是在以比叡山为中心的旧佛教派中均引起较大的反响。

随着怀鉴等的集体加入，道元首先不得不对旧达摩宗众僧进行彻底的再教育。其再教育的内容即为众人讲授《正法眼藏》各卷，对没有通过面授即获得佛法传承的日本达摩宗之祖师拙庵德光的佛法进行大量严厉的批判。

除此之外，道元在进行佛法活动时也不得不对与达摩宗不和的比叡山派、甚至南都（奈良）兴福寺的动向保持警惕。虽然对达摩宗众僧的再教育可以通过讲授《正法眼藏》的各卷来完成，但可以预想到，同那些与当权者保持密切关系的佛教派别进行对峙难以避免。

　　从达摩宗众僧入道元门下的仁治二年（1241）春开始，到夏安居为止，道元已经完成了对他们彻底的再教育。而且道元在夏安居中将《法华转法华》传授给道元门下出家的慧达禅人，并在同年的夏安居中将《心不可得》、九月九日将《古镜》、九月十五日将《看经》、十月十四日将《佛性》、十月中旬将《行佛威仪》、十一月十四日将《佛教》、十一月十六日将《神通》等一个接一个地示众。

　　在十月中旬道元示众《行佛威仪》时，有一位非常虔诚的僧人列席听法，这位僧人名叫正信房湛空（1176—1253），曾经在嵯峨建立了以源空为祖师的二尊院。

　　道元在解说行佛威仪无所妨碍的作用时说道：

　　"有时，就是一声放屁声，一股小便味，有鼻孔即可闻到，有耳、有身体、有修行场所即可听到……"

　　当道元用如此自由奔放的语言说明时，湛空不禁用衣袖遮住了脸，许久都没有把脸抬起来。

　　接着，他就这样退下了。

　　后来他在对自己的门下弟子说法时说道：

　　"佛教是尊贵的，是不可侵犯的。杀佛或者将佛比喻为干屎橛（即厕筹、拭粪的小竹木片。将佛家比喻为至秽至贱之物——译者注）、放屁声、小便味，这样的禅宗实在是太可怕。啊啊，受不了，受不了，受不了……"

　　这样说着并流下眼泪。

　　听闻此事的道元苦笑着对怀奘说道：

　　"凭着那种毫不利他的佛，就能给人受戒令人皈依的话，那么，如果我的双眼也因这种事就会流泪，我也想哭啊……"

　　听到这话后，怀奘禁不住笑了出来。

　　实际上，对道元直接从中国引入的佛法，以及对其采用的奔放式解说方式，怀有湛空那般心情的人也不少，道元的佛法不能说一定被所有的大众全盘接受。然而，其在僧堂无言而真挚的专心坐禅身影、天马行空般自由奔放的禅谈，以及聚在那里的僧侣们形成的从不知足的求道精神，这种气氛给当时人们留下了非常新鲜的印象。

<h1 style="text-align:center">二</h1>

承久之乱（1221）以来的二十年间，道元父亲一方的村上源氏之久我一族，因未有光耀门楣之事，家道中落，门扇生锈，柱子腐朽，家中衰寥，只闻松涛之音而寂无人声。但此时却一举重新夺回了昔日的荣光。

仁治三年（1242）正月，由于四条天皇年仅十二岁即驾崩，而其亦无兄弟，所以土御门上皇（1195—1231）的皇子邦仁王作为四条天皇的皇嗣登基，即后嵯峨天皇（1220—1272）。因后嵯峨天皇的母亲是道元之父通具长子久我通宗的女儿通子，对于道元而言，天皇是他的外甥。由此，久我家作为天皇的外戚而获得权力。特别是道元同父异母的兄长、继承了久我通宗地位的通具第四子定通，其晋升非常引人注目，他掌握了朝廷的实权，权势如日中天。

道元将正传佛法弘扬京城并非出于自身的意愿，只是凭借这种激变的政治形势"顺风借势"而成。

后嵯峨天皇即位大典举行后第八天，一月二十八日，道元在兴圣寺讲授《大悟》。他讲到，由诸佛诸祖正传下来的顿悟并不是自然而然就能获得的，需要超越大彻大悟的意识和对其执著，还应达到绝对的顿悟。为说明这些，道元引华严休静的大悟却迷的故事以及仰山与京兆米胡的顿悟问答为例，明确了真正大彻大悟的意义。

其后的三月十八日，道元以宏智正觉的《坐禅仪》为范本，以《坐禅箴》说明了专心打坐的真髓。又在三月二十三日讲授了《佛向上事》，认为即使已经体验了作为佛教最终目的的顿悟，也不应局限在这一境界之上，而需更加勤勉努力向上，大彻大悟后的修行也十分重要；三月二十六日以提倡达摩祖师的语录为根本，讲授了《恁麽》，"恁麽"是指只能说"那个样子的"绝对顿悟的真实。

其后在四月五日，道元讲授了《正法眼藏》中分量最重的《行持》卷。"行持"是指"一直不断地正确修行佛道"。

道元以其在宋朝的体验为基础，活生生地再现了祖师和禅僧们的修行状态，介绍了禅僧们的言行，认为正因为有诸佛诸祖的行持，正确的佛法才能够流传至今日，从而使得我们的行持也能得以实现。在此，道元恳切地讲到，以释尊为首的诸祖师是如何认真探寻道路，又是如何努力进行严格修行的。

仁治三年（1242）四月十二日，久我家在俗亲族们夺回了往日的权势、在朝廷引人注目的活跃，道元以此为强力后盾，赴京造访近卫大人府，举行法谈。

近卫殿下为猪熊关白家实之子，名兼经，是九条道家（1193—1252）的女婿。道家将摄政之位让与兼经，后者于仁治三年一月二十日成为关白，又在当年的三月二十五日将关白之职让给了道家的次子左大臣良实，道元造访之事便发生在此后不久。对道元而言，近卫大人是其母亲一方的亲戚。

在谈话中，近卫大人问起道元将正传佛法传来日本的理由，于是道元以达摩大师从印度到中国时为起点，一直详细地讲到禅五家七宗分立的过程，而且道元主张其禅门宗旨的绝对性。

近卫大人似乎快要被道元充满热情的讲述征服，不过即便如此也没有改变其温和平静的表情，多次颔首静静地听着道元的话。或许其中有从权力中枢引退后而产生的安心感，近卫大人始终平静地享受着与道元的谈话。

然而，当道元说到自己确实继承了从天童如净禅师那里单传下来的正传佛法时，近卫大人探出身子，显得似乎对此十分感兴趣。

道元对近卫大人的表情变得生动起来而感到高兴，接下来更讲到自己在兴圣寺寺域内建起日本第一个正式的僧房，在深草甚至连俗家弟子也能够理解坐禅，以及坐禅已逐渐得到普及等事。

一直静静听着的近卫大人此时开了口：

"这样啊。这实在是值得高兴的事情。不过，我听说坐禅是建仁寺已故大法师荣西第一个将其传入日本的……"

"对，正是这样。我也是因为与荣西大师相遇之契机而首次接触到坐禅。正因为荣西大师，才使京城有了禅风的基础。因此，即使是在朝廷，吾师天童如净禅师的正法也为人所理解，真是好时机啊……"

绝不允许兴起新信仰的比叡山派对鼓吹禅学的道元的动向非常在意，虽然此时道元和近卫大人完全没有提到此事，但实际上近卫大人也不是不知情，五

近衞殿ニテ
法談ノ次テ
問答アリ

年前他也曾听说过道元被赶出建仁寺而移居深草的事。

"道元大师的侄子邦仁亲王即位为后嵯峨天皇，正是绝好的机会。如果有需要我帮忙的地方，无论何事请尽管开口。尽管微不足道，但我也希望能略尽绵薄之力……"

虽然说近卫大人只是道元的在俗亲戚，但也握有超群的权力，道元也自知将世俗权力介入佛法之中与他所追求的佛法极其矛盾。当然，道元自己毫无通过依靠在俗亲戚的权力使正传佛法得到传播的念头，他只是对正传佛法被理解的时机已经成熟这件事感到高兴。近卫大人所说并非仅仅是社交辞令，而是从心底表达了竭尽所能的意愿。

道元向近卫大人表述了感谢之意，并将带来的《辩道话》抄本赠予近卫殿下，便从近卫邸告辞，其后道元又非常少见地出席了在近卫大人别墅举办的和歌会。

山夜朦胧月影上，
淡光飞舞是流萤。

明湖暗栈孤船渡，
万拉千推莫心知。

道元是怀着怎样的心情咏出这两首带有宗教意味的短歌的呢？以近卫大人为首的道元的俗系公卿们都十分了解。然而，这些公卿们均以明哲保身为先，没有人愿意为支持道元而与拥有僧兵集团、在统治阶层地位牢固的比叡山派对抗。

道元积极开展的这些活动，严重刺激了自道元归国以来便对其动向极为敏感的比叡山派，更招致了使道元之父通具下台的九条兼实（1149—1207）直系一族的反感，不过道元完全不知道这些事情。

在当时的朝廷中，可以很明确地看出呈现两派对立的局面，其中一派是以后嵯峨天皇为中心的久我定通、近卫兼经等一族，与之对立的一派包括九条道家及其子教实（1210—1235）、良实以及镰仓的北条泰时等，泰时因镰仓将军赖经出自九条家而与之同派。

九条家族的始祖为九条兼实，他使道元之父通具下台，并与镰仓关系密切。

因此，在镰仓将军家历经源赖朝、赖家、实朝三代而中绝时，镰仓幕府为修复承久之乱后与朝廷间的关系，从赖朝的源头九条家拥立一位将军。这是镰仓将军的本质。

在这样的朝野背景下，道元在近卫家举行法谈。这场法谈很快在朝臣之中传开，听闻此事后九条道家很震怒。

道元在近卫大人府的法谈使朝廷内部的权力与派阀斗争骤然表面化。

九条道家突然注意到属于敌对阵营久我一族的道元，为使九条家族兴盛，九条道家开始筹谋引入可与道元相匹敌的禅僧。

在晋见近卫殿下后，道元返回深草，四月二十日撰述《海印三昧》，二十五日撰述《授记》，二十六日讲授"观音"。接着又在五月一日授义尹以大事，其后授后来的由良兴国寺开山祖师心地觉心（法灯国师）菩萨戒。

接着，五月十五日讲授了"阿罗汉"。五月二十一日又以《柏树子》应对名叫赵州从谂的僧人提出的问题"佛祖西来意为何如〔达摩为什么来到中国呢〕"。对这个问题，道元以"庭前柏树子（庭院中的柏树）"作为回答，讲授了人类主体与其客体并非对立，超越人类主体与其客体的对立正是"佛祖西来意（绝对性真实）"。六月二日，在从早晨起就未间歇的雨中，道元以云门文偃的话为例讲授了《光明》。

"所有的世界都有光明。虽然人人都有各自的光明，但想看却又看不到。那么究竟对人们而言，有光明是怎么一回事呢？云门问众人，然而谁也无法给出答案。于是云门说，其答案为僧堂、佛殿、三解脱门。我十分赞赏云门这句话。然而，如果要问这是怎么一回事，我也无法说明……有时梅雨霏霏下个不停，屋檐淌下的雨滴也滴滴答答无法止歇。究竟光明在哪里呢？人们只有到云门的这句话中寻找答案……"

道元讲授结束时已过夜半时分，雨依然没有停。

此后，在九月九日讲授"身心学道"之前的约三个月时间中，道元完全没有进行《正法眼藏》的著述以及在僧堂和其他地方讲授。

在这三个月中，道元的身边发生了重大"事件"。

当年春天，近卫大人将道元赠予他的《辩道话》命名为"护国正法义"并上奏给朝廷。

计划此事的是以近卫大人和久我家为首的数名公卿。在近卫大人看来，现在在位的是道元的外甥后嵯峨天皇，是难得的好时机，于是怀着一举将道元的宗教影响扩大的好意计划了此事。当然，计划是在道元完全不知道的情况下进行的。

道元本人得知这个计划时已经是很久以后的事了。

"将此上奏给朝廷如何？请务必让我来帮助大师将此上奏。"当道元收到近卫大人寄来的这样一份书信时，已处于无法止步的局面。

道元对此感到不知所措。

——"无论如何想要助一臂之力。"

道元对近卫大人的好意感到很高兴，也从心底感到感激。然而，这与我的意志完全不同……实在是操之过急了吧……

道元自己虽然觉得如果能设法获得朝廷理解的话，实在是再好不过了，然而却从来没有想过上奏。

——近卫大人过于冒失了。然而，时代的潮流确实如顺风般推动着我……

道元的心摇摆不定。

——弘扬佛法普渡众生的心愿，我终生从未改变。这样看来，如果放过这次机会，以后不知何时才会再有这样的机会。如果是这样的话，也是一种佛缘，那么我就应坦率地接受近卫兼经殿下的好意，将其上奏给朝廷吧。向朝廷传达达摩祖师从印度经中国传来的佛教，才是最为正统的佛教教诲，并向朝廷主张镇护国家的正法除此之外再无他法，要做这些，此时正是不会再来的好机会吧。然而，向朝廷上奏难道不是去接近权力吗？这完全与我的意志相反……这样不也和吾师如净的意志相反吗？

如果这次上奏未能顺利，那么也能想象到肯定将会给在俗的亲族们带来很大麻烦。

话虽如此，更值得担心的还是比叡山派对此的反应。如果此事传入他们的耳中，不难想象他们将会采取怎样的行动。法然、亲鸾与天台教团进行教义论战时，被判失败并遭流放之事至今依旧记忆犹新。比叡山派总是认定只有自己所信奉的天台教学才是正确的，肯定会将除此之外的所有教派作为歪门邪道予以击退。只要离开天台教学一步，比叡山派就会对其毫不留情地进行攻击、抹杀。

——就算如此，难道因为害怕遭到比叡山派的打击，在佛缘之下，不将好不容易带来的正传佛法弘扬于世，这样好吗？……

在道元数日间如此反复考虑时，近卫大人将此理解为是得到道元的首肯，向朝廷上书请奏。

近卫大人之所以将书名改为"护国正法义"，其根由从远处说，来自比叡山延历寺祖师最澄镇护国家的思想，从近处说，则是因为注意到荣西通过著述《兴禅护国论》来鼓吹自己的宗教理念一事。

接到这封上书之后，朝廷也略感踟蹰，于是请比叡山的佐法印来判别其优劣。法印蔑视地说道：

"道元鼓吹的所谓正法，与其说是听闻释尊的说法而参悟，不如说其只不过是无师承自行参悟、缘觉及独觉的解释，不要说是普渡众生，根本就与大乘佛教的基本理念相背，甚至与护国的宗旨相反。"

"这不过是道元个人自以为是的主张，对这样的佛法完全没有必要予以重视和采取什么行动。"

因为法印完全无视《护国正法义》，朝廷遂驳回上奏。

谁都可以一眼看出在背后操纵这一批示的是九条道家。

这一批示当然是依仗权势而出笼的，对于从未想过扩大吾之佛法影响的道元来说，无法认同。然而，道元的佛法内容就这样被故意曲解，其实也被完全无视，被指责为独觉的见解，考虑到这一曲解指摘背后关系到的庞大势力，无论近卫大人、久我一族等怎样大力支持道元，也力不从心。

当京城发生这样的事时，开创执权政治、在幕府政治上起到巨大作用的第三代执权北条泰时（1183—1242）于六月十五日在镰仓去世，终年六十岁，其嫡孙经时（1224—1246）继承其位成为第四代执权。

此时，年幼时就被迎立为镰仓第四代将军的摄政九条道家第四子藤原赖经（1218—1256）已任其职近三十年，不知不觉间与一些特定的将军直属武士形成密切关系，其中特别与北条一门内以名越光时为代表，包括三浦光村、千叶秀胤等在内的武士，他们拥护赖经，从而形成了反执权的派阀势力。

当上新执权的经时很快察知这种势力，于宽元二年（1244）迫使赖经将其将军职位让给其子、时年六岁的赖嗣。

然而，此时称做"大殿"的前将军赖经仍住在镰仓，依旧保留了其势力。另一方面，关于泰时之死，在镰仓及京城的公卿之间，广泛流传这是遭到流放，三年前死于隐岐的后鸟羽上皇的怨灵及其祸祟所致的说法，因此，七月八日，朝廷将上皇的谥号由显德院改为后鸟羽院，以安慰其怨灵，回避祸祟。此外，七月十一日追封后嵯峨天皇的母亲源通子，赐予其"皇后"尊号，又因源通宗为天皇外祖父，封其为左大臣正一位。这种对道元在俗亲族们非常有利的政治情势，可以说也是以近卫大人为中心、对道元怀有好意的公卿们将《护国正法义》启奏给朝廷的条件之一。

苦难之日

一

——决不能重蹈达摩宗的覆辙。

自己如浮萍般云游寄身的时代结束了，从此以后要鲜明地宣扬从如净处传得的正传佛法，无论如何也必须使其传承下去。道元决心这样做的意志愈加强烈。

仁治三年（1242）八月五日，道元收到一份意想不到的赠礼，是中国瑞严寺住持无外义远送来的。道元与送来赠礼的无外义远曾同在如净禅师处修行，即为同学。

这份赠礼正是他们老师如净的《天童如净和尚语录》。义远是该语录的编者之一，完成后便将其寄给道元。

义远与道元的教派间机缘甚深。在道元圆寂后第十二年，即文永元年（1264）时，道元之徒寒岩义尹（1217—1300）将终于完成的十卷道元语录《永平广录》带给义远，义远将十卷精选为一卷，并为其撰写序跋。其后这本书于延文三年（1358）以"永平元禅师语录"（一卷）为名出版并流传于世。

对正在全心专注于《护国法正义》一事的道元来说，此时送来的其师如净的语录，便如同获得亡师现在依然关怀着自己的证据一般。

第二天八月六日，道元以"天童和尚语录到"为题，在兴圣寺举行了许久未进行的说法讲道。

道元首先为《如净语录》奉上香，说道：

"修行者诸君，天童和尚跃过东海至此。

"东海的众鱼龟也必十分惊愕，在惊愕的同时又加护此语录使其平安而来。

那么诸君，我们必须明确，究竟是这本语录比和尚先来到的呢，还是和尚比语录先到达的呢……"

经过一时间的相对无言后，道元继续说道：

"海神知晓这本语录的尊贵，明白其真正价值，用其光辉照亮暗夜……"

道元如此般说法，仿佛是为使众弟子再一次亲眼见证天童在生之时的风采和其严格的佛道精神。道元这样深情地、深切地讲着，然后从讲坛上走下来，来到下座的位置，与众人一起对《语录》行三拜之礼，恰似如净禅师端坐于此般尊敬。

这一天道元在为何事思虑呢？弟子们自不待言，就连聚集在兴圣寺听道元讲法的众人之中也有很多人注意到这一点。思虑之事是什么呢？虽然那一刻还没有人明了，但大家都敏感地意识到这一定是不久后道元身上将要发生变化的预兆性事情。

以收到《如净语录》为契机，道元强烈感到现在必须完全回归到古佛如净的佛法之中。出于这种想法，道元的心情也似乎如摆脱了什么一般焕然一新，在此之后道元再次全身心地投入到《正法眼藏》的讲授与执笔之中。

首先，道元于九月一日为《一叶观音》之画撰写诗文。接着道元连续不断地分别在九日讲授了《身心学道》，二十一日讲授了自己畅游梦中世界和清醒世界的《梦中说梦》，十月五日讲授了《道得》，十一月五日讲授了《画饼》。

即使在进行这些讲授，道元也一直牵挂着比叡山派的反应。

既然《护国正法义》已被驳回，道元明白，如果再这样继续宣法活动的话，自己迟早也会像法然和亲鸾那样，遭到强硬而执拗的打压。

——既然上奏已被驳回，大概比叡山派就不会沉默了吧。对于无法获得朝廷许可的佛法教派，比叡山派绝不会允许其继承流传下去。即使那样，如果继续宣法活动的话，那么兴圣寺一定会被捣毁，佛法房一定会被清除，这是比叡山派一贯的做法。恐怕只能离开这里了。然而，这绝不是屈服于比叡山派的打压，而是为了能将正传佛法传承下去。

道元下定决心。

与此同时，如果我在这里的话，也终将危害到在俗的亲族们……

但是，道元最为恐惧的还是从如净处传承而来的正传佛法被蛮不讲理地摧毁一事，无论如何，一定要将正传佛法传承下去。

"远国王大臣，居深山幽谷，力使一人半人受法。"

如净这句话的真实含义，对道元而言突然有了现实意义。这既是如净最后的遗训，也含有道元的尊严。

以收到《天童和尚语录》为契机，这句话再次清晰地在道元心中被唤起。

仁治三年，在晚秋渐渐变冷的风吹过时，道元从兴圣寺时代起就悉心培养的首座僧海亡故，年仅二十七岁。

道元忍住悲伤，为僧海到佛堂说法，并诵读了其遗偈。

二十七年古债未转，
踏翻虚空投狱如箭。

接着，道元说道：

"昨夜，僧海留下'生来二十七年，虽不断修行却未能得偿前世业债，亦未臻悟境，如今跃入虚空，如箭般飞落地狱'的遗偈……僧海生命之水就此枯竭……同为云游四方的行脚僧、修行者诸君的悲叹亦深……

"回归海底的僧海啊，就算想与你相会，胸中盈满的热泪却将大海填满。昨夜，虽已挥拂尘安抚你的魂魄，今日之佛堂讲法，就算作是对你的饯行吧……"

听得入神的行脚僧们，也忆起无论何时均毅然坚决、为众僧之楷模的僧海，没有一个人抬起脸来。

道元对僧海深深的哀悼之情久久难以平复。在此之后不久，道元又一次思念起僧海，再次上堂讲法。

此时道元引用了赵州禅师的语录"虽然是同我相见过一次，但也不可能变成别人"，接着说道：

"僧海自与我相识之后便改变了一直以来的样子。

"僧海生前从未离开过这个寺院，然而，在这个风寒、树上果实纷落的时节，他却离开了寺院踏上了旅程。

"行脚僧的身心多么像水中的泡沫一般虚幻无常啊……"

道元对行脚僧短暂的生命和不可延误一刻的修行，讲述了如解燃眉之急的心得。既是为死者饯别，也是对活人的诘问。

镰仓执权北条泰时亡故后半年，执掌新执政之职的其嫡孙经实对已有变质之兆的执权政治抱有危机感，意图改革重建执权体制。因此，他对那些已形成反执权势力的强大武士集团的动向极其敏感。武士们的宿命是为战而活——这一现实的生死罅隙中，周围总是萦绕着血腥味。

波多野义重自己也因承久之乱失去右眼，生死问题对他而言并非毫不相关。

在逼近年关的仁治三年十二月十七日，道元赴京。自很早以前，波多野义重就曾多次恳请道元前往其私宅说法，此次赴京之行就是为完成这一约定。这是道元移居深草以后，首次在兴圣寺之外的地方说法。

义重的私宅与六波罗探题相邻，位于六波罗蜜寺旁边。

六波罗蜜寺为空也上人于应和三年（963）兴建的寺庙。在此之后，该寺庙周边被称做六波罗，承久之乱后，这片土地为探题所用。

那天在义重府，义重的家臣与相熟的公卿们都聚集来听道元说法。道元考虑到其中武士较多，便以"全机"为题，进行了简短的说法。

全机之"机"是指能力，可说是产生作用的根本所在，"全机"指全体能力、功效，也就是表示佛心能力、效用的词汇。

道元的说法在大多数情况下，都会采用直截了当地将最重要内容放在开头阐述的手法，这次讲"全机"也是这样。

"诸佛之大道，当探究之处，为透脱，为现成。"

这样，道元以表现出此次说法要点的句子开始说法。

"佛道的终极之处，即为生死之透脱与现成。所谓'透脱'是指于生则超越生，于死则超越死。这就是彻底成为生，彻底成为死。生与死都是真实的现成。佛道的终极状态为离开生死，沉入生死。'现成'是指将佛道终极之真实在现实中实现，这是只有活着才能够完成的。活着是指在此时此刻实现自己的生命。将此实现时，生命之全部将呈现出来，死之全部亦将呈现出来……"

当道元的说法开始后，所有的人都静静地听得入了神。

无论哪一位武士，脸上都露出了极为认真的表情。

"所谓生，就如人乘坐舟船一样。这艘船因为有我扬帆、掌舵、划橹才能够前进。但船因我乘坐才能够成为船。因此所谓生，是因我自身而生。

"圆悟禅师曾说：'生也全机现，死也全机现。'也就是说，生是对生之功能的体验，死是对死之功能的体验。只有亲身体验才能明白这句话的意义。因此，所谓生死之功能，可以比作年轻人伸缩胳膊的状态，也可以比作睡觉时枕头歪掉，在黑暗中摸索枕头的状态……"

如此这般，道元深究了事关人之现实的生死问题，将佛祖之光照耀在这般现实之上，给众人讲授"透脱"的世界。

二

道元自宋归国，已经将近十四年了。

其间，道元之父通具的政敌九条家因在承久之乱后与镰仓将军保持了深厚的关系，渐渐掌握了朝廷的实权。

此外，荣西所创建的教派之中也出现了许多前往宋朝留学的僧人，他们弘扬临济宗杨岐派的禅法，并开始与九条家共同进退。九条家所筹谋之事也渐渐收到成效，其中有一位名为圆尔辨圆（1202—1280）的僧人。

圆尔于建仁二年（1202）的正月十三日出生在骏河国蒿科，五岁时在久能山尧弁门下出家，十八岁时因景仰智证大师圆珍的古风，到其曾居住过的园城寺学台密佛法，学成后于东大寺戒坛院受具足戒。翌年起前往京城游学，学习三年左右的儒学后再次返回园城寺，听闻荣西高徒释圆房荣朝的讲法并受感动，为拜访荣朝前往上野国（群马县）世良田的长乐寺学禅，从而进一步加深了对密教之奥秘的理解。

圆尔于元仁元年（1224）回到久能山，获传三密之密印，又于安贞二年（1228）前往镰仓的寿福寺拜访行勇，阅读《大藏经》，更获传阿含密教三部之密印。其后，于宽喜二年（1230）再次回到荣朝处，获得荣朝所赠的传灯大阿阇梨之位。由此圆尔的名声越来越大，在文历元年（1234），其至高丽国高宗曔王听闻其高超佛法造诣的声名，不远万里送来书信聘礼以求佛法之语。翌年嘉祯元年（1235），圆尔前往宋朝。在径山兴圣万寿祥寺，圆尔师从被誉为临济宗杨岐派稀世杰僧无准师范（1178—1249），五年后成为其入室弟子并继承其衣钵。

波多野
雲州ノ
私宅ニテ
御説法

仁治二年（1241）七月圆尔学成归国，接受太宰府随乘房湛慧的邀请兴建崇福寺。建寺后圆尔向自己的老师无准师范遥敬继承香，以报师恩。其后圆尔又在肥田兴建万寿寺，以回报与他一同前往宋朝的荣尊（1195—1272）的长年友情，此后又在博多兴建承天寺以弘扬佛心宗。圆尔所走之路俨然与荣西相同。

有此经历的圆尔于宽元元年（1243）二月，在崇福寺建寺祖师湛慧的推举下，受九条道家的邀请来到京城。

既为镰仓将军赖经之父，同时又是四条天皇外祖父的九条道家与西园寺公经结下亲密联盟，作为京城的政界泰斗而称霸朝廷。道家在嘉祯二年（1236）为神佛托梦，发愿兴建一大寺庙。嘉祯四年四月二十五日，道家在法性寺出家，延应元年（1239）十一月二十五日在东大寺受戒，仁治二年成为一身阿阇梨，四月在东寺受灌顶等。于是，道家不仅仅在政界，在当时的佛教界也拥有极大的影响力。

拥有如此强大权力的道家所请僧人就是圆尔。

得到在政界和佛教界均有极大发言权的道家的保护，圆尔凭借这一背景，再加上极高的资质、圆融的语言技巧，很快便在朝臣之中获得大量信徒。

其活跃表现仿佛荣西再现。

仁治三年十二月十七日，当道元前往六波罗的义重宅邸讲授《全机》，归途中不经意间看到于八月开工的东福寺巨大佛殿的骨架。

道元于宽元元年九月，曾以《佛经》卷严厉批判了儒教、佛教、道教三教一致说，然而圆尔的佛法却承认这种三教一致说，也就是所谓的宋朝禅。而且在教禅一致的禅风上，圆尔比起其师翁荣西来有过之而无不及，其背后有巨大权势的卷入，圆尔佛法的立身之本与如净的禅学相对立，这也是道元最不喜欢的一点。

现在，象征这种禅学的巨大殿堂正在建起。

在他的兴圣寺附近竟建起这般寺庙，使道元不得不深切忧虑正传佛法被权势与名利污染、侵蚀。

第二年的仁治四年（1243）一月十六日，道元撰述了《都机》，三月十日示众"空华"。

"都机"指的是用万叶假名表示的"月"，虽然是以"月"为主题进行的说法，但在这一卷中所表现出来的"月"却并非单纯漂浮于虚空之中的美丽月亮。佛祖们常常假托月来表述"诸法无我"或是"诸行无常"等语句，而道元凭借"月"表现的正是集约了这些语句的正传佛教的真实意义。也就是说，虽然道元在对"月"进行讲授，但背后却受到闪耀着诗意光芒的"都机"（佛法全部功能）的驱使。

另一方面，"空华"是指当眼睛生病、被遮住时，在空中会看到华丽的幻影，也可表示为诸存在没有实体性、诸存在为空，然而，此处却并非是指这种意思，此处的空华表示离开有、无的绝对真实东西，道元主张应对这一意思进行领会。

宽元元年四月二十九日，道元受义重邀请再次上京。

这次前去六波罗蜜寺说法。上一次在义重邸进行的说法获得意想不到的好评，很多人提出希望务必再听一次的请求，由于很多人有这样的意愿，于是义重自作主张借用了六波罗蜜寺，并邀请道元到此进行说法。

这一次，听法的对象主要为修行者而非武士。

说法的主题为"古佛心"。

"古佛"指的是佛祖、杰出的祖师，"古佛心"是指从释尊经由摩诃迦叶，从印度诸祖至达摩祖师，经二祖慧可及六祖，再传至如净、道元的古佛之心，也就是正法眼藏（绝对性真实）。道元讲到有志学道者应该以这种古佛不灭之境地为标准，并大力说明所有的世界均为古佛心。

在道元讲授这一"古佛心"时，东福寺已整备建成，圆尔在东福寺普门院开始传法活动。

从六波罗蜜寺回深草的途中，道元思考如何将从如净那里继承下来的《正传佛法》纯正地守护传承下去，他深感必须给出答案的时候马上就要到来。

"须长居深山幽谷，应长养佛祖之圣胎……远国王、大臣，不贪施主，轻今生而隐居山谷，重法而不离寺庙，惜寸阴，不顾万事，专注一心修行佛道。"

先师如净之语如今仿佛又一次回荡在耳边。说起来很奇怪，去年八月五日送来的《如净语录》，大约也是对此的暗示吧。

道元在六波罗蜜寺的说法引起意想不到的波折。

六波罗蜜寺是比叡山的分寺。脱离天台宗的道元在这个寺庙进行说法，这在比叡山派看来实在是不得了的大事，这件事激怒了本来就对道元怀有敌对之心的叡山派，更成为他们迫害道元的口实之一。以此事为契机，比叡山诸僧们开始认真考虑伺机捣毁兴圣寺、流放道元。

得知此事的义重意识到自己的粗心大意，并深感自己对此负有很大的责任。

三

五月五日道元讲授《菩提萨埵四摄法》，翌日黎明时分，道元所担心之事终成现实。

比叡山僧兵突然不请自来，蜂拥而至，围住兴圣寺高呼，要求道元离开，并破坏了法堂和僧堂的一部分。整个寺庙陷入混乱，不过幸好僧兵们并未危及寺内的修行僧，也没有全面烧寺和捣毁寺庙。

虽然道元在怀奘和寂圆等近侍的陪伴下，前往附近信徒的家中避难而平安无事，但僧兵在撤退时发话：

"佛法房道元，立刻离开此地。不然的话，直到你滚出去为止，不管多少次我们还会来问候你。"

这并非仅仅是威胁而已。

僧兵的袭击仅仅止于这种程度，大概是忌惮道元为当今上皇的叔父，又是现在正得势的久我一族人。然而，只要他们驱逐道元的目的没有达到，就无法知晓他们所忌惮之事能支撑到何时。

去年仲秋《如净语录》送来时，道元就已下定决心。

道元四处查看被破坏的僧堂，同时开始考虑"迫不得已之时"的事。

六波罗的波多野义重当天就收到兴圣寺遭到比叡山延历寺僧兵破坏的消息。

义重去年年底邀请道元至自宅讲法，在得知道元遭到比叡山派不顾一切的迫害后，就开始考虑道元的转移之地，并与怀奘一起对他的想法进行了多次探讨。

义重收到兴圣寺遭到袭击的消息后，由侍者相伴乘快马飞快赶到深草道元处。

一到兴圣寺，映入眼帘的是伤痕犹新的破坏痕迹。

——不能再有一刻的犹豫。再不尽快转移道元大师的话……

义重此时也在心中下定决心。

只是，问题是道元是否同意。

道元对义重飞奔赶来感到非常惊讶，但一见到义重，不知为何原本紧绷的神经似乎轻松了一些。

在僧堂，聚满了因担心而前来的僧俗信徒。

这些信徒以弘誓院、正觉禅尼为首，包括了然尼等外护者。

所有人都看上去都非常不安。

"道元大师，我有几句话想说。"

听到义重的话后，道元将义重引入方丈室。

寂圆、怀奘、怀鉴等数人被允许入室列席。

"道元大师，您没有受伤吧。那些家伙，果然动真格的了。"

道元与一旁的怀奘等互相视看，默默地听着义重的话。

"继续留在这里很危险，请尽早离开这里吧……"

道元依然沉默。

义重接着说道：

"我想可能会发生这样的事情，以前便考虑是不是有更合适的地方。我也曾与怀奘大师谈起过这件事，请大师移至我的封地、越前志比庄如何？那里也有没有主持的古寺，最为重要的是，由于是我的领地，我想不会带来任何不便。如果道元大师肯赏脸来此，作为家主我感到非常荣幸。"

义重所说的越前志比庄，是从平安时代起在九头龙河中游扩展出来的广阔庄园，义重的波多野府邸就在下志比的花谷附近。对义重来说，如果志比庄能够迎来入宋沙门道元，并在此兴建新寺庙，是对白山天台残党的众僧徒以及当地人们夸耀自己力量的绝好机会。当然，其中也有被道元弘扬其纯一佛法的志气感染的成分。

义重丝毫没有因为道元遭难而改变对其的深厚情谊，对此，道元由衷地表示了感谢。

"越前是吗？……说起来，祖师如净生于大宋国越州。听到同样带有'越'字的地名很令人怀念……对于我来讲是求之不得……"

义重脸上突然似被光照到一般明亮起来，嘴角也浮出了笑容。

"这样啊。实在是不胜感谢。那么，我马上为此事进行准备，道元大师这边也请着手准备。关于具体的细节，之后我将派使者常来，有何要求还请尽管吩咐。"

道元欣然允诺，义重马上回京做准备。

当然，道元之所以欣然同意，并非仅仅因为怀念越国之名而已，而是充分考量各种情形后做出的决定，当然这也与义重的请求有关。

其中的一个理由是，三年前因怀奘的斡旋而集体拜入门下的怀鉴、义介等日本达摩宗众徒与越前有深厚关系。怀鉴等人曾居住过的波著寺就在越前；义介生于波著寺所在乡里，稻津保的齐藤家，十三岁上多武峰拜入觉晏的弟子怀鉴门下，十四岁前往比叡山，至二十二岁为止修习了天台教学。换句话说，对他们而言，越前是故乡。由于对越前的地理状况了如指掌，以三人为代表，以前也曾多次劝说道元前往越前。

怀奘认为听闻道元进行说法，而且与道元的佛法禅风相符之处，没有比越前更好的地方了。另外，怀奘也与义重交谈过种种情况，所以一有机会怀奘就向道元讲起越前的风情。然而，虽说现在白山天台派已经逐渐荒废，但越前依然是其根据地。

白山天台派是泰澄上人于养老元年（717）以白山为中心开创的教派，至中世拥有僧众三千人的平泉寺、丰原寺（丸冈町、废寺）以及因波著观音而闻名的波著寺等寺院，以北陆地区一带的天台宗大寺院为根据地进行扩张，成为南至九州，北达东北，覆盖日本全国的教派。

然而中世之后，比叡山派开始将白山天台派视做异端，白山天台与延历寺之间产生教义上的对立。白山天台在此之后继续走自己的道路，但渐渐凋敝，最终被看做只是波著寺的一派，甚至开始出现转投日本达摩宗的教徒，教势一路衰退。

曾在波著寺寄身的怀奘对白山天台派现在的状况非常清楚。怀奘所属的达摩宗在其师觉晏死后，活动的据点从多武峰转移至越前波著寺，达摩宗僧众寄身于波著寺，并与本地的白山天台众僧徒共同进行宗教活动。

那时的白山天台派，虽然极度衰退，但在教义上还是与比叡山派互不相容、互相敌对，在以北陆到东北地区为中心的范围内仍是潜在的一大势力。

然而，对道元教团转移有利之处在于拜入道元门下的达摩宗众人与越前的本地人有着很好的关系，更与越前的白山天台派有亲密的交情，特别是波著寺的僧人们强烈希望道元能够前往。道元自己认为释尊正传佛法的宗旨在于《法华经》，这样一来，尊重《法华经》的白山天台派也更容易接受道元。

此外，怀奘等人向道元提及的志比庄正是如净训诫的"深山幽谷"般的地方，是传承如净佛法的绝佳之地。

然而，无论有何种理由，当时支撑寺院经营基础的是施主的经济支持。

虽然有以怀鉴为首的来自波著寺众僧的力劝，但这个邀请需要莫大的经济实力作为后盾，只要没有经济上的保证，就算是以枯淡生活为信条的道元，也无法简单地带领众门徒前往越前。

义重邀请道元前往越前，缘于他拥有这样的经济实力。此外，同样不能忽视的还有来自义重堂兄弟左金吾禅门觉念的极大援助。觉念也是在六波罗出仕的镰仓武士，与义重同样是越前的领主，并在京城的高辻西洞院建造了私宅。

道元前往越前之事，若无此二人的经济支持则无从谈起。

道元不知比叡山的僧兵何时再次袭来，现在最为担忧的是从如净那里传承下来的正法就此中绝。

也就是说，现在守护由诸佛诸祖一脉单传下来的正传正法之责任以及对于道统的历史性生命断绝所抱有的深刻危机意识，都作为现实问题压在道元的心头。

——为了在将来弘扬正法，暂时隐忍自保，努力进行本来的行脚修行，去探究古贤先哲的学风吧……

被驱逐离开建仁寺时，道元就曾下定这样的决心。那之后过了十二年，道元再一次陷入如此的境地，于是又想起了当时的心境。

——吾之佛法之道，绝非像圆尔那样通过迎合权力来弘扬佛法宗旨，我知道这样做将远比圆尔的做法来得艰险。然而吾之道难道不该是远离权力、超越时空的祖师之道吗？如今正是应该回到本师如净的原点之上时。

道元再次下定此决心，那一晚，他悄悄地叫来怀奘这样说道：

"今年的夏安居一结束，十七日即实行……"

话虽很短，但两人之间这已足够。

七月十七日，是如净的忌辰。

怀奘在第二天按照以前的计划开始着手前往越前的准备，并迅速和义重取得联系。

第四章

白雪

进军越前

一

宽元元年（1243）七月七日，这一天拂晓，为听道元说法，僧俗信徒就络绎不绝地赶往兴圣寺，法堂已经挤不下，连走廊都站满了人。

也许是因为人们事先已经知道今天是道元在兴圣寺最后一次说法，出于紧迫感，当道元开始宣讲后，现场鸦雀无声，人人都投入地紧盯着道元，侧耳倾听。

道元今天讲的是《正法眼藏》中〈葛藤〉一节。所谓"葛藤"意指从葛茎藤蔓攀附其他草本生长，延伸为人类的感情纠葛、心里烦恼或内心挣扎等极其棘手的问题。人活着本身就是一种"葛藤"，佛法的主旨正是"舍生忘死"，也就是放弃生死之间的纠葛。从"葛藤"摆脱出来也是一种"葛藤"。道元基于这种现实，以达摩大师及其弟子们的故事为素材，从正传佛法因师父和弟子的因缘投合得以维护和继承的角度，解说了"葛藤"的原意。而且特意对赵州纯粹而超脱的禅风赞不绝口。这也正是他今后追求的目标和坚决捍卫正传佛法的心理支柱。

道元还暗示弟子们在未来的新天地中要有既严酷又命中注定的命运连带感。师父与弟子结成命运共同体本身就是"葛藤"。道元尽量讲得平平淡淡，反而使不少女信徒隐藏在内心深处的感情被唤醒，感动得热泪盈眶。

在离开深草时，道元将兴圣寺的后事委托给义准和诠慧办理。义准过去是旧日本达摩宗怀鉴的弟子，后与师父一起加入道元门下，长期跟随道元左右，作为书信侍者，负责处理道元的来往信件或文稿等所有文书相关事务。

因为义准工作态度认真、诚实正直，才被委以这次重任。其他因各种各样的事务而无法离开的门人决定暂留兴圣寺，并做好与义准等人一起守护法灯的心理准备。

其后道元进行了为期十天的闭关修行，结束时已经是七月十七日，那天刚好是师父如净的忌辰。道元带领数名弟子离开已经居住了十余年的深草，踏上前往越前志比庄的旅程。

此时距圆尔辨圆在摄政九条道家的庇护下，在宏伟的东福寺伽蓝中解说禅宗要义已经过去五个月。当时道元刚好四十四岁，怀奘四十六岁，寂圆三十七岁，义介二十五岁。

一行人出发时的装束如下：身着玄衣，头戴万寿斗笠，手戴手背套，腿扎绑腿，足蹬草鞋。每个人的身后都背着装有佛法经典或随身用品的竹背篓。虽说时节已到初秋，可夏季的烈日余威还在，阳光毫不留情地照射在一行人身上，黑色的僧服渗出汗水。看看每个人的脸上，都有汗珠顺着额头或鬓角淌下。谁也不说话，只是默默地在散发着令人透不过气来的热乎乎的青草气息中向越前跋涉。

天空蔚蓝而清澈，远处的积雨云层层叠叠。

道元一行从宇治经过间道，在大津乘船横渡琵琶湖。道元深情地抬眼眺望着比叡山连绵的山峰，不久，一行人就消失在湖面上忽明忽暗的薄雾中。道元一行登陆从海津出发，途经追分、疋田、道口、谷口，翻越木芽岭，择道板取、今庄、南条、肋本、武生、鲭江和松冈一线。在道元经过的路线中，从追分、疋田、道口到敦贺的一段路程是当时交通线路中的大动脉，也是潜伏时的义经一行曾经走过的路线。

离开京都大约七天，道元一行到达了越前的志比庄，时间已是七月下旬。为准备迎接道元一行，波多野义重先行一步返回志比庄行馆。当天，波多野义重率十几名随从到松冈出迎道元。

眼见着道元一行人走近，义重小跑着迎上前去说道：

"走了这么远的路，一定很累了，我准备了轿子，道元禅师，这边请。"

原来他早已为道元准备好轿子，在此等候多时了。

道元对义重的好意感到欣慰，不过还是婉言拒绝了坐轿。

"不用，劳烦费心，还不至于此。一路上与条条道路、山河草木打交道，乐在其中，所以，并不觉得那么累。观察花草树木，聆听蝉鸣鸟啼，也是一种乐趣。"

道元的脑海里常常响起如净振聋发聩的教导：

"不要接近国王大臣。只是居于深山幽谷，超度一个半个，不使我宗断绝……"

道元心中有种强烈的想法在涌动，就是必须回归先师纯粹禅的原点。道元一边行走，一边强烈感受到自己正是朝着如净指明的佛法原点行进。

"要是那样，至少让我们帮大家拿背上的行李吧。"

义重近乎哀求地说道。

"对不起，自己的行囊自己背着走，这也是修行。请您不要介意……"

道元平静地回答说。

道元非常怀念在大宋期间，为拜求正师独自一人遍访名山大川时的经历。

义重一时有些不知所措，后来总算得以让随从把一行人的行李分别负担，变成一队沿着山路急行。主动承担带路任务的义重这时紧跟道元赶路。

众人沿着九头龙河登上志比庄，看到河对面的合月村。

"瞧，那里有一艘渡船。这艘渡船从三国港口出发上行，途经稻多和古市，在鸣鹿或东古市河面装卸货物。另外，这艘渡船从东古市上行到五里川上的胜山町，也承担胜山平泉寺的用度。"义重停住脚步，用手指着浮在九头龙河上的一叶小舟向道元解释道。

道元也停下来，目光朝着义重手指的方向望了一会儿。义重一转头，迎面刚好看到眺望远处的道元侧脸，一时呆住了。义重当年遇到的血气方刚青年道元历经二十年的风霜，如今俨然已经具备了堂堂一代宗师的风范。

义重一瞬间被道元脸上充满的令人眩目的威严吸引。

义重再次把目光转向远处的小船，心中暗暗发誓，"以后才是关键，无论如何我也要守护这位禅师……"

"道元禅师，此处的志比庄号称是'千谷之谷'的幽谷。瞧，河对面的那个山谷为净法寺谷，右手侧的山谷为光明寺谷。平泉寺众多房舍中的一座寺院就跨河而建，如今无人居住。"

对义重的解说，道元不断地点头。不过，义重从其表情就可以看出，道元正在思考着什么。一行人也都默默无声地跟了上来。

越前松岡
ノ溪ノ奥
吉峰ニ
分入リ
玉フ

越往九头龙河的上游走，河流激起的浪声也越高。凉风徐徐吹来。

当靠近急流时，惊涛拍岸的轰隆声听起来震耳欲聋。

"附近村庄的名字就叫'轰'"。

义重说完，道元脸上露出微笑，点点了头。

"轰之谷的山顶上长着像伞一样美丽的松树。因此，这一带的山峰称为伞松峰。"

义重解说后，道元手搭凉棚，愉快地附和了一句："哦，伞松峰，名字很好听啊。"

从松冈行走约十四公里，来到九头龙河河面宽阔处，河中央有许多大的沙洲。有些沙洲上甚至建有几处村落。一行人一边观望着左侧据说叫北岛、福岛、市右卫门岛等名字的沙洲村，一边向上游赶路，又经过了山脚下的大月、栗住波、石上等村庄。

正在道元一行准备进入下一个村庄时，发现在村子入口处，有一位盛装打扮的神官正在恭迎一行人的到来。

"恭迎太守驾临，在下等候多时了。"

"你是怎么知道我们要来呢？我好像也没有事先通知啊……"义重似乎也很吃惊地问道。

神官一边笑一边答道："是的，我的确没有收到您手下的通知。事情是这样的，今天早上平泉寺的长老派人来过，说太守大人将陪同贵客在中午时分到达这里，吩咐我们要小心接待。我想要是太守大人来时，必定提前数日便有知会，不过既然是长老交代的事，一定错不了，因此，到这里迎接。"

平泉寺素有"北国大山"之称，处在义重的辖区内。道元想平泉寺的长老又是怎么知道此事的呢？实在不可思议。于是，众人在神官的指引下，参拜了市荒川八幡宫，并在神社事务所暂做休息。随从们也卸下行李，擦了把汗。从山谷吹来的凉风令人精神一振。

道元一行吃过饭，正要做出发的准备时，神官向道元问道："听说道元禅师正在寻找修行的合适场所，不知您决定下来没有？"

义重惊讶地反问神官："平泉寺连这件事都交代过吗？"

"是的，据使者说，长老在数年前就已经知道道元禅师要来越前，开设修行的道场。因此，他把净法寺、光明寺的住持叫回平泉寺，让他们把无人居住的禅房和寺院清理出来。还说，一旦道元禅师来到市荒川时，请您用'试箭'的办法决定修行之所。"

道元认真地听着神官的讲述，似乎有所感悟地说："试箭啊……有意思。"

义重还真不知道有"试箭"这回事，但还是接着道元的话茬，同意在此进行"试箭"。

道元察觉到，这一系列的有意安排是包括怀奘在内的旧达摩宗门人与义重之间经过周密计划早就定好的。他知道有"试箭"这样的仪式，但今天也是头一次观看。

得到道元和义重愉快允诺的神官立刻将村里走路快的年轻人叫来，吩咐道："现在，我们要请八幡神弓做试箭占卜，你们一定看好箭的去向。"

随后，神官徐徐地诵完祷文，行了一礼，将八幡拜殿上供奉的弓和箭拿到手中。只见他身后背上装有三支箭的箭筒，站在神社院中央，按照古时的做法，把箭搭上了弦。

众人屏住了呼吸，紧紧地盯着神官，见他拉满了弓，三支箭相继被高高地射到天空。第一支箭飞向正西方，第二支箭飞向北方，第三支箭飞向西北方。刚才还目不转睛地抬头看着的三个年轻人按照箭的去向，一溜烟地奔跑过去。

"请再稍等片刻，箭的所在很快就能禀报上来……"
神官一边卸下背上的箭筒一边说道。

不到半刻钟，气喘吁吁地赶回来的一个年轻人禀告说，第一支箭落到了吉峰山上无人居住的寺庙院中央。随后传来了第二支箭落在伞松峰的西边、第三支箭落在穿过大佛寺山的峡谷附近的回报。

神官一边点头，一边面带神秘地说："据我思量，这第一支箭落下的地方预示着要开一个临时道场，落在无人居住的寺庙院内，说明现在立刻就可以住进这个寺院，日后也一定可以在此开设法座。至于第二、第三支箭落下的地点，我想也是有某种因缘的地方。"

对神官的解释道元报以微微一笑。

这是道元许久以来少见的明快笑容。看到道元笑脸的义重也满脸堆笑地说："第二支是落在来的途中您见到的伞松峰，其实，我很早就想在那里建造一座寺院。"

道元感到很惊讶。因为他完全没想到，义重已经连这一点都考虑到了。

——他究竟是个什么样的人呢？为我做了这么多……

道元打心眼里为义重的想法感到高兴，心中不禁双手合十。

但是，至于第三支箭落点的含义，当时的义重也不知道。那里正是建造当今永平寺的地点。

二

道元一行落脚在义重领地内娴静的古寺吉峰寺。吉峰寺即今天福井县吉田郡上志比村吉峰。群山环绕下的吉峰寺位于沿吉峰河上游方向的山间，与经岳和大佛寺有山脊线相连，寺院前方可以看到九头龙河蜿蜒流过。

道元到达那里后，为了向这次来越前途中承蒙关照的平泉寺长老表达谢意，也包括感谢特意安排"射箭"选择修行之所一事，很快赶往位于吉峰寺东南约二十四公里的平泉寺。

平泉寺寺院被厚重的绿阴环绕。道路两旁的杉树、山毛榉等古树枝叶交错，绿荫遮盖着长满苔藓的参拜通道，这片树林被称为菩提林。穿过参拜通道，可以看到宛如被层层叠叠的青苔守护的平泉寺。

在方丈的指引下，道元见到长老，千恩万谢。长老断断续续地道出了实情。

"也不值得你这么感谢……其实，我以为您已经知晓，前些日子圆寂的达摩宗觉晏禅师与我是旧交……道元禅师，有关您的事情，我通过觉晏和怀奘的信件早有耳闻……"

道元通过长老的一席话明白了先前神官的举动。

"道元禅师，如您所知，现在，平泉寺虽说排在比叡山延历寺名下寺院的末尾，但此寺的开山鼻祖叫泰澄，泰澄是出生在越前麻生津的一位修验道行者，受女神指引，登临白山山顶，于养老元年（717）开创平泉寺，设立白山禅定道。所以，平泉寺是白山修验道的总道场。道元禅师请不必对比叡山那边有任何顾虑，尽管讲授真正的佛法……"

长老的这番话令道元感慨万千。因为平泉寺再怎么说也是白山宗派的本源地，这里的白山信仰势力占绝对的优势。

"既然您如此盛情，就请允许我使用山师峰的寺院吧。"

对道元的话，长老点头附和。

闰七月一日，道元举行了进入北越山寺后的第一场说法，内容是《正法眼藏》中〈三界唯心〉一节。

道元引用了《华严经》中的一段，"三界唯一心，心外无别法，心、佛与众生，是三无差别……"用以说明人心、佛与众生之间没什么差别，众生皆是释尊的子民，释尊的佛法宏大无边。

道元的话语中透露出一种自负，他认为不仅向自己的弟子们，也是向白山天台山的信徒传播和使之参悟正统的佛法，自己才移驾北越，将这里作为最好的道场。

道元要走的修行之道正是追求释尊佛祖树下求道、石上修行的宗师风范，诸如西来的第一位祖师达摩在少室山达摩洞面壁九年的端坐、大梅法常在清苦而壮丽山顶的生活、沩山灵祐彻底寄身于山水的不懈修行、赵州从念那种以橡子栗子为食，连禅房都不许人修理的清贫修行的古代大师的操行等。不像圆尔那样，依托国家的掌权者来宣扬佛法。道元选择的道路是远比圆尔之流要险峻得多、艰难得多的古代佛法宗师们经历的道路。

道元最重视基于真正严肃的佛心而进行的苦修。在来越前的途中，道元心中俨然回想起宗师如净在天童山上堂说法时的身影。道元心想，我一定要把以前在兴圣寺多次举行的不彻底上堂仪式做得更加完美。

"上堂"是住持正式说法的一种仪式。这时如果滔滔不绝地讲授反而不好。上堂说法时必须话语简洁，用简洁的话语讲解一切含义。为此，听者必须正确地理解佛法的含义。否则即使使用了包含上百个意思的禅语，听者只理解了其中三十种，那么，这次上堂也没有什么意义。道元切实体会到，为让人理解自己的上堂说法，就必须用日语更加详尽地解释各卷《正法眼藏》。他再次下定决心，必须认真整理帮助理解佛法的指南书籍。

其决心之坚决已经充分反映到《正法眼藏》各卷的解说当中。道元在吉峰寺相继进行了数场说法。九月十六日，讲解〈佛道〉，二十日，讲解〈密语〉，其后讲解〈说心说性〉、〈诸法实相〉和〈佛经〉。十月二日，讲解〈无情说法〉，二十日，讲解〈洗面〉，其后讲解〈面授〉。

在吉峰寺，每天为准备粥饭，担当典座的二十五岁义介每天背着沉重的米桶，沿着漫长的坡路往返两次。可义介从不抱怨，拼命地干活。

尽管生活在这种环境下，弟子们反而更加相互关心，如同水乳交融一般，和谐相处，过着纯粹的求道生活。

北国的冬天来得很早。

一行人到越前时正是初秋而酷暑犹存的时节，如今听到盂兰盆节的鼓声，俨然让人感到深秋来临。短暂的秋天很快结束，当冬虫开始飞舞时，纷飞的白雪突如其来地降临大地。自我感觉身体健壮的道元切实感到北越冬天的不同凡响。虽然早就预想到会下雪，可道元还是惊诧这里雪天之多。

十一月六日，道元撰写了〈梅华〉一卷，在其中写道："身处越州吉田县吉峰寺，雪深三尺，大地迷漫。"十三日，宣讲〈十方〉，之后接连向信众讲解〈坐禅箴〉、〈法性〉和〈陀罗尼〉。

道元随后赶往平泉寺长老提供的一个禅房，位于离平泉寺很近的山师峰，长老把它指定为道元在平泉寺挂单的居所。十一月十九日，道元示众〈见佛〉，廿七日，示众〈偏参〉。十二月十七日，示众〈眼睛〉和〈家常〉，二十五日，示众〈龙吟〉。其后再次示众〈春秋〉。当时道元考虑到在严寒中听法的信众，为鼓励参学，强调认真体会佛道中的寒暑与世俗间的寒暑截然不同。

道元进山以来第一个正月来临了。

道元在山师峰迎来宽元二年（1244）的新年。从山师峰返回吉峰寺后，道元在正月廿七日，再次示众〈大悟〉。在接下来的二月四日，示众〈祖师西来意〉。十二日，示众〈优昙华〉，十四日，示众〈发无上心〉和〈发菩提心〉，十五日，示众〈如来全身〉和〈三昧王三昧〉，二十四日，示众〈三十七品菩提分法〉。

吉峰寺虽然是"试箭"时第一支箭的落点，但对于正在成长的道元僧众来说，要作为发展的根据地确实太狭小，从布局条件上说也不适合。因此，完全了解这一情况的波多野义重与左金吾禅门觉念等人合作，把第二支箭的落点伞松峰作为应验的寺庵吉地，着手建造新的寺院。当然，事先已经得到道元愉快的首肯。

义重与觉念等一道，在道元一行到达后不久，就开始开山辟地的作业。二月廿九日，平整法堂地面，四月二十一日，奠定法堂基石，竖起立柱，经阴阳师少判官安倍晴示的建议，上梁仪式选择在翌日申时（下午4点前后）举行。

这一期间，道元连续在三月九日示众〈大修行〉、三月二十七日示众〈转法轮〉、二十九日示众〈自证三昧〉。

与兴圣寺建造时一样，大佛寺的建造由与寂圆一起来日本的玄栋梁及其弟子担当。因大佛寺是日本第一座具有正宗禅宗风格的寺院，玄栋梁等人的积极性自不待言。但当工程进展到按照伞松峰的地形画图形、搜集适合建筑物使用的木材阶段，玄栋梁却陷入困境。因为不熟悉当地情形，要找到上好的木材非常困难。

经常出入山谷天台宗灵山院的灵山木匠们听说这件事后，主动要求提供帮助。当初，他们对从宋朝来到日本的玄栋梁等人抱有反感，甚至具有敌视。后来，当他们听到频繁前去吉峰寺的灵山院庵主绝口称赞道元的话后，才开始对道元产生好感。

庵主劝他们说："道元禅师是位了不起的人，你们不妨去听一回他的说法。禅师专心修行的样子宛如活佛转世，前来参拜的人越来越多，吉峰寺已经拥挤不堪。听说波多野大人正在准备建造新的寺院，你们也去帮忙如何？"

庵主还把自己参禅学得的坐禅法门教给木工们。不知不觉，木工们感到自己应当助道元一臂之力。

玄栋梁对灵山木工们的提议喜出望外，在灵山木匠的指引下，足迹踏遍崇山峻岭，以寻找上好的木材。志比山谷到处都很幽深，许多山上从来没有砍伐过。当发现好的树木时，将其砍伐后运出来，汇集到一处加工，按照尺寸大小，用墨线做好标记。这是来自宋朝的木匠和日本的木匠齐心协力地完成的一项大工程。

道元寄寓在吉峰寺，全身心地继续宣讲《正法眼藏》，同时理所当然地也对大佛寺的建造倾注了非同一般的关注。道元每天从吉峰寺前往大佛寺建造现场，与玄栋梁的木匠、左金吾禅门觉念、兵卫尉时澄等人碰面。碰面结束后，甚至一个人对着法堂、禅堂使用的每一根柱子、每一块木板郑重其事地合掌礼拜。

就在新禅寺的建造工程进展中，从深草来了两位稀客拜访道元。他们是道元在兴圣寺时期的俗家信徒生莲房及其妻子阿静。由于事出突然，无论道元还是其弟子们都感到吃惊。

"这不是生莲房和阿静吗？来这深山荒谷究竟所为何事啊？"道元方丈主动向由弟子引领前来拜会的二人发话。

因熟人相会，道元的脸上不由得现出笑容。

"道元禅师，惊扰您大驾，实在不安。别后非常想念。"生莲房与阿静深深地鞠了一躬，说道。

永平之地

一

生莲房这个名字是道元所授，他原名为金子藏人，本是一名担任宫廷侍卫的武士。有一次京都发大水，担当护卫的藏人父亲被洪峰吞没，以身殉职。藏人取而代之，被召进京，成为卫士。

他的妻子阿静原来是九条教家的侍女，在藤原定家的一次和歌会上与藏人相识，主动嫁其为妻。但藏人有一天说"武士职业实在不适合我的性格"，"承久之乱"发生前，突然辞去侍卫之职，向过去交往的农民求情，购进一块田地，退隐到木幡庄。

在九条家担当仕女期间，阿静不仅和歌咏得好，吹笛和击鼓的技艺也不同凡响。

有一次，九条家邀请许多贵族参加聚会，宴席上九条家推出阿静，让她展示才艺。阿静的本领让在座的客人大吃一惊，赞叹不已，给九条家挣足了面子。当时的家主九条教家赐给阿静一块伽罗（又称"黑沉香"）。从那以后，不知是谁说的，人们开始称呼阿静为"伽罗君"或"伽罗妇"。

那块香木至今仍被阿静珍贵地收藏在衣箱最底层。

藏人和阿静移居木幡的当年，镰仓幕府的大军挥师北上进攻京都，这就是世人所说的"承久之乱"。在木幡庄，人们纷纷将年轻妻子或女孩安置在稻荷神社，或者藏匿在深山里，男人们则在大白天紧闭窗户，大气都不敢出，以免受战乱牵连。

随着战乱渐趋平静，京都发生的故事也纷纷传来。

诸如主谋后鸟羽上皇被流放隐岐，顺德上皇被流放佐渡，土御门上皇从土佐转移到阿波之类；追随三位上皇的公卿、武士们则全部遭到斩首示众处罚。类似的传闻接连不绝，全是悲惨的消息。藏人和阿静还听说宫廷侍卫们几乎全被斩杀，不禁毛骨悚然。

承久之乱过后十年左右，京都城内遭到洪水袭击，镰仓发生大地震，饥荒从京都扩散到全国范围。这时，藏人夫妇的耕地已经逐渐扩大了，生活也开始进入稳定状态。但生活再次陷入困苦时，二人得到一位名叫了然的尼姑的邀请："去深草的兴圣寺参拜一下怎么样？"

于是，二人接受邀请前往兴圣寺，在那里他们第一次听到道元说法，深受震撼。

"日常生活即修行，只管打坐即参禅悟道……"

道元的解说简洁易懂。

"与其依靠自身以外的事物获得解脱，不如通过主动修行而获得解脱。"

对道元的教诲二人深有共鸣，也很感动，从此以后他们经常光顾兴圣寺。

不久，藏人成为一名狂热的信徒，被道元授予"生莲房"的法名。

有一天，生莲房与阿静放下手里的田间工作，聊了起来。

"说起来，道元禅师现在不知怎样了……"

"最近我去兴圣寺参拜时偶然听到的消息，好像在越前吉峰什么山上的一座寺院里，身体也还康健，真想见他一面啊。"

"我也这么想，虽说路途遥远，可越前毕竟不是天竺，也不是宋国。"

"对呀，走上十来天就能见到了。等田里的活告一段落，我们干脆前去拜访吧。"

"对，就这么办吧。"

"可是，带点什么土特产呢？"

二人甚至忘记了田里的工作，坐在田边，聊得火热。

阿静望了望远处，说道："道元禅师不喜欢华丽的东西，我们纺些麻线，织一块袈裟布送给他，怎么样？"

生莲房深深点点了头，表示同意。

进入八月后，两人清洗身体，参拜佛龛之后，开始着手准备礼物。

收割回精心培植的亚麻，剥去皮，用水浸泡，然后抽打并取出纤维，二人合力把纤维纺成线。

十一月中旬的一天早上，阿静来到宇治河里洗了个澡，回到家后在佛龛前点上明灯，诵读《般若心经》。从今天起，总算进入织布的阶段。用酒和盐清洗完织布机，将九条家赐予的伽罗从箱子底取出来，在放织布机的房间里焚烧了。阿静坐在织布机前，开始专心致志地织布。

生莲房在布织成之前没敢走进织布间，只是在叫阿静吃饭时才从木板窗外喊一声。两个人几乎也不说什么话。晚上，阿静就睡在织布机跟前，生莲房甚至不知道阿静何时睡、何时醒、何时开始织布。这种日子持续了很久。

"喂，快来瞧一下，我织好了……"

听到阿静的叫声，生莲房急忙跑向织布间。只见织好的一匹布挂在织布机上，房间里弥漫着伽罗的芳香。

"呀，太……"

生莲房张口结舌地站在那里不知说什么好。

不久，两个人等到积雪融化，就出发前往越前。

期待已久再次见到道元的两人叙说了这次拜会的目的，轻轻地取出袈裟布，双手捧给道元。

伽罗的香气静静地飘散，充满了方丈室。

这块布是用二人诚心诚意纺出的优质麻线织成，虽说是生麻线，但看上去无论是质感还是量感，都透出麻布独特的朴素风格。

道元不由得刮目相看。

"这是用我们培育的麻抽出的线，由阿静纺织的麻布，不知您喜欢不喜欢？……"

生莲房解释后，道元向二人深表感谢，双手恭敬地接过麻布供奉在佛像前。而且静静地闭上双目，双手合十，有一阵子没有抬头。在道元身后等候、与道元同样合掌的二人因感动身体有些微微颤抖。对他们来说，再没有比此时此刻更能亲身体会到"心领神会"一词的含义了。

当天夜里，两人住在寺院事务所的一角，到晚课（晚上的坐禅）时间，两人也跟随年轻的修行僧参加坐禅。天还没亮，深山里的早课（拂晓的坐禅）已经开始，这里的氛围的确与兴圣寺不同。在深山清晨的空气中，令人觉得身心一紧。山谷里溪流的声音加重了整座山的幽静。生莲房似乎切身体会到了道元

大佛寺法堂
上梁ノ儀式
コレ今ノ
永平寺ナリ

放弃深草，移居这种深山老林的心境。

用过早饭，生莲房与阿静一同来到方丈室，向道元辞行。他们要早一点告诉兴圣寺和村里的人们他们与道元一起渡过了一段珍贵的时光。道元在二人离去前，再一次来到佛像前合掌祷告二人旅途平安。

"非常感谢你们这次真心赠送的礼物，我会亲手把它缝成袈裟，并在重大仪式时穿上。"

听了道元的话，两个人倒觉得不好意思，只答了一句，"不胜惶恐"，深深鞠了一躬。

道元与怀奘、寂圆等人一直送到吉峰寺石阶处，终于了却夙愿的二人心情愉快地踏上了回京城的旅程。

搬迁到新寺院后，道元一有空就亲自缝制袈裟，直到他访问镰仓归来，这件袈裟才最终完工。这就是世上闻名的"六代相传袈裟"，从第二代方丈孤云怀奘到第六代住持大智，代代相传。

生莲房夫妇回去后不久，由义重和觉念牵头督造的法堂工程完工。宽元二年（1244）七月十八日，道元一行结束在吉峰寺的夏季安住，正式移驾新寺，举行开堂供奉仪式。这一天正好是道元尊师如净圆寂纪念日的第二天。

恰好在这一天，兴圣寺的义准送来银桂树，栽种在新寺院旁边。这样一来，相当于在这里"种"下了思念守护兴圣寺的弟子们的"缘"，道元也分外高兴。

"大佛寺"的名称源自大施主波多野义重的法号——"大佛寺殿如是源性大居士"。当时，诸公忌讳使用"法号"，而代之以使用"寺号"。

道元在僧俗信徒济济一堂的开坛说法时颂过如下一偈：

诸佛如来大功德，诸吉祥中最无上。
诸佛俱来入此处，是故此地最吉祥。

就在道元诵经时，不知是不是龙神铺起云床，忽然天降细雨，花草树木受到滋润，呈现出吉祥的瑞气。

宽元二年九月一日，法堂完全竣工。十一月三日，禅房的上梁典礼隆重举行。当时虔诚造寺的另一位施主左金吾禅门觉念在库院南面的屋檐下铺一张鹿皮，坐在那里指挥调度，他的儿子左兵卫尉藤原时澄则在库院的西边帮助分派任务。道元与义重坐在库院前方，在场的还有原大和郡守清原真人、源藏人、野尻的人道实阿、左近卫将监、文案书记等积极支持邀请道元来越前的人们，众人一起专注地守望着上梁仪式。

玄栋梁双手捧着五色布帛拜了三拜。在这次上梁仪式上，木匠师父分得一匹马，小工分得一匹绢，前来参拜的上千名信男信女则每人分得一块白色的年糕。

上梁典礼圆满结束。道元准备将其正传佛法命运完全寄托在此的理想法坛接近完工。

这里或许没有京都圆尔等凭借权势获得的大寺院规模大，但佛殿、法堂、禅房、库院等寺庙主要殿宇及其附属建筑物一应俱全。

道元决定以此地为根据地开始参禅学道的生活，并且通过接触"一个半个"有缘人，将其培育为真正的佛教中人。

道元在庆功宴结束后，向义重说道：

"这块土地北依高山，前面南有低矮的群山相连，东有祭祀菩萨化身的白山神庙，西有奔流到东海龙宫的大河。我在宋朝期间，我的尊师天童山的如净禅师密授给我三十余条佛法宗旨，其中有一条就是'勿见大海，当常见青山绿水'。此处的风景刚好应了此戒，我想这里就是我传播正传佛法的道场。恐怕在九州或关东所有地方中，这里也是首屈一指，现在我住在这里觉得无忧无虑。"

义重听到道元这番话满面含笑，"您能那样想就足够了，实在惶恐。在此处，道元禅师佛法应当能够不受任何外压和阻碍的影响，发挥得淋漓尽致吧。为此，我等宁愿拼上身家性命也要保护您。您尽管放心……"

道元再次听到义重一如既往的真心话，心里一热。

义重接着说："道元禅师，正如您所知，我们波多野家世世代代侍奉镰仓幕府，受其恩惠。所以，我打算在这所寺庙里为两位恩公祈祷冥福，一位是源赖朝的正室北条政子，另一位是他的次子右大臣源实朝公。在本月十五日举行的法会上，我想请您郑重地供奉并为他们祈求冥福。届时，我如果在属地，我一定会参加法事。"

道元深深地点了点头。

义重又说道："这件事也是我向幕府申请建造此寺的一个正当理由，同时，也可以通过这里牵制比叡山那边。等到消息传开，白山天台宗的信徒不久也会归依道元禅师。"

道元对自己内心一直担心的事被义重考虑周全地解决既意外又高兴。

庆功宴高潮之际，人们觉得似乎刚到九月。可一转眼，白雪悄无声息地落了下来。

道元和义重共同享受长时期以来未有过的舒心时光。

在短短一年多的时间内，寺院完工，眼看着离自己的理想又近了一步。

道元望着眼前银白的世界，想象祖师达摩大师在雪中的样子。衣衫单薄，可面对外界的严寒，内心如同雪一般的清澈洁白，沉浸在一种极其丰富的修道喜悦中。

道元的心如同长了翅膀，漫无止境地飞向天空，飞向梦幻的彼岸。在义重回去的当天晚上，道元做了一首诗：

西来祖道我传东，莹月耕云慕古风。
世俗红尘飞岂到，深山雪夜草庵中。
生涯虚实是非乱，弄月嘲风听鸟鸣。
多岁徒看山有雪，今冬忽晓雪山成。

道元离开兴圣寺一年，其中半年左右与积雪相伴，接受严寒的考验。就在往返吉峰寺与禅师峰间的日子里，道元将约三十卷的《正眼法藏》各卷陆续讲解给僧俗弟子，同时，该书的撰写也接近尾声。道元的这种精神气概源自内心准备等大佛寺完成后登堂演说师尊如净的真传佛法，以比以往更加正式的形式宣扬正宗禅法。因此，在大佛寺落成之前，日以继夜地撰写，以便告诉弟子们什么是真正的佛法。

道元首先在〈密语〉、〈无情说法〉、〈佛教〉和〈见佛〉等卷中彻底批判了以五大家为中心的中国宋朝禅，然后，在〈佛经〉、〈诸法实相〉等卷中笔锋犀利地否定了儒教、佛教和道教"三教一致"说，最后有力地说明了自己从如净禅师那继承的佛法正统性，强调了其完整性和纯粹性。

道元在〈佛道〉一卷中主张诸佛与诸师没人提倡"禅宗"派别，指出根据历史事实，所谓"禅宗"和"曹洞宗"的称呼是错误的，根本没有这一回事。

道元完全反对区分临济宗、曹洞宗等五大宗派的做法，这大概与他的担心有关，即担心旧达摩宗弟子会受到以临济宗大慧派为中心的禅风的恶劣影响。道元穷毕生精力倡导的佛法乃是参悟五大宗派分庭抗礼之前的古代禅风，是超越五大宗派、甚至没有派别名称的大一统佛法。

针对当时作为宋朝禅宗特色之一的儒、佛、道"三教一致"说，道元以"佛法说天上天下唯我独尊"为依据，强调佛教的纯净和人类的尊严。不过，道元否定的是"儒、道、佛三教一致"的提法，并没有否定儒教的单独存在。

在《三十七品菩提分法》卷中，道元叙述了以释尊为代表、弘扬中国古代禅风祖师的修行业绩，回顾了自己在宋朝修行期间的体验，强调指出修行者应以无量先师为楷模，追求上进，尤其是出家人必须严格要求自己。

每当道元提出这样的教诲时，常常会想起先师如净。离开京都置身北越幽深的山中，道元对如净的想念越来越强烈。他在〈梅华〉、〈眼睛〉等各卷中频频引用如净的教诲，并加以赞扬。

为了将包括如净先师在内、彰显古代禅风的先师的修行业绩发扬光大，道元撰写《坐禅仪》一卷，用日文浅显易懂地解释了坐禅的方法。在建仁寺挂单修行时，道元曾写过《普劝坐禅仪》。这次改写为《坐禅仪》时，他删除了其中纷繁的修辞，尽量简洁易懂地择其扼要阐述。"坐禅仪"对有志坐禅修行的人来说，更加容易接受。

道元再度示众了〈洗面〉一卷，在〈家常〉一卷中，叙述了"佛祖的日常生活仅喝茶吃饭而已"。

宽元二年三月二十一日，道元撰写《对大己五夏阿阇梨法》，简称《对大己法》。

"大己"指修行历时长的前辈高僧，"五夏"指完成五次安居（一次夏安居为九十天）修行的人，"阿阇梨"简称"阇梨"，指无论是学问还是品德都优秀到足以为人师表的高僧。因此，本篇是专门针对那些完成五次夏季安居修行、才学优秀的前辈僧人讲解修行的礼法。考虑到为使年轻的修行者也能理解和身体力行，道元将全篇分为六十二条，逐条撰写。譬如他写道："针对大己的细微具体的礼法与戒条并非道元独自一人的观点与主张，而是诸佛、诸祖师的教诲，因此，必须认真领会，倘若不学习这些，祖师之道就会灭亡，佛祖的教导也将消亡。"

二

　　宽元三年（1245）三月六日，因缅怀先师如净，宣讲"虚空"，三月十二日，宣示"钵盂"。其后又讲解了规定在禅房内坐禅修行的要领与礼仪的"辨道法"。所谓"辨道"，指坐禅、修行、参悟。"辨道"并非存在远离自己的地方。居禅房之内，众人坐禅，道元亦随之坐禅，与众人同吃同住，共同遵守禅房的规矩（规则），过修行生活，这就是"辨道"。道元详细解说了在禅房内坐禅时的举止、进退之法等一切细节，包括相关的起床法、洗脸法、披袈裟法和活动经络法等，以及结束晚参禅时的放参法、进香法等，解说绵密而周到。

　　对道元来说，毫无孤独、寂寞或孤芳自赏的感觉。他总是与大众生活在一起，活在佛法当中，遵守清规戒律。循规蹈矩，身体力行，丝毫没有懈怠过。

　　进入四月，道元结束了进入北越山中后第一个为期九十天的夏安居。
　　四月十五日傍晚，道元举行了晚间上堂说法。
　　当时，天空祝福的霞光洒在道元说法的法座和听法众人的上空。
　　"从前，在谥号为慈明禅师的石霜楚尔（968—1039）主持的一次法会上，发生过一场关于什么样的寺院是大禅林、什么样的寺院是小禅林的争论。虽说此事发生在先辈高僧身上，可我还是认为他们缺乏对真正佛法的认识。
　　"行脚僧如同行云流水般漂浮不定的修行之所为'禅林'。一株草一棵树，既不成丛，也不称林。唯有一棵一棵的草木聚集起来才能成丛，方能称林。离开森林，则没有一棵树，无视每一株草存在的草丛也不存在。
　　"有高树，还有矮树，有粗树，还有细树，始成树林形状。高树不妨碍矮树，粗树不厌恶细树，每棵树都生得其所。
　　"僧侣亦如此，一位僧人称不上僧侣。众僧人结为僧伽，和睦相处方为僧侣。僧侣修行之所称之为禅林。
　　"那么，究竟什么地方称得上大禅林，什么样的地方叫小禅林呢？我们既不能因为修行者众多、寺庙宽阔就称之为大禅林，也不能因为寺院狭小且修行者稀少就称之为小禅林。
　　"倘若把修行者的多寡或寺院的大小作为评判大小禅林的标准，那么争论也就失去了意义。纵使僧众的数量很多，可如果没有佛心坚定的人，那也是小禅林。相反，寺院的建筑物虽小，如果有佛心坚定的人，那也当之无愧可称为大禅林。

"其实，在祖师们修行的大禅林，晚间常常会举行参拜住持的真正意义上的晚参禅。例如汾阳善昭（947—1024）的身边有七八名修行者，但经常进行晚参禅。这在佛道是很好的先例。

"赵州从谂（778—897）禅师名下的弟子不足二十人，但他的寺院也是大禅林。药山惟俨（745—828）禅师名下的弟子不足十人，就算是十人，那也是最大的大禅林。而且一直举行晚参禅。

"近年的中国禅界宗师动辄名下有五百、七百甚至上千名僧侣，却没有佛心坚定能称之为首席的人。这怎么能称得上大禅林呢？又怎么能与药山、赵州和汾阳几位著名禅师相提并论呢？

"在这样的世道下，我的先师天童山如净禅师出山可谓是千载难逢的好时机。虽有'末法之世'的说法，可与此无关，禅林的规矩最为严格，半夜、傍晚或斋毕（午饭后），随时可能无缘无故地敲起入室鼓，与上堂不同，不用穿法衣，就地说法，小参禅结束后，才允许回禅房。有时如净禅师会亲自执照常僧堂的鼓槌击鼓三声，在照堂说法，结束后允许回房。或者敲打首座房间外的防火板，在首座室内说法后才允许散去。这种做法实属世间罕见的修行先例。

"由于我已经继承了天童如净禅师的法统，因此，理所当然要举行晚参禅。这在日本也是头一回。

"那么，诸位是否有兴趣听我演说呢……"

道元说完上面一段话，沉默了一阵，开始下面的释法。

"本派的教义仅用话语来宣示。理解这一点，我们就会知道阅读其话语的眼睛和表述其话语的嘴巴都具有全身心的含义。据说，为劝渡世人穷辞极句，即意味着与人说法，会坠入相反的世界，转世变驴变马，但就我而言，怀有利他的慈悲心给世人带来好处，就算变驴变马我也一点都不后悔。"

道元在这次上堂说法中讲明"在真正能称得上禅林的寺院必定举行晚参禅"，并把它作为参悟佛法的好例证，模仿先师如净晚间上堂做法，在日本首次实行"晚间上堂说法"。道元还一语道破禅林之大小其实不在于伽蓝的广狭或僧众的多寡，要看那里是否遵循真正的佛法和是否有真正的修行者。

这番话既包含道元对仅有四十余人的大佛寺为数不多修行者的关照，也包含一种尽管人数少，但这里才是传承和弘扬真正佛法道场的自信，还包括道元对自己作为先师如净的嫡传弟子将正宗佛法引进日本的自负。

道元还把"小参禅"法首次引进日本。所谓"小参禅"，即没有特定的时间和地点，在任意场合，住持和行脚僧（修禅者）在一种非常开放的氛围中进行说法。

道元解释道："小参禅是诸佛祖的家训。何谓家训？也就是非佛祖规定的行为不为，非佛祖指定的法衣不穿。"

这样的说教方式与当时镰仓新佛教的祖师们游说于巷间的做法截然不同。

道元最喜欢完成寺院内一天的功课和杂务后夜晚的静寂时光，喜欢在这种安静中主持说法。这一点从其崇拜先师如净不分时节和时间满怀热忱地说法中也可看出。

道元在夏安居期间的六月十三日，宣示了《安居》。一开头，道元引用先师如净结夏小参的法语，阐述了安居的重大意义，详细说明了安居其间的心得体会：

> 见安居即见佛。
>
> 证安居即证佛。
>
> 行安居即行佛。
>
> 闻安居即闻佛。
>
> 习安居即学佛。
>
> 欲安居者当知是佛祖子孙。
>
> 安居乃佛祖的身心，佛祖的眼睛，佛祖的命根。
>
> 不安居者既非佛祖的子民，也非佛祖。

七月四日，道元示众《佗心通》。

"佗心通"也称作"他心通"，为"六大神通"之一。"六大神通"包括神足通（腾飞变化能力）、天眼通（看破众生转世能力）、他心通（能知别人内心世界能力）、天耳通（辨别一切声音能力）、宿命通（知晓前生来世能力）和漏尽通（即"去我执而证涅盘"，知道自己烦恼已尽或不再沉迷现世的能力）。

道元认为这六种神通并非特殊功能，人们日常所为本身就是神通。尤其在

"他心通"方面，正如达摩大师对二世祖师慧可说"你已得我真传"那样，体会到对方的精髓，理解了超越自他的绝对佛法精髓，才是真正意义上的"他心通"。

当年九月二十五日，第一场雪早早地降临，积雪有一尺多厚。

道元遂吟诗一首：

菊月红叶盛，初雪覆白纱。
此景何人见，歌咏竟凝噎。

十月二十二日，道元讲解《王索仙陀婆》。

尽管规模不算大，但寺院建设已经初步完备，按照古制要求，众僧也都有了安身之所，道元终于迈出期待已久的禅林修行生活第一步。

从小生长在京都，除进入宋朝的五年时间外，几乎没有离开过京城的道元确实对北陆地区的严寒心理准备不足。但随着日渐习惯当地的生活，道元开始感受到这里美丽的大自然气息。

道元在积雪的严寒中咏感慨诗二首。

北越白山巅，有我蛰伏庵。
冬雪寒冰际，遥看浮云沉。

北越有青山，飞雪加雷鸣。
难辨冬夏季，错乱如人生。

站在寺院内，眺望九头龙河的景观，四季应时，各有千秋，山色谷鸣千变万化，令道元目不暇接。每天听鸟儿的婉转啼鸣，秋夜里传来各种虫子的叫声，嗅一嗅花草树木散发的大自然清香，听风儿沙沙作响，闻雨脚淅淅沥沥，令人全身心都能感受到自然界合奏的协奏曲声。

不仅如此，更有令道元心旷神怡的，是斜挂在山顶上的月亮。这里的月亮比在京都看到的月亮还要大，而且看上去冰清玉洁。望着时时刻刻都在变化的月亮，道元觉得自己的感观世界也变得深邃无底。即使不用刻意调动五种感官，也能够听到无声的大自然声音。道元感到一种巨大的生命涌动，自己正成为它微小的一部分，与其融合在一起。

在接触越前这种幽深的山区风光过程中，道元的思绪异常活跃。

花红叶　寒冬观白雪，悔心悦色。
无休歇　瑞雪降幽谷，报春黄莺鸣。
张梓弓　春风吹万物，幽谷花香飘。
徒焦躁　岁月多蹉跎，求道惜韶光。

宽元四年（1246）六月十五日，大佛寺更名"永平寺"，期待能有更多"一个半个"接纳正传佛法的人。

永平寺寺名源自佛教在后汉汉明帝在位的永平年间传入中国的典故。通过将大佛寺改名为永平寺，道元告诉人们，本寺才是正传佛法在日本初创开山之寺。如同"永平"二字的字面意思一样，该寺名有以正法普世、求兴旺和平的含义。

在大佛寺更名为永平寺的仪式上，道元上堂说法。

"天空因充满我佛的智慧而高远、明亮、万里无云，

"大地因浸透我佛的智慧而厚重、丰裕、充满生机，

"人们因有我佛的指引而无忧无虑。

"为何这样说呢？因为佛尊诞生时，一手指天，一手指地，环顾八方，前行七步，说道'天上天下，唯我独尊'。

"佛祖这样说过。

"再解释一下永平。

"诸位修行者，请诸位今后证明我下面说的话的真正意义。"

道元说完这段话后稍微停顿一会儿，接着说道："天上天下，当处永平！"

道元模仿佛祖降生时宣称"天上天下，唯我独尊"，声明"天上天下，当处永平"。这种抱负既包含"作为佛祖真传在日本传播的首创寺院，永平寺法灯将长明不熄，永远不变"的愿望，也祈祷佛法能普照天上天下所有地方、无论哪里都因佛法的庇护而永久平安。

同时代的镰仓新佛教祖师们为使自己信奉的佛法广为流传，多数人不得不沾染世俗的污浊。但道元却通过宣布"天上天下，当处永平"，为使真传佛法代代相传，将永平寺与世人隔离，拒绝向一切世俗妥协。不把信徒的多寡当

做问题，只执著于获得少数参悟佛祖日常行止的同道中人，要把永平寺建成严格、正宗的道场。

将寺院改名为永平寺的当天，道元为明确永平寺寺内的职务分担，完善寺规，拟定了"日本国越前永平寺知事清规"（简称"知事清规"）。

在中国的禅林，自古以来，一般把"六知事"作为重要职位，其中包括都寺、监寺、副寺、维那、典座和直岁六大寺官。道元根据《禅苑清规》，说明禅房中知事的重要性，禅僧在担任此职时，为达到预期目的应如何勤奋工作。他主张知事位高权重，应当由年纪长、人格优秀的人充当。

于是，道元按照下述方式明确了各自职务的内容。

都寺——为寺院总监，负责监督一切寺务的职位。古代原本只有监寺一职，到南宋时监寺分化为都寺、监寺和副寺三种职务，都寺位于监寺上位。现在都寺已名存实亡，由监寺（或监院）统管一切寺院事务。都寺负责接待来宾，安排年初岁末祭祀活动、冬至时的供奉、劝诫违反寺规者等事务。

监寺——为寺院重要职位，充当统领之职，即今天的监院职位。

副寺——辅佐都寺与监寺，掌管日常生活中使用的金钱、口粮等所有收支相关事务。

维那——统率众僧徒的重要职位，包括人事管理、鼓励并监督修行僧人、掌管禅房内一切法度进退等事务。

典座——掌管寺院中所有僧人伙食的职位。职责参照《典座训条》。

直岁——掌管僧林内殿宇禅房的维修、物品的采购、监督人力与工程、防火、巡视山门等事务。

此外，道元还指定了六知事以下"六头首"职位，包括首座，为禅僧之长；书记，主管寺院的文书；藏主或知藏，主管藏经，相当于图书馆馆长；知客，负责接待来访客人；知浴，主管浴室；知殿，主管佛殿事务。

寺院内的伙食确定为早晨喝粥，中午吃饭，食用方法在《禅苑清规》第一章"赴粥饭"中已有规定。道元以此为依据，更加详细、耐心地在"赴粥饭法"一文中叙述了禅林内饭食的意义。

道元首先引用《华严经》和《法华经》中的"诸法实相"说，解释了食事与佛法平等如一。然后细致入微地依次阐述了如下礼法：吃饭时进入僧堂之法——入堂法，自己登上禅床之法——登床法，放钵盂（食具）之法——下钵法，展开钵盂之法——展钵法，维那击鼓槌的方法、颂唱十佛名的方法、将粥饭盛入钵内的方法——行食法，接受粥饭的方法——受食法，吃粥饭的方法——进食法，饭毕洗钵盂时的方法——洗钵法，吃完饭走出僧堂时的方法——下堂法。

> 受食之时，当颂五观偈：
> 一计功多少，思彼来处；
> 二忖己德行，全缺应供；
> 三防心离过，贪等为宗；
> 四事正良药，为疗形枯；
> 五为成道故，今受此食。

修行人应当强烈地认识到，吃饭时要思念供给自己饭食的所有人的辛苦与施舍者的恩典，反省自己有没有资格接受这样的饭食，不可贪多，饭食即良药，可医治我的身体，为悟道我才接受这顿饭食，用饭本身也是佛道修行。

吃饭过程就是在行佛道。

我们现在就活在佛法当中。

为维持活在佛法当中自己的身体，请允许我进食，口中嚼着的每一粒饭，吃饭时咀嚼的每一口，抬箸放筷的动作，使用调羹的方法，这一系列动作都是在践行佛道。没有哪一个动作不是在履行佛道。

道元认为，无论怎样烦琐的动作都是佛道行为，心怀诚意地撰写下来。

道元这种活在佛道中的精神渗透到他的"仪容即佛法"主张之中，涉及行、住、坐、卧等一切日常活动，不久结晶为永平寺的清规戒律。

道元回日本后不久，祖师如净就圆寂了，当时按宋朝历法为宝庆三年（1227）的七月七日。

宽元四年（1246）七月七日，在先师忌日这天，道元手执偈颂上堂。道元自到山师峰后，还是第一次专门为天童山如净禅师举行忌日上堂。

偈文如下：

> 我留学宋朝，追随如净禅师左右真正学习走路（佛道），自此，邯郸学步

所得（中国其他的禅学和自身过去习来的东西）尽弃。

正如鼻子竖着长，眼睛横着长，不可能有鼻子横着长、眼睛竖着长的情形一样，面对这种理所当然的事情自然能够领会。

先师天童如净禅师教诲初学佛道的我，不曾欺瞒我。

反倒是天童如净禅师被我欺瞒，将正统佛法教诲传授给我。

这次上堂五天前，道元确定了佛前供奉斋粥的供养僧排位，第一位是比丘怀奘，第二位是比丘觉佛，由他们负责佛前的供奉事务。

八月六日，道元宣讲《永平寺库院示文》，他谆谆教诲道："必须以虔诚礼仪之心态对待日常饮食，承担僧院一切伙食事务的库院（食堂）必须严肃遵循礼法，不得把米区分为好米和坏米，要小心翼翼地对待大米和蔬菜……"

另外，在九月十六日，道元讲述《正法眼藏》中《出家》一卷，说明出家乃是成佛不可或缺的前提。他说："必须明确这一点，诸位佛祖的得道只有出家受戒一途。诸位佛祖之生命唯在出家受戒之中。未曾出家者并非佛祖。所谓'见佛'、'见佛祖'，也就是受戒出家。"他告戒弟子们，出家是成佛必不可少的条件，唯有排除一切世俗妥协，遵照佛祖经历，过纯粹的出家学道生活，才是到达无上菩萨境地的途径。道元自己也率先垂范。

三

道元进入越前已有四年光景。在这一时期，因仰慕道元的德行前往永平寺参拜的俗家信徒数目不断增多。自从大佛寺更名为永平寺以后，道元撰写《正法眼藏》基本告一段落，道元在每隔五天举行一次的上堂说法中，力求通过讲解《正法眼藏》各卷，求证正传佛法的真义，并将其具体化。因为道元切身体会到，自己通过迄今为止解说《正法眼藏》，真传佛法开始被理解，且渐渐能够仿照祖师如净的先例，以上堂解说的形式渡化了众僧。

当时，道元身边经常出入的只是受戒与参禅门人加上50人左右的普通信徒。道元尽管以接受参禅弟子为第一要义，但绝没有忽视对聚集而来的许多俗家信徒的教化。宽元五年（1247）元月十五日，道元会同许多僧俗信徒举行了

"布萨说戒"，旨在忏悔各自的罪过，增进善缘。

此时，夕阳照射下的云彩呈现出五光十色，洒在佛殿的正面。

道元进入越前以后，政治形势发生重大变化。

道元决定入越后的宽元元年（1243）闰七月二日，这天是后嵯峨天皇的皇子久仁亲王诞辰第五十天，皇宫举行了盛大的庆典。亲王母亲是西园寺公经的嫡孙姞子。因此，西园寺以外祖父的身份掌握了权力。另外，得到公经背后撑腰的关白二条良实也贪婪于权力。但好景不长，公经得益于镰仓幕府改变自由贸易方针，于仁治三年（1242）七月用商船满载宋朝货币十万贯及水牛等货物，回到日本获得巨大利益。那时，日本组织船队，通过各种手段搜集宋币，把它们运到日本，甚至留下"一夜之间令明州庆元府（宁波）的宋币从市面上消失"的不好名声。宽元二年（1244）八月，西园寺公经亡故，二条良实陷入了困境。

同年十一月七日，京都下起大雪。新年来临不久的宽元三年元月七日，大地震如同穷追猛打一般地袭来，整个十一月，连日发生火灾，京都城因一连串的灾害陷入混乱。

宽元四年（1246）元月二十九日，后嵯峨天皇让位给后深草天皇，开始后嵯峨上皇的院政统治。这时，九条道家强迫二条良实让位，让良实的弟弟一条实经做关白，新天皇的外祖父西园寺实氏做太政大臣。土御门定通与实氏之子公相一起担任院司，实质上土御门家族处于权势上风。

在镰仓，北条泰时死后，北条经时继承了执政官的职位，四年后因病引退。这时，经时的嫡子年纪尚且幼小，经时的弟弟时赖继承了第五代执政官之位。时间是宽元四年三月二十三日，北条时赖那时刚刚二十岁。

就任镰仓将军已经二十余年的九条赖经虽说是傀儡将军，但还是建立了与执政官体制不同的派系。时赖的兄长经时发觉这一苗头，罢免了九条赖经，让只有六岁的九条赖嗣当镰仓将军，并把自己快十六岁的妹妹嫁给赖嗣。由此可见，九条将军与北条氏的关系紧张到需要采取这样的措施来"调和"！不过，九条赖经丝毫没有离开镰仓的意思，被人称呼为"大殿下"，俨然要继续坐镇镰仓。

北条时赖就任执政官后一个月，他年仅二十三岁的哥哥经时就死了。有人传说是时赖暗杀了其兄长。在风声鹤唳中，时赖打算确立起北条氏专政政权，以此清除围绕在北条家族周围的政治阴影。为此，时赖与其叔父名越光时、光时之弟时幸等名越家族与三浦泰村、泰村之弟光村、千叶秀胤、原将军九条赖经一之间的对立加深。

同年五月，名越光时与"大殿下"赖经密谋，策划要打倒北条时赖。时赖发现了这一阴谋，先发制人，将赖经流放到京都，把密谋的核心人物光时流放伊豆，并迫使其弟北时幸自杀。名越一族自此没落。此次事件就是所谓的"宫廷骚乱"。

光时与时幸兄弟二人的父亲是被称为"著名执政官"的北条泰时（1183—1242）弟弟北条朝时（1193—1245），从朝时的祖父北条时政时起，居住在镰仓的名越，故自称姓"名越"，也是北条氏的名门。

时赖罢免了受事件株连的后藤基纲、千叶秀胤和三善康持等评定官员，将政变消灭在萌芽之中。

这次骚乱打破了过去镰仓和京都间维持着的微妙平衡状态，曾经是命运共同体的北条执政和九条将军家族之间因相互倾轧而产生了巨大鸿沟。

被解除将军职务并被流放的九条赖经的父亲九条道家曾经掌握朝廷实权，如今不可避免地受到幕府的冷落。取代他担任新摄政位置的是近卫兼经，他曾经与道元谈论佛法，并听他讲《护国正法义》。近卫身后有镰仓幕府撑腰。

事件平息后，时赖的下一个目标就是消灭三浦一族。

在前面提到的"宫廷骚乱"中，三浦氏也脱不了干系，但因其没有出现在前台，所以没受到任何惩罚。

三浦光村（1205—1247）在前任将军赖经被赶出镰仓时，与时定、弟弟资村等人作为赖经的十五名护卫之一去了京都。

光村从小与赖经的关系非常亲密，坚决主张并想方设法要把赖经再接回镰仓。这种强硬态度不久表现为要颠覆现任镰仓幕府的言论，使时赖与三浦之间产生重大裂痕，终于发展为宝治之战。光村把赖经送到京都，留下监视人要返回镰仓时，二人泪流满面。光村与众人哽咽着说："时机一到，我们会把赖经公接回镰仓……"由此，光村非常怨恨流放赖经的北条一家。

三浦以相模三浦半岛为根据地，从幕府创立之初就拥有强大的武力，常常作为北条家的走狗，充当背叛、煽动、杀人放火的先锋，也干过覆灭别族的勾当。因此，他得以掌握了北条家的隐私，令时政、义时和泰时也刮目相看。理

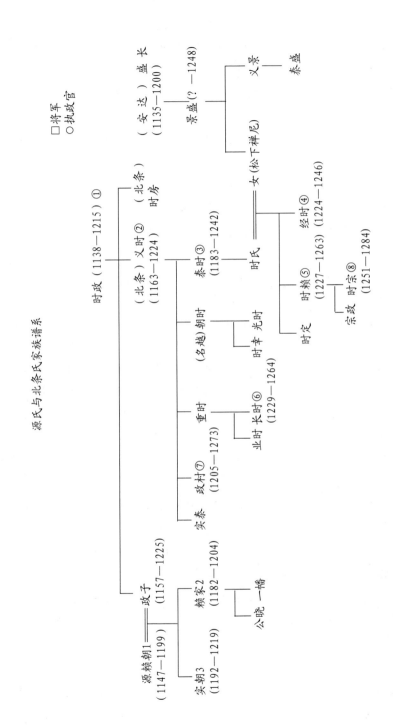

源氏与北条氏家族谱系

□将军
○执政官

源赖朝1
(1147—1199)

政子
(1157—1225)

赖家2
(1182—1204)

实朝3
(1192—1219)

公晓　一幡

时政（1138—1215）①

（北条）义时②
(1163—1224)

（北条）
时房

实泰　政村⑦
　　　(1205—1273)

重时

（名越）朝时

北时　长时⑥
　　　(1229—1264)

时辛　光时

泰时③
(1183—1242)

时氏

时定

时赖⑤
(1227—1263)

宗政　时宗⑧
　　　(1251—1284)

经时④
(1224—1246)

女(松下禅尼)

（安达）盛长
(1135—1200)

景盛 (?—1248)

义景

泰盛

所当然，对时赖来说，他也是眼中钉。北条时赖开始考虑如何除掉唯一与北条家并驾齐驱的豪族三浦家族。

宽元五年（1247）新年伊始，一月十三日，镰仓赖朝的宗庙法华堂前面有几十户人家的房屋被烧毁，二十六日傍晚，出现阵阵雷鸣，二十九日，天空密密麻麻到处是飞蚁。

二月二十八日，改年号为宝治元年。三月十一日，由比浜的潮水如血一样红，人们纷纷前去观望。十二日晚八点左右，一颗大流星出现在东北方，拖着长长的尾巴，呼啸着消失在西南方向。十七日，镰仓到处都有黄蝶飞舞。

老人们都断言，这些都是战乱的征兆。

也许是受这种天地异变的影响吧，宝治元年（1247），也就是刚刚更改年号这年，光村成了反对时赖的急先锋，三浦家的嫡子、光村的兄长泰村（1204—1247）也成为反对派的核心人物。

在高野山出家自称为"高野入道觉知"的安达景盛（？—1248）提早察觉到了光村的阴谋，大吃一惊。四月，景盛从高野山匆忙赶回镰仓，向他的儿子义景和孙子泰盛下达了行动号令。

"北条家危机也是我们安达家族大危机，如果不讨伐三浦家族，早晚我们也要遭殃，我们必须在被歼灭之前采取行动……"

在其背景下，进行了多次政治交涉，但到五月份，三浦和安达两家还是进入了战事一触即发的紧张状态。

当时，时赖因嫁给小将军的妹妹忌日来临，正在三浦泰村的官邸内祭奠。

五月二十七日夜里，他察觉到三浦一家准备造反，就偷偷带着一名带刀侍卫踏上回镰仓的路。此事过后三浦和安达两家的对抗达到白热化的程度。然而，到六月一日，时赖派人向三浦泰村指示，绝对没有讨伐三浦家的意思，希望收拾局面，恢复和平。泰村立刻下达解除武装的命令。不过，一心以为大战在即的泰村对未曾料到的事态发展松了口气，等使者走后，喝了一口茶，却不由得喷了出来，处于极度紧张状态下的泰村的身体已经难以承受压力。

得知这个消息后，安达景盛感觉到泰村的怯懦和松懈，再次向儿子义景和孙子泰盛强调道："现在我们不讨伐三浦，绝对会被其家族灭掉，我们必须决一雌雄，不能错失良机。"

这回安达家族的行动非常迅速。

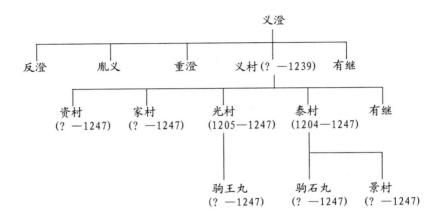

三浦氏族谱示意图

注：三浦一族因1247年宝治之乱而灭亡。

天空下着小雨，安达泰盛打头阵，进攻鹤冈八幡宫东面的三浦泰村官邸。

时赖得知安达已开战端，态度一百八十度大转弯，命令北条实时守护幕府，弟弟北条时定前往讨伐三浦泰村。

这样一来，局面变成时赖派出和平使者令三浦家相信而解除武装，安达势力则趁虚而入展开偷袭。

主战场集中在西御门泰村官邸和光村固守的龟渊永福寺两地。

三浦泰村受到安达武力的袭击，并出乎意料地被北条家族大军包围。但三浦手下的士兵是过去得到幕府支持、擅长战术的强悍武士集团。面对呼啸而来的枪林箭雨，他们勇敢地应战。

但在中午时分，进攻方利用突然刮起的南风放火，官邸被烧毁，三浦军队全体溃败，撤退到官邸东北角源赖朝墓地所在地法华堂。

在永福寺一带激战的泰村弟弟三浦光村率领八十多骑兵突破了二阶堂大路重重包围的拦马栅栏，也退至法华堂。

两人与弟弟家村、资村、泰村之子景村以及全族老小被困在赖朝的法华堂。大家都沉默无语。

法华堂被层层包围。

射来的箭数不胜数，幸亏是在赖朝公的庙宇里，才没遭到火攻。

"兄长，决定三浦一族生死的战斗就要开始了！"

光村对泰村说道。

"别再做无谓的杀戮了。我们已经尽力了……"泰村格外平静地说道。

关政泰、大隈重信、宇都宫时纲以及春日部实景等与三浦家共命运的几员猛将也挥泪同意。景村、与执政官刚刚结亲的驹石丸和光村之子驹王丸也都坚强地点点头。

泰村的妹夫毛利西阿入道（大江广元之子毛利季光）是位念佛信徒，当天早上穿上甲胄准备到北条那边去，被妻子死活劝说，才加入到三浦一边。这时他说道："快，让我们到极乐世界去吧……"高声念起"南无阿弥陀佛"，众人随声附和。佛殿内全体人员合掌许愿后，只听法华堂内刀剑交错，呻吟四起。

聚集在法华堂的全族二百七十六名成员全体自杀身亡。法华堂内血流成河，尸积如山。

当天，三浦家族因自杀和被讨伐至死的人累计五百余人。

第二天，时赖电光石火般地将讨伐大军派往三浦泰村妹夫千叶秀胤居住的上总一宫城大柳馆，将其一族全歼。

至此，曾经披荆斩棘袒护幕府的三浦一族灭亡。

事情发生在宝治元年（1247）的六月五日。

当清点首级时，幕府惊惶失措。因为法华堂里里外外怎么也找不到反幕府主谋光村与家村的尸体。

于是，三天后，管理法华堂的法师被叫去，做了证言。据法师说，在泰村等败走法华堂时，他逃到天井上隐藏起来，自始至终看到了事情的经过。

光村说不想让自己悲惨的样子被人看到，就自己用短刀把脸皮剥落，鲜血甚至溅到了赖朝的雕像上。家村也跟光村一样破了相。

不少人主张为了不让敌人得到首级，将法华堂烧毁。泰村讲道：

"不得沾污赖朝公的阴德……我等一族如此灭亡也是我父义村将许多人定死罪的报应……北条家早晚也会遭到像我们一样的报应，事到如今，我不想怨恨时赖……"

说完，从容自刎。

这就是世人所说的"宝治之乱"、"宝治之战"或"三浦之乱"。

其后，打击三浦家族余党的行动仍持续了一阵子，幸存者相继被斩首，年幼者则全部被送往寺院落发为僧。政治局势风雨飘摇。七月二十七日，镰仓幕府任命原六波罗探题北方和北条重时为"联署"，强化了政权。进入八月，政权变得稳定起来，基本恢复了原来的和平状态。

时赖不仅挑起"宫廷骚乱"和"宝治之乱"，而且相继歼灭幕府创立以来的豪族，不久，还野心勃勃地把触角伸到朝廷，挑唆藤原摄关家族内部反目，企图使之分裂，削弱其实力，釜底抽薪，实现权力向执政家族集中。

"宝治之乱"前一年、即宽元四年（1246），宋朝僧人兰溪道隆（1213—1278）与其弟子义翁绍仁、龙江应宣等一行来到九州太宰府。

镰仓之行

一

政局总算稳定下来，可法华堂法师的一席话却让幕府不得安宁。尤其是清除最后的政敌三浦一族后，时赖陷入忧郁。这次战斗歼灭的三浦家族和名越家族主人都曾是镰仓幕府的政要，时赖每晚因怨灵纠缠而痛苦不堪。一闭上眼睛就看见五百多个首级在他的身边飞舞，满脸鲜血，眼珠发光的光村与家村的头颅历历在目，二人满口都是诅咒。尖叫着惊醒的时赖全身都湿透了。

"唉，又做了同样的梦……"

与局面的安定相反，时赖每天夜晚却因不安和恐惧而战战兢兢，神经极度衰弱。他食欲不振，结实的身体日渐消瘦，眼窝沉陷。周围的人诚惶诚恐，一心盼着时赖恢复健康，祈祷神佛保佑自不待言，想尽了一切办法，可还是没有效果。

人是从感到一切心愿都了却的一瞬间开始衰老。尽管只有二十一岁，时赖也不例外。精力充沛的时赖的霸气全部消失。

"幽怨真可怕呀！经时长兄、史越一族和三浦家族的怨恨比谁都深啊……"

时赖的神经衰弱越来越严重，有人开始在背后散布流言飞语。有人还煞有介事地说，时赖之兄年纪轻轻、仅二十三岁就奇怪地死去，说不定就是为权力欲望驱使下的时赖所害。不知是真是假，经时的孩子们全都出家当了和尚，经时一支就此断了香火，以后，世世代代担任"得宗"（嫡传本家掌权者）、君临全族之上的都是时赖的子孙后代。这一事实仿佛在证实经时年纪轻轻就死去的黑色流言。

最明寺殿
ノ請ニ赴キ
鎌倉ニテ
菩薩戒ヲ
授ケ玉フ

所谓的高僧被一个接一个地叫去，用尽了所有手段，可是时赖还是没有从他歼灭的死人幽灵中解脱出来。表面上，武士们都尽力地辅佐在时赖的左右，可背地里都在议论时赖的苦恼。由于过度神经衰弱，时赖笼罩在死亡的阴影中，很多武士开始担心幕府的未来。作为六波罗探题评定，与时赖经常见面的波多野义重也是其中一个。

再这样下去，时赖可能会衰弱致死，如果不想办法……

义重想到自己长年作为镰仓武士与北条家命运与共，绝不能坐视不管。他听说那些所谓的高僧谁都没能将时赖从痛苦中解救出来，于是想到道元，并且相信他一定能行。

这事我必须助时赖一臂之力……

不过，义重觉得道元不会因为时赖求他，就简单地到镰仓来。义重想起道元在兴圣寺时期，有人劝他“为振兴佛法，您应当到镰仓去”，但道元回答道：“如果有志于佛法，何不自己翻山过河前来学习，去那种没人有志我佛的地方，劝人家接受佛法，也决不可能听得进去的。我也不想去镰仓求什么物质援助。”一口拒绝了这个建议。

还有一次也是在兴圣寺，仁治三年（1242）四月五日，道元在讲解《正法眼藏》中〈行持〉一段时，讲到先师如净听说当时的宁宗皇帝要授他紫衣和禅师封号，于是，上表奏章推辞而未接受，道元对如净的态度大加赞赏。

“四面八方的修行僧都称赞他的行为，远近的高僧也都赞叹如净乃是真正的出家人，进退处置得当。这是为什么呢？因为贪图名利比违犯戒律更加可恶。违反戒律可以说是一时的过错，但名利心却是一生的灾祸。不舍弃这种欲望是愚蠢的，实际不可暗受名声。不接受才是行持，能舍弃方为真正的行持。”

说完这段话，道元又补充道："先师如净十九岁背井离乡，访师、参禅、修行，一刻也不敢怠慢，直到六十五岁仍不松懈，追求精进。他从不靠近掌权者，不仅推掉了紫衣和禅师封号，甚至一辈子都没穿过漂亮的袈裟，上堂说法时从来都是一身黑袈裟。"

　　道元甚至认为接近名利权势者为"魔党"，发誓像如净那样永不近权势。

　　义重比谁都了解道元那种毅然决然的佛法精神。

　　不过，这次无论如何得请他到镰仓去。况且，很快在今年的十一月十五日，为祭祀亡故的实朝公将举行放生会。波多野义重家族本是实朝的近臣，但眼睁睁地看着实朝被暗杀，在放生会之前，必须忏悔这种仇恨与作为镰仓武士的悔恨。在洗净心灵之前，绝不参加放生会，不这样做就没有武士的面目了，义重暗想。

　　下定决心后，义重拜访了时赖，诉说了自己的想法。大意是："在越前自己的领地，为给北条政子和右大臣实朝祈祷冥福，建造了永平寺，开山鼻祖是去过宋朝的沙门道元，届时将把道元请到镰仓，您会见他一下如何？"

　　义重内心还有个打算，就是将道元引见给时赖，可以保证永平寺的安全，这是一个绝好的机会。

　　"是吗？道元和尚啊，我倒也常听人提起他，听说是前任关白通亲的令郎，与后嵯峨上皇是叔侄关系。我很想见他一面，义重君，你能不能替我做个说客，越快越好……"

　　虽说时赖仍旧保持着处于权力顶峰的威严，但在义重看来，时赖的目光已经近乎哀求。

　　其实，作为年仅二十岁、少有的权谋家，时赖虽然每晚受"飞舞首级"的困扰，但仍在努力驱除自己精神上的衰弱，进而鼓舞自己的精神，探索削弱京都朝廷的策略。

　　这事也有先例。

　　源赖朝和北条政子不就庇护了被赶出京都的荣西，并在镰仓建造了寿福寺，将其禅道作为心理支柱，与朝廷对抗吗？当今京都朝廷当权者九条道家不也拥护从宋朝回来的圆尔，为其建起了雄伟的禅寺东福寺吗？既然这样，我该怎么办呢？现任摄政官近卫兼经是九条道家的政敌，近卫家正是入宋沙门道元的姻亲。如果把道元拉到我这一边，不就可以和九条道家一族诀别了吗？掌握道元，等于一石二鸟，甚至一石三鸟！

时赖是被称为"松下禅尼"的贤妇的儿子，其外祖父是在实朝意外死亡时出家的觉地入道（即安达景盛）。他从小受母亲熏陶，对佛法格外感兴趣。

时赖切身体会到，在京城依旧有很强势力的原天台教集团并不适合新兴的镰仓武士团体，净土宗与一向宗也不适合武士的习俗。倘若就此下决心接受然阿良忠等的建议，从中国引进新禅宗作为武家社会的精神支柱，一定能使今后北条政权的地盘更加稳固。尽管时赖敏锐的政治头脑这样思考，却只字未提。

另外，时赖还非常需要得到中国的情报。

他需要一位了解中国现状的人。

据说，在蒙古高原上兴起的蒙古帝国已经从中亚席卷东欧，南宋政权已经处在风雨飘摇之中，朝鲜半岛的高丽王朝多次遭到蒙古大军的蹂躏，现在也只是苟延残喘……建立镰仓的精神支柱、朝廷的统治、作为镰仓与朝廷之间的中介人物、搜集中国的情报，符合所有这些条件的只有一个人，那就是道元。时赖这样判断到。

还有一个人热心地邀请道元到镰仓，即净土宗法然门下弟子、曾在道元门下参禅、镰仓光明寺的开山鼻祖然阿良忠。听义重说要邀请道元，良忠也恳请道："就算为时赖大人，也务必请把道元禅师叫来。"

义重很快派特使前往永平寺，正式邀请道元。

道元收到义重写有邀请理由的文书是在宝治元年（1247）七月中旬。

此时，道元进入越前已有五年光景，新建的大佛寺更名为永平寺以后也过了一个夏天。

道元在当年夏天任命义介为监寺之职，收到义重来信时，义介也刚刚就任新职位。监寺为僧林六知事之一，掌管平时杂务，这次升职是对长期担任典座且任劳任怨的义介辛劳的一种回报。

"我深知，值此之际，请您移驾镰仓，无论从哪个方面说，都有些勉强为难之意。恕我唐突，这次无论如何也请您来镰仓一下。诚惶诚恐，再三拜请！"

书信很短，结尾这样写道。

义重的信件里只字未提镰仓的政情和时赖的事情，不过想到义重所处的立场及其背景，道元透过字里行间仿佛读出义重的真心。

反过来想想，过去受义重的关照实在太多。

道元从大宋回到日本，在建仁寺挂单时结交义重，其后从移往安养院到建造兴圣寺，从离开兴圣寺迁往越前，直到建造大佛寺期间，都是在得到义重的帮助后才得以实现。每当道元致谢时，义重总是像口头禅似地回答："这一切都是为道元大师的正统佛法，不敢居功。"

道元心想，要回报义重无私的协助和如山的恩情，恐怕除这次外再无机会。再说，为弘扬正统佛法，也不能忽视大施主义重对永平寺的政治考虑。必须去一趟镰仓，不是为时赖，而是为报答义重的恩情……

在镰仓，有道元的同父异母弟弟定亲担任鹤冈八幡宫"别当"，"宝治之乱"当事人之一三浦泰村的内人为道元同父异母的妹妹，此外，还有不少亲戚。

但是，道元也有特别担心的事。

后嵯峨天皇已经把皇位禅让给后深草天皇，自己做了上皇执掌院政，道元同父异母的哥哥土御门（久我）定通作为内大臣，正在培植势力，掌控实权。届时自己去了镰仓，尽管说亲戚很多，但仍不免因与企图接近镰仓方面的近卫兼经和久我定通扯上干系，而刺激拥护圆尔，建造宏大东福寺的九条道家集团。但如今如果拒绝前去，越前的永平寺一定会遭受灭顶之灾，灰飞烟灭。这次已经无法回避，绝不能令正统佛法断绝。

道元下定了决心。

当天，道元修书两封，一封给京都的近卫，一封是给义重的答复。随后，道元立刻在寺内张贴告示，通知弟子们突然前往镰仓的决定。

道元在怀奘和玄明等几名弟子陪同下出发前往相州镰仓。时间是宝治元年（1247）八月三日、道元四十八岁时。玄明是过去与怀鉴、义介和义尹等集体加入道元门下的原日本达摩宗成员之一。

道元进入越前已经满四年了，此次是第一次远行。不过在去往镰仓的路上，道元心情很沉重。理由很简单，这次镰仓之行违反了如净临终留下的戒条，也是自己的信条："毋近名利权势！"这种违背心愿的行为使他心情很沉重。

"唉！……"

道元反过来又想："或许有人议论，摆脱一切名利和凡尘进入北越山中的道元这次特意决定移驾镰仓，这难道不是想接近权力的变节行为吗？错，不是那样的。我是古佛如净的嫡传弟子，我只为佛法献身。上天知道我的心思……"

道元除了给众人说法或夜间讲经外很少说话，踏上旅程后，就更加沉默寡言了。

道元一行翻过木芽峰，来到谷口，从道口行至疋田，穿过爱发关遗址，择路追分，在海津乘船至大津，第六天自洛北进入京城，休整一天，再次启程赶往镰仓。

从京都到镰仓的路程大约十二天。

到达镰仓后，道元住在位于镰仓东南的义重宅邸——名越白衣舍（俗家信徒之家）。

道元一行刚刚卸下行李，义重就将其引到另一间屋，单刀直入地说道："路途遥远，您一路辛苦了，这次……"

"明白，是与时赖见面之事吧……"

道元打断了义重的话，简短地回应了一句。

义重一时不知说什么好，只说了一句"我知道您并非出于本心……"

不过，两个人已经无需再说什么了。

义重惊诧于道元敏锐的洞察力。

道元脸上现出平静的微笑。这天是八月二十二日。

道元一行到达镰仓时恰好是"宝治之战"结束不久，大风和地震接连袭来，镰仓人心惶惶。

很快，幕府派来使者，商谈与时赖见面的日子等细节。时赖希望越快越好，于是，约定在八月二十五日中午过后。

翌日，道元等人在原本为法然门下弟子却在兴圣寺随道元参禅、如今是光明寺主持的然阿良忠陪同下，前往镰仓八幡宫参拜。

当走到拜殿时，然阿随口说了一句："这里是实朝公被暗杀的地方。"

道元点点头，站在那里合掌默祷一番。

道元脑海里浮现出公晓的身影。

"啊，您也来这里啦……"

如果公晓还活着，一定会这样一边笑着，一边和道元打招呼。

事情过去已经快三十年了。

道元不顾大家觉得纳闷，在那里站了有两刻钟，舍不得离去。

第三天，道元恳切地向义重讲解了戒律。

当晚，义重向道元讲述了一个与公晓有关的秘密，"实际上，从公晓大人那里把实朝公首级夺回的是实朝公家臣武常春，我哥哥经朝直接与我商量把首级埋葬在哪里，后来，考虑到他与我父亲的友谊，把首级埋葬在父亲忠纲的领地。道元师父，您回永平寺时，能否请您绕道波多野家在东田原的属地，祭祀一下实朝公……"义重恳求道。

"我一定去祭奠。"

义重听了道元的答复后，长年积压在心头的一块石头落了地。

二

这一天，按照镰仓的历法为仲秋时节，但酷暑仍然炽烈，天气更加炎热。

道元一行在义重的引领下被带入内堂，等候时赖，外面传来阵阵蝉鸣。这种喧嚣与屋内紧张的气氛相呼应，反倒加深了寂静。

过了一会儿，时赖在数名家臣的簇拥下出现。当时道元四十八岁，时赖二十一岁，二人年龄差距近似父子，这是第一次见面。

两人的视线相遇。道元眼前出现作为父亲通亲玩具的镰仓。突然，道元感到一时热血沸腾，不过瞬间就消失了。

道元瞬间感到时赖是阿阇世王的化身。

当然，时赖没有像阿阇世王那样弑父，但他靠整族流放和杀戮确立其地位。时赖当今的执政地位建立在血流成河的基础上。而且他像阿阇世王那样，刚即位就患上痛苦的心病。

道元在来镰仓的途中，决定有必要讲一下《大般涅槃经》中记载弑父即位而陷入苦恼的阿阇世王的故事，并坚信这个决定的正确性。

在中国禅宗，自达摩祖师以来传授《楞伽经》，自四世祖道信以来传授《大般若经》，从六世祖慧能开始传授《大般涅槃经》，大力主张"世间一切事物皆有佛性"，"无论什么样的人都可能成佛"，宣传禅宗特有的佛性论。

现实中，时赖就在两个月前的六月五日，尽数消灭了三浦一族，进入八月份，幕府又下令驱逐镰仓的浪人。时赖的身上还飘荡着血腥气味，看上去脸色很差，眼窝深陷，面露倦容。但他目光却异常冷峻，全身透出处于最高地位武士的威严和傲气。不过在道元看来，他的目光却近乎哀求，即使不用说话，道元也知道那是一种什么意思。

其眼神有力地在说："希望恢复内心的平静……"

时赖被道元眼里散发出的威严震慑，不由得感到有些恐惧，自然地低下了头。

"这次能接受我一相情愿的邀请，万分感谢。能见到大师，深感荣幸。我想义重君大概已经告诉您经过了，请一定帮我解脱……"

时赖弯腰低头，恳请的态度相当殷勤。

"您这样说，实在让我惶恐不安，我与师父明全和尚一起去宋朝之际，幕府赐给我们大量的资金和粮食，并且颁发了通行证，使我们顺利访宋，达成目的回到日本，如今，我才应当表示衷心的感谢。"

道元把长时间憋在肚子里对幕府的感激之情说了出来。

时赖默默地点了点头。

道元坐在时赖对面，平静地开始说法。

"事情发生在释尊在世时。

"在印度中部地区的摩揭陀国大舍城里，住着一位叫阿阇世的倒行逆施的王子。在他周围的人都是恶人，杀人放火是家常便饭，为掌握权力不择手段，终于，受到背叛释尊甚至想取其性命的提波达多的教唆，将他的父亲杀死，登上了王位。但当阿阇世王刚一登上王位，不知为什么，心里无法安定，整日忧郁，不久，全身长满了脓包，又臭又丑，令人无法靠近。阿阇世的母亲得知后，找来各种药物，涂到他身上，但不仅没有治好脓包，反而使他变得更加丑陋。

"当时有五位智者，这五人都向阿阇世王进言道：'您是因弑杀没有罪过的父王，才使内心患病，心病转变成脓包，长满全身，这是活受罪。因弑父之罪而无法摆脱地狱之灾。'听了这番话，阿阇世王更加烦恼，内心抱病，脓疮更加丑陋。这时，有六位大臣，各自向他建议。"

时赖已经探出大半身，聚精会神地听着。

"有一个叫月称的大臣说：'大王啊，您满脸不高兴，所忧何事啊？您越是苦恼，心痛和身痛就越严重。虽说五位智者讲地狱之灾无法逃脱，可究竟谁见过地狱呢？所谓的地狱不过是世上智者们想象出来的一纸空谈。您不必为这些谎言而烦恼。要是您总是烦恼，那么痛苦也会跟着增加。'

"有一个叫藏德的大臣说：'大王啊，您为何嘴唇干裂，声音像被仇敌蔑视一样沙哑，身体憔悴呢？为何心痛身体也痛啊？办法有两个。一个是出家之法，一个是王者之法。按照王法，杀害父王，在其国家将被称为逆贼，但王子杀其父而即位是理所当然的事，就像迦罗罗虫咬破其母肚子出生一样。正因为是治国之法，就算杀其父兄，也不是罪恶。但若是出家人就不同了，即使杀死蚂蚁或蚊子，都是罪过。大王啊，放宽心，不必烦恼。如果您总是烦恼，痛苦会越来越大。'

"有一个叫实德的大臣说：'大王啊，为何您王冠不戴，头发散乱，战战兢兢呢？为何您心也痛身体也痛啊？按照治国之法，无论您杀谁都没有罪过，大王就是法，决定法律的是大王。大王说违法就是违法，大王说无法就是无法。况且，众生都生死有命，大王杀了亲生父亲，何罪之有？您不必烦恼，如果您总是心烦，痛苦只能越来越多。'

"有一个叫悉知义的大臣说：'大王啊，为何您像失去了国家的人一样忧伤慨叹呢？为何您心痛身体也痛啊？从前的大王们，如跋提大王、毘楼真王、迦帝迦王、毘沙崃王、月光明王、日光明王和爱王，这些大王都是杀死他们的父亲即位的。就是在现在，毘琉璃王、优陀那王、恶性那王、恶性王和连华王等也都是弑父即王位的。可是，没有一个人因为杀死父王继承王位而苦恼。更何况，谁也没有见过地狱。您不必心烦。如果您一味烦恼，只会增加您的痛苦。'

"有一位叫吉德的大臣说：'大王啊，为何您脸上没有光彩，像白日的灯火，像午间的月光，像失国的君主，像荒芜的土地，没有一丝生气，为何您心痛身体也痛啊？地狱之说不过是想象的世界，不是现实的世界。人世充满无常，无论是杀人者还是死者，都要消失的。终究要消失的人何罪之有呢？大王啊，正像烧毁树木的火无罪，砍倒大树的斧子无罪，割草的镰刀无罪一样，大王尽管杀死了您的父亲，也没有罪。您不必烦恼，如果您总是烦恼，痛苦会越来越重。'

"有一位叫无所畏的大臣说：'大王啊，为何您像失去伴侣的人一样，像深陷无处求救的泥沼一样，像乘坐无人救助的破船一样绝望，为何您心痛身体也痛呢？大王您为了国土、沙门、波罗门，还有人民的安定的生活来治理这个国家，因此，就算您杀死父王继承王位，也没有什么罪过。您不必烦恼。如果您一味烦恼，痛苦只能越来越严重。'"

道元一口气讲完了六个大臣的话语后，稍微歇了口气。

时赖的家臣们不时地附和一句，"是啊，说得有道理"，姿势端正地不想听漏一句话。

道元讲完后，时赖的坐姿也稍微放松了些，咳嗽了一声，说道："阿阇世王后来怎么样了？"

"不用说，这六位大臣的话都是奉承话，阿谀奉承而已，绝没有讲真话。如果按照这六位大臣说的那样，使用诡辩术替阿阇世王开脱，阿阇世王的烦恼，还有心痛和身体痛都不可能治好。"道元犀利地说道。

家臣们的眼角开始向上翘。时赖觉察到气氛有些不对，急忙低声追问：

"那么，阿阇世王怎么应对呢？"

"当时，有一位大臣是举世无双的名医，叫耆婆，他把阿阇世介绍给释尊佛祖，并把阿阇世带到佛祖面前，阿阇世王在释尊面前洗心革面皈依我佛，真心真意地悔过自新了。"

"这样……这样做，阿阇世王的烦恼消失了吗？"

道元没有直接回答这个问题，而是接着讲了下面一段话：

"世上万事万物都是无常的，绝非永存的。我们的生命也像草上露珠一样虚无飘渺。自己的生命不单纯是自己的，生命与时间同步，一刻不停地向前。

"当我们蓦然回首，昔日的红颜少年已不复存在，一去不返。当死亡降临时，不管是像国王、大臣那样拥有政治权势的人，还是自己最亲的人，或者巨大的财产，都帮不了自己。只能一个人去那往生世界。伴随自己前行的只有生前的所作所为。

"因此，既然我们活在这个人世，就要承认'因果循环的道理'。有因必有果这一因果理论明摆着，毋庸置疑。恶有恶报，善有善报。这是无可争辩的事实。如果没有因果循环，诸佛也就不会出现在这个世上。中国禅宗之鼻祖菩提达摩大师也不会把真正的佛法从印度传授到中国。"

道元述说真正佛法要义的声音始终很平静，但在在座者心中却如同雷鸣般地回荡。

时赖没有理解道元最后一段话的含义，但心里不由得像看到一线光明似的脸上现出了红晕。时赖还没来得及细想，突然开始剧烈地咳嗽，平静下来后，被手下搀扶着离去了。

眼见时赖离开，道元想起达摩大师曾经和梁武帝之间有一段著名的问答。

在梁都金陵，武帝一见到达摩，开口第一句话就是："贵僧以何种教义普渡众生呢？"

"一个字的教义都没有。"

"朕自即位以来，建寺院，救人命，抄经书，造佛像，还听讲佛教讲义，朕有何功德吗？"

"无功德……"

达摩简单地回答后，又补充道："这些事皆为有形的善行，而非真正的功德。"

"这么说，什么是真正的功德呢？"

"廓然无圣，如同晴朗的天空里什么也没有一样。"

"那站在朕对面的人是谁啊？"

武帝气得声音有些战抖。

达摩回了一句："不识。"

武帝没能理解达摩所说的话。达摩知道武帝是与佛法无缘的国王，便离开梁朝都城，渡过扬子江前往洛阳。

时赖走后，一时陷入了寂静，外面传来蝉的叫声。

"今天就到这里吧……"

义重的脸上现出喜色。

以其长期作为评定众的经验来看，他确信道元已经为时赖所接受。

事实上，时赖虽说只有二十一岁，但具有掌握天下的优秀且敏锐的政治头脑，从一开始就把阿阇世王故事对照自己来听。追随自己左右的评定众就是"六大臣"，自己流放的前将军九条赖经相当于阿阇世王的父亲频婆娑罗国王。

自己将前将军流放京都，介入了朝政。虽说没有篡夺天皇位置，但自己的所作所为和阿阇世王没什么区别。

这样一来，道元暗示了什么呢？

无外乎修复镰仓与朝廷之间的裂缝。

道元出身于久我家，与朝廷有着深厚的姻亲关系。九条暂且不说，如果自己皈依道元，那么与朝廷之间的鸿沟将被弥补。

时赖的决断很快。

三

那天以后，时赖在繁忙的政务之余，抽空就到道元逗留的名越白衣舍学法问道。

时赖深深地被道元的人格、作风以及进入宋朝研习佛法、遍访中国各地、熟知大陆文化的经历吸引。道元也是有问必答，尽其所知，详细讲述中国的情况。不过，他反复强调自己经历的已是二十年前的事情，中国应该发生了巨大的变化，必须获取更新的情报。

时赖如今虽说患心病，但年纪轻轻二十多岁就掌握天下大事。今后，凭借其年龄优势与天赋的政治才能，必将成为推动镰仓幕府执政体制确立的关键人物。若要真正皈依佛法，还必须等待思想的成熟。道元现在只是种下了善根，期待着缘分到来之日。这已经足够了。

实际上，时赖后来皈依中国禅僧兰溪道隆（1213—1278）和兀庵普宁（？—1278）等，出家时已经有三十岁。但时赖从那时起继续掌握幕府的实权长达七年，年仅三十七岁时死去。

过了一阵子，道元授时赖以菩萨大戒。与时赖几次接触后，道元感受到自己最初讲述的阿阇世王与六大臣故事显然已被时赖理解。

此外，还有许多僧俗信徒接受了道元的授戒。

时赖渐渐地感受到道元禅宗精神的魅力，于是向道元提出邀请："我会在镰仓建一座大寺院，务必请您留下来，做开山祖师。"

"非常感谢您的盛情，倍感光荣。不过，我在越州有一个小寺院，所以，请原谅，我要回到那里。"

道元对时赖的心意衷心表示感谢，但还是礼貌地拒绝了做大寺院的开山祖师。

"是这样啊……"

时赖没再说什么。

因为他经过几次与道元交往，已经开始理解道元心中所想。

出身久我家的道元与朝廷及其周围的公卿关系密切，因此，或许他在心里是站在朝廷一边，但那绝不是一边倒，反之，也不会谄媚镰仓幕府。

道元纯粹地生活在佛道中，为之献身的只有佛法。道元就是道元。道元存在于时赖遥不可及的另一种境界。时赖再没有要求道元什么。

在旁边服侍的怀奘轻轻点了点头，但玄明却吃了一惊，因为他有些不服气。想想永平寺狭窄的厨房，如果站在掌握幕府大权的时赖一边，建造超过京都东福寺的大寺院就不再是梦想，这事随口一说就成。可是道元却把这个千载难逢的机会轻描淡写地拒绝了，实在不可理解。

大约过了两个月，瘦骨嶙峋的时赖脸上开始泛起红晕，眼看着恢复了原来年轻武士的风范，心态也恢复了平静，夜里不再做恶梦。

十月八日黎明，道元等人正在坐禅，大地突然晃动起来。地震很强烈，让人感到即将天翻地覆，道元等人逃到院子里的竹林避难。过了一会儿，震动缓和下来，道元向怀奘小声说道：

"过去，如净禅师有一次上堂祈祷天晴时说过，'无论雨怎样下，人们如何艰难，可大自然的行为就如同人类打喷嚏一样……'关东的地震可不那么简单啊……"

道元滞留在白衣舍的事很快在武士中间传开。时赖每次与道元接触，都为道元对佛法单纯而真挚的态度所感动，同时也惊诧于道元渊博的学识。

时赖夫人听说道元不仅精通佛法，还是一位优秀的诗人，就希望道元以禅宗中常说的"教外别传"、"不立文字"等为题材，写几首和歌。道元答应其要求，将禅宗要义包含其中，写了十首和歌送给她。

教外别传 ——
波涛千尺，难及巨岩万丈，佛法精深，可达海角天涯。
不立文字 ——
言外有深意，笔下不留痕。
正法眼藏 ——
浪里弃舟无所系，夜半明月格外清。
涅槃妙心 ——

故里花如故，逾春色犹存。
即心即佛——
鸳鸯戏水海鸥鸣，莫衷一是难辨清，浪鸟高下遮人眼，沉浮之际幻身影。
应无所住而生其心——
水鸟水中游，来去了无踪，自由且自在，不忘归时途。
父母所生身、即证大觉位——
山中寻故里，深奥不知处，蓦然又觉醒，久居如华都。
尽十方界真实人体——
世上岂无真实人，唯见空色无际涯。
灵云桃花——
春风吹拂桃花绽，何疑满枝暗飘香。

时赖夫人是毛利藏人大夫入道西阿的女儿。

"宝治之乱"发生时，其父西阿本想加入时赖阵营，可是被妻子，即三浦泰村妹妹拦阻，为了武士的面子加入三浦一边，最后在赖朝的庙堂像专心念佛的修行者一样，一边唱着"南无阿弥陀佛"，与三浦家族一道自杀身亡，称得上是武士的一面镜子。

进入二月后，关东地区特有的春雷响彻大地。

道元受春雷启发，怀念先师如净曾经在净慈寺当住持，在上任那天上堂说法，于是，用诗表达了自己在镰仓的心情。

半年吃饭白衣舍，老树梅花霜雪中。
惊蛰一雷轰霹雳，帝乡春色桃花红。

老树梅花与惊蛰雷鸣象征着道元在镰仓的存在及其行动。道元在镰仓的存在化作雷鸣令天下震撼，而京都却平静地迎来了春天。

道元从时赖的言行充分感觉到，因为自己逗留在镰仓，朝廷与镰仓幕府之间的倾轧与裂缝开始向修复的方向发展。

道元自己却既非镰仓一方，也非朝廷一方，自己报效终身的只有佛道。顺理成章，道元业已超越镰仓的霸道与朝廷的王道。只剩下佛道。

该回永平寺了。

道元还有许多未完成的事业。

为使正统佛法世世代代传承下去，必须确立自己的嫡系。

宝治二年二月十四日，道元让怀奘将讲给时赖听、向阿阇世王进言的六位大臣的事故记录下来。

这时，离道元告别镰仓还有七天时间。

身在镰仓的道元对自己所讲没有被时赖完全接受既未感到失意，也不觉得可叹。对于时赖拥有的巨大权势丝毫没有世俗那种留恋之意。当然，如净门下完成的大事也不是背叛佛法等。道元将从如净那里继承的佛法衣钵传承下去作为自己的首要责任，虽说通过话语解说来宣扬佛法，但绝对没有变节行为。

倘若说有的话，无外乎"爱我山时山爱主"的山居心境，这一点从道元十首"道歌"中一首题为"本来面目"的和歌中可以清楚地看出来。

春看百花香，夏闻杜鹃鸣，秋赏山月冷，冬观雪花凝。

这里描绘的是一个在山中修行的纯粹禅僧眼中的风光，从中可以看出道元超越世俗的一生，切实透出一种清凉、清爽的感觉。

道元回永平寺的前一天夜晚，义重这样说道：

"现在我正在抄写《大藏经》，我一定在实朝公第三十次忌辰前完成并送往永平寺，拜托您为实朝公祈祷冥福……"

道元由衷地感谢义重一如既往的细心。

庭院里的梅花在春风微抚下，静静地飘落。

宝治二年（1248）二月下旬，道元留下玄明等二人处理剩余事务，与怀奘一行踏上回永平寺的旅程。这时离他下山时已经有半年光景。

道元谢绝了时赖提出建造一座大寺院的建议以及施主和俗家弟子们的挽留恳求，按照与义重的约定，拜访了波多野领地，祭奠了实朝公之后，道元一身清净地回到越前。

越前的群山经过了一个冬天，正被晚春的霞光笼罩。

群山仿佛在温情地欢迎道元的归来。

道元一路行来，峰回路转。树枝摇摆，草木生辉，溪流潺潺，白云飘舞，清风低吟。朝着仍有积雪的群山行走，深吸一口山中的空气，顿觉身心为之所净化。

在志比庄，僧俗信徒集体欢迎道元一行平安归来。道元也打心眼里为能再与他们相见感到高兴。

道元在归山的第二天，三月十四日，很早就登堂，在弟子们面前吐露回来的心境：

"去年八月三日，山僧下山前往相州镰仓，为我们的施主和及有缘俗家弟子们说法，昨天回到寺院，今天早上，相隔半年再次坐在了这个位置。

"关于去镰仓这件事，有人可能会质问，'听说您不辞翻越千山万岭，前去为俗家弟子说法。您这样做难道不是看重俗家弟子而轻视我等佛门弟子吗'，也许还有人怀疑我是不是将未曾对在座各位讲过的佛法，或者各位没有听过的佛法说给那些俗人们听。这些事我心里都清楚。

"然而，我绝没有没给各位讲过的佛法或者各位未曾听过的佛法。我只是给他们说了佛法中的因果循环原理。行善事，则远离一切困苦与迷惑，开启悟道之门，做恶事，将陷入痛苦的深渊，这就是佛法中的因果原理，修善因得善果，修恶因得恶果，因此，最重要的是舍弃迷途，开智觉悟。

"既然我这样说，我的确已经彻底感悟，能够正确而充分地解说，确凿无疑地相信，并且规规矩矩地身体力行……

"希望各位明白这个道理。"

说完后，道元稍微停顿了一会儿，继续讲道：

"不得已，用我的口舌解说了因果关系。因果循环严格存在，本来就没什么理由。但如果说因为因果原理而去修行，去领悟，那就大错特错了。由于这件事涉及到佛道，因此，今天，我就像一个沾满污水和泥垢耕地的可怜老水牛一样，不只停留在佛祖的雕像前念经，还要把这个道理告诉修行的人们。

"这就是我在镰仓说法后的体会。

"那么，如何用语言来表达我回到山上的感慨才好呢？可以这样说。

"我下山到镰仓这个世俗之地，生活约半年左右的时间。

"其心境如同悬挂在太空的孤月一样。

"但今天回到山中，不光是诸位，就连山川草木，甚至白云都高兴地迎接我。

"我现在比去年我下山时更加热爱这里。"

道元在这次上堂说法中讲明了自己的佛法为"明得、说得、信得与行得",换言之,道元自己确实领悟,并且能够清楚地解说,确实深信不疑,进而将其身体力行,这就是"道元之佛法"。

道元深知,寺院内必定有人反对镰仓之行,为消解其误会,回山后很快在第二天上堂说法,进行了解释。

道元当晚再次做诗:

我爱山时山爱主,石头大小道何休。
白云黄叶待时节,既抛舍来俗九流。

采得云根透水关,破颜拜会拈花颜。
明知久远劫来契,山爱主人我入山。

四

道元回到永平寺后不久,时赖派遣使臣,前来转达他要向永平寺赠送二千石的乡村土地作为寺院的领地。道元根本不想接受这一礼物。因此,他让使者转达对时赖好意的感谢,并捎去了写有断然拒绝话语的书信。

这一行为与如净没有接受宁宗皇帝授予的紫衣和禅师封号如出一辙。这件事过后约二十天,留在镰仓处理后事的玄明归来。

当时正是劳作时间,正在除寺前杂草的弟子们看到玄明上气不接下气地沿着永平寺台阶跑了上来,不知发生了什么事,大家不由得放下了手里的活,一起回头看他。

"师父……我拿来了时赖大人的捐赠书,大家快来看啊,大喜事,有人捐献啊,贫僧带来了两千石呢……"

玄明大声嚷嚷着,逢人就讲,几乎全寺院都能听到,手里紧紧握着捐赠书。

在方丈室内准备第二天登堂草稿的道元听到走廊里传来急促的脚步声。正纳闷这是谁呢?只听门外传来声音:"我是玄明,刚回来。"

"玄明啊,进来吧。"

玄明连开门都嫌麻烦似地连滚带爬挤进来,刚一跪拜道元,就气喘吁吁、满面堆笑地说：

"师父，大喜事，我带来了时赖大人捐赠的寺院领地。"

道元吃了一惊。

关于捐赠寺院领地的事，刚刚通过时赖的使者表示了坚决推辞之意，可谁知自己的弟子却又接受并把其带回……道元怒不可遏，面色冷峻。

玄明看到道元的脸色眼见着阴沉下来，刚才的笑容也僵住了。在旁边服侍的怀奘和寂圆也顿觉不安，面面相觑。

沉默了好一阵子。

道元从正面打量着玄明，说道："玄明，你觉得我会因为这种事高兴吗？你不会不知道我的心意吧？欢喜得全寺院四处宣扬，这种喜悦之心，实在肮脏……"

静静地说完这些话后，道元再次执起笔，回到刚才的工作。

从侧面看道元的脸，与其说是严肃，不如说是充满了悲哀。

玄明这时才知道自己的行为是如何浅薄，并切实体会到这件事情的重要性。当然，从玄明的心理来说，他是了解到寺院厨房已经处在慢性匮乏状态才这么做，但至今意识到自己的行为与师父的教诲格格不入。

玄明匍匐在地，一会儿抬头看着道元的脸哀求道："师父，对不起，我做错了。我做了不应该做的事，我要再一次反省自己当初志在求道时的本心，我想暂时全心坐禅，请您原谅我自作主张……"

道元的表情格外平静，从其眼神中透出一丝慈祥。

从那天起，玄明一头扎在坐禅中，劳作的时间也不离开自己的禅座。三天过去了，七天又过去了。

从旁经过的人看到连续坐禅的玄明脸庞有些消瘦，眼窝深陷，目光尖锐。了解事情经过的同伴远远围在一起，看着他，却没人吭一声。

到第八天的下午。

大家正在各自的岗位劳动。不知怎么想的，玄明停止了坐禅，也不知从哪里弄来的锤子和凿子，突然开始撬自己刚才还在坐着的禅座下面的木板。把大约有一张榻榻米大小的禅座下面的木板撬下来后，接着又开始刨下面的土。最先感到事情不寻常的是当时有事偶尔从禅房前经过的寂圆。

寂圆心想发生了什么事呢，走进禅房一看，大吃一惊。只见玄明束起了衣袖，正专心致志地在刨土。

玄明首座ヲ
擯出シ坐禅
ノ床ヲ截リ
取セ玉フ

"您在那儿干什么呢？……"

寂圆突然叫了一声，玄明回头看，从他那直勾勾的眼神中仿佛透露出某种坚定的决心。

"玄明君，你不是要……"

寂圆一瞬间似乎明白了玄明决心要干什么。

玄明要主动离开寺院。玄明知道道元师父不会把自己赶出师门，决定自己主动引退。

寂圆马上跑去通知道元。

道元正在和弟子们一起劳作，听说后急忙跑到禅房。道元赶到时，禅座下的土已经被挖了七尺深，土也被运走了。

做完活的僧人们围着玄明，大家都满面担忧地看着他在那里挖土。

看到道元的身影，僧人们都散开来迎接道元。

"玄明，你这是干什么？"

被道元的声音吓了一跳，玄明不由得停住手，跪在那里。

"师父，请您原谅，我做了一名求道者不应该做的事。这几天我思来想去，决心向您请辞。我要将我起居和坐禅的地方挖起，清理干净再走。所以，我才这样挖地的。"

"你真的……真的要那样做吗？"

"是的，我已经认真考虑过了。"

道元默默地点了点头。

玄明知道，这是师父充满关心的回答，强忍住一股向上涌起的激动。

"这么说您原谅我的我行我素了？谢谢……"

玄明放下挽起的袖口，用手掸去衣服上的尘土，脱下袈裟和玄衣，仔细地叠好，双手托过头顶，还给道元。

道元不作声地接过衣物，看着玄明的眼睛。

玄明也看着道元的眼睛。

这是玄明第一次从正面直视师父的眼光。道元的眼睛湿润了。一瞬间，玄明感到体内有股暖流通过。玄明感受到了道元的慈悲心肠。此时，玄明才体会到师父的严厉背后隐藏着的慈爱。

"师父……"

玄明再也说不下去了。

强忍着的泪水夺眶而出，站在一旁的僧人中也有不少流下了热泪。

不久，寺院的后门静静地被打开，走出一名身着白衣的僧人。

他就是玄明。

身后的包袱里包着仅有的一些随身物品。

玄明回头望去，师父和往日的僧侣同伴一直站在门前，目送自己离去。

仲夏五月，山上仍可感受到迟来的夏天气息，但自己放弃了袈裟的玄明觉得山上吹来的风冷冰冰的。

有人将玄明的行为称为"自认出门"。

也就是说，承认罪行，主动离开那里。

永平寺的寺院经济状况慢慢地陷入困境。

深知这种状况的玄明的这次行动正是考虑到寺院的经济情况才这样做。道元及其弟子们都充分了解这一点。

但是，不能因为这样，修道之人就巴结权势，随便接受人家的捐赠。道元自己在镰仓停留之际，就亲眼目睹了许多僧人以佛教为幌子，接近权势，迎来送往，屈服迎合，忘记了作为佛教中人的主体态度的丑恶现实。

回山以后，道元仿佛要追回在镰仓半年有余的时光，回归尊师如净的出发点，贯彻严格的修行生活。

在年底前的十二月二十一日，道元制定了"库院规式五条（永平寺库院规章）"。

"库院"指僧林的厨房。这五条是有关永平寺修行僧人生命线——大米的规定。

内容包括：储备厨房所需的"公用米"；用公用米制作点心；购买蔬菜；

贷与他人；不得充当买柴或炭的费用等。这些规定旨在严禁不正当使用施主们布施的"公用米"或转为他用，从而紧缩寺院经济。

道元一直为寺院能有稳定的经济生活操心。

宝治三年（1249）元月，道元撰写《吉祥山永平寺众寮箴规》一卷，规定修行僧在僧房日常阅读图书时，必须周到细致地注意其心得、态度和方法等细节。道元进而在《辩道法》、《大己五夏对阇梨法》和《永平寺知事清规》等著述中阐述了禅房修行生活的规范，并将它们作为佛祖的戒律和礼仪，要求弟子们依照百丈清规行动。

不得高声诵经或吟唱。

不得聚众喧哗、玩耍、戏谑。

不得到他人桌旁偷窥别人读书或干扰他人学习。

不得斜躺在桌旁。不得露出身体，对人无礼。

说话要低声。穿鞋走路不得趿拉作响，不得大声擤鼻涕，不得夸张地咳嗽。

不得私藏佛典以外的俗书、天文、地理图书、诗词歌赋等读物。

不得放弓箭、兵器、刀剑、甲胄等一切武士用具。倘若有人私藏腰刀，即刻逐出寺院。

不得放置管弦、舞乐器具。

不得将酒肉、五辛（葱、薤、韭菜、蒜、姜）等有异味的东西带到禅房附近。

如此之类，禁止一切妨碍修行的事情，要求与世俗、政治切断一切联系，教导弟子们珍惜片刻光阴，努力专心修行。

另外，道元对自己也发誓再也不离开永平寺，"即使有国王的宣诏，也誓不出山"，为铭此誓，道元唱偈一首：

古佛修行多在山，春夏秋冬又居山。

永平欲慕古踪迹，十二时众常在山。

再次表明了努力向佛的决心。

这样再次立志精修，表明道元心中理想的禅林基本接近完成。

道元信仰正统佛法的证据与其说是观念性的，缺乏具体含义，不如说是具体的，必须过一种佛法指导下的生活。若把这种生活称之为修行，那么，这种修行必须是由师父和弟子们同甘共苦，切实经历严酷的生活，以达到佛祖真传的佛法境界。

道元指出，在禅林内一天的生活是从下午开始到第二天的正午为止，十二个时辰（即今天的24小时）都是佛道的生活，从吃饭、洗脸到大小便，事无巨细，均仿照释尊在世时的做法。这种生活的方方面面必须是正统的做法，由此展开的细节也必须是真传的东西。倘若不然，就不能说继承了"正传佛法"。

道元所谓的"正传佛法"包含着这样严格的含义。道元不止一次地结合参禅宗旨解说细致的僧林规则，正是因为这是落实"正传佛法"极其重要的一个方面。

充满正传佛法的寺院生活本身就是成佛的佛祖生活。因此，在正确的禅师指导下进行参禅，不拘泥于自己个人的成见，众僧如一地过修行生活，这才是现世的悟道生活。

日落后，晚钟响起，僧众披袈裟，进入禅房，坐在各自的座位上，开始坐禅。道元自禅房前门中央进入，来到圣僧面前，合掌低头弯腰（问讯），拱手绕僧堂一周（巡堂），回到圣僧像前问讯，至自己座位前问讯，转身面向圣僧问讯，完毕，束衣袖，坐在座位上，脱下鞋子，盘起双足，面向圣僧坐禅。怀奘居首席位置，其余众僧面壁坐禅。

这样，道元与众僧举止进退有法有度，每天坚持不懈，不乱方寸。

道元理想中的"正传佛法"在永平寺等到实现，正如道元所说，"威仪即佛法，礼法为宗旨"，生活在僧林中的僧人们迈出的每一步都让人感觉到有一种释尊活着似的高维度气氛和功能。

道元在大佛寺建造完成前，已经通过《正法眼藏》各卷，将其佛法的精髓全部展示给信众。其后在正式的上堂说法场合，试图解说《正法眼藏》中记录的佛法具体实现途径。

道元在宽元四年（1245）九月十五日，撰写了〈出家〉一卷，为《正法眼藏》的示众画上暂时句号。

细数一下，此前宣讲过的《正法眼藏》竟然有七十五卷之多。道元也不是没想过完成一百卷，但考虑到必须进一步推敲以往公开了的草稿，还要誊抄各卷，于是决定暂时集中精力完成现有工作。

道元按照《正法眼藏》百卷构想，镰仓之行回到永平寺后新撰写了十二卷，但没来得及最终的推敲就停止了。

十月，道元制定《永平寺住僧须知九条》，决定停止住在永平寺的僧人参拜御持僧、补任上纲及僧纲或各寺院的有识、禁止向地头及守护所或政所屈膝求助甚至诉讼等。

为"弘扬正统佛法"，禁止向一切政治势力、旧佛教势力低头。

这样，道元在永平寺全力以赴地追求和实践理想僧林的存在方式。毋庸赘述，这些都是向先师如净的回归。

钢铁信念

一

道元倾注心血最多的还是在禅林中正式的上堂说法。

道元除五天一次的"逢五上堂"外，在夏安居开始时的四月十五日、夏安居结束时的七月十五日、十一月中旬的冬至日、元月一日这天的新春日举行"四季上堂"。除这些定期举行的上堂说法外，还在四月八日举行的释尊诞辰会、十二月八日举行的释尊得道会、二月十五日举行的涅槃会、十月五日达摩忌日、七月十七日先师如净忌日、拜请有缘七僧等特殊日子，或是在世俗的五月五日端午节，十二月三十日的除夕节等节日，纵横谈论佛法，究其极致。此外，通过小参、法语、颂古和偈颂等方式，尽述佛法的精髓。

其中，值得一提的是祭奠先师如净的忌日上堂，自宽元四年（1246）开始以来，一直持续到道元去世。

另外，一并举行的还有为明全与荣西和尚的忌日上堂、为养父通具源亚相的忌日上堂和为亲生母亲伊子先妣忌辰上堂。无论哪次上堂，道元都全心全意地普宣佛法。

从宋朝开始，在禅教界形成了以十二月八日为释尊得道之日，在这一天举行得道会的习俗。这种风俗在现在的日本佛教的各宗派中依然被采用，在日本开创其先河的是道元。

建长元年（1249）十二月八日，道元举行了腊八会上堂。

"释尊的修行及其教法就像车的两个轮子一样，一致并紧密地开始行动时，在菩提树下悟道之光铺洒开来。

"于是，数不清的众生之界以及存在世上的所有事物都同时感受到'开悟'的快乐。

"释尊就是在今早，在菩提树下的金刚座上坐禅，得以'悟'道，并讲述了如下一段话：

"'今夜已经过去四分之三，还剩下四分之一时间，黎明就要到来。现在在这里，凡此种种修行者和不修行者全都在此。此时，我成为这个世上无与伦比的最尊贵之人。所有的痛苦已经全都消失。因此我修得菩提。也就是说，我悟得了通晓这世上一切事物的智慧。'

"释尊这样说的本意是什么呢？大家想知道这一切究竟是怎么回事吗？"

如此询问后，道元停顿了一会儿，接着讲道：

"白雪中耸立的玉石一样的梅花，哪怕只有一枝，那美妙的芳香也会扑鼻而来，因为预示着春天的到来。

"不过，当时世尊还说了下面一段话：

"'我由于往日的功德，因而从内心苦苦思索的痛苦中得以解脱。很快领悟了禅定的真实，并且到达涅槃的彼岸。一切的诸般怨敌，即使是彼方执掌欲望的化自在天的魔王，也不能使我恼怒，全部都皈依于我。那无非是因为我拥有福德和智慧的力量。如果能经常勇猛精进，要想获得和我相同的智慧，那也不是难事。如果能得到它，所有的痛苦都会消失，一切的罪孽也会消失。'

"以上就是释尊得到菩提时，第一次为世人和天界而进行的说法。继承释尊之法的佛家弟子都应当知道这段真正的说法。了解了这个经过，各位认为该如何解释它呢？

"永平今早要为诸位修道之人说一说。各位不妨一听。"

道元暂时停顿了一下，继续讲下去。

"当天边启明星出现时，释尊开悟，变成了佛陀。

"这就像雪中的梅花只有一枝开放了一样。

"但是，正因为这一枝开放了，因此，大地上有情识的生灵，还有花草树木，全都有了佛性，人们此时得到至今没有体会过的"悟"的快乐。"

永平寺被茫茫白雪笼罩。

建长二年（1250）年初，在镰仓任上的波多野义重寄来书信，内容是关于

宝治元年（1247）道元在镰仓时约定要把《大藏经》献给永平寺，希望接受和供养之事。

道元匆匆上堂。

"一个僧人质问投子大同（819—914）：'大藏经中有什么特别出色的地方吗？'

"'释尊一生都在讲解大藏经。'

"正如投子祖师所说，对我们永平寺来说，没有比这更加值得喜庆的事了。由于这部大藏经的出现，可能会产生真正的佛法传人吧。"

《大藏经》也称为《一切经》，是佛教一切圣典的总称，根据唐朝中期《开元录》中的相关记载，它共由一千零七十六部五千零四十八卷组成，因此，通常说《大藏经》是有五千多卷的庞大佛教典籍。

道元在比叡山时通读过两次的也是此书。道元在宋朝时，想要买它，但因价格昂贵而买不起，可见其珍贵程度。当时，流行的作法是诸公竞相找人抄写《大藏经》，把它献给自己支持的菩提寺，这也需要巨额的费用。

义重再次表示敬献《大藏经》的令人喜悦的书信寄到，实际上，《大藏经》送到达永平寺是当年二月十五日涅槃会之前的事。

这一年的十二月九日，从前夜开始下的雪没有停，深深地覆盖在山上。

那晚，道元眺望着持续下着的雪斜斜地飘落。

于是，在第二天早上十二月十日上堂时，讲述了二祖神光慧可大师在雪中砍断自己的一臂，将其递给初祖达摩大师，祈求入门的"立雪断臂"故事后这样说道："我从昨夜到今早看见晚冬的持续不断的雪，每次看雪，都会想起在遥远的嵩山少室峰慧可大师展示的真实求法诚心，心中无限感慨，忍不住悲伤的眼泪浸湿衣袖……

"我现在也觉得如果为了佛法，也为了尊敬恩师，站在雪中砍断我的臂膀也不是难事。但我觉得遗憾的是，现在还没有值得我这样做的恩师……

"各位，必须怀有这种仿古，也就是像故事中展示的拥有一颗真实的求道之心的气魄。"

然后，道元颂歌一首：

"雪啊，雪啊，千里万里不停飘落的雪啊。

"它们既不相同亦无分别。

"像唱歌跳舞一样，接二连三地飘落，天地为之变成了白色。

"遮盖了月亮，掩埋了云彩，就连喷火的火焰之井也尽数掩埋。

"五瓣的梅花，六边的雪花，正如春花冬雪，各应时节。

"不怕夜里冰冻的寒气，不畏岁寒，山谷里的松树，山坡上的竹子，也在专心地讲法。"

关于慧可断臂的故事固然有缺乏历史真实性的一面，虽说如此，道元却没有把它单纯作为二祖慧可诞生的故事来对待。

道元断言"为了佛法，断臂不是难事"，进而把这样的求法故事升华为不舍身断臂，就不能继承法嗣，就不能上升为内证故事，揣绘出一个通往"信"绝对世界的途径。

建长三年（1251）五月二十七日，是道元先师佛树房明全的第二十七次忌日。这一天，道元为追善供养明全，进行了如下内容的说法：

"为解释释尊领悟到的真实佛法精髓，必须首先知道超越言语动作的解说方法（第一义门）和通过言语动作进行的解说方法（第二义门）。比如通过拿着拂尘挥动，或用握拳的动作示意，或者通过耳朵、眼睛、鼻孔、脚跟这些禅门惯用的语句来示意。"

说完，他演示了一个把禅杖扔到法座台阶下的动作，一边继续说：

"这些都是第二义门的解说佛法方法。那么，除此之外，什么才是第一义门呢。

"贫僧今天讲解佛祖的第一义门，以讲解它而产生的功德，来祭奠先师佛树房明全大和尚……"

道元这样说着，进行了下面的演说：

"迦叶尊者向阿难尊者提问：'什么样的一偈能够变成达到涅槃的理想，成为应当修行的、分为三十七种道行的三十七道品和一切佛法的基础呢？'

"于是，阿难尊者回答说：'不为诸般恶，行诸般善，主动净化其意旨，这就是诸佛的教义。'由此，迦叶尊者领悟了阿难尊者的这番话（一偈）。

　　"那么，诸位想明白这个道理吗？"

　　这样提问后，道元停顿了一下，接着讲了下去：

　　"佛祖真正出色的深奥宗旨在于，按说梦这个东西在现实中必然会觉醒，但理想的梦境是直接转变为现实，不会醒来。弟弟阿难尊者和哥哥迦叶尊者都是从释尊的说教中诞生的真实佛法传人。这些弟子们，把上述经典一偈从一代佛祖单传给下一代佛祖，正是这种传承体现了真实的'孝'。"

　　道元养父通具去世的时间是道元从宋朝回国后的嘉禄三年（1227）九月二日。

　　道元怀念他的养父通具，于建长四年（1252）九月二日，在源亚相第二十七次忌日举行了上堂说法。这里所说的源氏是指村上源氏，亚相则相当于唐朝制度中仅次于宰相的官职，在日本用于作为"大纳言"或"权大纳言"的别称。换句话说，"源亚相"用来指当时被称为堀川大纳言的久我通具。

　　"关于报答父亲的恩惠，释尊给我们做出了出色的榜样。

　　"但是，充分知道父母的恩德，并要报答其恩情，该如何表现为好呢？

　　"不妨做如下歌颂：

舍弃父母的疼爱，很早就进入了出家的世界，

迷茫和烦恼通过朝阳般的佛祖智慧光芒，如同冰霜和露珠一样，怎会不消失呢。

因为我的出家，九族得以升天，

对双亲来说，果真是应该庆贺的事。

　　"因而庄严地接受双亲的果报，无任何虚伪。

　　"下面，我再讲一则古训。

　　"药山禅师坐禅时，一个僧人问他：

　　"'您一动不动地坐禅，在想什么呢？'

　　"于是，药山禅师说：

　　"'在想无法想的事。'

　　"那个僧人又问：

"'如何想无法想的事呢？'

"药山禅师回答说：

"'超越所思所想。'

"那么，我想就用以上公案之功德，今天特别歌颂的这段公案因缘，来庄严地向二老所居的净土报答养育之恩。"

这样说后，道元沉默了一会儿，继续说道：

"沉思和纹丝不动的坐禅姿势是非常常见的事实。

"超越思考的境界并非是说要把天说尽，又以一种对照、分别的智慧来对地加以说明。

"或许有人知道吧，当超越分别智慧专心致志地坐禅，达到彻底的无思量境界，那么，即使是地狱的孟婆汤和炎热的炭火也觉得是清凉的……"

道元上堂说法始于嘉祯二年（1236）十月十五日，在宇治兴圣寺"集众说法"，结束于建长四年（1252）十一月，在永平寺最后一次说法。上堂次数大约有五百三十一次。

道元纵贯一生应时应节地上堂说法，在道元圆寂后，以其弟子怀奘、诠慧和义演三人为中心，采取传统的禅宗语录形式，按例使用汉文语体记载，与其他法语、偈颂等一起收录到十卷本的《永平广录》中。

二

从镰仓归山以后，道元比以前更加致力于严格的修行和培养一个半个嫡传弟子，他在永平寺的生活重点放在教育弟子上，同时对仰慕来访的俗家男女信徒，通过布萨说戒会和随时解说等形式进行充满慈悲心肠的说教。

道元自己在严酷细致的修行生活中，和修行僧一起，片刻也不敢懈怠，不断律己，按照正传的佛法持续要求自己。

道元感到从未有过的身体不适是在建长四年（1252）五月二十七日，正当夏安居时期，同时也是刚为在宋朝时的恩师明全和尚举行第二十八次忌辰上堂说法完毕时。

道元在这次上堂中说："古佛曾说，'此身从无到被给予生命，所有的姿态和形体如同幻像中出现的一样。因此，这个虚幻的身心就是无，无论是罪是福，都因实体的消失而化为空'。

"那么，被给予生命先暂且不提，所谓'无'，即无形是什么呢？

"大家想听吗？

"所谓'无'，即无形无相，是指《法华经》中所说的'此法存在于各自的法位中，世间存在的形态本身常在'。

"那么今天，为纪念我的恩师明全大和尚，该如何表示其含义呢？"

道元沉默了一会儿，说道：

"释尊明了因果，但并非是超越了因果。

"最后，其身体的菩提必定是生在兜率天。"

这次上堂之后，道元不知为什么，非常怀念明全恩师，想起和明全一起在建仁寺度过的日子，想起明全入宋的决心和入宋后在天童山经历的日日夜夜，特别是在了然寮病床上的明全样子，还有他荼毗的情形。

道元身体有一种说不出的倦怠。

道元对自己的身体健康非常自信，认为可能是暂时性的，平静一下就可以了，但一点也没有好转的迹象。

七月五日，道元举行了荣西禅师的忌辰上堂，其后在十日这天上堂，讲述学习佛法的难点时说：

"即使真正唤起了菩提心，可如果没有体会'发病'，不仅道心将消失，也无法体验修证。"他不知不觉把"迷惑"表达为"发病"，接着又说：

"兄弟，必须立刻仔细地见习治魔疗病啊。"

说到这里时，正在做笔记的怀奘不由得停下笔，抬头看着坐在法座上的道元，感觉内心有一种奇怪的躁动。

上堂一结束，怀奘进言道：

"请您务必保重法体……"

道元只是静静地不住点头。

七月十五日，进行了夏安居结束上堂，十七日进行先师天童如净忌辰上堂，道元不无感慨地说：

"经年累月念师恩，不知云开何处，千滴万滴染衲衣，殷红岂止一斑……"

其道心没有丝毫衰退，其意志没有一点退却。

中秋翫月
ノ圖并ニ翫月
眞影ニ述贅
シ玉フ

按照惯例，在八月十五日仲秋之夜，道元要和弟子们一道赏月，比赛咏唱诗歌，考虑到道元的身体状况，大家心照不宣地把活动取消了。但是，道元在这年仲秋节似乎有特别的感慨，坚持上堂，引用《大智度论》中的故事，非常少见地仔细阐述了释尊和月亮的缘分，并且在最后说道：

"今日明月的光芒就是释尊本人的光芒。正因如此，不能将这光芒熄灭，这正是作为佛祖子孙的职责。这也是释尊的旨谕。守护这光芒就是所谓的'传灯'（续灯火）。"

最后，他还以人生五十年只不过是上天一昼夜的寿命为标准，试着计算月天子的寿命。

道元有一种奇怪的预感，在永平寺赏月，这也许是最后一次了。

道元缓缓地从法座上走下来。

身体异常地沉重，浑身无力。即使如此，道元在禅房中的一切举行与众僧一样，一点也没有懈怠。

建长四年九月九日，在秋菊飘香的日子，道元迎来了进入越前后的第九个重阳节，他赋诗两首。

三间茅屋足清凉，鼻孔难瞒秋菊香，
铁眼铜睛何潦倒，越州九度见重阳。

前楼后阁玲珑起，峰头塔婆五六层，
月冷风秋立睡鹤，传衣夜半坐禅僧。

到了真正的秋风吹起时，道元上下坐禅的法座开始需要有人帮助才行，这时禅房里的禅床已经变得冰凉。即使如此，道元还是和大家一样行动。

"师父，请您不要勉强，请您安静地休息吧……"

怀奘非常担心师父的身体健康，不知道反复说了多少次相同的话。

寂圆和义介也在旁边极力劝说。

进入十一月，雪纷纷扬扬地下个不停，也不知什么时候会停。

这一期间，从兴圣寺来的义准为参加当年的腊八会，像游泳一样趟过没腰深的大雪来到永平寺。道元卧病在床，做了一首偈颂，让人记了下来。

访道登高深雪夜，覆身没腰应怜时，

刿头断臂虽邪法，跳脱腊蛇乃正师。

那年的腊八会一结束，道元卧床的日子越来越多。

即使如此，道元穷尽最后的精力，由于忧虑自己死后由弟子们继承法统之事，因此，从这一年年末开始起草，在第二年一月六日，以释尊二月十五日半夜躺在沙罗双树下进行的最后说法《佛垂般涅槃略教诫经》（略称为"遗教经"）为基础，向弟子们撰述、讲解了《正法眼藏》中的《八大人觉》一篇。题名《八大人觉》中的"大人"是佛的别称，"觉"是佛道修行者作为佛必须真正领悟的八种行为，也就是八种道行。

八种道行包括：一、寡欲（无欲望），二、知足（满足），三、乐寂静（过闲静生活），四、勤精进（不断努力），五、不妄念（集中精神没有邪念），六、修禅定（过正确的参禅生活），七、修智慧（掌握智慧），八、不戏言（不空谈，不妄论）。

道元在床上坐起来，解释说："释尊的弟子们必须学习这"八大人觉"。这八种并不各自独立，必须把它们作为修行参禅的整个环节来实践。因为这是释尊教义的关键。对此不学习、也不知道就不能称为佛家弟子。从释尊起承下来的正统佛法流传至今，我们必须学习它。一刻也不能懈怠……"

最后他说："与佛法结缘不是容易的事。生而为人也不容易。因此，我们能够了解学习它无非是因为宿缘。现在，我们学习它，活生生地继承它，并得到开悟，说予众生听，那么，就可以说达到了相当于释尊的境界，我所传承的佛法就不会灭亡……"

总结到这里，道元静静地躺了下去。

释尊在二月十五日，在沙罗双树下即将涅槃之际，就是躺着做了最后一次教诲。

道元已经非常接近他理想中的释尊境界，并最终同化了。

道元效仿无限崇敬的释尊，进行了最后的说法。这种精神从释尊开始绵延不断地为先师如净继承，继而又由道元自己继承，接下来，必须一代一代地直到最后继续传承下去，这就是一代代佛祖之间的传承。

这是道元在《正法眼藏》中最后的撰述，也是最后一次宣示。

"若是仰慕先师（道元）的人，必须书写此卷，并保护它。这是释尊最后的训诫，也是先师最后的遗教。"

御示教　八大人覺ノ卷

怀奘在上述结语末尾记载这段话并让义演抄写时，已经是建长七年（1255）夏安居即将结束的前几日。

永平寺的冬天漫长而寒冷。夏天炎热，湿气也大。

写完《八大人觉》并说给弟子们听之后，道元的病情持续恶化。

尽管道元一点也没有放弃在禅房的坐禅。但在来往僧堂的路上，道元即使想要伸直腰走路，也不得搭着肩膀，拖着沉重脚步走路。有时还需要轿子，明眼人都知道道元的病非同一般。

即使这样，在状态好时，道元还要看一眼新写的《正法眼藏》各卷，三月里还改写了《三时业》一卷。

建长五年七月八日，道元叫来继怀鉴之后管理波著寺的义介，交待了后事。

"我的生命将与这次病症一同消逝……人无论是谁都有寿命。固然说如果生病就随它去吧，但只要还有治疗的办法，还是想治好的，你也知道，我已经试了不少办法，但都没有效果。不过，也不必惊慌。昨晚我想可能要没命了，可今天还这样活着。六波罗义重多次建议我到京都去治疗。因此，我决定八月十五日，进京治病。我本想让你在旅途中和在京城时待在我身边，可永平寺再没像你这样的人可托付，因此，这回让你留在寺中。请你好好看守永平寺。这次大概我的生命也要到终点了。即使死不了，今年可能得住在京城。倘若我有命得以归来，我将把我的秘藏传授给你。只是，你若接任新掌门，必然有人妒嫉，因此，这件事还不能和人讲。你确实对佛道有着非凡的志向……"

义介只是低着头听道元交待，心中既喜且悲，自己衷心热爱的师父被难以治愈的疾病所侵蚀，行将就木。但道元坚强地将疾病掩藏在内心，只字未提病痛之事，从未觉得自己患病不合情理。

"师父！"

义介想说什么，可喉咙被什么堵住了似的说不出话。他强忍住泪水，说道："师父，您别说气馁的话，说什么师父要不在了，简直想都没想过……"。

之后，就泣不成声了。

道元待义介平静下来后，温和地说道：

"义介，你一直都表现不错。只是有一点不足……"

道元眼中露笑地接着说："那就是你缺乏老婆心"。

道元指出，义介缺乏对所有事情谨慎的思虑，故用"老婆心"来比喻。这也是出身于贵族社会，在极其小心谨慎环境中长大的道元对义介等继承者的告诫。因为道元知道，比自己小二十多岁的义介对待山里的僧人言行相当粗暴。另外，面对能忍、觉晏、怀鉴以及义介等日本达磨宗的继承人，今后很可能会有许多风言风语。

义介把道元师父的话深深地铭记在心。这时义介三十五岁。

在场者还有前一年去世的怀鉴的法妹怀义。

六天后的七月十四日，道元将永平寺的住持之职让给怀奘，将自己用生莲房之妻阿静纺织的生麻布经年累月地缝制的一件袈裟传授给他，以此表明传授衣钵之意。袈裟被整齐地叠放在袈裟袋中，这个布袋还是道元从镰仓回来后缝制的。

"怀奘，寺内后事就拜托了。"

怀奘自道元发病以来，一直伴随在身边，观察其病情，眼见着病情恶化，但仍深信道元会好起来。通过这种坚强的信念，使自己免于坠入绝望的深渊。然而，这次从道元手中正式接过永平寺住持之职后，他必须冷静地接受这个残酷的现实。

——师父已经做好了心理准备。既然如此，我也不能从这现实中逃脱。我如果不再坚强些，反倒会让生病的师父分心。

在与道元二人在一支蜡烛的照耀下举行继位仪式时，怀奘不只一次对自己这样说。

怀奘接过道元从如净那里继承的嗣书。

至此怀奘也被列入嗣书，成为诸佛祖中的一员。

道元想起了自己从如净那里继承嗣书时的情景。

"寻得一二个有缘弟子，继承我等法统，勿令断绝。"

道元把如净说过的话印在脑海里，并向怀奘传达了同样的话。

道元对能够得到像怀奘这样无可替代的弟子继承法嗣，守护如净的训戒，甚感欣慰。

发展大教团不是目的。从释尊开始到第二十八代佛祖达摩，再从六世祖直到自己，正统佛法代代相传，从未中断。

倘若佛法的传承在自己这里中断，那将是永劫之罪过。

幸亏得到出色的怀奘继承法统，道元如释重负。

圆寂之日

一

道元的身体不好这件事早就传到波多野义重的耳朵里。

此后，义重非常担心道元的健康，经常派使者来确认病情，但过了半年，由于一点也没有看到恢复的希望，他开始有些着急。

怀奘派出行脚僧，告诉六波罗的义重，道元病情发展到今，形势不容乐观。不久，行脚僧就带着义重的强烈建议回来。

"一刻也不能耽误了，请立刻到京都去，接受应有的治疗。就像我以前说过的那样，这件事已经不是您和尚一个人性命的事情，恳求您务必进京。"

之后，义重又追加了一句，"如果您不答应，义重将亲往迎接。"来信中充满了直到听从自己的建议为止，一步也不肯退让的口气。

尽管道元曾经发誓，一生也不离开永平寺半步。但对于俗家大施主义重的恳切愿望，却不能置之不理。

与怀奘不同，道元与义重结有深厚的缘分，为了自己，拼命劝告自己进京的义重的声音时刻回响在道元的耳畔，使他内心久久无法平静。当然，不只是义重一个人，长年以来，和自己一起修行的弟子以及俗家的信徒都担心道元的身体，他不可能视而不见，固执己见。

道元总算想通了，准备接受众人的一番好意，下定决心离开这里去京都。道元通过使者向义重转达了进京的心意，于是，义重就马上派出迎接的随从数人和轿子。

道元在进京之际留下一首偈颂：

十年吃斋永平场，抱病卧床七月余，

人间寻药出于峤，如来授手见医王。

建长五年（1253）八月五日，已入仲秋时节，但那一天仍然很炎热。

一行人为趁清晨凉爽多赶些路，天刚发白就从永平寺出发了。

出发时，弟子们都聚集在门前，目送道元。

关于今天进京的事，义介之前告诉了大家。

道元由怀奘和寂圆左右搀扶着，站在轿子前面，缓慢地巡视并努力确认弟子们每一个人的脸。然后面向寺院双手合十，深深地行礼之后坐进轿子里。

载着道元的轿子由八名武者一抬起来，弟子们全都一起围了上来。

"师父，请您慢走。"

"师父，请您早日康复而回。我们等着您。"

其中也有人把着轿子哭喊着，"师父，师父。"

道元再一次把目光转向弟子们，深深地点了两三次头，用以代替告别话语。

轿子开始移动，有许多人恋恋不舍地追随而来。要不是被义介催促，"那么，大家就送到这里，回去吧"，大家仍然不愿离去。

这次的随行者除了怀奘和寂圆之外，只有几个人。

一行人从永平寺出发，到达胁本时，太阳已经升到头顶，光芒刺眼。

和六年前接受义重邀请去镰仓时一样，夏末的阳光格外灼热。

道元一直卷起轿子的卷帘，眺望着途中的景色。

树木生出绿叶，枝繁叶茂，山野一片翠绿。

途中在胁本旅店休息之后，一行人登上了越前边境的木芽峰，找了一个树阴地休息。

道元没有从轿子里下来，朝着眼前连绵的山峦深吸了两三口气。

从山谷里吹来的风清凉透爽，让人心情非常愉快。随风晃动的树木、摇曳的小草、还有狗尾草起伏波动。

道元让人从轿子里把自己抬出来，坐在树阴下的草地上，一直闭着眼睛，沉浸在被群山环抱的喜悦当中。怀奘等人从不远处守望着师父。

道元静静地睁开双眼，念了一首诗：

如露落草叶，身在木牙峰。

上皇醫官ニ
詔シテ師ノ病ヲ
候セタマフ

山路绕空远，道心悦无尘。

正要从木芽峰出发时，道元将义介叫到了身边。

"义介啊，送到这里……就好了……从这里回寺去吧。你不在的话，寺里的人们会不知如何是好……现在趁太阳还没有下山，应该来得及到达……"

"师父，请让我再陪您一程吧。"

义介苦苦哀求，但道元却没有点头。

义介心想不能再让生病的恩师感到心痛，只好遵从师命，与一行人告别回去。义介的眼睛分明在说，如果可能，真想就这样陪您到京城。道元痛苦地清楚义介此时的心情。

——能够拜见师父，这也许是最后一次了。这也许是师父给我的最后命令了。我会把此情此景铭记在心，一生都不会忘记。

义介来到再次要坐进轿子的道元身边，凝视着他的脸，想要把它刻进自己的脑海里。

"师父。"

义介围着轿子，等着道元说话。

于是，道元看着义介的样子，再次开口说道："义介啊，无论到什么时候，终有一别，还是早点回去为好啊……"

像是温柔地教导不懂事孩子的母亲的声音，充满了温柔的声音。

——这声音一辈子也不会从我的耳畔消失吧。

义介的脸上流着大颗的泪珠，看着轿中的师父。师父的眼里也闪着泪花。

"那就送到这里吧。"

义介极力控制着情绪说道。

义介觉察到这是今生的离别了，强烈控制着内心的激动，转过脸去，急匆匆地朝回永平寺方向走去。

过了一会儿，义介回头一看，远处一行人的影子越来越小。义介强忍着想大声呼喊的冲动，急忙赶路。

一行人下了木芽峰，沿着木芽河来到谷口，从道口走向疋田，沿爱发关遗址奔追分，然后乘船从梅津到大津，从京都北部进入京都。

目的地左金吾禅门觉念宅邸在离五条大道很近的高辻西洞院。京城的街道非常炎热，被轿子摇来晃去的道元已经是极度疲劳了。

即便如此，看着船的右侧远处比叡山山峰，从下船进京都时，道元反倒觉得精神高涨。路上反射的阳光让人难以忍受，道元还是打开轿子的窗户，欣赏着外面的景色。

终于，眼前出现了蜿蜒曲折的鸭川，能够一眼望到京城街景。

往远处望去，这也是熟悉的群山。这种感觉让他有些全身颤抖，感觉有一种像是回到温柔的母亲怀抱的安逸。

回想十年前，可以说这次是自从像被人赶出似地离开兴圣寺以来的首次返乡。这也是父亲和母亲、祖父和祖母长眠的地方，是自己剃度出家、皈依佛门、度过年轻岁月的故乡。

二

在觉念的宅邸，以现在的户主觉念为首，义重和缘份深厚的人们聚集着，焦急等待着道元一行人的到来。

得知道元快要到了，觉念按照和义重商量好的那样，派人跑去叫来据说医术超过京都所有医生的镰仓医生。已经竭尽所知地告诉医生从怀奘那里了解到的道元病情，并让他事先准备好良药，就等今日使用。

一行人到达觉念宅邸时，太阳已经开始偏西，白天的炎热一点也没有退去。

"道元师父，您终于到了。那请您尽早躺下，先休息一下。"

觉念代表大家致欢迎词。义重也跑到道元的身边说：

"我们一直在等着这一天呢，道元师父。良医和良药我们都准备好了。暂时忘记寺里的事情，静心休养为好啊。请让我们竭尽所能吧。"

道元由怀奘和寂元搀扶着双臂，从轿子里缓缓下来，静静地环顾四周。那里有几位熟悉的面孔。有自己从深草出发之前，在义重的宅邸以及六波罗蜜司说法时见到的人们，还有诠慧、义准等。

诠慧看着道元。

时隔十年再次见到令人怀念的恩师的样子。但他那健壮的身体由于生病的原因，失去了力气，脸上也刻上了十年岁月的痕迹。诠慧什么也没有说，只是一味地低着头。

只是普通的七天左右路程，但这次考虑到道元的病情，结果成了十余天的漫长旅程。道元的疲劳应该已经到达极限，可不知为什么，道元自己没有感到那么疲劳。那也许是因为许久没有这么高的兴致了。

解开旅途中的装束，道元被催促着在准备好的房间里躺下，过了一阵子，医生抱着用包裹皮包着的药箱进来了。

"我进来了，非常惶恐，请让我给您诊治病情。"

非常恭敬地打过招呼之后，医生首先轻轻地为道元的右手腕把脉。然后，他静静地把手放在道元的额头上，看他发热的情况。

然后，当打开道元的衣襟检查胸部时，医生的脸色变了。

于是，静静地帮他把衣服合上了。

道元闭着眼睛，也许的确已经很劳累了，不久就开始打盹。

"今日先这样，您最好先睡一觉吧。"

医生这样说着静静地退了出来。

道元仿佛在睡梦中听到这些话，渐渐睡熟了。

义重、觉念、怀奘、寂圆、诠慧等都沉默着，但心中想的都一样。

不久，医生出来了，大家一起围住了他。

"情况怎么样？"

最先问了大家都想问的问题是义重。

会说出什么样的话呢？大家注视着医生。

医生的表情很僵硬。

"什么也……现在还不能妄下定论。让他充分休息，让他安静就是最好的良药。现在正在深睡。稍微休息一下，疲劳就会解除，那样会轻松些吧。"

说到这里，他把一包草药放在药碾里，开始研磨。

道元做了各种各样的梦。

年幼时、和母亲一起度过的日子、出家后在叡山学道的日子、和明全一起访宋的事、遇到如净大彻大悟的事、回国之后在建仁寺的日子、在深草的日子、在兴圣寺的日子、转移到永平寺之后的事……在镰仓的事……

实在是很长很长的梦。

人生就像一幅大画卷一样展开了。

自己飞进了这幅画卷中，活生生地扮演主人公。与其说是演，不如说是生活在这幅画卷中。道元在梦中醒了。梦中的道元非常精神，精力充沛。

长长的画卷中，令人怀念的人们的脸渐渐显现后又逝去。

母亲伊子、模模糊糊地记得的生父通亲、养父通具、良观法印、公元僧正、公胤僧正、公晓、师翁荣西、明全师父、先师如净、僧海……这些人全都默默地冲自己笑，然后又消失了。

也不知睡了多久，道元从酣畅的睡梦中醒来。

——是梦吗？……不，不是梦……

道元想起来，可一时间还沉浸在梦境的余温中。

最先觉得师父醒了的是寂圆。

"好像醒了……"

听到寂圆的话，在隔壁等待的人们聚集到道元枕边。

"您好好睡了一觉，身体感觉怎么样？"

觉念一开口，道元面露微笑地说道：

"托您的福，睡得非常好。睡的时候，似乎还做了梦。"

"是么，那是什么梦啊？"

义重探出身问道。

"各种各样的梦。如同回放我迄今为止的大半生一样，不可思议的一连串的梦……"

道元说着，又闭了一会儿眼。

道元的病情时好时坏。

医生不断尝试着所谓的良药，却没有出现明显的效果。

白天依旧很炎热，也许是心理作用，总觉得早晚的风里有一丝仲秋似的凉意。

每晚，仲秋的月亮都在夜空中露出头。

喜欢看月亮的道元请人帮自己坐起半身，每晚遥看月亮。

仲秋那晚一丝云彩也没有，月亮皎洁而清凉。道元一边看着月亮，一边静静地吟了一首诗：

常怀仲秋月，今宵照无眠，

我欲登高望，怎奈卧牙床。

抄完这首诗，怀奘和寂圆泪如雨下。

道元感到身体微有不适正好是前一年的夏天。

即使是在永平寺，道元每晚也必欣赏仲秋的月亮。

——来年还能看到那轮明月吗？

尽管被缠人的疾病所困扰，但道元仍静静地仰望着夜空中的秋月。

从那之后大约一年，病情持续恶化，道元将能够再次看到今宵美丽明月的喜悦直白地寄托在诗中。

一看到夜空中闪闪发光的明月，就这样躺着也不懊恼，他目不转睛地盯着月亮。被温柔的月光所拥抱，他甚至忘记自己是生病的身子。

"夜风可不能吹到您啊……"

被怀奘一说，道元的目光才离开月亮.

即使闭着眼睛，夜空中浮现的美丽月亮也没有消失。

仲秋的明月也开始一天天慢慢欠缺。道元的病情也不断恶化。即使如此，道元每晚都由怀奘等支撑着看月亮。但渐渐地变得没有食欲，呼吸也觉得困难。

三

道元住在觉念的宅邸已经十来天了。期间接受名医的诊治，尝试良药，想尽一切办法治疗，但看不到效果。道元的衰弱变得非常明显，医生已经束手无策，只是看情况而已。道元正在迷迷糊糊打盹时，耳边忽视听到有人在吟诵《法华经》的声音。

——是谁啊，这个时候……

他竖起耳朵一听，那是令人怀念的母亲的声音。

可微微睁开眼睛一看，母亲的身影却消失了。

道元的母亲伊子自从丈夫通亲去世后，经常一个人吟诵《法华经》。

《法华经》被各个宗派使用，当时在民间也广泛流传。道元虽然很早就从叡山下山，但还是热心地学习了天台教法的主要经典著作《法华经》，并且一生都信奉它。

道元在讲述《正法眼藏·法华转法华》一篇时，引用六世祖慧能和一位据说将《法华经》看了三千遍、称为法达的修行僧的故事，说道：

室内ヲ經行
シテ面前ノ柱
ニ法華經ノ
文ヲ書付
タマフ

"读《法华经》不是读经典的文字，是读解自己的内心。"

详细解说了《法华经·方便品》中的"开示悟入"。

吟诵《法华经》的声音静静地远去了。

——是梦吧……听到吟诵《法华经》的声音……那声音无疑是母亲的声音……

似乎想到了什么，道元没有借别人之力，坐起上半身，拜托怀奘和寂圆给自己穿上袈裟。

这让在隔壁守护道元的侍者们吃了一惊。

"您要做什么？"

大家都关注着道元的行动。

身着袈裟的道元一副深思熟虑的面孔。脸颊虽然消瘦，但目光熠熠，一点未减平时精干的气度。

道元由怀奘和寂圆搀扶两肩站起来，整理了一下衣服。

您要干什么啊？……周围的人都一直屏息守护着。

道元静静地走过室内，开始低声地吟诵《法华经·如来神力品》中的字句。

道元耳边响起了妈妈的吟诵声。道元和着妈妈的声音，吟诵着：

若于园中，若于林中，
若于树下，若于僧房，
若白衣舍，若在殿堂，
若山谷旷野，
是中皆应，起塔供养。
所以者何，当知是处，
即是道场，诸佛于此，
得阿耨多罗三藐菩提，
诸佛于此，转于法轮，
诸佛于此，而般涅槃。

朗诵完，道元让怀奘去取来笔和砚，一边再次吟诵，一边在柱子上开始写这些经文。

中夜の偈ヲノコシ涅槃ニ入リ玉フ

——本来应该在我们永平寺迎来最后的时刻……但是，不得不在白衣舍（俗家弟子家）迎来这一刻……但是，无论在什么地方，诸家佛祖都把它作为道场，得到无上的开悟。

怀着这种想法，道元吟诵《法华经·如来神力品》中的句子，并把它记录下来。

全部写完，把笔放在最后剩下的主柱上，墨从笔尖上滴下来。道元看着墨汁的痕迹，用尽最后的力气，一字一字殚精凝神地书写着。

柱子上留下了"妙法莲华经庵"六个大字。

第二天的黎明，道元静静地请人扶起身体，写下了遗偈：

五十四年，照第一天。
打个勃跳，触破大千。
咦，浑身无觅，活落黄泉。

道元从师父如净临死时的遗偈得到启发，唱了如上一偈。如净的偈如下：

"六十六年罪犯，
弥天打个勃跳。
活陷黄泉。
咦，从来生死不相干。"

直到死的瞬间，如净一直活在道元的心中。这就是五十四个春秋的一生。道元一生与正传佛法相伴，持续宣扬佛法，直到道元的生命枯竭。

排除世俗的一切欲望，不向一切政治权力妥协，以树立单纯的普通个体人格为目标，道元作为纯粹佛教传人的姿态，一生中始终没有丝毫动摇。

道元在深山中的永平寺，以身实践了否定名利、远离权势的纠葛，遵从纯粹的佛法生活。

道元在盘腿坐禅中静静地离去。

时间是建长五年（1253）八月二十八日寅时（凌晨4点左右），生年五十四岁。奇特的是，道元的生年和其父通亲的寿命相同。

义重跄天仆地，痛不欲生。

怀奘一时背过气去，有小半刻才恢复意识。

觉念等俗家弟子们悲痛之极，伏地大哭。

悲伤的一天过去了。

第二天，等到天明，道元被转移到京都天神中小路的草庵中。

之后，在义重的斡旋下，决定在建仁寺的三昧处（火葬场）火化。载着道元遗体的轿子出了草庵后，直奔建仁寺。

去建仁寺火化是为完成与师父明全告别的遗愿，也是寂圆的请求，因为寂圆在宋朝亲眼看见道元与明全师父是如何建立师徒之情。建仁寺的僧人们一一前来吊唁。

在建仁寺停留了一天，完成与明全禅师告别的遗愿之后，道元的遗体经过东山云居寺的北部、南向鹫山旁边白山岭的山脚、菊溪河的河畔，运到一个叫祗园林、红土地上长满苍松翠柏的建仁寺火葬场。

怀奘手里拿着《舍利礼文》，众僧和着他的诵读，围绕着宝龛的道俗诵经声和蝉声交织在一起，抑扬顿挫。

不久，火化的烟飘到仲秋京都的天空中。遗骨由怀奘等人郑重地收起。

怀奘等人于九月六日从京都出发，五天后九月十日到达永平寺。第三天九月十二日，举行了入葬仪式。

遗骨被安置在永平寺的西侧，那里命名为"承阳殿"。

道元的时代结束了。

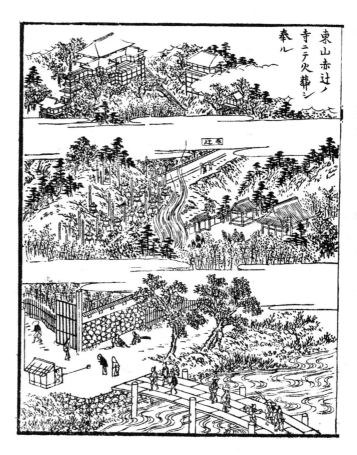

但是，道元的宗教风格化为清爽的永平之风，流传给源源不断的求道者们。

永平寺山峰的山色，山尖上的月影，山谷里的回响，全都历历在目地传达着传法沙门道元无声的道行。

从那以后，怀奘在承阳殿，日日夜夜的言谈举止都如同道元活着一般。建长五年（1253）秋天，道元在去京都时授予怀奘的道元亲手缝制袈裟，在此后的二十八年间，都没有离开过怀奘的身体。

怀奘的道法不久传给义介，义介在四十一岁时，即正元元年（1259），到宋朝学习五山十刹的寺院经营之道共四年，在弘长二年（1262）回到日本。

寂圆在道元圆寂后，跟着怀奘，继承了他的佛法。弘长元年（1261）五十五岁时离开永平寺僧众，只身进入越前大野木的银杏峰，在能够展望到那座山麓的坐禅岩上一人坐禅十八年，据说当时的云水（修行僧）都害怕"孤危险峻"而没有靠近，寂圆只顾默默地虔心打坐修行。

那是道元最敬爱的大梅法常禅风，也是寂圆全身心投入的、如净的、道元的、永平的教风的实践。

之后，寂圆接受了野州太守伊自良知俊的皈依，借与道元师父邂逅的中国宝庆之名，在那里建了宝庆寺。寂圆将一幅道元晚年让人画的赏月图——当时连道元自己都赞赏画得好的画像珍藏在身边，一生都没有离过身。

寂圆性格孤高，不近人情，不垂教诲，兀坐在方丈室，浑然沉默地迎接每一天。契合其机缘的弟子很少。不过，后来担任了永平寺第五代住持的义云和十九岁的莹山也拜在其门下。后来，莹山继承义介先后开创加贺的大乘寺、能登的永光寺和总持寺，以此为据点，推动曹洞宗禅法大众化，并传播到全国。

寂圆在正安元年（1299）九月十三日黎明，留下一句"我现在回中国"，以九十三岁高龄圆寂。

当许多新人围绕义介作为永平寺第三代掌门人争论时，一个新的时代即将开始。

但是，同时也是多灾多难的日本曹洞宗刚刚拉开序幕。

跋
写在《永平之风》中文版出版之际

　　日本的镰仓时代"承久之乱"(1221)以降，政治权力由公家转向武家，在佛教界，则迎来由一批杰出宗师顺应时势而确立新教派的辉煌时代。

　　镰仓时代创立新教派的宗师中，道元禅师(1200－1253)首屈一指。道元禅师笃求佛法的无尽旅程，开始于他执着的巡师访道。禅师随缘际遇众多佛者，他们的大德智慧全身心地震撼了禅师的自我，在清净中多少次唤起灵魂的呐喊与欢喜。其旅程是对自我这一存在彻底认识的漫漫求索之路。其求法之路，体现为道元禅师在贵国天童山景德寺方丈天童如净禅师(1163－1227)门下精进修行，只管打坐，终成正果，承嗣了自释尊到先师如净禅师的正传佛法；体现为继而他奉法归国，在日本弘扬佛法，从严律己，不迎合权力，不委身富贵，一生山居，只管打坐，以洋溢着吾佛慈悲和真挚情愫的说法，接引一个半个信众，坚定地继承和传播了禅法真传。

　　酷似当今世道的镰仓时代所确立的道元佛法至今已传承近八百年，其影响不限于禅宗修行者，更深入万千人心，代代相传，生生不息。佛法超越时空，一如既往受到当今世界和当代人们的关注，道元佛法永存。

　　在日本有一种说法，称道元禅师的生平缺乏戏剧性，只管打坐，搬不上银

幕，写不成小说。对于前路漫漫的求道者来说，禅者只管打坐，对尘世的熙熙攘攘漠不关心是当然的；因此其生涯比起同时代的佛门宗师来，少有华彩场面也是自然的。但道元禅师的禅学巨作《正法眼藏》(95卷)、中国留学记《宝庆记》、门人合纂的语录《永平眼藏》(10卷)以及终生随身珍藏的《正法眼藏随闻记》等文献足以让后人追寻禅师的人生足迹，重현他激荡时代的伟大形象。

笔者在下决心把禅师的一生描述成大型连续剧式作品后，不得不将视野对准主人公较少关注的万千世相。于是或在深夜，一位心慕禅师而毫不懈怠只管打坐，令精神跃动、自我确立的虔诚弟子突然现身眼前，"喂，你错了。"冲我说完就飘然而去了。这兴许是对妄图用现代感觉去理解镰仓时代禅林山居生活的我辈人的一种警示吧。

有关道元禅师的生平，学术上文献上均存在众说纷纭的部分，笔者以一己卑见叙述禅师令人崇仰的一生，作为禅师的一介远孙，该是不能宽恕的吧。这种思绪，在本书的构思和执笔过程中，不，哪怕现在也萦绕心中，挥之不去。然而，道元禅师即使不曾说过，但再度审视透过禅门弟子所见到的真实，并且让它在现代复苏的想法，令笔者疾步前行，一发不可收。

通过这本以中日建交四十周年为契机出版的中文版《永平之风》，让广大中国读者感受到道元禅师与其恩师天童如净禅师之间藉弘扬佛法形成的深厚情感，并成为体察禅师所生活的时代的机缘的话，将是笔者无上的欢喜。

本书日文版写作时，当时的大本山永平寺监院南泽道人大和尚和大远忌局局长山田康夫大和尚多次赐与慈言，值中文版问世谨再致谢意。

从中文版的筹划开始，当时的苫小牧驹泽大学片山晴贤校长就一直强力协助，大东文化大学丁锋教授对中文译稿作了周详的修订，中国佛教文化研究所宋立道教授承担了中文版的出版联系工作。得以仰赖各位，作者荣幸之至。

为了让中国读者尽可能多地领略日本文化，加深对道元生平的认识，中文版在书内配置了日本江户时代《建撕记图绘》的插图，卷末附录了《道元禅师绘传》。《道元禅师绘传》是日本嶽林寺的寺宝，感谢铃木洁州方丈欣然慨允在中文版中使用。

值得特别感谢的是，中国佛教协会会长传印长老、道元禅师修行地的天童山景德寺的诚信方丈，以及传承道元禅师开创的永平寺法灯的现曹洞宗管长 贯首福山谛法猊下赐予慈虑深厚的序文，笔者由衷致以深深谢意。

本书是各位相关人士合力相助的结晶，道元禅师在际遇禅宗正法时曾用"感泪湿袖"来表达其感动至极之情，冒昧地借禅师的这句话来表达笔者此刻满腔的感谢之意。

大谷哲夫书于2012年3月彼岸日

附录一：道元年表

公元 （年）	年号 （日本）	干支 纪年	年龄 （岁）	生平	著述	相关史
1200	正治二年	庚申	1	正月二日，道元在京都松殿别宅诞生，父亲通亲（52岁），母亲伊子（32岁）。		正月，荣西主持赖朝逝去一周年祭奠法事。 八月四日，幕府下令禁止念佛宗活动。 当年，荣西支持荣西为开山鼻祖，在镰仓兴建寿福寺。 北条政子支持荣西为开山鼻祖，在镰仓兴建寿福寺。 后鸟羽太上皇公晓诞生。
1201	三年 建仁元年 （二月十三日）	辛酉	2			三月十六日，通亲在水无濑行宫举行祭神歌会，后鸟羽太上皇驾临。 七月二十七日，设置和歌所，通亲、通具、叔逄等人在此任职。 十一月三日，通具等人成为《新古今和歌集》的作者。 当年，亲鸾离开比叡山，成为法然的弟子。
1202	二年	壬戌	3	十月二十一日，父亲通亲去世（54岁）。		正月十三日，日后的圣一国师圆尔辨圆诞生在骏河国安部郡部高科。 七月二十三日，源赖家被任命为征夷大将军。 当年，源赖家推荣西（62岁）为开山祖师，开创建仁寺。
1203	三年	癸亥	4	在父亲去世一周年祭奠活动后，随荣西伊子诵读《法华经》。当年冬天，读《李峤百咏》。		三月三日，拙庵德光圆寂（83岁）。 北条时政将赖家幽禁在伊豆修善寺。 九月，北条政子与赖家嫡子一幡，九月七日，赖家之弟千幡（12岁）被任命为征夷大将军，更名实朝。
1204	四年 元久元年 （二月二十）	甲子	5			九月二十九日，承明门院伊豆修行通亲去世一周年著荐法事。 七月十八日，赖家在妣妻地伊豆空蝉尼《七条起请文》。 当年，日后的正觉坊前往镰仓，成为实朝的正室。

续表一

公元（年）	年号（日本）	干支纪年	年龄（岁）	生平	著述	相关史
1205	二年	乙丑	6			三月二十六日，通具等人上奏《新古今和歌集》。闰七月十九日，北条时政企图谋立平贺朝失败。出家后，迁往伊豆。
1206	三年 建永元年（四月二十七日）	丙寅	7			二月十四日，兴福寺众徒控诉法然坊源空等经亡（38岁）。三月七日，摄政九条良经亡。五月十八日，公胤被任命为圆城寺长吏。六月四日，俊乘坊重源圆寂（86岁）。九月二十日，延历寺僧众作乱，后鸟羽太上皇下令讨伐。十一月，明惠创建高山寺。
1207	二年 承元元年 十月（二十五日）	丁卯	8	三月上旬，母亲伊子去世（39岁）。		二月十八日，法然坊源空被流放四国。四月五日，九条兼实亡（59岁）。七月四日，公胤被命为僧正。十月二十一日，承明门院为已故通亲举行祭奠仪式。当年冬，寂圆诞生。
1208	二年	戊辰	9	当年春天，读亲的《俱舍论》。		正月十六日，幕府间注所发生火灾。二月三日，金峰山信众火烧多武峰僧堂。闰四月十五日，京都发生火灾。
1209	三年	己巳	10	大概在这一年成为藤原师家的养子。		
1210	四年	庚午	11			九月二十九日，公胤受幕府召唤前往京寺。十月五日，如净入建康府清凉寺。十月十五日，实朝阅览《圣德太子十七条宪法》等有关记载。十一月二十日，土御门（16岁）禅位给弟弟顺德（14岁），桂川两河泛滥，冲倒700问房，4133人遭难。

续表一

公元（年）	年号（日本）	干支纪年	年龄（岁）	生平	著述	相关史
1211	五年 建历元年（三月九日）	辛未	12			四月二十三日，俊芿（46岁）从宋朝回日本，加入建仁寺，后移至崇福寺。十月十三日，鸭长明到达镰仓，谒见实朝。十二月二十八日，实朝让荣西为其驱除翌年之厄运。冬季，法然坊源空返回京都。
1212	二年	壬申	13	春季，在临近元服式时，离开木幡山庄，来到比叡山良观禅房要求出家，最后入横川般若谷千光房学佛。		正月二十五日，法然坊源空于京都东郊禅房圆寂（80岁）。三月二十二日，颁发新制"二十一条"。三月二十六日，守贞亲王（后高仓院）出家。十一月二十七日，明惠著《摧邪轮》，批判《选择本愿念佛集》。当年，鸭长明著《方丈记》。
1213	三年 建保元年（十二月六日）	癸酉	14	四月九日，公圆，剃度出家，成为僧人道元。翌日，于戒坛院受菩萨戒，成为比丘。		正月十一日，公圆就任第70代天台座主。二月三日，贞庆和尚圆寂。二月二十九日，延历寺僧众闹事。三月三十日，行勇在寿福寺受实朝之命，订正大师传绘铭字。五月四日，荣西未被授予大师号，被任命为权僧正。七月七日，镰仓大地震。八月三日，延历寺与清水寺争斗。十月，因大火导致京都次元。十月二十日，鸭长明圆寂。十一月十六日，兴福寺与延历寺争斗，兴福寺僧侣奉春日神社的神木打算进京。十一月十九日，天台座主公圆免职，慈圆增补。当年，兰溪道隆诞生。
1214	二年	甲戌	15	春天，拜访圆城寺公胤僧正求证疑惑，表达去宋朝的愿望。初秋，拜访建仁寺荣西。		二月四日，荣西向安朝劝茶，呈《吃茶养生记》。四月十五日，延历寺僧众火烧圆城寺。六月三日，荣西诵《法华经》祈雨。八月七日，兴福寺僧众奉春日神木准备强行入京都。朝廷派武士阻止其进入京都。十一月二十日，土御门大上皇在其首任寺所发生生火灾。十一月三十日，荣西为庆修复完工，前往镰仓。当年，荣西为庆祝法胜寺九重塔重修修复完工，前往镰仓。

续表二

公元（年）	年号（日本）	干支纪年	年龄（岁）	生平	著述	相关史
1215	三年	乙亥	16			正月六日，北条时政亡（78岁）。 七月五日，荣西圆寂（75岁）。朝廷下令禁止僧侣行武。 八月十八日，镰仓接连大风。 九月，镰仓接连地震，遂举行"镇地祭"，祈祷平安。
1216	四年	丙子	17	初春，再次拜访公胤，强烈表达了前往宋朝的愿望。		闰六月二十日，公胤圆寂（72岁）。 当年，公晓成为鹤冈八幡宫"别当"。
1217	五年	丁丑	18	八月二十五日，进入建仁寺达了明全和尚门下。 九月，在明全主持下，更换僧服。 十一月，接受僧伽梨衣。		三月十八日，空阿弥陀佛念佛会因风闻延历寺僧众闹事而逃散。 三月二十二日，源通光兼任右马寮御监。 十月，公晓开始"千日闭关"。 当年，又尹出生。 良观就任圆城寺长吏，不久圆寂。
1218	六年	戊寅	19	这期间在建仁寺。		九月十六日，延历寺僧众强行上诉。 十一月十三日，政子（62岁）叙位从二品。 当年，怀奘于延历寺戒坛院受菩萨戒。 公晓闭关，祈祷。
1219	七年承久元年（四月十二日）	己卯	20			正月二十七日，实朝（28岁）于鹤冈八幡宫被公晓（20岁）杀害。当日，公晓亦被杀。 正月二十八日，实朝正室信子及其他家人约百余人为吊唁自故将军，在行勇主持下落发为僧。 二月三日，又尹出生。 四月二日，京都发生大火。 六月二十五日，九条道家（28岁）之子赖经（2岁）作为将军进镰仓上任。
1220	二年	庚辰	21			三月，行勇离开镰仓，进高野山禅定院。 二月二十六日，土御门上皇的皇子邦仁（后嵯峨天皇）诞生。 三月二十六日，清水寺全部烧毁。 八月五日，京都狂风大雨，引发洪水。 当年，慈圆著《愚管抄》。

续表四

公元（年）	年号（日本）	干支纪年	年龄（岁）	生平	著述	相关史
1221	三年	辛巳	22	九月十三日，从建仁寺全明和尚处继承师资印信。被授子印信和圆禅二戒。有明全来书《师资相承偈》为证。这时，开始去宋朝的准备。截止那时，已经通读《大藏经》两遍。		五月十五日，后鸟羽太上皇颁布声讨义时院诏，"承久之乱"开始。六月三日，波多野义重在宇治川之战中失去右眼。六月十五日，"承久之乱"结束。源定通开始幽居。六月，创立六波罗院政。七月八日，后高仓院开院政。七月九日，仲恭被废位。后堀河天皇（10岁）践祚。七月十三日，后鸟羽太上皇流放隐岐。七月二十日，通光、定通、通方被处以禁止外出处分。土御门太上皇被流放佐渡。八月十六日，后高仓院封"太上天皇"称号。八月十六日之后，明全授子后高仓院菩萨戒。九月二十八日，荣朝和尚创建长乐寺。十二月一日，后堀川天皇即位。当年，土御门太上皇被提拔为六波罗探题土佐。波多野义重被提拔为六波罗探题土佐，成为越前志比庄的"地头"。
1222	四年 贞应元年（四月十三日）	壬午	23	在建仁寺。		二月十六日，日莲诞生。七月二日，京都发生火灾，承明门院住所受灾。七月二十三日，镰仓大地震。七月三十五日，源通方宅第受灾。十月十九日，藤原基房参拜高野山。

续表五

公元（年）	年号（日本）	干支纪年	年龄（岁）	生平	著述	相关史
1223	二年（嘉定十六年）	癸未	24	二月二十一日，前往宋朝的印信与通关文牒下发。二月二十二日，与明全、廓然和亮照等人一起离开京都，踏上前往大末的旅途。三月上旬，到达博多。三月下旬，从博多启航。四月，到达明州庆元府。五月四日，明全在船上见到阿育王山典座。五月十三日，在明州天童山景德禅寺挂单，得遇无际了派。当年秋，到达阿育王山广利禅寺，见到第33代祖师之变相。通过隆禅帮助，拜读了龙门佛眼派的嗣书。当年，在宗月长老的帮助下，拜读了云门宗的嗣书。		三月三日，万松行秀品评天童如智正觉的古颂，附评语后，赠予湛然居士。五月十四日，后高仓法皇驾崩（45岁）。五月，土御门太上皇（29岁）迁往阿波。六月十五日，制定新增补地头收益规定。九月二十六日，镰仓大地震。
1224	三年 元仁元年（宋嘉定十七年）	甲申十一月二十日	25	正月二十一日，在知庆帮助下，于天际童山了然住处见无际了派的嗣书。七月五日，举行荣西第六次祭奠追善报恩供养会。仲秋，开始云游诸山品。		五月十七日，因有人上奏要求停止一向专修乱行，隆宽等被流放。六月十三日，北条义时亡（62岁）。闰七月三日，义时侧室伊贺氏阴谋造反。八月，朝廷再次下令禁止专修念佛。九月二十八日，基房之子最守从天台座主圆基授戒。十月，俊芿赴镰仓。十一月六日，源通光于石清水八幡宫供奉五部大乘经。当年，如净退出净慈，前往天童山。亲鸾著《教行信证》。

公元（年）	年号（日本）	干支纪年	年龄（岁）	生平	著述	相关史
1225	嘉禄元年（宝庆元年）（四月二十日）	乙酉	26	拜访杭州径山万寿寺的浙翁如琰。春季，访问台州小翠岩岩盘山思泰山草。在天台山平田万年寺遇见住持元鼎和尚，见到阙书。在返回天童山途中，借宿大梅山护圣寺旦过寮，感应梦见得到大梅法常赠子梅花。晚春，回到天童山。五月一日，初次见到天童山如净禅师。五月十七日，明全自天童山内延寿堂返回了然寮。五月二十四日，得到明全赠子的《荣西僧正记文》。五月二十七日，明全在天童了然寮圆寂（42岁）。五月二十九日，明全遗体火化。六月初，为答谢出席葬礼，回访阿育王山广利禅寺，与西蜀成桂知客交谈，并见晦岩大光和尚会面。七月二日，首次拜访如净禅师方丈堂。夏安居期间，处理完了大事。八月九日，于天童山千光法师祠堂内立"日本国千光法师祠堂记碑"。九月十八日，接受如净禅师授佛祖正传菩萨戒。当年，从环溪惟一处见到法眼宗嗣书。		三月，藤原赖实人命空阿弥陀佛为中山迎讲。五月，金峰山信徒与高野山僧众发生斗争。六月十日，大江广元亡（78岁）。七月十一日，北条政子亡（69岁）。九月三日，九条教家（弘誓院）出家。九月二十五日，慈圆圆寂（71岁）。十二月二十一日，幕府设置"评定众"职位，确定"大番"制度。当年，浙翁如琰圆寂（75岁）。
1226	二年（宝庆二年）	丙戌	27	当年，在如净禅师门下。阳春三月，在大光明藏听讲大梅法常山山之因缘。灵山释迦牟尼佛安居之因缘。当年，拜访昌国县朴陀洛迦山。	这一年，多次与僧俗两道交换偈颂。（《永平广录》卷十）	正月二十七日，赖经（9岁）被任命为征夷大将军。八月一日，通夷的仓库被劫，资财遭损。十月，镰仓大地震。十二月十四日，京都大地震。当年，九州居民侵犯高丽沿海地区。干旱饥荒，疫病流行，盗匪横行。

续表七

公元（年）	年号（日本）	干支纪年	年龄（岁）	生平	著述	相关史
1227	安贞元年（宝庆三年）（十二月十日）	丁亥	28	继承如净禅师衣钵，得授芙蓉道楷法衣、"宝镜三昧"、"五位显诀"和禅师画像等证物。抄写《佛果碧岩击节》。七月上旬，从明州出航。九月十七日，天童如净禅师圆寂（65岁）。八月，回到日本肥后川尻。九月中旬，进入建仁寺。十月，书写如净禅师额像冥书，叔圆自天童山访归。当年年底	这一年，撰述《普劝坐禅仪》。	二月三日，京都大地震，受寒流袭击。三月，盗匪横行。有传闻后鸟羽太上皇、土御门太上皇回京。闰三月八日，泉涌寺俊芿圆寂（62岁）。六月三十二日，延历寺众徒破坏了法然坊丁源空进京都，迫害念佛僧。多武峰与兴福寺僧徒的争斗激化。九月三日，育夫通具亡（58岁）。九月四日，举行通具葬礼。十月十五日，灵隐寺高原相泉为《如净语录》作跋，并订正。十月十五日，葛山景伦创建纪伊西方寺，心地宽心成为开山鼻祖。同时，与延历寺寺僧徒相祖。
1228	二年（绍定元年）	戊子	29			四月三日，兴福寺僧众烧火多武峰。发生争斗。五月五日，镰仓大地震。七月二十日，京都暴风雨，引发洪水。十一月二十八日，下令禁止高野山僧徒武装。
1229	三年（宽喜元年三月五日）	己丑	30	在建仁寺。二月，怀奘在建仁寺初次遇见道元，约定加入其门下。		四月七日，停止宽德以后的庄园。六月前后，《如净语录》上梓。九月，禁止奈良僧徒武装。十二月十九日，镰仓大地震。
1230	二年	庚寅	31	受比叡山欺压。春季，从建仁寺迁往深草极乐寺边缘的安养院。		六月九日，武藏、美浓降雪。七月二日，降霜。之后，风雨交加，草木枯萎。十二月二十八日，藤原基房亡（87岁）。当年，天气异常，大饥荒。万松行秀住万寿寺。
1231	三年	辛卯	32	七月，在深草疗养院向了然比丘述说了佛法精要。	七月，著《示了然尼法语》。八月十五日，著《辩道话》。	正月十四日，京都四条町发生火灾。十月二日，土御门太上皇在阿波池谷驾崩（37岁）。当年，彻通义介在越前波著寺受怀鉴剃度。大饥荒，路上到处是饿殍。
1232	贞永元年（四月二日）（壬辰）	壬辰	33			正月十九日，明惠圆寂（60岁）。八月一日，泰时制定《贞永式目》51条。十月三日，藤原定家（71岁）编撰《新勅撰和歌集》。当年，又介上比叡山受戒。

续表八

公元（年）	年号（日本）	干支纪年	年龄（岁）	生平	著述	相关史
1233	二年 天福元年（四月十五日）	癸巳	34	当年春天，应藤原教家和正觉尼等入邀请，在深草极乐寺旧址创建观音导利兴圣宝林寺。四月，撰述越前妙觉寺镇守勤请文。	夏安居日作《摩诃般若波罗蜜》。七月十五日，著抄《普劝坐禅仪》。八月十五日，作《现成公案》卷，赠予镇西俗弟子杨光秀。	二月二十日，延历寺众徒发生械斗。五月五日，京都大雨。当年，"猿乐"（伴有歌舞的滑稽戏）流行。
1234	二年 文历元年（十一月五）	甲午	35	改元文历后，怀奘跟随在左右。之后，开始记录《正法眼藏随闻记》。	三月九日，著《学道用心集》。	六月三十日，幕府下令禁止专修念佛。初秋，佛地觉晏圆寂。九月十六日，京都大地震。
1235	二年 嘉祯元年（九月十九日）	乙未	36	八月十五日，将明全所传戒牒授予理观和尚。当天，将《佛祖正传菩萨戒法》授予怀奘。三月中旬，为建兴圣禅寺禅院化缘。	十一月，著《真字正法眼藏三百则序》。十二月，著《僧堂劝化疏》。	正月二十七日，幕府令京都的僧侣携带武器。六月二十三日，石清水神人与兴福寺僧侣争斗。七月二十三日，延历寺众徒拟神舆入京都。九月二十日，公圆圆寂。十二月二十三日，兴福寺僧众企图强行进京都上诉，六波罗探题出兵阻止。圆照圆寂末朝（34岁）。
1236	二年	丙申	37	正觉禅尼建成兴圣寺法堂。弘誓院教家制作了安放在法堂内的法座，赠予寺院。十月十五日，兴圣寺禅房启用典礼，聚众说法，以示庆祝。十二月除夕，诠慧听道元说法，委任怀奘为兴圣寺首座。当年，诠慧听道元说法，成为道元门下。	十月十五日，兴圣寺开堂，为日本最早上堂仪式。	九条教实亡（26岁）。四月，九条道家感应灵梦，许弘愿建造一大僧堂。八月八日，山门僧众反抗幕府，封锁各禅房，将日吉神舆移至中堂。十月五日，幕府为镇压兴福寺僧众，没收其庄园，在大和设置"守护""地头"。十一月，中止处分。
1237	三年	丁酉	38		春天，著《典座教训》一卷。著《出家受成作法》一卷。	三月十日，摄政九条道家将职位让给近卫兼经。六月一日，京都大地震。大约在这一时期，日莲（16岁）在清水寺出家。
1238	四年 历仁元年（十一月二十三）	戊戌	39	在改元之前，怀奘写的《正法眼藏随闻记》完成。	四月十八日，著《一颗明珠》卷。	二月十五日，将军赖经入京都。四月二十日，九条道家在生田法性别院出家。十月四日，松殿师家亡（67岁）。

续表九

公元（年）	年号（日本）	干支纪年	年龄（岁）	生平	著述	相关史
1239	延应元年（二月七日）	己亥	40	兴圣寺重云堂建成。除夕，委任慧运为寺院"首岁"。	四月二十五日，撰《重云堂式》。五月二十五日，著《即心是佛》卷、《洗面》卷和。十月二十三日，著《洗净》卷。	二月二十二日，后鸟羽太上皇（60岁）在隐岐驾崩。十二月五日，三浦义村死。
1240	仁治元年（七月十六）	庚子	41	兴圣寺照堂建成。	三月七日，著《礼拜得髓》，《正法眼藏》第六卷。（截至本年上堂次数：祖本31次，卍本32次）。	五月十四日，延历寺众徒向幕府请求禁止专修念佛。五月二十五日，朝廷下令禁止所领土地。十月十五日，伊予的弟师家亡。十二月二十三日，著房亡。北条时房（66岁）。
1241	二年	辛丑	42	春天，多武峰觉晏门下的怀鉴、义介、义尹、义演、义准等弟子转参兴圣寺道元门下。	著《正法眼藏》第十卷。十一月，授慧运上堂法语。（本年上堂次数：祖本58次，卍本55次）。	二月，瑞岩寺无外又收录了如净的遗文赠予道元。七月，圆尔（40岁）从大末回到日本。七月十五日，行勇圆寂（79岁）。八月二十日，藤原定家亡（80岁）。十一月二十一日，幕府下令停止赌博。十二月二日，幕府下令禁止奢侈。
1242	三年	壬寅	43	四月十二日，在京都会见原关白近卫兼经，谈佛法。五月一日，将大事托付兼实尹。向朝廷进上奏《护国正法义》，朝廷请比叡山佐法印鉴定，因二乘缘觉的见解不同，被退回。八月五日，《天童如净和尚语录》从末传至日本。当年，由良西方寺的开山地觉心（36岁）前来受菩萨戒（27岁）。晚秋，僧海圆寂。十二月十七日，赴京都，在义重私邸说法。	四月五日，著《行持》下卷。八月六日，著《如净禅师语录》送达而上堂。九月一日，撰《一叶观音画赞》。十二月十七日，著《全机》卷。在雍州罗云寺侧云州刺史幕为僧海之死上堂。著《正法眼藏》第十四卷。（本年上堂次数：祖本26次，卍本25次）。	正月二十日，外甥邦仁王王衙门殿举行元服仪式，其后，举行践祚仪式，成为后嵯峨天皇。同日，近卫兼经关白。三月二十五日，罢免近卫兼经关白职务，由二条良实取而代之。六月十五日，北条泰时（60岁）死亡。传闻后鸟羽太上皇怨灵出现。八月，东福寺动工。九月十二日，顺德太上皇子佐渡驾崩。九月十二日连上比叡山。

续表十

公元（年）	年号（日本）	干支纪年	年龄（岁）	生平	著述	相关史
1243	四年 宽元元年（二月二十六日）	癸卯	44	四月二十九日，应又重之邀，再次进京都。在六波罗探元寺说法。以此为契机，比叡山对道元的压力增大。 五月六日黎明，兴圣寺部分被破坏。 七月七日，在兴圣寺最后一次说法，解说"葛藤"。 七月十七日，应波多野义重等邀请，将兴圣寺委托给义准禅慧，离开浅草，前往越前。 七月底，到达越前吉峰寺。 九月二十四日，在吉峰寺万古寺草庵挂单。	正月十八日，著《行》上卷。 九月，在《佛经》卷中批判"三教一致"论。 十月二十日，著《洗面》卷。 十二月十七日，在吉峰寺再次说解。 著《正法眼藏》第二十二卷。 （本年上堂次数：祖本己本均6次）。	五月三日，镰仓光明寺落成。阿良成为开山祖师。 五月，京都流行麻疹。 六月十四日，举行祇园御灵会。 闰七月二日，后嵯峨天皇行幸今河殿，庆祝大仁亲王（后深草天皇）出生50天。 八月，圆尔（42岁）湛誉的推荐及摄政道家的邀请，进京都。道家创建东福寺，指定圆尔为住持。 朝廷下令禁止"五节"用具奢华。 当年，圆尔在东福寺普门院。
1244	二年	甲辰	45	二月二十五日，参拜吉峰寺天满天神。 二月二十九日，在越前志比庄开工建造大佛寺法堂。 四月二十一日，大佛寺法堂竖房柱。翌日，上房梁。 其间，在兴圣寺时的俗家弟子道元子生莲房与妻子阿静前访，赠予道元手工裁布料。 七月十七日，在如净净忌日，向门下讲述身心超脱的故事。 七月十八日，大佛寺开堂供养说法。 九月一日，大佛寺法堂竣工，举行开堂法会。 十一月三日，大佛寺禅房上梁。 委任义介为大佛典座。	二月二十九日，著《自证三昧》卷。 三月二十一日，著《对大己五夏阇梨法》一卷。 著《正法眼藏》第十卷。	二月十六日，幕府制定关于买卖人口的规定。 四月二十八日，将军赖经退任，委任赖嗣为征夷大将军。 八月九日，奈良僧发生械斗。 九月七日，又准从深草兴圣寺送桂花树至越前的大佛寺。 十一月三日，镰仓发洪水。 十一月七日，京都大雪。 十二月二十六日，镰仓失火。幕府政所、执政经时与时赖等的宅邸烧毁。
1245	三年	乙巳	46	四月，大佛寺结制（注：新住持继任仪式）。 五月，赠予波多野广长法语。 九月二十五日，咏初雪歌。	四月前后，著《辨道法》。 四月十五日，大佛寺结制上堂。 著《正法眼藏》第五卷。 （本年上堂次数：祖本15次）。	正月七日，京都大地震。 正月九日，幕府下令禁止西部诸神社神职人员作乱。 正月十七日，京都绫小路和万里小路发生火灾。 三月，镰仓雷电大风天气。 三月，出现彗星。 四月，五月，京都连地震。朝廷、幕府请人祈祷平安。 十一月十六日，京都没有日光，如同暗夜，狂风大作。 十二月十七日，幕府下令各藩国守护没收暴徒著者的土地。 北条朝时死亡（53岁）。

续表一

公元（年）	年号（日本）	干支纪年	年龄（岁）	生平	著述	相关史
1246	四年	丙午	47	六月十五日，大佛寺更名为永平寺，登堂说法。 七月十日，确定永平寺佛前供养斋粥的和尚的次序（第一位，比丘怀奘；第二位，比丘觉佛）。	六月十五日，因永平寺更名而登堂。同日，撰《日本国越前永平寺知事清规》一卷，施院政。 七月十七日，因天童如净忌登堂。 八月十六日，作《永平寺出家略作法》，第二《出家》卷。 九月十五日，撰写《出家》文。 （本年上堂次数：祖本75次，本76次。）	正月二十九日，后嵯峨天皇单位给后深草天皇，自己成为太上皇，施院政。 三月十一日，后嵯峨天皇即位。 三月二十三日，北条时赖（20岁）成为执政官。 四月七日，万松行秀圆寂。 五月二十四日，名越光时与赖经密谋除掉时赖，人心惶惶。 六月闰，有传闻说赖经要回京都。 六月二十八日，赖经回到京都。 卍 来日僧兰溪道隆（44岁）来日。
1247	五年 宝治元年 (2.28)	丁未	48	正月十五日，于永平寺举行布萨说戒。当时方丈前映现五色彩云。当时义介为永平寺监。 七月中旬，接到义重邀请去镰仓的书信。 八月三日，动身去镰仓。 八月二十二日，留锡镰仓名越白衣舍。 八月二十三日，拜访鹤冈八幡宫。 八月二十四日，给义重说戒。 八月二十五日，给北条时赖解说阿阇世王与六大臣的故事。给北条时赖授子佛祖正传菩萨大戒。 当年，应北条时赖盛时夫人之邀，献和歌十首。	春季，撰《弘法大吉文》。 （本年上堂次数：祖本35次，本33次。）	正月十九日，罢免摄政一条实经，恢复近卫兼经回归摄政职务。 六月五日，三浦光村、泰村受任北条重时的"联署"官。亡。 六月二十七日，幕府委任北条重时为"联署"官。 九月初三日，幕府诸士献菊咏歌。 九月初九日，时赖参加了赖朝法华堂佛事。 十一月十六日，波多野义重盛时因随兵顺序发生争执，并上诉朝廷。
1248	二年	戊申	49	《阿阇世王与六大臣法语》。 二月十四日，在相模国镰仓白衣舍起草 二月下旬，从镰仓出发。 三月十三日，回到永平寺，翌日登堂。 四月，永平寺禅床房实现芳春庵瑞相。 当年夏天（四月）前，使用山城生涯房裂。 五月上旬，玄明自请出山师门。 十一月一日，给伞松峰起名吉祥峰。	三月十四日，自镰仓归来后，登堂。 三月二十一日，撰《永平寺院规制五条》。 （本年上堂次数：祖本52次，本51次。）	五月六日，幕府下令禁止因兄弟之争牵扯父母作证。 九月十一日，有人根据奥津轻海峡漂有人鱼。 镰仓黄蝶集成，面积达数丈。 藤原隆英（道正庵主）葬于兴圣寺后山。

续表十二

公元（年）	年号（日本）	干支纪年	年龄（岁）	生平	著述	相关史
1249	三年 建长元年（三月十八日）	己酉	50	正月一日，举行罗双供养会。八月，自赞观月画像。九月十八日，发誓永生不再离开吉祥山（永平寺）。	正月，著《十六罗双现瑞记》和《吉祥山永平寺众寮箴规》。十月十八日，制定《永平寺住僧心得九条》。成道会登堂。（本年上堂次数：祖本卍本58次）	三月二十三日，京都大火。六角堂、莲华王院、摄政兼经第宅。承明门院御所发生火灾。十月二十八日，心地觉心（42岁）到宋朝。十二月八日，朝廷制定《沽价法》。十二月九日，幕府设置审判书记职位。
1250	二年	庚戌	51	年初，又重派入通知道元将进献《大藏经》，二月下旬，又重让人抄写《大藏经》，送给永平寺供奉。当年，后嵯峨太上皇赐道元紫衣。	元月十一日，重新讲解《洗面》卷。三月十日，举行断臂会登堂。（本年上堂次数：祖本51次，卍本50次）	九月二十六日，北条时赖宅第失火。三月二十四日，源通忠死亡。三月二十八日，源具安免去内大臣职务。
1251	三年	辛亥	52	正月五日，在志比庄灵山庵室与花山院宰相入道谈佛法。	五月二十七日，因明全和尚第27次总忌日登堂。六月十日，祈晴上堂。十二月，因地忌辰上堂。（本年上堂次数：祖本卍本均69次）	春天，又介把觉晏所传阃书授予怀奘。十二月，丁行尚称谋反。传闻与在京都的赖经有关系。被流放后被处以死刑。
1252	四年	壬子	53	夏天过后，身体健康状态不佳。	五月二十七日，明全总忌日登堂。七月十七日，天童如净总忌日登堂。八月八日，尽管观月偈颂比赛取消了，道元还是坚持上堂说法。九月亚相第27总忌日上一次说法。十月中旬，道元最后一次说法。（本年上堂次数：祖本卍本均51次）	二月二十一日，九条道家亡（60岁）。

续表十三

公元（年）	年号（日本）	干支纪年	年龄（岁）	生平	著述	相关史
1253	五年	癸丑	54	正月六日，提议此后永平寺推行《佛遗教经》。 七月八日，病重，多次发烧，又介侍奉。 七月十四日，将永平寺住持职位传给怀奘，并授予自己缝制的袈裟。 七月二十八日，道元将永平寺未来托付给因公出寺刚回来的义介，并以"老婆心"训诫。 八月五日，在义重的建议下，踏上去京都的旅程，到达京都后，入住高辻西洞院觉念宅邸。 八月十五日，作和歌咏仲秋。 八月二十七日，于柱上书写"妙法莲花经"。 八月二十八日，黄昏，入寂。 八月二十九日，于东山赤辻火化。 九月六日，怀奘收拾舍利，离开京都，返回越前。 九月十日，舍利被送到永平寺。 九月十三日，怀奘等为道元举行了入涅槃仪式。 十二月十八日，怀奘在永平寺收录《宝庆记》一卷。	正月六日，撰《八大人觉》卷。 三月九日，撰《三时业》卷。并有增补。	五月，日莲进入镰仓名越，诵《法华经》。 七月十二日，朝廷颁布"新制十八条"。 七月二十三日，又介向道元请了六天假，出了永平寺，之后赶回。 八月六日，义介在越前胁本住处与道元告别，返回永平寺。 十一月二十五日，镰仓建长寺落成，兰溪道隆成为开山鼻祖。 十二月，又云出生在京都。 当年，又尹赴宋。

附录二：

禅宗法系略图与道元族谱略图

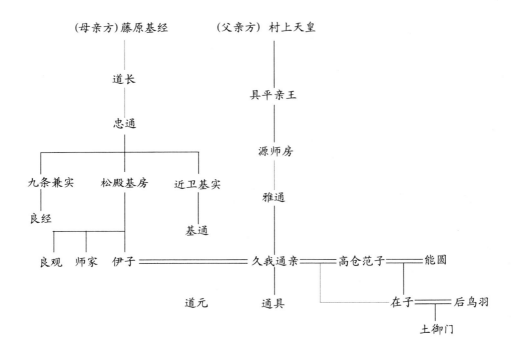

禅宗法系：

（初祖）菩提达摩──→（二祖）神光慧可──→（三祖）鉴智僧璨──→（四祖）大医道信──→（五祖）大满弘忍──→（六祖）大鉴慧能……天童山如净──→永平道元孤云怀奘──→寒严义尹、寂圆（──→义云）、彻通义介（──→莹山绍瑾）

附录三：镰仓新佛教祖师年表

祖师名称	年龄	生卒年
道元	54	1200年－1253年
亲鸾	90	1173年－1262年
荣西	75	1141年－1215年
法然	80	1133年－1212年
一遍	51	1239年－1289年
叡尊	90	1201年－1290年
日莲	61	1222年－1282年
兰溪道隆	66	1213年－1278年
无学祖元	61	1226年－1286年